QUART MORTEL

DU MÊME AUTEUR

RENFLOUEZ LE TITANIC, J'ai lu, 1979.
VIXEN 03, Laffont, 1980.
L'INCROYABLE SECRET, Grasset, 1983.
PANIQUE À LA MAISON BLANCHE, Grasset, 1985.
CYCLOPE, Grasset, 1987.
TRÉSOR, Grasset, 1989.
DRAGON, Grasset, 1991.
SAHARA, Grasset, 1992.
L'OR DES INCAS, coll. « Grand Format », Grasset, 1995.
ONDE DE CHOC, coll. « Grand Format », Grasset, 1997.
RAZ DE MARÉE, coll. « Grand Format », Grasset, 1999.
ATLANTIDE, coll. « Grand Format », Grasset, 2001.
WALHALLA, coll. « Grand Format », Grasset, 2003.
ODYSSÉE, coll. « Grand Format », Grasset, 2004.

En collaboration avec Dirk Cussler :

VENT MORTEL, coll. « Grand Format », Grasset, 2007.

En collaboration avec Craig Dirgo :

CHASSEURS D'ÉPAVES, Grasset, 1996.
CHASSEURS D'ÉPAVES, *nouvelles aventures*, Grasset, 2006.
BOUDDHA, coll. « Grand Format », Grasset, 2005.
PIERRE SACRÉE, coll. « Grand Format », Grasset, 2007.

En collaboration avec Paul Kemprecos :

SERPENT, coll. « Grand Format », Grasset, 2000.
L'OR BLEU, coll. « Grand Format », Grasset, 2002.
GLACE DE FEU, coll. « Grand Format », Grasset, 2005.
MORT BLANCHE, coll. « Grand Format », Grasset, 2006.
À LA RECHERCHE DE LA CITÉ PERDUE, coll. « Grand Format », Grasset, 2007

CLIVE CUSSLER
JACK DU BRUL

QUART MORTEL

roman

Traduit de l'anglais (États-Unis)
par

LUC DE RANCOURT

BERNARD GRASSET
PARIS

L'édition originale de cet ouvrage a été publiée par the Berkley Publishing Group,
à New York, en 2005, sous le titre :

DARK WATCH

ISBN : 978-2-246-71141-4
ISSN 1263-9559

CHAPITRE 1

LE VIEUX DASSAULT FALCON émergea du ciel et se posa à l'aéroport international de Sunan, à vingt kilomètres de Pyongyang. Les Mig qui l'avaient escorté depuis son entrée dans l'espace aérien de la Corée du Nord dégagèrent – deux jets de flammes dans la nuit. Un camion arriva pour remorquer le Falcon jusqu'à son parking. Une mitrailleuse était installée sur la plate-forme arrière. Le tireur ne quitta pas un instant des yeux la verrière du cockpit. L'avion arriva dans une zone bétonnée à l'autre bout de l'aéroport. On n'avait pas encore posé les cales sous les roues qu'une section de soldats armés avait établi un périmètre de sécurité autour de l'appareil – AK-47 braqués –, parés à réagir à la moindre provocation. Les passagers étaient des dignitaires invités par le gouvernement et d'importants clients de ce pays communiste si refermé sur lui-même.

Plusieurs minutes après l'arrêt des réacteurs, la porte de la cabine s'ouvrit enfin. Deux gardes prirent position de part et d'autre, la porte à échelle intégrée s'abaissa. Un homme en uniforme kaki et coiffé d'une casquette se tenait dans l'ouverture. Il avait un visage dur, impitoyable, les yeux d'un noir sombre, un nez en bec d'aigle. Sa peau avait la couleur du thé clair. Il passa un doigt dans son épaisse moustache noire et jeta un coup d'œil négligent aux soldats avant de descendre d'un pas vif. Il était suivi de deux autres, aux visages encore plus impressionnants que le sien. L'un d'eux portait la gandoura traditionnelle au Proche-Orient et un keffieh, l'autre était vêtu d'un costume de la meilleure qualité.

Trois officiers nord-coréens traversèrent le cordon de troupes et s'approchèrent de l'appareil. Le plus élevé en grade prononça quelques mots de bienvenue et attendit que l'interprète eût traduit en arabe.

« Colonel Hourani, le général Kim Dong Il vous souhaite la bienvenue en République démocratique populaire de Corée. Il espère que votre vol depuis Damas s'est bien passé. »

Le colonel Hazni Hourani, commandant adjoint de la Force de missiles stratégiques syrienne, inclina la tête en signe de remerciement.

« Veuillez remercier le général d'être venu nous accueillir en personne, à une heure aussi tardive. Dites-lui que notre vol s'est très bien passé, nous avons en effet survolé l'Afghanistan, ce qui nous a permis de vider nos toilettes sur les occupants américains. »

Après avoir écouté la traduction, les Coréens éclatèrent d'un rire gras. Hourani, s'adressant à l'interprète, poursuivit :

« J'admire la connaissance que vous avez de notre langue, mais je pense qu'il serait plus simple de continuer en anglais. » Et s'exprimant désormais ainsi : « Je crois savoir, mon général, que nous parlons tous deux la langue de notre ennemi commun. »

Le général cilla.

« Oui, et je suis persuadé que connaître leurs usages mieux qu'ils ne connaissent les nôtres nous donne un avantage certain sur les impérialistes. » Puis, pour impressionner son interlocuteur : « Je parle aussi un peu le japonais.

— Quant à moi, fit vivement Hourani pour relever le défi, je pratique un peu l'hébreu.

— J'ai le sentiment que nous sommes tous deux entièrement dévoués à notre patrie et à notre cause.

— A savoir, la destruction de l'Amérique.

— La destruction de l'Amérique », répéta en écho le général.

A voir l'éclair qui était passé dans les yeux du Syrien, il devina qu'ils partageaient les mêmes idées.

« Voilà trop longtemps que nous essayons de contrer son influence dans tous les coins du monde. Lentement mais sûrement, ils mettent la main sur la planète, ils commencent par envoyer leurs soldats, avant d'empoisonner nos peuples avec leurs mœurs décadentes.

— Ils ont déployé des troupes sur nos frontières, tout comme sur les vôtres. Mais ils ont peur d'attaquer notre pays, car ils savent que notre riposte serait terrible et immédiate.

— Et très bientôt, répondit Hourani avec un sourire mielleux, c'est *notre riposte* qu'ils vont redouter. Avec votre aide, bien entendu. »

Kim lui rendit le même sourire. Ces deux hommes, qui appartenaient à des régions si différentes du globe, étaient de la même race, celle qui déteste l'Occident. Cette haine les décrivait entièrement, ils avaient été déformés et coulés dans le même moule après des années d'endoctrinement. Que l'un soit le fidèle d'une noble religion, l'autre, l'adepte inébranlable de l'infaillibilité de l'Etat, le résultat était identique. Ils voyaient de la beauté dans la sauvagerie, ils trouvaient leur inspiration dans le chaos.

« Nous avons prévu de conduire votre délégation à la base navale de Munchon, près de Wosan, sur la côte est, annonça le général à Hourani. Faut-il prévoir d'héberger vos pilotes à Pyongyang?

— C'est très aimable à vous, mon général, répondit Hourani en frisant sa moustache. Mais notre appareil doit rentrer à Damas dès que possible. L'un des pilotes dormira pendant le vol de retour. Si vous pouvez faire les pleins, j'aimerais qu'ils décollent le plus vite possible.

— Comme vous voudrez. »

Le général dit quelques mots à l'un de ses subordonnés, qui transmit à son tour les ordres au responsable de la sécurité. Tandis que les deux adjoints d'Hourani finissaient de sortir les bagages, un camion-citerne arriva.

Leur voiture était une limousine de marque chinoise, elle avait bien trois cent mille kilomètres au compteur. Les sièges, assez profonds, auraient pu engloutir le général, qui était de petite stature, l'intérieur sentait la cigarette froide et le chou fermenté. L'autoroute de la Montagne de Kumgang, qui relie Pyongyang à Wosan, était l'une des meilleures du pays. Pourtant, la chaussée mettait à rude épreuve les amortisseurs. Le chauffeur prenait des virages en épingle à cheveux, dans des gorges vertigineuses. Les glissières de sécurité étaient rares, les phares du véhicule ressemblaient davantage à de faibles lumignons qu'à autre chose. Sans la lune qui répandait sur le paysage sa lumière blanche et froide, se diriger aurait été impossible.

« Voilà deux ans, dit le général Kim tandis qu'ils continuaient à grimper au flanc de cette montage qui forme une épine dorsale d'un bout à l'autre du pays, nous avons autorisé une société du sud à faire venir des touristes dans ces montagnes. Certains les considèrent comme un endroit sacré. Nous avons exigé qu'elle construise les restaurants et les hôtels. Ils ont même dû bâtir eux-mêmes un terminal portuaire pour accueillir leurs navires. Pendant un certain temps, ils ont eu beaucoup de clients, mais ils devaient leur faire payer cinq cents dollars pour rentrer dans leurs frais. Puis le nombre des nostalgiques s'est révélé plus faible que prévu, et leurs affaires sont devenues assez calamiteuses. D'autant que nous avions mis des soldats tout le long de la route, et que nous ne reculions devant aucune tracasserie. Désormais, il n'y a plus de touristes, mais la société nous paye toujours le milliard de dollars qu'elle s'était engagée à nous verser. »

Cette tirade arracha un sourire au colonel Hourani, le seul Syrien à parler anglais.

« Et le plus beau, poursuivit Kim, c'est que leur hôtel a été transformé en caserne. Leur port sert maintenant de base navale à nos corvettes de la classe Najin. »

Cette fois, Hourani éclata de rire.

Deux heures après avoir quitté l'aéroport, la limousine s'engagea enfin dans la descente pour rejoindre la plaine côtière avant de contourner Wosan. Elle arriva devant la clôture de la base navale de Munchon.

Des gardes saluèrent lorsqu'ils passèrent la grande porte et le véhicule traversa les installations, passant devant des halls de maintenance impressionnants puis parcourant un quai d'un bon kilomètre de long. Quatre jolis patrouilleurs gris étaient amarrés. Un destroyer était à l'ancre dans la rade intérieure de quatre kilomètres carrés. De la fumée montait de sa cheminée dans la nuit. Le chauffeur fit le tour d'une grue montée sur rails avant de se garer près d'un cargo de cent trente mètres de long tout au bout du quai.

« L'*Asia Star* », annonça le général Kim.

Le colonel Hourani consulta sa montre. Une heure du matin.

« Et à quelle heure appareillons-nous ?

— Il n'y a pas beaucoup de marée dans la baie de Yonghung-man, vous pouvez partir quand vous voulez. Le navire est chargé, avec le plein de carburant et de vivres. »

Hourani se tourna vers l'un de ses hommes et lui demanda en arabe :

« Qu'en pensez-vous ? »

Il écouta la réponse, longue et circonstanciée, hochant la tête à plusieurs reprises. Puis, revenant au général assis en face de lui dans la limousine :

« Assad Muhammad est notre expert concernant le missile Nodong-1. Il aimerait y jeter un œil avant notre départ. »

Kim resta impassible, mais il était clair qu'il n'aimait pas trop cette idée de retarder l'appareillage.

« Vous pourriez procéder à ces inspections une fois que vous serez en mer. Je vous garantis que les dix missiles acquis par votre pays sont à bord.

— Assad n'est pas très à l'aise en mer, j'en ai bien peur. Il préférerait voir les missiles dès maintenant, il est probable qu'il passera la traversée dans sa couchette.

— Je trouve étrange que vous l'ayez choisi pour convoyer les missiles jusqu'en Syrie », nota Kim.

Les yeux de Hourani se plissèrent. Son pays avait versé

près de cent cinquante millions pour acheter ces missiles stratégiques de portée intermédiaire. La remarque de Kim était déplacée.

« Il est ici parce qu'il est spécialiste des fusées. Il a travaillé avec les Iraniens lorsqu'ils vous ont acheté leurs Nodong. Qu'il ait le mal de mer ne vous regarde pas. Il va examiner les dix missiles, nous appareillerons à l'aube. »

Le général Kim avait reçu l'ordre de ne pas quitter les Syriens jusqu'à leur départ. Il avait dit à sa femme qu'il ne rentrerait pas avant le matin, et rester avec les Proches-Orientaux allait le priver de quelques heures avec sa maîtresse. Il soupira en songeant à tous les sacrifices qu'il consentait pour l'Etat.

« Très bien, colonel, je vais prévenir la capitainerie que l'*Asia Star* n'appareillera pas avant le jour. Nous pourrions monter à bord ? Je vous montrerai vos cabines afin que vous puissiez y déposer vos bagages, puis Mr. Muhammad pourra aller examiner vos nouveaux joujoux. »

Le chauffeur ouvrit la portière arrière et, comme Kim s'extrayait de la voiture, Hourani posa la main sur son bras. Leurs regards se croisèrent.

« Merci, mon général. »

Le sourire que lui rendit Kim était sincère. En dépit de leurs différences de culture, des soupçons et du secret qui entourent toujours ce genre d'opération, il aimait bien ce colonel.

« Mais c'est bien naturel. »

Les Syriens avaient chacun leur cabine, mais, une minute après qu'on leur eut montré leurs appartements, ils se retrouvèrent tous les trois dans celle du colonel Hourani. Assad Muhammad s'assit sur la banquette et posa sa mallette à côté de lui. Hourani s'était installé derrière le bureau, sous l'unique hublot. Le plus âgé des trois, le professeur Wali Khalidi, était resté appuyé contre une cloison, les bras croisés. Hourani leur signala au moyen de signes la présence de deux micros, l'un fixé dans la lampe au plafond et l'autre dans celle posée sur le bureau.

« Assad, combien de temps va vous prendre cette inspection ? » lui demanda-t-il.

Assad Muhammad sortit un magnétophone miniaturisé de sa poche et appuya sur LECTURE. Une voix, modifiée par traitement numérique, en fait, celle de Hourani car il était le seul membre de l'équipe à parler arabe, se fit entendre. « Je pense que je n'en ai pas pour plus de deux heures. Le plus long consiste à enlever les protections, mais vérifier l'électronique est relativement simple. »

Pendant ce temps, Hourani avait lui aussi sorti un magnétophone de sa poche et l'avait posé sur le bureau. Dès qu'Assad eut fini de parler, il appuya lui aussi sur LECTURE et la conversation se poursuivit ainsi, alors qu'ils restaient tous silencieux. A un moment prédéterminé dans le scénario, Walid Khalidi mit en route son propre magnétophone pour ajouter la dernière touche à ce simulacre. Lorsque les trois magnétophones diffusèrent ainsi la voix altérée d'Hourani, les trois « Syriens » se déplacèrent en silence jusqu'au coin le plus éloigné de la cabine.

« Deux micros, fit Max Hanley à voix basse. Décidément, les Coréens font confiance à leurs clients syriens. »

Juan Cabrillo, directeur général de la Corporation et capitaine du cargo *Oregon*, arracha la moustache postiche collée sur sa lèvre supérieure. La peau était plus claire à cet endroit que la crème bronzante dont il s'était badigeonné pour se donner le teint plus sombre.

« Rappelez-moi de dire à Kevin et à son magasin de farces et attrapes que sa colle ne vaut pas un clou. »

Il prit un flacon de cette mauvaise colle et en appliqua une nouvelle couche sur le postiche.

« Tu ressembles au méchant dans un film de série B. »

C'était Hali Kasim qui venait de parler, un Libano-Américain de la troisième génération, récemment nommé officier de sécurité à bord de l'*Oregon*. De l'équipe, c'était le seul qui, afin de passer pour un Oriental, n'avait pas eu besoin de se grimer ni de se mettre des prothèses en caoutchouc. Seul problème, il parlait à peine l'arabe et n'aurait pas été capable de commander un repas au restaurant.

« On peut remercier les Coréens d'avoir laissé leur interprête à l'aéroport, dit Cabrillo toujours à voix basse. Tu t'es un peu mélangé les pinceaux dans le truc que tu avais appris par cœur et que tu leur as ressorti dans la voiture. Quand tu as proposé d'inspecter les missiles, cela ressemblait plus à de la proctologie qu'à un exposé technique.

— Désolé, patron, je n'ai jamais été doué pour les langues, j'ai beau essayer, j'ai toujours l'impression que c'est du charabia.

— On est encore dans les temps ? » demanda Max Hanley.

Max était président de la Corporation, chargé à bord de la conduite du navire et des moteurs magnétohydrodynamiques. Cabrillo s'occupait de la négociation des contrats et de la planification d'ensemble ; la marche du navire et le fonctionnement de l'équipage reposaient sur les épaules de Max. Dans les faits, les hommes de l'*Oregon* étaient des mercenaires, mais, pour la façade, tout était dissimulé derrière une société-écran. En dehors de ses responsabilités d'ingénieur, Hanley s'occupait de la gestion au jour le jour et faisait office de directeur des ressources humaines.

Vêtu d'une robe, coiffé d'un keffieh, il était plus grand que la moyenne, avec un peu de brioche. Il avait les yeux marron, le regard vif, les quelques cheveux qui ornaient encore son crâne rougeaud étaient châtains. Il appartenait à la Corporation depuis sa création par Juan, qui était persuadé que, s'il ne l'avait pas eu pour adjoint, il aurait baissé les bras depuis bien longtemps.

« J'espère que Tiny Gunderson est reparti dès que possible. Il doit être à Séoul à l'heure qu'il est, continua Cabrillo. Eddie Seng a eu deux semaines pour rejoindre sa position, s'il n'est pas déjà avec son sous-marin près de cette vieille baille, autant dire qu'il n'y sera jamais. Il ne fera pas surface tant que nous ne serons pas à l'eau et, à ce moment-là, il sera trop tard pour tout annuler. Comme les Coréens n'ont pas parlé d'un sous-marin de poche qu'ils auraient pris dans le port, je suppose qu'Eddie est paré.

— Bon, et quand nous aurons mis en place notre engin ?

— Nous aurons quinze minutes pour retrouver Eddie et nous tirer.

— Ça va faire un sacré ramdam, nota Hali.

— Chez eux plus que chez nous », répliqua Cabrillo, le regard dur.

Ce contrat, comme beaucoup de ceux que la Corporation signait, ils l'avaient passé avec le gouvernement américain. Même si la Corporation était une société à but lucratif, la plupart de ses employés étaient d'anciens membres des forces américaines. Ils avaient tendance à choisir des boulots qui profitaient aux Etats-Unis et à leurs alliés, ou, a minima, qui n'allaient pas contre les intérêts américains.

Personne ne voyait la fin de la guerre contre le terrorisme, il y avait donc un flux ininterrompu de contrats pour une équipe comme celle qu'avait constituée Cabrillo – des spécialistes des opérations clandestines et qui n'avaient pas à subir les contraintes de la Convention de Genève ou les enquêtes du Congrès. Ce n'était pas pour autant un ramassis de pirates qui ne faisaient pas de prisonniers. Ils accomplissaient leur mission avec un sens aigu de leurs responsabilités, mais savaient bien que les conflits majeurs s'étaient largement déplacés en ce vingt et unième siècle.

La Corée du Nord avait le droit de vendre des missiles tactiques monoétage à la Syrie, et, en temps normal, les Etats-Unis auraient laissé faire. Mais des interceptions réalisées par les services de renseignement avaient révélé que le véritable colonel Hourani avait l'intention de faire faire un petit crochet à l'*Asia Star* pour débarquer deux des Nodong et deux lanceurs mobiles en Somalie. Ils étaient destinés à Al-Qaïda, qui comptait les lancer quelques heures plus tard sur l'Arabie saoudite. Les cibles visées étaient La Mecque et Médine. Il s'agissait d'une opération destinée à chasser la famille royale au pouvoir. Il semblait aussi, sans que cela ait pu être vérifié, qu'Hourani agissait avec l'accord au moins tacite du gouvernement syrien.

Les Etats-Unis auraient pu charger un bâtiment de guerre d'intercepter l'*Asia Star* en Somalie. Cela dit, il aurait suffi au capitaine de prétendre qu'il s'était dérouté pour réparer des avaries, et les dix missiles seraient arrivés en Syrie. La meilleure solution consistait à couler le *Star* pendant la traversée, mais, si la vérité éclatait au grand jour, il fallait s'attendre à des cris d'indignation dans le monde entier ainsi qu'à des représailles de la part des groupuscules terroristes contrôlés par Damas. C'est Langston Overholt IV, haut responsable de la CIA, qui avait trouvé la meilleure idée : faire appel à la Corporation.

Cabrillo ne disposait que de quatre semaines pour régler ce problème sans faire de vagues. Il avait compris que le meilleur moyen pour empêcher les missiles d'arriver chez les clients, par des voies légales ou non, consistait à les empêcher de quitter la Corée.

Une fois que l'*Oregon* eut pris position au large de la baie de Yonghung-man, Cabrillo, Hanley et Hali Kasim avaient gagné la base aérienne de Bagram, près de Kaboul, en Afghanistan, à bord d'un Dassault Falcon identique à celui qu'utilisait le colonel Hourani.

Les représentants de la CIA à Damas avaient confirmé l'heure de décollage d'Hourani, destination Pyongyang, et un AWACS spécialement mis en place avait suivi l'appareil pendant ce vol sur la moitié du globe. Dès qu'il était entré dans l'espace aérien afghan, un chasseur furtif F-22 Raptor avait décollé à son tour de Bagram. Le Falcon de la Corporation en avait fait autant un peu plus tard, puis avait mis cap au sud en restant à bonne distance des Syriens. Les US avaient beau contrôler toutes les stations radar capables de suivre ce qui allait se passer, il était impératif que personne ne se rende compte de la permutation.

Dans l'une des rares zones où la couverture radar était inexistante, Tiny Gunderson, chef pilote de la Corporation, avait viré vers le nord. Mais le Falcon n'était désormais plus seul. Il avait été rejoint par un bombardier furtif B-2 basé à Whiteman, dans le Missouri. Comme le bombardier était bien plus gros que le Falcon, bien qu'indétectable au radar, Tiny plaça son appareil quinze mètres au-dessus de l'aile volante.

Il n'existait pas un seul radar capable de pister le B-2 et le Falcon de la Corporation devenait invisible. Ils se rapprochèrent alors de l'appareil d'Hourani.

Le Falcon syrien volait à son altitude maximale, quarante mille pieds, alors que le Raptor en rapprochement rapide pouvait voler encore six mille mètres plus haut. Le minutage de l'opération était critique. Lorsque le B-2 ne fut plus qu'à un demi-nautique derrière l'avion d'Hourani, le Raptor ouvrit sa soute et tira deux missiles air-air AIM-120C.

Si l'appareil syrien avait disposé d'un détecteur de radar, il aurait eu l'impression de voir un missile arriver de nulle part. Mais le vieil avion de fabrication française ne possédait pas ce genre d'équipement, si bien que les deux missiles n'eurent aucun mal à atteindre les turboréacteurs Garrett TFE-731. Le Dassault explosa, le pilote du B-2 plongea en s'éloignant du Falcon de Tiny Gunderson. A cette altitude, quiconque aurait vu la boule de feu l'aurait prise pour une étoile filante. Et quiconque aurait été devant un écran radar aurait remarqué que l'appareil syrien avait disparu pendant une seconde, avant de réapparaître un demi-nautique plus à l'ouest pour continuer sa route. Un tel opérateur aurait pu se dire que son radar avait eu une panne fugitive, à supposer qu'il se soit rendu compte de l'incident.

Maintenant que Cabrillo, Hanley et Kasim avaient réussi à embarquer sans encombre à bord de l'*Asia Star*, restait à poser la bombe, à s'en aller sans se faire remarquer, à retrouver le sous-marin d'Eddie Seng, à se glisser hors du port le plus sévèrement gardé de toute la Corée, et à regagner l'*Oregon* avant que quiconque ait compris que le *Star* avait été saboté.

Une journée de routine pour les employés de la Corporation. Encore que...

CHAPITRE 2

UN HURLEMENT réveilla Victoria Ballinger.

C'est ce qui lui sauva la vie.

Tory était la seule femme à bord de l'*Avalon*, navire de recherche de la Société royale de géographie. En tout cas, depuis que l'on avait évacué sa voisine de cabine vers un hôpital japonais une semaine avant, avec une appendicite aiguë. Le fait d'occuper une cabine individuelle contribua également à son salut.

Cela faisait un mois que le navire était en mer, dans le cadre d'un programme international visant à dresser une carte exhaustive des courants en mer du Japon, zone assez mal connue car le Japon et la Corée y protégeaient étroitement leurs droits de pêche et craignaient qu'une coopération quelconque ne porte ombrage à leurs prérogatives.

Contrairement à sa compagne, arrivée chargée de valises pleines de vêtements et d'objets personnels, Tory menait à bord une existence spartiate. En dehors de sa couchette, de jeans et de polos de rugby suffisants pour tenir une semaine, sa cabine était vide.

C'est ce cri sur le passavant, devant sa porte, un homme qui hurlait de douleur, qui l'avait réveillée. Lorsqu'elle réussit à ouvrir complètement ses yeux encore bouffis de sommeil, elle entendit des coups de feu étouffés. Puis, réveillée cette fois, des rafales d'armes automatiques, des cris, des hurlements.

Tout l'équipage de l'*Avalon* avait été prévenu que des pirates, version moderne, attaquaient les navires en mer du Japon. Au cours des deux derniers mois, ils en avaient agressé quatre, coulant ces bâtiments marchands après avoir contraint les marins rescapés à embarquer dans les canots de sauvetage. A ce jour, seules 15 personnes sur un total de 172 avaient survécu à ces attaques. Pas plus tard que la veille, on les avait avertis qu'un porte-conteneurs s'était tout simplement évanoui sans laisser de traces. Compte tenu de cette menace, on avait installé un râtelier d'armes à la passerelle, mais deux fusils à pompe et un pistolet n'étaient pas de taille à lutter contre des fusils d'assaut qui auraient fauché aisément scientifiques et marins.

Se battre ou fuir, l'instinct reprit rapidement le dessus. Tory se leva comme un ressort. Elle perdit deux précieuses secondes à hésiter, alors qu'elle n'avait pas vraiment le choix. Pas un endroit où aller. Les pirates étaient quelque part dans la coursive, ils arrosaient apparemment les cabines. Elle aurait pris une rafale sitôt qu'elle aurait ouvert sa porte. Fuir était impossible, et elle ne possédait pas d'arme.

Un rayon de lune qui tombait sur la couchette opposée à la sienne lui donna une idée. Elle arracha ses couvertures et ses draps et les entassa sous le châlit. Puis elle prit ses vêtements dans son équipet, et laissa la porte ouverte. Elle n'avait pas le temps de ramasser ses affaires de toilette dans la salle de bains. Elle se glissa sous le lit, se mettant le plus possible dans le recoin, et ramena ses vêtements contre elle.

Le premier mouvement de panique commençait à se calmer, elle se força à respirer plus lentement. Des larmes roulaient du coin de ses yeux bleus. La porte s'ouvrit à toute volée, elle réprima un sanglot. Elle vit le faisceau d'une lampe-torche balayer le local, s'arrêter sur la bannette de Judy, puis sur la sienne, puis enfin sur les deux équipets vides et grand ouverts.

Puis elle aperçut les pieds du pirate. Il portait des rangers noirs dans lesquels il avait rentré le bas de son pantalon. L'homme passa dans la minuscule salle de bains et l'inspecta avec sa lampe. Elle l'entendit qui faisait glisser le rideau de la douche, il fouillait là aussi. Il n'avait pas vu le savon, le shampooing, le démêlant de Tory, ou, s'il les avait vus, il avait dû juger que c'était sans importance. Il sortit, claqua la porte, apparemment convaincu que la cabine était vide.

Tory demeura immobile, les bruits de lutte s'estompaient. L'équipage ne comptait que trente personnes, la plupart d'entre elles dormaient car les machines étaient en mode de conduite automatique et il n'y avait que deux hommes de quart à la passerelle. La cabine de Tory était la dernière au bout de la coursive, elle était donc sûre que les pirates avaient liquidé l'équipage, des gens qui étaient ses amis.

Si elle voulait s'en sortir vivante, il ne fallait pas qu'elle y pense. Combien de temps allaient-ils mettre pour piller le bâtiment ? Il n'y avait pas grand-chose à bord qui puisse les intéresser. Leurs équipements les plus chers, les appareils scientifiques, étaient trop gros pour qu'ils puissent les emporter. Les robots sous-marins n'avaient aucun intérêt, si ce n'était pour des chercheurs. Il y avait bien quelques téléviseurs, des ordinateurs, mais ils n'en valaient pas la peine.

Tory estimait que les pirates auraient besoin d'une demi-heure pour couler l'*Avalon*, quarante mètres de long, en ouvrant les sectionnements de coque et l'envoyer par le fond. Elle compta les minutes sur les points lumineux de la Rolex homme qu'elle portait au poignet, essayant de se concentrer sur cette minuscule galaxie phosphorescente pour ne pas paniquer.

Il se passa encore quinze minutes avant qu'elle sente les mouvements du bâtiment changer. La nuit était calme, l'*Avalon* roulait sur la houle d'un mouvement agréable, celui qui l'aidait à s'endormir chaque nuit. Puis Tory sentit que ces mouvements se modifiaient, ralentissaient, comme si le navire s'alourdissait.

Les pirates avaient déjà ouvert les sectionnements. Ils

coulaient l'*Avalon*. Elle essayait de trouver une logique à ce qu'ils faisaient, mais non, c'était insensé. Ils n'avaient pas eu le temps de piller. Ils coulaient l'*Avalon* sans rien voler !

Tory ne pouvait plus attendre. Elle sortit de dessous sa bannette et approcha la tête du hublot. Elle voyait à l'horizon quelque chose qu'elle prit d'abord pour un îlot, mais s'aperçut vite que c'était un gros navire. Il y en avait un autre, plus petit, à côté de lui. Ils semblaient être en route de collision, mais ce devait être une illusion créée par la lune. Elle distinguait plus près de la poupe le sillage d'un gros canot pneumatique. Le bruit de ses hors-bords s'estompait, il s'éloignait du navire océanographique à l'agonie. L'idée que les pirates devaient être à son bord la mit en rage.

Elle recula et se glissa hors de la cabine. Il n'y avait pas de corps sur le passavant, mais le pont était jonché de douilles, et il y régnait une odeur entêtante, une odeur de produit chimique. Elle essaya de ne pas regarder les éclaboussures sanglantes sur la cloison qui courait tout du long. D'après la visite du bord qu'on lui avait fait faire quand elle avait embarqué, elle se souvenait qu'il y avait des combinaisons de survie dans le Zodiac, à l'avant. Elle était en polo, mais ce n'était pas grave. Elle se mit à courir, pieds nus, la main sur la poitrine pour comprimer les battements de son cœur.

Elle grimpa l'échelle qui menait au pont principal. Nouvelle coursive, au bout de laquelle une porte s'ouvrait sur l'extérieur. Mais, entre le panneau et elle, il y avait un corps. Tory poussa un gémissement sourd. L'homme était étendu sur le ventre, sa chemise foncée était trempée de sang. Elle reconnaissait cette silhouette. C'était le deuxième officier mécanicien, un type pétillant, originaire de Newcastle, qui avait essayé de la draguer, et elle ne l'avait pas découragé. Elle ne put s'empêcher de le palper mais c'était inutile vu tout le sang qu'il avait perdu. Elle enjamba le corps et se dirigea vers le bout de la coursive. Elle jeta un coup d'œil par le petit sabord ménagé dans le panneau pour voir s'il y avait quelqu'un sur la plage avant. Non, personne. Elle tourna prudemment le taquet. Impossible de le débloquer. Elle tira plus fort, appuyant de tout son poids sur le mécanisme faussé, mais il refusa de bouger.

Elle réussit à rester calme. Elle se disait qu'il existait quatre autres issues qui menaient aux superstructures, qu'elle pourrait toujours briser une vitre de passerelle si les portes des ailerons étaient aussi bloquées. Elle commença par les portes du pont principal, avant de prendre une autre échelle qui menait à la passerelle. Elle savait qu'elle allait réussir à sortir, mais, comme elle approchait de la porte, elle fut prise d'une angoisse soudaine. Après avoir massacré l'équipage, les pirates avaient fermé toutes les ouvertures de coque, le navire était devenu un cercueil. Elle approcha en tremblant ses longs doigts de la poignée, qui tournait, mais la porte refusa de s'ouvrir. Elle était prise au piège. Elle se mit à hurler, avant de s'écrouler sur le pont en sanglotant.

L'*Avalon* prit soudain de la bande, l'éclairage vacillait. L'eau qui pénétrait dans les cales avait trouvé de nouveaux compartiments à envahir. Tory reprit ses esprits. Elle n'était pas encore morte et, si elle pouvait empêcher le bâtiment de couler, elle aurait le temps de trouver une solution. Elle avait vu un chalumeau oxyacétylénique dans l'atelier. Si elle le retrouvait, elle pourrait découper une ouverture.

Son énergie remontait. Elle se releva et courut dans la coursive par laquelle elle était arrivée. Elle passa devant les locaux de vie de l'équipage et atteignit enfin la descente vers les machines. En bas, il faisait plus froid. On entendait l'eau pénétrer dans la coque, comme un bruit de cataracte.

Elle resta un instant dans le sas séparé de la salle des machines par une seule porte étanche. Elle posa la main sur le métal, il diffusait la chaleur des gros diesels. Mais lorsqu'elle fit glisser sa main plus bas, près du surbau, elle eut une sensation de froid glacial. Elle n'était jamais descendue jusque-là et ne connaissait pas la disposition des lieux. Il fallait tout de même essayer.

Elle déverrouilla la porte.

L'eau jaillit et, en quelques secondes, elle en eut jusqu'aux genoux. On voyait le niveau monter à vue d'œil. La salle était brillamment éclairée. Elle distingua les énormes moteurs, de la taille d'une camionnette, au milieu d'un fouillis de tuyaux, de flexibles et de conduites diverses. Ils étaient à demi noyés, de l'eau clapotait sur le capotage d'un groupe électrogène.

Elle passa par-dessus les revêtements d'isolation pour voir ce qui se passait plus bas. Elle se retrouva jusqu'à la poitrine dans une eau à 16 °C, la respiration coupée. Elle se mit à frissonner. Sur la pointe des pieds pour garder la tête hors de l'eau, moitié marchant, moitié nageant, elle se sortit de cette espèce de caverne pour trouver par où l'eau entrait.

L'*Avalon* continuait de s'enfoncer, à peu près droit, mais Tory se faisait tout de même asperger par des vagues. Ce mouvement continu, même lent, l'empêchait de repérer l'endroit où le courant était le plus fort et où devaient se situer les vannes de coque. La salle des machines ressemblait maintenant à un chaudron en ébullition. Elle ne pouvait rien faire. Même si elle trouvait les sectionnements, elle ignorait comment on les manœuvrait.

Gelée, frissonnante, Tory remonta sur le pont supérieur et retourna dans sa cabine. Elle s'essuya dans la salle de bains et enfila des vêtements chauds. L'air était maintenant beaucoup plus froid. Elle s'était fendu la lèvre dans la salle des machines et essuya les traces de sang. En temps normal, elle avait de jolis traits, des pommettes hautes, et on remarquait ses yeux bleus magnifiques. Elle se regarda dans la glace et se dit qu'elle avait l'air d'un cadavre.

Elle s'approcha du hublot. Elle ne voyait plus rien, ni le canot des pirates ni le gros bâtiment qu'elle avait entraperçu à l'horizon. La lune avait disparu, ainsi que sa lueur blafarde et laiteuse. Il faisait nuit noire et elle ne pouvait cependant s'arracher à cette seule ouverture vers l'extérieur.

Si elle avait eu de la graisse ou du saindoux, elle aurait pu s'en enduire le corps et essayer de se faufiler par le sabord. Elle songea aux hublots du carré, un pont plus haut, ils étaient plus grands. Cela valait la peine d'être tenté. Elle était sur le point de monter lorsqu'il y eut un éclair dehors.

Elle eut l'impression qu'elle voyait bien quelque chose, à

quelques mètres. Un oiseau? A en juger par ses mouvements, cela pouvait y ressembler, mais elle n'en était pas sûre. Il passa devant elle, il occupait toute la largeur du hublot. Elle recula soudain en poussant un cri. Un gros poisson gris la regardait, la gueule ouverte, elle voyait battre ses ouïes. La perche de mer géante l'observa de ses yeux jaunes encore un moment, attirée sans doute par la lumière dans la cabine, puis, d'un coup de nageoires, s'enfonça dans les profondeurs.

Ce que Tory Ballinger ne savait pas, c'était que le pont de l'*Avalon* était déjà sous l'eau. Les vagues léchaient la poupe et les panneaux de cale sur la plage avant. Dans quelques minutes, l'eau arriverait au niveau de la passerelle, ferait s'incliner le bâtiment, si bien que la grue arrière seule émergerait, comme un bras qui se tend désespérément pour appeler au secours. Quelques minutes plus tard, la mer viendrait noyer l'unique cheminée et l'*Avalon* entamerait sa descente vers le fond, trois mille mètres plus bas.

CHAPITRE 3

Lorsque deux agents des Services de sécurité nord-coréens, connus pour leur brutalité, vinrent chercher leurs clients syriens, ils en trouvèrent deux plongés dans le Coran, tandis que le troisième étudiait les spécifications du missile Nodong. D'un geste, l'un des gardes signifia au trio qu'il fallait le suivre. On voyait son pistolet dans l'étui fixé sous son aisselle. Cabrillo et Hali Kasim reposèrent leurs corans, Hanley rangea les plans dans sa grosse mallette et referma les serrures.

Ils parcoururent une coursive de l'*Asia Star*, un vraquier sous pavillon panaméen transformé en porte-conteneurs. Le bâtiment était fatigué, mais l'intérieur était bien entretenu, les cloisons avaient été repeintes. Tout semblait désert à bord, il n'y avait pas âme qui vive en dehors des deux agents.

Ils arrivèrent au premier faux-pont, l'un des gardes souleva un panneau. On distinguait en dessous une sombre caverne métallique qui sentait l'eau croupie et la vieille ferraille. L'homme alluma des rampes de néon fixées au plafond et la lumière fluorescente éclaira les dix missiles Nodong posés dans leurs berceaux spéciaux dont on ne distinguait que la forme générale, sous d'épaisses feuilles de plastique. Ils mesuraient vingt mètres de long pour un diamètre d'un mètre vingt, et pesaient quinze tonnes avec le plein de kérosène. Dérivé de l'antique Scud-I développé par les Russes, le Nodong emportait une charge militaire d'une tonne avec une portée de près de mille kilomètres.

Dans la cale humide du cargo, les missiles enveloppés dans leurs linceuls étaient impressionnants, image de menace et de mort. Quand on savait à quoi étaient destinés deux d'entre eux, cela renforçait encore la détermination des membres de la Corporation.

Les trois hommes prirent une échelle d'acier pour descendre dans la cale. Max Hanley, le supposé expert en missiles, s'avança avec assurance vers le premier Nodong. D'un ton sec, il exigea des officiels restés devant l'écoutille qu'ils fassent enlever le plastique.

Le général Kim arriva au moment même où Max avait démonté une tape d'accès sur le premier engin. Il était penché au-dessus de l'ouverture, un multimètre à la main.

« Je vois que vous n'avez pas voulu attendre une seconde de plus pour inspecter vos nouvelles acquisitions.

— Elles sont formidables, répondit Cabrillo, histoire de dire quelque chose.

— Nos experts ont beaucoup amélioré la version soviétique d'origine et les têtes militaires sont beaucoup plus puissantes.

— Et ceux que nous devons débarquer en Somalie ? »

Le Nord-Coréen posait la question au garde, lequel lui montra deux missiles stockés au fond de la soute.

« Ces deux-là, emballés dans du plastique rouge. Comme les installations de Mogadiscio sont plutôt sommaires, nous avons déjà monté les têtes. Vous pourrez faire le plein de carburant à partir des réservoirs situés à l'avant de la cale. Vos délais sont tendus, mais il ne faut tout de même pas faire le plein trop tôt, ce sont des produits corrosifs. Si vous le faites trois jours avant d'arriver en Somalie, ce sera suffisant. »

Juan n'était pas d'accord.

« Je pense plus sûr d'attendre la veille. »

Il savait pourquoi Kim avait fait cette réponse, il voulait

tester ses compétences. Si l'on faisait le plein trois jours avant le tir, on risquait d'attaquer la fine peau d'aluminium des réservoirs de l'engin et, vraisemblablement, de faire sauter l'*Asia Star*.

« Mais où avais-je la tête? C'est vrai, pardonnez-moi, stocker le carburant pendant plus d'une journée vous mènerait droit au désastre. »

Ses excuses manquaient toutefois singulièrement de chaleur.

Dans son for intérieur, Cabrillo espérait que le général serait toujours à bord lorsque les missiles exploseraient. Max Hanley l'appela pour lui demander de venir voir quelque chose dans l'électronique du Nodong. Hali Kasim se tenait de l'autre côté, les trois hommes examinèrent en silence pendant quinze bonnes minutes le fouillis de câbles et de circuits qu'ils avaient sous les yeux. Comme ils l'avaient prévu, Kim commença à s'impatienter, dansant d'un pied sur l'autre et marmonnant dans sa barbe. Il finit par se décider :

« Quelque chose qui ne va pas?

— Non, non, tout semble en ordre », lui répondit Cabrillo sans se retourner.

Ils n'en continuèrent pas moins leur petit jeu pendant un autre quart d'heure. De temps en temps, Max consultait les plans qu'il avait pris avec lui, mais, à part ça, les trois hommes gardaient une immobilité de statue.

« Colonel Hourani, vous pensez que tout ceci est bien nécessaire? » insista Kim avec une impatience qu'il n'essayait plus de dissimuler.

Avant de se retourner, Cabrillo effleura du doigt sa moustache postiche pour s'assurer qu'elle tenait bien en place.

« Je suis désolé, mon général. Mr. Muhammad et le professeur Khalidi sont très pointilleux, mais je crois que, une fois qu'ils auront conclu que le premier missile est en bon état, ils iront plus vite pour les suivants. »

Kim jeta un coup d'œil à sa montre.

« Je vais en profiter pour lire quelques documents dans la cabine du capitaine. Vous pourrez venir m'y rejoindre lorsque vous aurez terminé. Ces hommes restent avec vous, au cas où vous auriez besoin de quelque chose. »

Juan réprima un sourire.

« Comme vous voudrez, mon général. »

Les trois membres de la Corporation passèrent au second missile dix minutes plus tard. Les gardes s'étaient assis dans l'échelle qui surplombait la cale. Le premier grillait cigarette sur cigarette, l'autre ne quittait pas les Arabes des yeux. Tous deux avaient leur veste ouverte, pour pouvoir se saisir de leurs armes à la seconde. Kim avait fini par se lasser, mais les deux agents secrets étaient d'une vigilance à toute épreuve.

On n'avait pas fixé d'heure pour le rendez-vous avec Eddie Seng. Si tout se passait comme prévu, il devait mettre son mini-sous-marin pas très loin sur l'arrière du *Star*, assez près pour que le sonar sophistiqué de son engin puisse détecter les trois hommes quand ils sauteraient à l'eau. Si Juan se sentait assez pressé, c'est parce qu'il voulait que l'*Oregon* ait gagné les eaux internationales le plus tôt possible, avant les premières lueurs du jour.

L'aube se levait dans trois heures. Il calcula le temps qu'ils mettraient à embarquer à bord du sous-marin, à sortir de la baie de Yonghung-man et enfin, à rallier l'*Oregon*. Ensuite tout dépendait des moteurs magnétohydrodynamiques du bâtiment, mais Cabrillo était tranquille de ce côté-là. Cette technique, qui consiste à extraire des électrons de l'eau de mer, en était encore au stade expérimental, pourtant depuis qu'on l'avait livré, deux ans plus tôt, le système complexe d'aimants cryogéniques qui alimentait en énergie les quatre pompes-hélices ne les avait jamais laissé tomber.

C'était l'heure. Cabrillo sentit un petit pincement à l'estomac, pas vraiment la peur, non, mais une certaine tension. Il n'oubliait jamais une vieille règle : la loi de Murphy. Chez lui, c'était presque une religion. Tacticien et stratège hors pair, planificateur de premier ordre, Cabrillo savait aussi qu'il reste toujours une part de hasard, un obstacle, un imprévu. Jusqu'ici, l'opération s'était déroulée sans encombre, ce qui voulait dire que la probabilité d'avoir un pépin augmentait d'autant.

Certes, il était à peu près sûr que sa ruse marcherait jusqu'à l'arrivée du navire en Somalie, d'où ils pourraient s'enfuir. Mais cette hypothèse signifiait que l'opération avait échoué, encore l'une de ses obsessions et la chose qu'il détestait encore plus que le célèbre précepte de Mr. Murphy. Il savait aussi que le coup était parti et qu'il n'y avait plus moyen de faire demi-tour. Si le dé tombait sur la mauvaise face, Max, Hali et lui-même étaient morts. Cela dit, en admettant que Dame Fortune veuille bien leur donner un coup de pouce, dix millions de dollars allaient tomber d'ici deux heures sur le compte de la Corporation dans les Îles Caïman, au débit du budget de l'Oncle Sam.

Cabrillo tapota sa montre, signe convenu d'avance, et la tension disparut comme par enchantement. Il avait retrouvé tous ses réflexes acquis au ROTC [1] puis améliorés au centre d'entraînement que possédait la CIA à la campagne, en Virginie, et par quinze ans d'expérience sur le terrain.

Hali changea imperceptiblement de position pour empêcher les gardes de voir Hanley. Max déverrouilla les serrures codées de sa mallette. Juan tourna le dos au missile, attira l'attention du garde imbibé de nicotine et lui fit ce geste qui appartient au langage universel, celui de quelqu'un qui demande une cigarette. Le Nord-Coréen sortit un paquet presque vide de sa veste, Juan s'avança dans la cale.

Ainsi distraits, les gardes ne voyaient plus Max Hanley qui sortit la bombe du double-fond de sa mallette. L'engin était plus petit qu'une boîte de disque compact, une merveille de miniaturisation qui avait pourtant la puissance d'une mine claymore.

Assis à deux mètres de la descente, le fumeur se leva et descendit au niveau du pont. Juan se pencha un peu vers l'autre, qui était resté assis près de son collègue. Sacré Murphy. Il prit la cigarette qu'on lui tendait et s'approcha du garde pour qu'il l'allume avec son magnifique Zippo.

Il tira alors une longue bouffée, garda la fumée une se-

1. Reserve Officer Training Center : Ecole des officiers de réserve. (NdT).

conde dans sa bouche, avant de tousser violemment, comme si ce tabac était plus fort qu'il n'avait cru. Le garde se mit à rire en le voyant et se tourna vers son camarade pour lui glisser un petit commentaire.

Il n'eut pas le temps de voir que, tout en continuant à tousser, Cabrillo s'était rassemblé comme un ressort que l'on comprime. Lorsque le coup de poing partit, il avait le poids de cette grande carcasse d'un mètre quatre-vingt-dix. Le garde, frappé à la mâchoire, s'effondra sur le pont comme s'il avait reçu une balle. Juan comptait sur l'absence de réflexes du second garde, il se donnait au moins deux secondes avant qu'il ait compris ce qui se passait.

Pourtant, l'homme était déjà debout en haut de l'échelle et portait la main à l'épaule pour prendre son arme lorsque Cabrillo se jeta sur lui. Il grimpa les marches, le saisit par les chevilles. Le garde venait de sortir son automatique quand Juan lui enserra les deux tibias. Il tomba sur les marches d'acier et se coupa le menton sur une arête, mais son élan fit perdre l'équilibre au Coréen et l'envoya valdinguer en bas. Le pistolet qui lui avait échappé était resté en haut.

Cabrillo se redressa, son menton saignait et un flot d'adrénaline coulait dans ses veines. Même si le Coréen ne pouvait pas viser avec précision, le bruit du coup de feu alerterait Kim et ils allaient voir débarquer une horde d'hommes en armes. Pendant que les deux hommes se battaient, Max Hanley s'était précipité sur le missile destiné à rayer de la carte la ville de La Mecque. Il lui fallait poser sa bombe assez près de la tête militaire pour la faire détoner par influence. Hali Kasim sortit un stylet dissimulé dans la reliure de son coran et courut vers l'échelle. Il savait que le temps d'arriver près de son patron, la lutte serait finie, mais il tenta tout de même le coup.

Juan essayait d'enfoncer son coude dans l'aine du Coréen qui tentait de remonter. Mais le garde esquiva et il manqua son coup. Il sentit une décharge de douleur dans son avant-bras lorsqu'il heurta le pont. Jurant, il réussit pourtant à saisir son poignet droit au moment où l'autre allait récupérer son arme. Cabrillo était plus grand et plus fort, mais il se retrouvait dans une situation délicate, il sentait que le Coréen s'approchait toujours du pistolet.

Hali était à trois mètres de la descente lorsque le garde plongea vers son arme. Juan se laissa traîner, l'homme se débattait. De son bras droit endolori qu'il lança à toute volée, il le frappa à la tempe, croyant le sonner pour un certain temps. Mais le Coréen s'ébroua et shoota dans la jambe droite de Juan, l'envoyant contre le bastingage. Par-dessus la respiration haletante des combattants, on entendit comme un os qui se brisait. Sûr que le Syrien avait son compte, cette fois-ci, le garde fit une nouvelle tentative pour récupérer son arme. Mais Cabrillo n'était pas même affaibli. Lorsque le Coréen saisit enfin le canon du pistolet, Juan agrippa son poignet et le cogna avec force sur le pont. Le pistolet lui échappa des mains et Hali le ramassa au passage, grimpa l'échelle quatre à quatre, et assena un coup de crosse sur la tempe du garde. Les yeux révulsés, le Coréen s'écroula.

« Ça va, patron ? » demanda Kasim en aidant Cabrillo à se remettre debout.

Max se rua vers l'échelle avec la vigueur d'un homme moitié moins âgé que lui.

« Les questions, ce sera pour plus tard, la bombe est amorcée, nous disposons de quinze minutes. »

Habitués à la vie à bord, les trois hommes coururent comme des fous pour gagner le pont principal où ils firent une brève halte afin de s'assurer qu'il n'y avait pas de ronde. On apercevait la silhouette élancée du destroyer mouillé au milieu de la baie, sa tourelle de 100 mm pointée vers le large. Le pont était désert, ils se jetèrent à la mer sans plus de cérémonie.

L'eau était froide et avait un goût de soupe au gazole. Max la recracha avant d'ôter sa gandoura. Dessous, il portait un short et une cagoule isolante. Juan se débarrassa de ses chaussures, mais garda son uniforme. Il avait grandi au bord de la mer dans le Sud de la Californie, il se sentait comme un poisson dans l'eau. Hali, le benjamin de l'équipe, enleva sa veste et ses bottillons et poussa le tout sous l'eau. La mer était noire, ils nagèrent sans bruit jusqu'à la voûte et plongèrent pour ne pas se faire repérer d'en haut.

Ils devaient trouver le bon compromis entre vitesse et discrétion. Eddie aurait pu rester en plongée à bord de son sous-marin, le Discovery 1000, dix mètres de long, mais ils auraient été obligés d'emprunter le sas, opération qui prenait du temps, même dans des circonstances normales. Juan avait donc décidé qu'Eddie ferait surface sur les barres, ce qui leur permettrait de passer par le panneau supérieur. Ils ne resteraient ainsi visibles que pendant une trentaine de secondes. La proximité de l'*Asia Star*, le bruit des vagues qui se brisaient contre son hélice immobile et son safran devraient empêcher les Coréens de détecter quoi que ce soit.

Ils n'attendirent pas une minute avant de voir des bulles monter pile sur l'arrière de l'*Asia Star*. Le sous-marin n'avait pas émergé qu'ils s'étaient déjà remis en route. Hali s'accrocha le premier et se hissa à bord. Il entrouvrit le panneau, la mer balayait la coque peint d'un noir mat. Le panneau se souleva avec un sifflement, il s'engouffra dans les entrailles sombres de l'engin, suivi immédiatement par Max puis Juan qui refermèrent le panneau derrière eux. Ils devaient travailler à tâtons, on n'y voyait rien car tout était éteint à bord, à l'exception de la faible lueur émise par les écrans du poste de pilotage.

Juan baissa un interrupteur fixé sur une cloison et deux lampes rouges s'allumèrent. Le Discovery n'était pas conçu pour plonger à plus de trente mètres et ne disposait que de vingt-quatre heures d'autonomie avant de devoir recharger et remplacer les absorbeurs de $C0_2$. Pour cette mission, on avait démonté les huit sièges afin de dégager l'emplacement des batteries supplémentaires, une espèce de conteneurs industriels reliés entre eux par un fouillis de câbles électriques. Des caisses de filtres étaient entassées dans tous les endroits possibles, ainsi que des vivres pour Eddie Seng. Des W-C chimiques trônaient au milieu d'un amoncellement de cartons vides, ceux des vivres. L'air chargé d'humidité sentait le renfermé.

Eddie était seul à bord depuis que l'*Oregon* l'avait largué, quinze jours plus tôt. Le port était truffé de systèmes d'écoute sous-marins, périodiquement scruté au sonar actif. Il avait mis un temps fou à pénétrer dans ce port fortement défendu, se laissant pousser par les courants, profitant d'une marée basse pour s'échouer, avant de repartir avec le flot. Il ne mettait les moteurs électriques en route que lorsqu'il pouvait se faire masquer par un navire qui entrait ou par un patrouilleur. Impossible de faire autrement pour pénétrer dans une base navale sans se faire détecter.

L'*Oregon* disposait d'autres plongeurs embarqués, mais Eddie, en sa qualité de responsable des opérations à terre, n'aurait laissé à personne d'autre le soin d'effectuer cette mission périlleuse. Il était lui aussi un ancien de la CIA, mais Juan ne l'avait jamais croisé à l'époque. Il avait passé l'essentiel de sa carrière au Proche-Orient, alors qu'Eddie se trouvait à l'ambassade des Etats-Unis à Pékin. Il y avait mis en place, et avec succès, plusieurs réseaux de renseignement. Après le 11 Septembre, le changement de politique et ses conséquences budgétaires avaient entraîné sa mutation, il s'était retrouvé au siège. Toujours passionné par ce qu'il appelait « le cœur du métier », Seng avait rejoint la Corporation et s'était vite révélé indispensable.

Cabrillo se glissa entre les batteries et les caisses vides avant d'aller s'installer dans un siège à la droite d'Eddie. Ses cheveux noir de jais étaient tout crasseux de ne pas avoir été lavés depuis si longtemps, et ses traits, si fins, étaient marqués par la fatigue. La tension tant physique que morale qu'il avait subie pendant ces deux semaines avait terni l'éclat de son regard.

« Salut, patron », fit Seng avec un sourire. Il gardait en toutes circonstances son caractère chaleureux. « Bienvenue à bord.

— Merci, lui répondit Juan, en notant que le sous-marin était déjà redescendu à dix mètres. L'heure tourne, mets le cap sur la sortie du port et fonce. On a onze minutes devant nous. »

Les moteurs du Discovery démarrèrent et son unique hélice commença à mordre l'eau. Ils ne pouvaient rien faire pour réduire leur bruit. Il fallait s'éloigner le plus possible de l'*Asia Star*, l'eau est un milieu incompressible et l'onde de choc en serait d'autant plus violente.

Cabrillo avait les yeux rivés sur l'écran sonar. Cela ne faisait pas une minute qu'ils avaient commencé à s'éloigner du cargo, lorsqu'il détecta un bruiteur.

« Voilà le méchant Mr. Murphy qui se réveille.

— Tu vois quoi ? » demanda en se penchant Hanley qui se tenait derrière Juan.

Le calculateur acheva d'analyser le signal acoustique, et Cabrillo annonça le résultat des courses :

« Patrouilleur type Sinpo. Douze hommes d'équipage. Deux canons automatiques de 37 mm et des grenades. Vitesse maximale quarante nœuds. Le bruiteur est déjà monté à vingt nœuds, il vient droit sur nous. »

Eddie se tourna vers lui.

« La routine. C'est sans arrêt comme ça depuis que je suis entré dans le port. Un patrouilleur passe devant le quai toutes les deux heures. Je pense qu'ils cherchent des marins candidats à la désertion.

— S'il reste au même cap, il va nous passer à la verticale. »

Cabrillo consulta encore une fois sa montre. Ils n'avaient pas franchi un quart de nautique. Trop près.

« Continuez comme ça. S'il nous entend ou s'il voit le sillage, il sera obligé de réduire avant de faire demi-tour. On n'a besoin que de six minutes. »

Peu de temps après, ils entendirent les hélices qui fouettaient l'eau, un bruit déchirant qui devenait de plus en plus aigu au fur et à mesure que le patrouilleur se rapprochait. Le son emplit toute la coque, il était à la verticale. Ça n'en finissait pas, on avait l'impression que le temps s'étirait. Max et Hali retenaient leur souffle. Le bâtiment s'éloigna. Cabrillo ne quittait pas son écran des yeux.

« Ils virent de bord, lâcha-t-il une seconde plus tard. Ils reviennent voir. Hali, écoute la radio, regarde s'ils émettent. »

Hali était chargé des transmissions à bord de l'*Oregon* et manipulait ses appareils comme un pianiste de concert son instrument.

A bord de l'*Oregon*, les équipements d'interception étaient assez sophistiqués pour surveiller simultanément un millier de fréquences par seconde. Le navire possédait un système de traduction en temps réel, son opérateur arrivait à suivre une conversation, assez vite pour berner tous ceux qui étaient sur une fréquence donnée. Mais le Discovery ne disposait que d'un équipement beaucoup plus rustique, ils auraient de la chance s'ils entendaient quelque chose. Aucun des trois ne parlait coréen, ils ne pourraient pas savoir si le patrouilleur demandait l'autorisation de larguer des grenades, ou s'il ne parlait que de la pluie et du beau temps.

« Non, rien », annonça Kasim au bout d'un moment.

Le patrouilleur passa une seconde fois au-dessus du sous-marin, ils entendirent les moteurs qui baissaient de régime.

« Ils nous collent », fit Eddie.

Le sonar détecta deux bruits de plongeons, trop faibles pour être des grenades ASM. Juan comprit tout de suite ce qui allait se passer.

« Attachez-vous ! »

Ces grenades étaient des copies des RGD-5 russes. Elles ne contenaient que quelques dizaines de grammes d'explosif, mais, dans l'eau, les effets étaient considérablement amplifiés. Les deux grenades explosèrent, à quelques mètres seulement du Discovery. L'arrière se souleva brutalement, Hakim se trouva projeté contre une rangée d'accus. Eddie se démenait pour essayer de redresser l'assiette, mais ils virent à travers le dôme en plastique le fond vaseux qui montait vers eux. Leurs oreilles tintaient, aucun d'eux n'entendit la seconde paire de grenades tomber dans l'eau. Elles explosèrent juste au-dessus du sous-marin et l'enfoncèrent dans la vase, au moment précis où Eddie était enfin parvenu à reprendre une assiette normale. Un nuage de poussière s'éleva du fond, réduisant la visibilité à zéro. Un arc électrique jaillit d'une connexion arrachée, répandant une vive lumière qui les aveugla un instant.

Eddie réduisit les moteurs pour laisser à Max le temps de réparer. Une torche miniature coincée entre les dents, l'ingénieur isola les accus concernés, mais le mal était fait. De la surface, on avait pu voir les éclairs à travers les hublots, le sous-marin devait ressembler à une forme bleuâtre noyée dans les profondeurs.

« Bon, cette fois, ils nous ont trouvés, déclara Hali. Ils causent dans le poste, un message assez bref, mais je crois que le bal est ouvert.

— Alors Max, ça vient ? lui dit Cabrillo, aussi calme que s'il avait demandé quand le café serait prêt.

— Une seconde.

— Hali, des émissions de la terre ?

— Négatif. Les galonnés doivent être en train de découvrir ce que leur dit le patrouilleur.

— C'est bon, annonça Max. Eddie, tu peux remettre en route. »

Eddie Seng appuya sur un bouton et les écrans se rallumèrent.

« Eddie, surface d'urgence. Tu nous remontes.

— Le patrouilleur est à la verticale, patron. »

Cabrillo se contenta d'un sourire sinistre.

« Et voilà, adieu la garantie », répondit Eddie avant de chasser aux ballasts.

Le petit sous-marin sembla jaillir du fond. Eddie observait le mano et annonçait l'immersion. Lorsqu'ils ne furent plus qu'à deux mètres de la surface, tout le monde rentra instinctivement les épaules.

La coque d'acier heurta les œuvres vives du coréen dans un horrible bruit de tôle froissée. Le sous-marin était beaucoup moins lourd, de plusieurs tonnes, mais il avait réussi à déséquilibrer le patrouilleur qui s'inclina sur tribord jusqu'aux dalots. Un de ses hommes, les jambes fracassées par un fût de gazole désemparé, fut projeté par-dessus bord. Juan passa le bras devant Eddie et ouvrit les purges avant qu'ils aient percé la surface.

En moins de quinze secondes, les puissantes pompes

avaient fait leur œuvre, le Discovery redescendit comme une pierre.

« Ça va les occuper quelques minutes, fit Max.

— On n'a pas besoin de plus. Bon, mettez vos casques et attachez-vous bien. »

Les hommes enfilèrent des casques dotés d'une électronique spécialement prévue pour cette mission. Fabriqués par Sound Answers, ces équipements expérimentaux détectaient les bruits, évaluaient leur fréquence et leur amplitude, et réinjectaient le même signal en opposition de phase, annulant ainsi 99 % des décibels. Une fois perfectionné et miniaturisé, ce genre de composant pourrait par exemple permettre de fabriquer des aspirateurs silencieux ou éviter d'entendre le bruit de la fraise chez le dentiste.

*

* *

A bord de l'*Asia Star*, l'un des gardes chargés de surveiller les Syriens s'était réveillé. Il perdit de précieuses secondes à chercher son collègue. L'hématome qu'il avait à la tête, dû au coup de crosse, était dur comme une peau de tambour. Son camarade ne risquait pas de se réveiller, et lui connaissait son devoir. Il se rua hors de la cale, hurlant à s'en déchirer les poumons, sans faire attention à sa tête qui le faisait souffrir. Il atteignit ainsi le pont principal, essaya d'ouvrir des portes tout le long de la coursive située sous la passerelle jusqu'à ce qu'il eût trouvé la cabine du capitaine. Il hésita – fallait-il frapper ? – mais ce qu'il avait à dire était trop important. Il ouvrit la porte à la volée, le général Kim était au téléphone.

« Et maintenant, qu'aimerais-tu faire, mon petit lotus ? »

Kim bondit sur ses pieds en entendant la porte s'ouvrir. Il aboya :

« Mais que signifie ?

— Mon général, supplia le garde... les Syriens nous ont attaqués. Je ne les ai pas revus dans la cale, je crois qu'ils essayent de fuir.

— Fuir ? Fuir quoi ? »

Il n'eut pas le temps de poser la question qu'il avait deviné la réponse. Il raccrocha puis tenta de joindre la terre. « Allez, allez, saloperie. » Puis s'adressant au garde : « Ce n'étaient pas des Syriens, ce sont des saboteurs américains. Fouillez la cale, il doit y avoir une bombe. »

Quelqu'un finit enfin par répondre au téléphone. Kim savait que, même s'il mourait, le fait d'avoir donné l'alerte permettrait de punir les Américains de leur sombre machination.

« Ici le général Kim, à bord de l'*Asia Star*. »

L'explosion de la bombe déchira le missile dans lequel elle avait été déposée et, une fraction de seconde plus tard, la pression monta brusquement dans la cale, les panneaux de quatre tonnes sautèrent et montèrent dans le ciel comme si un volcan venait d'entrer en éruption. Les vieilles tôles de bordé du *Star* pétèrent leurs soudures comme s'il s'agissait d'écorces d'orange, les tonnes et les tonnes de carburant destiné aux missiles, stocké à l'avant, détonèrent à leur tour.

Le navire se désintégra totalement.

Un morceau du quai, deux cent cinquante mètres de béton, vola en éclats et des débris atterrirent jusqu'à plusieurs kilomètres à l'intérieur des terres. Deux énormes grues s'effondrèrent dans l'eau, toutes les vitres du port volèrent en miettes. Puis l'onde de choc arriva. Les hangars s'écroulèrent dans un rayon de cinq cents mètres, ceux qui se trouvaient au-delà se firent arracher les tôles et se retrouvèrent réduits à l'état de squelettes de métal, seuls vestiges à rester debout. Le choc fit reculer l'eau de six mètres dans la baie, puis elle reflua, formant une vague gigantesque qui balaya le destroyer au mouillage. Sa quille se brisa et il chavira si vite que les hommes de quart n'eurent pas le temps de réagir.

Il faisait nuit, mais on y voyait comme en plein jour. La boule de feu s'éleva jusqu'à une altitude de trois cents mètres, des gerbes de carburant enflammé retombaient comme une pluie de feu, déclenchant des incendies dans tout l'arsenal. Des débris de la coque de l'*Asia Star* passaient en rase-mottes comme des shrapnels, détruisant au passage bâtiments et voitures.

Le choc souleva le patrouilleur hors de l'eau avant de le laisser retomber, tanguant et roulant comme une bille de bois qui dévale le flanc d'une montagne. A chaque tonneau, il perdait un bout de superstructure. La pièce avant partit la première, puis la tourelle double de 127 arrière, et ce fut enfin le tour de l'abri. Il n'en resta plus qu'une coque rasée au niveau du pont et qui ballottait sur les vagues.

L'amortisseur de bruit avait rempli son rôle, mais l'onde de choc fit tout de même résonner le Discovery comme une cloche. Toute la coque trembla lorsqu'elle passa, le petit sous-marin commença une glissade vers l'avant, redescendit, faisant céder des saisines et envoyant valdinguer ce qui était stocké dans les caisses. Le fracas atteignit les tympans des hommes et, sans leurs écouteurs spéciaux, ils seraient restés définitivement sourds.

Cela dit, Cabrillo fut obligé de hurler pour prendre des nouvelles de ses hommes. Eddie et Hali étaient indemnes, mais Max avait pris une batterie sur la tête. Le cuir chevelu n'était pourtant pas fendu, il n'avait pas perdu connaissance. Il allait s'en tirer avec un bon mal de crâne pendant quelques jours.

« C'est bon, Eddie, tu nous ramènes à la maison. »

Le petit sous-marin se glissa hors du port sans se faire détecter et ils étaient déjà à deux nautiques des côtes lorsqu'ils entendirent les premiers hélicoptères qui fonçaient vers Wonsan. Les ventilos volaient trop haut et trop vite pour qu'il puisse s'agir d'engins de lutte anti-sous-marine. Probablement des appareils de secours qui apportaient du matériel médical et du personnel dans la base dévastée.

Comme toutes les nations côtières, la Corée du Nord exerçait pleine et entière souveraineté sur la zone des vingt nautiques. Par prudence, Juan avait donc prévu d'effectuer le rendez-vous au-delà de cette limite, ce qui représentait un long trajet à bord du sous-marin dans lequel ils étaient entassés. Cela leur prit trois heures de plus que prévu. L'aube approchait, le Discovery devait rester en immersion profonde, au cas où les Nord-Coréens enverraient des avions de reconnaissance.

Ils atteignirent enfin les eaux internationales. Eddie commença la remontée depuis leur immersion de vingt-cinq mètres. Les œuvres vives de l'*Oregon* étaient revêtues d'antifouling de couleur rouge, la coque était bien visible de l'intérieur du sous-marin. Juan nota avec satisfaction que les bernacles ne s'étaient pas accrochées à la carène, son bâtiment semblait aussi neuf que le jour où il en avait pris possession. Pour tirer le meilleur parti de son système de propulsion révolutionnaire, l'*Oregon* avait un dessin de coque inspiré de ceux des navires à très grande vitesse comme on en voit en Europe. Sa coque unique taillée en V lui permettait de fendre la mer comme une lame de couteau, à des vitesses inimaginables. Pour assurer sa stabilité, elle comportait des ailerons rétractables en forme de T, sorte d'ailes sous-marines qui lui permettaient de planer jusqu'à quarante nœuds. Au-delà de cette vitesse, les ailerons créaient une force de traînée trop importante. On les rentrait dans la coque et l'équipage devait se sangler, comme sur les embarcations de course.

Eddie prit un objet qui avait la forme et la taille d'une télécommande, le pointa sur l'*Oregon* et appuya sur le bouton.

Deux portes de vingt-cinq mètres de hauteur, fixées sur la quille, s'abaissèrent. Le violent éclairage intérieur de la coque leur apparut, baignant la carène d'une lueur verdâtre. Eddie joua avec les moteurs et régla la pesée pour placer le Discovery dans l'axe de l'ouverture. Il s'immobilisa, deux plongeurs se mirent à l'eau pour venir fixer des câbles sur les points d'accrochage prévus à cet effet à l'avant et à l'arrière. Le mini-sous-marin et son homologue de plus grande taille, un Nomad 1000 également embarqué, pouvaient faire surface dans ce radier, mais la manœuvre était délicate et on ne l'utilisait qu'en cas d'urgence.

L'un des hommes-grenouilles s'approcha du hublot bâbord, fit un petit signe à Eddie et à Juan, avant de passer la main sur son cou. Eddie coupa les moteurs. Lorsqu'il atteignit la surface, Seng ouvrit les sectionnements qui permettaient de vidanger les ballasts.

Juan aperçut Julia Huxley, le médecin du bord, qui se tenait sur le radier avec deux aides. Il leva les pouces dans sa direction, elle abandonna son air soucieux et lui fit un grand sourire. Elle avait rejoint la Corporation après une carrière dans la marine où elle avait terminé à quatre galons, médecin-chef de la base navale de San Diego. Elle mesurait un mètre soixante et sa blouse blanche moulait des formes intéressantes. Elle attachait toujours ses cheveux, et ne se maquillait presque pas, sauf pour mettre en valeur de beaux yeux sombres.

La grue déposa le sous-marin sur son chantier et un technicien grimpa sur la coque pour ouvrir le panneau. Lorsque ce fut fait, l'équipage l'entendit pousser un grand cri d'étonnement.

« Essaye donc de rester bouclé là-dedans pendant deux semaines et tu verras », lui dit Eddie en s'extrayant de son siège.

Il avait déjà défait la fermeture de sa combinaison, impatient de prendre sa première douche en quinze jours. Il avait beaucoup maigri, on voyait chaque muscle de sa poitrine et de son ventre. Eddie était bâti comme ce fameux héros de films d'arts martiaux, Bruce Lee, et, tout comme lui, était passé maître dans plusieurs de ces disciplines orientales.

Juan laissa ses hommes passer devant, mais, après avoir pris quelques profondes inspirations, il appela un marin qui se trouvait là :

« Refermez les portes et appelez-moi Eric au PC OPS. Dites-lui de mettre le cap plein est, disons vingt nœuds. Tant que le panneau de synthèse des menaces reste au vert, inutile d'attirer l'attention en mettant la gomme. »

Eric Stone était le meilleur opérateur de CO, et Juan n'aurait confié la barre à personne d'autre lorsque la situation était critique.

« Bien, capitaine. »

Lorsque l'on eut refermé les portes, les pompes entrèrent

en action pour assécher le radier et des marins posèrent des grilles sur l'ouverture. Des techniciens inspectaient déjà les avaries que le Discovery avait subies en percutant le patrouilleur, d'autres arrivaient avec des bidons de détergent pour nettoyer l'intérieur.

Julia s'approcha de Juan lorsqu'il fut arrivé en bas de l'échelle.

« Nous avons entendu l'explosion jusqu'ici, pas besoin de vous demander comment ça s'est passé.

— Tu n'as pas l'air rassuré pour autant, lui répondit-il en se débarrassant de sa veste d'uniforme de colonel.

— Simplement préoccupée, monsieur le président. En dehors de quelques muscles froissés, je n'ai pas eu grand-chose à faire ces derniers mois. »

Juan lui sourit.

« Allons, Julia, tu nous connais. Laisse-moi quelques jours ou une semaine, c'est bien le diable si nous n'avons pas de nouveaux ennuis. »

Cabrillo allait bientôt regretter ce qu'il venait de dire. Sous quatre jours, le Dr Julia Huxley allait avoir du boulot, et jusqu'aux yeux.

CHAPITRE 4

« ENTREZ », répondit Cabrillo en entendant frapper à la porte de sa cabine.

L'*Oregon* était désormais hors de portée de ses adversaires, hormis les plus performants des chasseurs nord-coréens. Mais, à en croire les communications qu'ils avaient interceptées, il semblait improbable qu'ils décollent avant de se retrouver eux aussi hors de portée. Cabrillo s'était autorisé un grand bain d'une heure dans le jacuzzi de sa salle de bains et finissait tout juste de s'habiller. A bord, on n'était pas très pointilleux sur la tenue, il portait un pantalon de toile et une chemise à col ouvert.

Contrairement à ce qu'auraient pu faire croire son déguisement en colonel Hourani, son nom et ses origines hispaniques, Juan Cabrillo avait les yeux bleus et des cheveux blonds comme les blés, résultat d'une jeunesse passée au soleil et dans les vagues. Ses traits étaient eux aussi plus anglo-saxons que latins, il avait un nez racé, une bouche toujours souriante, comme s'il venait de penser à une blague connue de lui seul. Il présentait pourtant une autre facette, une certaine dureté acquise pendant toutes ces années au cours desquelles il avait affronté tant de dangers. Il avait l'art de la dissimuler, mais ceux qui le voyaient pour la première fois sentaient immédiatement ce quelque chose d'indéfinissable et qui commande le respect.

Linda Ross, qui venait d'être promue directeur adjoint de la Corporation, entra, une planchette de notes serrée contre la poitrine. Linda était elle aussi une ancienne de la marine. Elle avait été un certain temps officier de renseignement à bord d'un croiseur Aegis avant de se voir affectée au Pentagone. Mince et athlétique, elle parlait doucement, mais réfléchissait à toute vitesse. Lorsque Richard Truitt, son prédécesseur, avait démissionné de manière assez inattendue après l'affaire de la Pierre sacrée, Cabrillo et Hanley n'avaient pas hésité : Linda était la seule capable de le remplacer.

Linda se figea sur le pas de la porte, tétanisée. Juan était occupé à mettre en place sa jambe droite artificielle et roulait son pantalon par-dessus avant d'enfiler une paire de mocassins italiens. Non qu'elle ne sût pas qu'il portait une prothèse, mais elle ressentait toujours un choc quand elle le voyait faire, car Cabrillo ne semblait jamais gêné d'avoir une moitié de jambe en moins au-dessous du genou.

Sans lever les yeux, il lui dit :

« A bord de l'*Asia Star*, un garde coréen m'a écrasé la jambe sur la rambarde et a fait péter le plastique. Il a dû être surpris que j'aie pu continuer à me battre, alors qu'il croyait m'avoir cassé la guibole.

— Tu as juste confirmé leur propagande, répondit Linda avec un petit rire.

— A savoir ?

— Que les Américains ne sont que des robots à la solde d'un gouvernement impérialiste. »

Ils éclatèrent de rire.

« Bon, quelles nouvelles depuis notre départ pour l'Afghanistan ?

— Tu te souviens d'Hiroshi Katsui ? »

Il fallut un moment à Cabrillo pour le remettre.

« Hiro ? Seigneur, je n'y pensais plus depuis que nous étions à l'UCLA [1]. Son père est le premier milliardaire que j'aie jamais rencontré. Grosse famille d'armateurs. Hiro était

1. University of California, Los Angeles. (NdT).

le seul étudiant du campus à posséder une Lamborghini. Mais il faut lui reconnaître ceci : sa fortune ne lui est jamais montée à la tête. Il avait les pieds sur terre et savait se montrer plutôt conciliant.

— Certains des intermédiaires qu'il nous a envoyés représentent un consortium d'armateurs de la région. Au cours des dix derniers mois ou à peu près, il y a eu un regain d'actes de piraterie depuis la mer du Japon jusqu'en mer de Chine. »

Cabrillo la coupa :

« C'est un problème que l'on rencontre plutôt dans les eaux côtières et dans le détroit de Malacca.

— Des endroits où les indigènes attaquent des yachts ou montent à l'abordage de cargos pour ramasser tout ce qu'ils peuvent, convint Linda. Cela représente un milliard de pertes chaque année, et le phénomène prend de l'ampleur. Mais ce qui se passe en Indonésie ou en Malaisie n'est pas grand-chose, des voyous qui s'en prennent aux vieilles dames dans des rues mal éclairées, rien à côté de ce qui se passe plus au nord. »

Cabrillo fit le tour de son bureau pour prendre un barreau de chaise dans la cave à cigares. Il écouta Linda tout en préparant son beau havane avant de l'allumer à l'aide d'un Dunhill en or et onyx.

« Ce que nous raconte l'ami Hiro ressemble davantage aux bandes qui prenaient d'assaut des camions à l'aéroport Kennedy. Ces pirates sont bien armés, entraînés, très motivés. Ils font aussi preuve d'une brutalité invraisemblable. Quatre navires se sont évanouis, aucune trace des équipages. Le cas le plus récent, c'est un pétrolier qui appartient à la compagnie de votre copain, le *Toya Maru*. Plusieurs autres bâtiments ont été attaqués et ont subi des pertes en vies humaines significatives et j'ajouterais, inutiles, car personne n'avait opposé la moindre résistance.

— Que cherchent ces pirates ?

— Parfois, la paye de l'équipage. »

Les cargos avaient coutume d'embarquer la paye de l'équipage en espèces. Cabrillo jugeait que tuer des gens pour dix ou quinze mille dollars était ridicule.

« Dans d'autres cas, ils transfèrent les conteneurs à bord de leurs bâtiments. D'après les descriptions sommaires que nous en avons, il s'agit de chalutiers transformés et équipés de grues. Et, comme je te l'ai déjà dit, il arrive que des navires disparaissent purement et simplement. »

Juan méditait ce qu'elle venait de lui dire en regardant les petits ronds de fumée se réfléchir sur le plafond lambrissé de teck.

« Donc, Hiro et son consortium aimeraient que nous mettions fin à ces agissements ? »

Linda jeta un coup d'œil à son bloc.

« Voici ce qu'il nous a dit : "Faites-leur payer très cher leurs forfaits, comme un trois-quarts centre contre la défense des Raiders." »

Ce qui fit sourire Cabrillo. Il se souvenait de la passion de Hiro pour le football américain, surtout pour les Raiders, lorsqu'ils jouaient à Los Angeles. Mais son sourire s'effaça vite. Compte tenu de l'organisation de la Corporation, chaque membre d'équipage détenait des actions dans la limite d'un pourcentage déterminé par son niveau hiérarchique et son ancienneté. La démission inattendue de Dick Truitt avait mis à mal la trésorerie. Il n'aurait pas pu s'en aller à pire moment. L'heure était malvenue car la Corporation venait d'investir dans l'immobilier à Rio de Janeiro et elle n'en tirerait pas de revenus avant deux mois. Il pouvait refuser ce contrat, mais les bénéfices attendus étaient trop importants pour qu'on les traite par-dessus la jambe. Le boulot qu'ils venaient de terminer pour Langston Overholt couvrait juste ce à quoi Dick avait droit, mais cela laissait Cabrillo à sec pour couvrir les salaires, les assurances et les mille et une factures que doit régler une société mois après mois. Qu'ils opèrent en dehors du strict cadre légal ne voulait pas dire qu'ils pouvaient échapper aux dures réalités du capitalisme.

« Ils nous proposent combien ? »

Linda consulta ses notes.

« Cent mille dollars la semaine pour un minimum de huit semaines et un maximum de seize, plus un million pour chaque bateau de pirate coulé. »

Cabrillo fronça les sourcils. Le contrat allait à peine couvrir ses dépenses. Ce qui l'ennuyait, c'était que, s'il acceptait, il allait se trouver coincé pendant deux mois et dans l'impossibilité de signer quelque chose de plus lucratif si ça se présentait. Mais cela lui donnait le temps d'attendre que son investissement au Brésil commence à rapporter et, une fois que cette somme serait rentrée en caisse, la Corporation serait sortie du rouge. En outre, Juan éprouvait comme tout marin du dégoût pour la piraterie et rien ne lui plairait plus que de débarrasser les mers de cette vermine.

D'après ce qu'il avait pu lire, il savait que les pirates des temps modernes ne ressemblaient en rien aux coureurs de mer de légende. Fini les capitaines barbus, un bandeau noir sur l'œil et un perroquet perché sur l'épaule. Les pirates de maintenant, en tout cas ceux qui opéraient dans le détroit de Malacca, étaient de pauvres pêcheurs qui possédaient pour seules armes ce qui leur tombait sous la main. Ils attaquaient de nuit et s'évanouissaient aussitôt en emportant ce qu'ils pouvaient à bord de leurs embarcations et de leurs pirogues. Certes, ils commettaient parfois des meurtres, mais cela n'avait rien à voir avec ce que Linda lui avait raconté.

Juan craignait depuis longtemps qu'un chef émerge un jour et mette en place chez les pirates une organisation comparable à ce que Lucky Luciano avait réalisé avec Meurtre SA, transformant une bande de criminels en une machine parfaitement huilée. Ce jour était-il venu ? Un cerveau était-il entré dans la danse pour convaincre les autres qu'ils pouvaient doubler ou tripler leurs bénéfices, et hisser la piraterie au niveau atteint par le terrorisme ? C'était très possible. Assis à son bureau, Cabrillo se demandait si les deux phénomènes n'étaient pas liés. Dans les années qui avaient suivi le 11 Septembre, les terroristes avaient vu s'assécher leurs principales sources de financement. Il était possible, et en y réfléchissant, il était même probable, que des groupes comme Al-Qaïda se soient tournés vers la piraterie ou autres activités illégales pour remplir leurs coffres.

Un tel lien suscitait chez Cabrillo un intérêt tout particulier. Son équipage et lui effectuaient de nombreuses missions secrètes pour le gouvernement américain, c'est vrai. Dans ce cas, ce serait un exemple d'opération montée pour le compte d'intérêts privés, qui bénéficierait aux intérêts du pays et éviterait à l'Oncle Sam de s'en occuper. Il se tourna vers son directeur opérations.

« T'a-t-il dit combien de navires pirates pouvaient opérer dans la zone ?

— Il n'a pas de données précises, mais il pense qu'il s'agit au minimum de quatre chalutiers modifiés, à en juger par les dates et les distances entre les attaques. »

Ce qui donnait quatre millions de dollars. Une grosse somme, à première vue, mais Cabrillo savait que la Corporation était une croqueuse. Si le Disco avait subi de graves avaries, il fallait compter dans les deux millions de dollars pour le remplacer. Il réfléchit un instant.

« Prends contact avec Hiro, dis-lui que nous acceptons l'affaire, sous deux conditions. Primo, nous voulons deux millions de dollars par bâtiment coulé. Secundo, nous nous réservons de suspendre le contrat avec un jour de préavis. »

Un seul missile surface-surface de l'*Oregon* coûtait un peu moins d'un million.

« Ensuite, appelle Overholt à Langley et dis-lui ce que nous allons faire. Dis-lui aussi que je lui envoie mon compte rendu sous deux jours.

— Et que fait-on d'Eddie Seng ? »

Ils avaient promis à Eddie de lui offrir deux semaines de vacances pour compenser les deux autres qu'il avait vécues enfermé à bord du sous-marin.

Cabrillo pianota quelques touches du moniteur qui trônait sur son bureau et balaya une série d'écrans avant de trouver celui qu'il cherchait. Il calcula des distances, les compara au rayon d'action du Robinson R-44 abrité dans un hangar dissimulé sous un panneau à l'arrière.

« Nous pourrons envoyer l'hélico à Séoul demain dans la journée. Eddie pourra attraper une liaison régulière.

— Mais non, ce n'est pas le problème. Il a dit à Julia qu'il ne voulait pas partir. »

Juan n'en fut guère surpris.

« On peut obliger un type à prendre des vacances, on ne peut pas l'obliger à se détendre.

— Je suis inquiète, je crains qu'il ne tire trop sur la corde. Il a vécu quelque chose d'éprouvant depuis que nous l'avons largué, il y a deux semaines. »

En sa qualité de directeur général, Juan Cabrillo était le seul membre de la Corporation à pouvoir accéder à tous les dossiers de son équipage. Il se demandait s'il allait violer un secret en racontant à Linda comment, lorsqu'il appartenait à la CIA, Eddie avait passé deux mois sous une double couverture, la première fois en se faisant passer pour un traître taïwanais désireux de vendre à la Chine rouge des renseignements sur les dispositions prises dans le détroit de Formose ; la seconde fois, en sens inverse, en essayant de démasquer les généraux chinois qui avaient accepté de lui vendre ces tuyaux. Il avait mené ces deux affaires comme un chef, quatre généraux des plus brillants avaient été mutés dans le désert de Gobi, le gouvernement avait gaspillé des millions de dollars à construire des fortifications pour se protéger d'une invasion qui n'aurait jamais lieu. Cela avait été la dernière opération d'Eddie, on l'avait affecté ensuite à Washington. Mais Juan décida de se taire et se contenta de répondre :

« Si Eddie a décidé de rester à bord, je ne vais pas me tuer à discuter avec lui.

— C'est bon.

— Hiro t'a-t-il fourni des détails sur les attaques ?

— Il a dit qu'il nous expliquerait une fois que nous aurions signé.

— Dès que nous les avons, dis à Mark Murphy et à Eric Stone de nous bâtir un modèle informatique : où les pirates risquent-ils d'attaquer, quelle couverture imaginer qui nous permettrait de faire une cible attrayante. »

Le jeune Murphy était le spécialiste des armes à bord de l'*Oregon*. Chercheur d'origine, il n'avait pas son pareil en recherche opérationnelle.

Linda prit note.

« Autre chose ?

— Ça devrait aller pour le moment. Dès que Mark et Eric auront déterminé la meilleure position, trace une route et allons-y. »

Cabrillo termina son cigare en rédigeant le rapport qu'il devait à Langson Overholt. Il avait décidé d'en finir avec ce pensum plutôt que de le remettre à plus tard. Lorsque le barreau de chaise ne fut plus qu'un moignon, il avait terminé. Il passa le document dans un logiciel de chiffrement, aussi performant que ceux de la NSA, et envoya le tout par courrier électronique à son vieil ami au siège de la CIA. Il se sentait toujours nerveux et, en dépit du dîner que l'on venait de servir au carré, décida d'aller faire un tour dans le bord.

Depuis la salle des machines où étaient installés les moteurs magnétohydrodynamiques jusqu'au centre d'opérations dernier cri sous la passerelle, toutes les cloisons étaient couvertes d'écrans plasma. Juan se rendit dans les nombreux locaux d'armes, dans le magasin des farces et attrapes, dans l'armurerie, au hangar, dans les zones de vie fort confortables. Il passa dans le moindre recoin, saluant au passage les marins qu'il croisait. Il alla faire un tour aux cuisines, tout inox, où une brigade de cordons bleus préparait des repas qui auraient fait honneur aux meilleurs restaurants de New York ou de Paris. Il jeta un œil au spa, à la salle de sports avec ses rangées de machines d'entraînement, d'haltères, aux saunas qui avaient beaucoup de succès. Il effleura l'un de leurs quatre supercalculateurs Sun/Microsystem. Ces bêtes respiraient la puissance. Avec eux, aucun problème n'était trop complexe.

Il faisait attention au moindre détail, à chaque centimètre de câble et de tuyau, il jeta un œil au plan du pont. L'écorché qu'il avait sous les yeux, il l'avait intégré, représentait tout ce qu'il avait eu en tête et qui s'était transformé, conformément à ses instructions, en acier, en bois, en matière plastique. L'*Oregon* était à la fois son château fort et son refuge.

Mais, ce dont il était le plus fier, c'était le pont. De l'extérieur, l'*Oregon* laissait voir ce qui en faisait le plus beau navire espion jamais imaginé. Les Russes n'avaient guère été imaginatifs en concevant les leurs, toujours déguisés en chalutiers, si bien qu'on les reconnaissait au premier coup d'œil dès qu'ils apparaissaient devant une côte. L'US Navy utilisait des sous-marins pour ses missions d'espionnage, solution inimaginable pour ce qu'avaient à faire Cabrillo et ses hommes. Non, ce dont avait besoin la Corporation, c'était de demeurer dans l'anonymat le plus total, sous peine de sombrer dans le ridicule – et encore, dans le meilleur des cas.

C'est pour cela que, extérieurement, l'*Oregon* ressemblait à une épave arrachée à un chantier de démolition.

Juan avait emprunté l'ascenseur pour monter à la passerelle depuis le CO situé dans le premier entrepont. Il avait gagné l'aileron tribord pour avoir une vue d'ensemble sur son bâtiment. L'*Oregon* mesurait 180 mètres de long, 25 au maître-bau pour une jauge brute de 11 585 tonneaux. L'îlot était rejeté un peu sur l'arrière, ce qui lui permettait de disposer de trois grues à l'avant et deux sur la plage arrière. Ces grues étaient des engins délabrés tout rouillés, les câbles étaient en piteux état, seules deux d'entre elles fonctionnaient réellement. Le pont était parsemé de zones peintes, de tôles rouillées, dans toutes les teintes possibles et imaginables. Les bastingages paraissaient fragiles par endroits, des panneaux de cale étaient voilés. Du pétrole suintait sous les bidons stockés à l'avant de l'abri, répandant une sorte de boue poisseuse, des pièces rouillées diverses parsemaient les lieux. On y trouvait de tout, depuis des morceaux de cabestan cassés jusqu'à une bicyclette qui avait perdu ses pneus. En se penchant un peu, Cabrillo avait sous les yeux des traînées de rouille sous les dalots, des raboutis de métal soudés par endroits pour cacher une fissure de coque. La peinture était à dominante vert sale, on n'avait pas hésité à l'agrémenter de quelques taches marron, noir, bleu foncé.

Il salua de l'index comme à son habitude le pavillon iranien qui flottait au mâtereau de poupe avant de jeter un coup d'œil à la passerelle elle-même. Le pont, verni dans le temps, était maintenant rayé et constellé de brûlures de cigarette. Les vitres étaient souillées de crasse et de sel, les consoles couvertes de poussière. Le cuivre du chadburn était si terne qu'il en paraissait noir, il y manquait une aiguille. Quant aux équipements électroniques, par exemple, les instruments de navigation, ils n'auraient pas déparé dans les vitrines d'un musée. La chambre des cartes, derrière la passerelle, était jonchée de cartes mal pliées. On y trouvait un poste radio avec une portée ridicule.

Toujours dans l'îlot, les postes d'équipage ne valaient guère mieux. Pas une couchette proprement faite, pas d'argenterie ni de vaisselle convenable dans la cambuse sale à souhait. Cabrillo était plutôt fier de la cabine du capitaine. Elle puait la cigarette de mauvaise qualité, la décoration se composait en tout et pour tout de peintures sur velours du plus suprême mauvais goût, de mauvais portraits de clowns tristes aux yeux délavés et au regard sinistre. Une bouteille de whisky sud-américain était posée sur le bureau à côté d'un sirop d'ipecac et de deux verres qui n'avaient jamais été lavés. Le cabinet de toilette adjacent était plus cradingue que les W.-C. pour hommes dans un relais routier du Texas.

Toute cette mise en scène était destinée aux inspecteurs, fonctionnaires des ports et autres pilotes, pour les inciter à vider les lieux vite fait et à poser le moins de questions possible. Leur record, c'était une visite des douanes au Cap : le douanier avait refusé de poser un pied sur la coupée délabrée. Avec l'aide des ordinateurs, la barre et le chadburn on pouvait, à la rigueur, manœuvrer et donner les ordres à la machine. Cela permettait aux pilotes ou à ceux qui embarquaient pendant les chenalages, comme dans le canal de Panama, de faire leur boulot, mais, en réalité, tout se passait à partir d'un poste de commande ultramoderne installé au CO.

C'est son état désastreux qui permettait à l'*Oregon* de pénétrer dans n'importe quel port sans attirer l'attention. Tout le monde l'oubliait très vite, comme ces caboteurs qui rouillaient un peu partout, alors que l'heure était de plus en plus aux conteneurs. Ceux qui s'y connaissaient un peu en matière de navigation savaient que cette vieille baille était amortie depuis belle lurette et que ses propriétaires avaient renoncé à remplacer les moteurs ou à lui offrir quelques pots de peinture. Et si l'administration éprouvait le besoin de voir l'équipage, elle tombait sur des hommes aussi décrépits que leur bâtiment.

Un bruit attira l'attention de Cabrillo. C'était Max Hanley qui sortait de l'ascenseur. Il vint le rejoindre sur l'aileron. Max s'était débarrassé de son maquillage, révélant ainsi une complexion sanguine et un nez bourgeonnant. Il portait un bleu de chauffe, Juan le soupçonnait d'être descendu après sa douche voir ses moteurs. Le vent fouettait ses cheveux châtains. Ils restèrent tous deux à savourer ce moment de silence.

« Tu penses à Truitt ? » finit par lui demander Max.

Juan ne lui avait guère parlé jusqu'ici de la démission de leur associé.

Il se retourna, le dos à la mer, et posa les deux coudes sur le pavois avant. La lumière aveuglante réfléchie par les vagues l'obligeait à garder les yeux mi-clos.

« J'étais juste allé faire un tour dans le bord, dit-il enfin. Je suis content de ce que nous avons réussi à faire.

— Mais ?

— Mais l'*Oregon* n'est qu'un moyen en vue d'une fin. Dick le savait, j'ai cru longtemps qu'il y croyait, comme toi et moi.

— Et maintenant, tu en doutes, et tu doutes de Dick, parce qu'il a déchaussé ses patins pour aller voir ailleurs.

— C'est ce que je me suis dit au début, mais maintenant, je doute de moi-même et de notre mission. »

Max entreprit de bourrer sa pipe et l'alluma en abritant l'allumette du vent, tout en réfléchissant à ce que venait de lui dire son ami.

« Je vais te dire ce qui se passe, à mon avis. Cela fait maintenant quelques années que nous travaillons, en mettant de l'argent de côté à chaque coup. Nous savions tous qu'il y aurait une fortune pour nous lorsque l'arc-en-ciel serait dissipé. Et avec le départ de Dick, nous venons de comprendre combien elle pesait vraiment. Il va nous alléger de quarante-cinq millions de dollars net. Moi, je toucherai encore plus que ça, et toi, tu en auras encore plus que moi. Il est difficile de rester insensible à des montants pareils lorsque l'on essaye de peser ce qui relève de votre idéal et ce qui peut vous rapporter un chèque.

— Et même, un gros chèque », compléta Juan.

Max en convenait.

« C'est exact. Mais, permets-moi de te poser une question. Quand tu travaillais pour la CIA, à te démener comme un fou à Amman ou au Nicaragua, tu le faisais pour le maigre salaire d'un cadre supérieur et pour la retraite ?

— Non, répondit Cabrillo, très sincère. Je l'aurais fait pour rien.

— Et maintenant, nous nous sentons coupables parce que nous gagnons de l'argent, en faisant ce que nous faisions pour une misère et avec la liberté de ne pas accepter les missions que nous ne sentons pas. Tu ne pouvais pas en faire autant quand tu bossais pour Langley, ou quand le couloir E du Pentagone te mettait la pression. On te disait : "Vas-y, saute", et tu te retrouvais dans la merde. »

Le couloir E du Pentagone abritait les bureaux des plus hauts responsables de la défense et de leurs contrôleurs civils.

Cabrillo ouvrait la bouche pour répondre, mais Max poursuivit :

« En fait, quand tu as vu que tu avais assez de fric pour te retirer sur une île privée et mener la belle vie, tu as compris à quel point nous menions une existence risquée. Toi et moi, on a toujours mis nos vies en péril. Seulement, nous avons fini par comprendre que notre vie valait un peu plus que ce que nous pensions jusqu'ici.

— Et notre mission ?

— Est-il besoin de poser la question ? Mon vieux, nous sommes la dernière ligne de défense. Nous faisons ce que

Langley et les gars du E voudraient bien voir faire, mais sans y mettre eux-mêmes les doigts. On a été obligés d'enlever les gants avec la naissance du vingt et unième siècle, et c'est nous qui sommes la main de fer. »

Cabrillo réfléchit avant de demander avec un petit sourire narquois :

« Mais je ne te savais pas poète ? »

Hanley sourit aussi, comme si on venait de le prendre sur le fait.

« Ça m'est venu tout seul. Impressionnant, pas vrai ? » Puis, redevenant sérieux : « Ecoute-moi, Juan, ce que nous faisons est important, et ce n'est pas moi qui vais me sentir coupable de m'enrichir en faisant ce métier. Il n'y a pas de honte à se faire du fric, il n'y en a qu'à se planter.

— Et tout comme Dick Truitt, qui a commencé à douter, tu ne peux pas l'oublier. Dick a usé pas mal de sang et de sueur pour la Corporation. Il a été avec nous depuis le début, il y croyait dur comme fer, comme toi et moi. Mais il a fini par trouver ses limites. Il en avait assez. S'il est parti, ce n'est pas à cause de l'argent. Il a écouté cette petite voix qui nous trotte à tous dans la tête, elle lui disait que le bout de chemin qu'il avait fait avec nous s'arrêtait là. Cela dit, je ne suis pas sûr que Dick ait baissé les bras. Je ne serais pas surpris qu'il mette sa fortune dans une société de surveillance ou de consultants en renseignement. Je prends le pari... »

Max le coupa au milieu de sa phrase. L'éclair qui brillait dans les yeux de Cabrillo lui avait échappé, tout comme son petit sourire presque carnassier. Comme toujours, il avait deux crans d'avance sur son adjoint. Il l'avait mis à l'épreuve, il voulait savoir comment il réagissait au départ de Truitt. Cabrillo n'avait jamais douté ni de sa mission ni de lui-même, il voulait juste s'assurer que Hanley était toujours à cent pour cent derrière lui. Il avait fait fonctionner son piège en feignant le doute, Max avait donné en plein dedans.

« T'es un vrai salopard », lui dit-il avec un rire de gorge.

Juste à ce moment, ils entendirent un sifflement aigu le long de la coque, à hauteur de la flottaison. Ils se penchèrent par-dessus le pavois. On remplissait les ballasts d'eau de mer pour enfoncer l'*Oregon* dans l'eau et lui donner l'apparence d'un cargo aux cales pleines. En observant le sillage, Juan remarqua un changement de route à peine perceptible. La longue traînée blanche qui striait une mer vide se courbait vers l'est.

« Murph et Stone ont dû trouver le bon endroit où nous mettre », dit nonchalamment Max.

Et il regarda l'heure sur sa vieille montre accrochée par une chaîne à sa combinaison.

Cabrillo songeait à l'arsenal d'armes terrifiantes qu'ils possédaient à bord, aux hommes et aux femmes qui savaient s'en servir.

« Le piège à tigre est prêt, mon vieux, le piège à tigre. »

*
* *

Le lendemain, l'*Oregon* atteignit la position que Mark Murphy et Eric Stone avaient calculée comme étant la plus propre à attirer les pirates. Hiro Katsui avait accepté les conditions de Cabrillo et lui avait écrit : « Pour prendre un pirate, il faut un pirate. Bonne chance. » Il leur avait ensuite communiqué tout ce que le consortium savait des récentes attaques. Murphy et Stone avaient disséqué ces renseignements, ce qui leur avait permis de déterminer certains points de ressemblance que personne n'avait remarqués avant eux. La météo, les phases de la lune, le tonnage des bâtiments, les manifestes des cargos, l'importance de l'équipage, et des dizaines d'autres facteurs. Résultat : ils avaient choisi un endroit en mer du Japon où il semblait probable que les pirates attaqueraient l'*Oregon*.

Ils avaient inventé de toutes pièces une description du bâtiment et sa cargaison. Le résultat avait été chargé dans diverses banques de données, au cas où les pirates utilisaient ces bases pour choisir leurs proies. Le bâtiment était donc supposé transporter des grumes et du matériel électronique de Pusan à Nigata, au Japon, mais ce qui rendait la prise tentante, c'était la présence à bord d'un passager de marque, écrivain américain passablement excentrique qui écrivait en naviguant autour du monde à bord de cargos.

Richard Hildebrand existait réellement, sa passion pour l'écriture en mer avait été maintes fois relatée dans les médias. En ce moment, il travaillait à son dernier roman, à bord d'un pétrolier géant qui rentrait du Golfe persique, destination Rotterdam. Petit détail que, pensait-on à la Corporation, les pirates n'iraient pas vérifier. Entre ses droits d'auteur et ce que lui versait Hollywood pour porter ses livres à l'écran, Hildebrand comptait parmi les écrivains les plus riches de la planète et faisait une cible de choix pour des kidnappeurs. Comme les pirates avaient déjà tenté des coups de ce genre, Murph et Stone, avec l'accord de Juan, jugeaient qu'enlever Hildebrand pourrait être la suite logique de leurs activités criminelles.

Au cas où ils ne prendraient pas le risque de tirer rançon d'un otage, Murph et Stone avaient également enregistré un équipage de soixante-quinze hommes, chiffre considérable selon les standards modernes. Cela pouvait tenter les pirates, dans la mesure où le montant des salaires conservé au coffre était en proportion.

Il y avait une éruption volcanique en cours très loin au nord, dans la Péninsule du Kamtchatka. Les cendres qui se répandaient dans l'atmosphère avaient fait du coucher du soleil un spectacle admirable, avec des teintes variées, dans les pourpres et les roses. A présent, la lune s'était levée, rouge sang, et se reflétait sur une mer d'huile, les étoiles commençaient à briller. On avait rappelé l'équipage aux postes de combat. Julia Huxley et son équipe étaient parés à l'infirmerie pour traiter n'importe quelle situation, depuis une épine jusqu'à des blessures par balles. Toutes les armes du bâtiment étaient prêtes elles aussi, toujours dissimulées sous les ponts. Tout comme les corsaires allemands de la Première Guerre mondiale, on pouvait faire glisser des trappes sur la muraille de l'*Oregon* et dégager ainsi des pièces de 120 mm dont la conduite de tir était identique à celle des chars M-1A1 Abrams. L'*Oregon* disposait de trois affûts multiples de 20 mm avec conduite de tir radar, des Gatling. Chacune de ces pièces tirait à la cadence de trois mille coups par minute. Conçu à l'origine comme un moyen de défense antimissile, le Gatling était aussi efficace contre les avions. En visant à hauteur de la flottaison un bâtiment non protégé, il pouvait y percer assez de trous pour l'envoyer par le fond.

L'*Oregon* disposait sur le pont de mitrailleuses, dissimulées elles aussi, équipées de viseurs infrarouges et à imagerie thermique. On les mettait en œuvre à partir de consoles vidéo installées au PCO. L'un des panneaux de cale à l'avant, éjectable, s'ouvrait sur quatre missiles antisurface Exocet. Un autre, sur des missiles de croisière d'attaque contre la terre, de fabrication russe ceux-là. Langston Overholt, leur copain de la CIA, leur avait certes facilité l'acquisition d'armements d'origine américaine, mais cela n'était pas allé jusqu'à leur fournir des missiles, et Juan avait donc été obligé d'aller faire son marché ailleurs. Overholt avait mis son veto à l'achat par la Corporation de torpilles Mark-48 ADCAP [1]. Elles n'avaient été vendues à aucun autre pays, si bien qu'en cas d'utilisation, il aurait été facile de remonter jusqu'aux Etats-Unis. Les deux torpilles stockées dans les tubes avant avaient donc été aussi achetées en Russie par l'intermédiaire du même amiral véreux qui leur avait trouvé les missiles de croisière et fourni les certificats de destination finale pour les Exocet de fabrication française.

Il était près de minuit lorsque Juan pénétra au CO. On distinguait les opérateurs à la lueur rougeâtre de l'éclairage de combat, on entendait le doux ronronnement des consoles.

Mark Murphy et Eric Stone étaient installés devant les pupitres les plus proches de la cloison avant. Stone venait de la marine de guerre, Murphy n'avait jamais porté l'uniforme.

1. ADCAP pour ADvanced CAPabilities, torpilles à hautes performances. (NdT).

Ce jeune prodige avait décroché un doctorat à vingt ans et avait rejoint la Corporation après un premier emploi dans l'industrie privée, où il concevait des systèmes d'armes. Au début, Juan le considérait avec une certaine méfiance, craignant qu'il manque du courage dont doit savoir faire preuve tout mercenaire. Aujourd'hui, ce dont il avait peur, c'était que Murphy tourne au psychopathe assoiffé de sang. La batterie de tests et d'examens psychologiques qu'il lui avait fait passer avait révélé qu'il aurait été très bien adapté à la carrière des armes, à supposer toutefois qu'il ait été entouré de gens d'un niveau intellectuel équivalent. Juan ne recrutait que les meilleurs et les plus brillants, Murphy collait à ce profil-type, même si personne ne partageait son goût immodéré pour la musique punk et le skate-board.

Aux pupitres qui se trouvaient en retrait et sur les côtés se tenaient Hali Kasim, responsable des transmissions, et Linda Ross, au radar et au sonar. D'autres consoles étaient alignées contre la cloison arrière, les directions de tir de l'artillerie et le panneau sécurité. Tous les autres membres de l'équipage occupaient leurs postes à des endroits variés, certains équipés de combinaison de lutte contre l'incendie, d'autres affectés aux équipes de combat, d'autres encore au ravitaillement en munitions des pièces qui en consommaient de grandes quantités. Eddie Seng commandait la compagnie de débarquement sur le pont, prêt à repousser d'éventuels agresseurs. Juan entendit Max à l'interphone, il rendait compte à Eric que la machine était parée, tous auxiliaires disponibles.

S'ils avaient rappelé aux postes de combat, c'était parce que Linda avait eu un contact à trente nautiques et que ce contact avait changé de cap pour venir sur eux. Dans le monde de la marine marchande, c'est le rendement qui prime. Une erreur d'un ou deux degrés rajoute des centaines de milles à une traversée, et coûte encore plus. Sauf cas d'urgence, en l'absence de message radio, cela signifiait que l'arrivant cherchait quelque chose. Comme ils avaient été prévenus de ce qui risquait de se passer, les gens de l'*Oregon* savaient ce qui leur pendait au nez.

Cabrillo s'installa dans son fauteuil au milieu du CO, l'œil sur tous les équipements sophistiqués qui l'entouraient. Quand il avait conçu son aménagement, il avait peut-être songé à la passerelle de *Star Trek*, cette vieille série télé, jusqu'au grand écran plat accroché au-dessus de Stone et Murph. Pourtant, ce n'étaient ni ses armes ni ses capteurs ni ses calculateurs qui faisaient de l'*Oregon* un instrument de combat aussi formidable. C'étaient les gens qui armaient le CO, ceux qui les assistaient un peu partout dans le bord. Là se trouvait la plus grande réussite de Juan, pas d'avoir trouvé de l'acier, de l'électronique et des canons, mais d'avoir réuni le meilleur équipage qu'il ait jamais eu le plaisir de connaître.

« Faites-moi un rapport de situation », demanda-t-il en se tournant vers les écrans d'ordinateur disposés tout autour de son siège.

Le fauteuil Kirk [1], comme l'avait baptisé Murph.

« Relèvement du contact zéro-unité-sept, en rapprochement à vingt nœuds. Distance vingt et un nautiques », répondit Linda sans lever les yeux de son écran.

Elle portait comme les autres une tenue de combat noire et avait bouclé l'étui d'un pistolet SIG Sauer à sa ceinture.

« Qu'est-ce que tu en penses ?

— Il doit mesurer dans les vingt-cinq mètres de long, je pense qu'il a une seule ligne d'arbres. Il faisait quatre nœuds, comme s'il était en pêche, jusqu'au moment où il est venu sur nous. Ça pourrait ressembler au genre de chalutier qu'utilisent les pirates.

— Hali, rien à la radio ?

— En tout cas, rien du contact, patron. J'ai des conversations entre deux vraquiers, mais c'est très loin. »

Juan appela le hangar.

« Cabrillo. Faites équiper le pilote, le Robinson en alerte à cinq minutes. » Puis passant sur la diffusion générale : « Ici le directeur. Nous avons un contact en rapprochement, ça pourrait être le bon. Il est peu probable que les gens qui sont à son

1. Siège contemporain dû à René Holten. (NdT).

bord soient situés très haut dans la chaîne alimentaire, je veux donc des prisonniers et pas des cadavres pour avoir une chance de remonter à la tête de l'organisation. Ne prenez pas de risques, je répète, pas de risques inutiles, mais si vous avez le choix entre tuer quelqu'un ou le faire prisonnier, choisissez la capture. Bonne chance à tous. »

Il parcourut une nouvelle fois le CO des yeux. Les visages ne trahissaient ni angoisse ni espoir particulier. La prochaine initiative appartenait aux pirates, eux devaient rester calmes et efficaces.

« Chef de quart, réduire à huit nœuds. Faut qu'on ait l'air assez alléchants pour que ça les tente, mais vérifiez les pompes de ballasts, au cas où on aurait besoin de la réchauffe pour se tirer.

— Bien.

— Distance ?

— Dix nautiques » répondit Linda, de sa voix très claire. Mais changeant soudain de ton : « Mais qu'est-ce qu'il fait... ?

— Que se passe-t-il ?

— Bon sang ! Contact sonar juste sous nous, immersion vingt mètres. »

Elle leva les yeux pour regarder Juan :

« Ils ont un sous-marin ! »

CHAPITRE 5

LE CO N'AVAIT PAS encore eu le temps de comprendre ce que cela signifiait, que Mark Murphy, à la direction de tir, annonçait : « Le chalutier a tiré un missile. Impact dans quarante-sept secondes. Les Gatling accrochent la cible. »

En quelques secondes, la situation tactique était devenue préoccupante, et Cabrillo n'avait guère de temps pour réagir. Il se fiait davantage à son cerveau qu'à tous ces équipements coûteux pour visualiser ce qui se passait et chercher une solution.

« Chef de quart, attendez mon ordre pour tirer. Pompez aux ballasts, parés à monter à pleine puissance. Console de tir, parés à lancer des leurres et des grenades. Sonar, que fabrique le sous-marin ?

— On dirait qu'il ne bouge pas, pas de bruit de propulsion, aucun indice qu'il s'apprête à lancer.

— Temps jusqu'à l'impact ?

— Trente et une secondes. »

Cabrillo attendait, il sentait que l'*Oregon* commençait à se comporter différemment, on vidangeait les ballasts. A la vitesse maximale, les moteurs magnétohydrodynamiques le faisaient avancer d'une longueur en deux secondes. Même si son plan échouait, le navire ne serait plus là où le missile le croyait.

« Sonar ?

— Rien, sauf peut-être un bruit de fuite d'air, mais le sous-marin ne s'enfonce pas. »

Ça lui allait assez bien. Cela dit, ce sous-marin ne constituait pas une menace. Cabrillo voulait détruire le missile à la plus faible distance possible pour que les pirates croient avoir fait mouche.

« Parfait, direction de tir, quand le missile sera à dix secondes, descendez-le au Gatling. Chef de quart, continuez à ballaster, mais soyez paré à mettre la gomme. »

Mark Murphy, vêtu aussi d'une tenue noire, mais avec pardessus un tee-shirt de la même couleur orné de l'inscription : FAITES PAS ATTENTION AUX COUILLES, ON EST LES PISTOLETS DU SEXE, passa une caméra extérieure sur le grand écran. Une couronne de flammes jaillit de l'obscurité droit sur l'*Oregon*, volant à quelques mètres de haut, à quatre mille cinq cents kilomètres à l'heure. La vitesse de rapprochement était phénoménale – mille nautiques à l'heure. Apparemment, le missile avait été lancé avec pas mal d'incidence, il allait toucher l'*Oregon* par l'arrière. L'idée des pirates était de mettre hors d'usage l'appareil à gouverner de leur victime ainsi que les hélices, pour l'immobiliser. Ce qui n'était pas un mauvais plan s'ils voulaient capturer des otages ou vider le coffre.

A onze secondes, Mark ôta la sécurité des Gatling. On aurait dit que les canons mouraient d'envie de montrer ce qu'ils savaient faire, comme un chien policier qui tire sur sa laisse pendant que son maître prend des coups. Le cerveau électronique, asservi au radar de guidage, mit une microseconde à trouver le missile, calcula la trajectoire en prenant en compte le vent, l'hygrométrie et des centaines d'autres paramètres.

La plaque qui camouflait l'affût s'était éclipsée dès que le radar de veille avait détecté le départ du missile. L'affût ajusta le pointage final, des moteurs électriques commencèrent à faire tourner les barillets d'alimentation. Lorsque calculateurs et radar décidèrent que la cible était acquise, des obus de trente centimètres de long, à tête en uranium appauvri, s'engouffrèrent dans le tube, à raison de trois mille coups à la minute.

Les Gatling émirent un bruit de scie circulaire en lâchant une rafale de cinq secondes. Le missile se heurta au mur de projectiles à trente mètres de la coque. L'explosion fit naître une traînée de feu sur la mer et illumina la muraille de l'*Oregon*, comme si un coucher de soleil miniature l'avait éclairée. Les débris du missile tombèrent dans la mer en y creusant des sillons. Quelques-uns, plus petits, vinrent frapper le bordé du bâtiment.

« Chef de quart, stoppez, venir au zéro-neuf-sept. Hali, attendez quelques secondes et émettez un message de demande d'assistance sur les fréquences de détresse, mais réglez le niveau d'émission pour que seuls nos amis puissent nous entendre. »

Puis Cabrillo appela la salle des machines :

« Max, balance un léger écran de fumée, fais-leur croire que nous avons subi des avaries.

— Comme ça, ils vont penser que nous sommes immobilisés, s'exclama Eric, admiratif. Vous allez les baiser jusqu'à l'os. »

Juan lui fit signe que c'était bien son intention.

« Sonar, du nouveau pour le sous-marin ?

— Négatif. Il est un nautique sur notre arrière. Aucun bruit de machine, rien, sauf toujours ce bruit de fuite d'air.

— Une idée de sa taille ?

— Oui, et c'est assez bizarre. Quarante mètres de long sur près de dix de large. Il a l'air assez trapu et carré, pas une forme habituelle. »

Juan réfléchit.

« Un petit sous-marin nord-coréen qui nous aurait suivis jusqu'ici ?

— L'ordinateur ne trouve rien qui colle, mais ça me paraît peu probable. Nous sommes à quatre cents nautiques de la péninsule coréenne, et j'ai le sentiment que ce truc est là depuis un bout de temps. Il n'aurait pas eu le temps de nous rattraper. »

Cabrillo partageait l'avis de Linda.

« C'est bon, garde un œil dessus. Pour le moment, la priorité, c'est le chalutier pirate. »

De l'autre côté du local, Hali Kasim continuait à émettre des messages d'assistance, un vrai numéro d'acteur à lui obtenir un Oscar.

« *Oregon*, ici chalutier *Kra IV*, quel est votre problème ? »

La voix dans le micro grésillait, on l'entendait faiblement. Impossible d'identifier son accent.

« *Kra IV* d'*Oregon*, nous pensons qu'il y a eu une explosion dans le local barre. Nous ne gouvernons plus, nous sommes à la dérive.

— *Oregon* de *Kra*. Nous sommes à six nautiques, nous faisons route vers vous à la vitesse maximum.

— Je m'en doute que tu rappliques, murmura Hali avant d'appuyer sur la pédale du micro : Allah soit loué, heureusement que vous êtes là. Merci d'apporter tout l'équipement de lutte incendie dont vous disposez.

— De *Kra*, aperçu, terminé. »

Juan changea de fréquence pour prendre la liaison tactique sur laquelle trafiquaient Eddie et ses hommes.

« Eddie, tu m'entends ?

— Cinq sur cinq, patron. »

Eddie attendait avec son équipe de cinq hommes sur un passavant désert en superstructure. Les marins avaient enfilé un gilet pare-balles en Kevlar par-dessus leur tenue de combat, ils étaient tous équipés de jumelles de vision nocturne de dernière génération. Tout le monde était armé d'un pistolet-mitrailleur MP-5 avec silencieux et d'un automatique SIG Sauer. L'armurerie leur avait préparé des munitions à faible charge, assez puissantes pour abattre un homme, mais peu pénétrantes et donc peu susceptibles de causer des dégâts fratricides dans l'ambiance confinée d'un bâtiment. Des grenades aveuglantes étaient accrochées aux brêlages, ils avaient assez de munitions pour soutenir dix minutes de feu.

Eddie, quant à lui, était habillé en civil avec une grosse parka qui dissimulait deux gilets pare-balles. C'est lui qui allait faire l'éclaireur de pointe, chargé d'accueillir les pirates lorsqu'ils grimperaient à la coupée que l'on était en train d'affaler. C'était le rôle le plus dangereux. Il fallait qu'il attire à bord autant de pirates que possible, afin que son équipe s'en charge ensuite. Il ne portait qu'un pistolet dans un petit étui fixé dans le dos. Ses hommes devaient se débrouiller pour lui donner quelques secondes au cas où les pirates arriveraient en tirant de partout.

« On a des nouvelles ? demanda Seng.

— C'est un chalutier, le *Kra IV*, il va arriver par tribord pour nous apporter des renforts, lui répondit Cabrillo. Si j'étais eux, j'enverrais au moins neuf hommes. Deux à la passerelle, deux à la machine, quatre pour le reste, et un chef.

— Mais, répliqua Eddie, nous leur avons dit que nous étions cinquante et quelques à bord. Ils vont en envoyer une bonne douzaine.

— C'est juste. Tu as assez de monde ?

— Ouais, tant que les mitrailleuses s'occupent de la chair à canon, tandis que nous essaierons de capturer les officiers.

— Ça me paraît bien, répondit Cabrillo. Appelle-moi quand tu les auras à la vue. »

Les hommes de quart au CO voyaient le chalutier se rapprocher grâce aux caméras basse luminosité montées en haut d'une grue. Le *Kra IV* collait assez bien avec la description qu'en avaient faite des rescapés après une attaque des pirates. Un bâtiment de vingt-cinq mètres de long, ventru, l'étrave assez droite, une plage arrière ouverte. Il possédait une grande structure métallique en forme de A, sur l'arrière des superstructures, un conteneur était saisi derrière la passerelle. Les caméras fournissaient une image un peu déformée, mais on voyait tout de même que le chalutier n'était pas en très bon état. Les apparaux de pont étaient aussi délabrés que ceux de l'*Oregon*. Juan en déduisit que les pirates utilisaient la même ruse que lui pour leurrer leurs adversaires.

« Objectif à vingt mètres par le travers tribord, annonça Eddie à la radio. Je vois une douzaine d'hommes sur le pont. Ils sont habillés en short ou en jeans. Quelques-uns sont en ciré. Je crois qu'ils portent des équipements, mais je parie que c'est pour cacher leurs armes.

— Reçu », répondit Cabrillo avant d'appeler la machine pour dire à Max de ne plus émettre de fumée.

Ils étaient pratiquement sans erre, la fumée épaisse risquait de stagner sur le pont et de gêner Seng, ainsi que les servants des mitrailleuses télécommandées.

Eddie vit l'un des « pêcheurs » prendre son porte-voix pour appeler l'*Oregon*. Sortant de l'ombre, il s'avança jusqu'à la coupée. Il sentait la sueur lui dégouliner sur la poitrine.

« Bien contents de vous voir arriver », répondit-il en feignant un juste mélange de peur et de soulagement.

Il remarqua que le rideau de fumée commençait à se dissiper.

« Je pense que nous avons maîtrisé l'incendie, mais je n'ai aucune idée exacte des avaries que nous avons subies.

— Nous allons vous fournir toute l'assistance possible », répondit le pirate.

En dépit de son accent, Eddie sentit qu'il y avait une pointe de sarcasme dans sa réponse.

Les deux bâtiments vinrent à couple, des hommes de pont du *Kra IV* passèrent des haussières autour de la coupée et deux des pirates commencèrent à grimper. Si le premier coup de feu était tiré, c'était maintenant ou jamais. Eddie se raidit, il avait sorti son pistolet mais le tenait caché.

Il se passa plusieurs choses au cours des secondes qui suivirent. Des projecteurs invisibles jusque-là s'illuminèrent sur le pont du chalutier, baignant le flanc de l'*Oregon* dans une froide lumière blanche et saturant les jumelles de vision nocturne. A peine avait-il posé le pied sur le pont que le pirate qui menait le groupe sortit un automatique et tira sur Eddie une rafale de deux coups en pleine poitrine. Il fit ensuite un geste à ses hommes. Ils se ruèrent dans l'échelle de coupée en hurlant des menaces incompréhensibles. Une dizaine d'autres jaillissaient de la passerelle.

Eddie eut l'impression d'avoir reçu des coups de masse. Il chancela, il se sentait faiblir. Il entendit plus qu'il ne sentit son arme lui glisser des doigts.

Le temps que ses hommes réagissent, quatre pirates étaient sur le pont. Les deux premiers furent fauchés par les tirs des marins qui étaient restés dissimulés, mais ils furent aussitôt remplacés par cinq autres qui arrivaient en renfort. Le détachement envoyé à l'abordage rencontrait une résistance, cela les rendait fous. Ils se transformèrent en démons, impatients de se battre. En quelques secondes, les marins de la Corporation en étaient à se battre à un contre cinq et ce ratio se détériorait. Les faisceaux rouges des lasers se croisaient dans la fumée, la bataille faisait rage.

Lorsqu'il vit les écrans du CO devenir tout blancs sous l'éclairage aveuglant des lampes à arc que venaient d'allumer les pirates, Cabrillo comprit leur tactique. C'était la célèbre méthode *frapper et terrifier* inventée au cours de la seconde guerre du Golfe – déborder l'ennemi au début de la bataille en créant le maximum de confusion chez lui. A bord d'un navire marchand, un équipage peu ou pas entraîné devait être paralysé par tous ces projecteurs, par les hurlements, par cette horde d'hommes qui surgissaient à bord sans qu'ils aient le temps d'émettre un message de détresse.

Même si cette tactique était conçue pour maîtriser un équipage désarmé, elle amoindrissait les atouts de la Corporation. Ses systèmes de vision nocturne étaient inutilisables, il y avait encore trop de fumée sur le pont pour se servir des systèmes optiques conventionnels. Leurs systèmes de visée infrarouges ne leur permettaient pas de faire le distinguo entre amis et ennemis. Résultat, pour le moment, les canonniers étaient impuissants.

Cabrillo jaillit de son fauteuil, ramassa des jumelles de vision nocturne et un pistolet dans le râtelier accroché sur la cloison arrière. Il était déjà près de l'ascenseur alors que personne n'avait remarqué qu'il s'était levé.

« Surveillez l'ascenseur pendant que je monte sur le pont », ordonna-t-il.

Puis la plate-forme à moteur hydraulique l'emmena cinq niveaux plus haut.

Loin au-dessus du pont principal, le fracas de la bataille

était terrible. Les anciens SEAL faisaient du bon boulot, mais ce n'était qu'une question de temps. Cabrillo courut sur l'aileron, prenant juste une seconde pour regarder ce qui se passait en bas. Une vingtaine de pirates avaient pris position sur la plage avant et arrosaient les superstructures d'un feu nourri. Il remarqua une silhouette, un homme s'éloignait en rampant de la coupée. Il leva son arme et avait le doigt sur la détente lorsqu'il reconnut le ciré d'Eddie. Il se retourna vers les pirates, en vit un qui bondissait de derrière un cabestan et qui visait Eddie avec son AK-47.

Cabrillo changea de cible et lui logea une balle dans la tête. Une légère rotation, il en atteignit un second de deux balles dans la poitrine. Il plongea pour éviter une pluie de coups, les balles sifflaient de partout comme des frelons en colère et venaient s'écraser sur le métal. Il passa le sélecteur de son MP-5 sur automatique, leva le canon par-dessus la lisse et tira une longue rafale. Profitant de ce que les autres n'avaient pas encore eu le temps de riposter, il se releva, remit le sélecteur sur coup par coup et visa les projecteurs du chalutier.

Son cœur battait la chamade, les deux premières balles manquèrent leur cible. Il respira à fond, expira un peu et tira encore à deux reprises. Cette fois, deux projecteurs explosèrent dans une pluie de verre brisé et tout retomba dans l'obscurité.

Presque aussitôt, il entendit le staccato des mitrailleuses calibre 12,7 et le bruit des douilles qui tombaient sur le pont. Les canonniers, en bas, étaient entrés en action.

Cabrillo avait un chargeur de rechange fixé sur le côté de la crosse. Il le mit en place, assura ses lunettes, et se remit au travail. Les jumelles de vision nocturne coloraient tout d'un vert irréel, les éclairs des départs ressemblaient à des lucioles, et les hommes à des fantômes entourés d'un halo. Il décida de jouer les anges gardiens au profit d'Eddie Seng.

Eddie était encore immobilisé à découvert, et à le voir se déplacer aussi lentement, Juan jugea qu'il avait été touché. On ne voyait pas trace de sang, ses gilets lui avaient sans doute sauvé la vie. Cela dit, Juan avait déjà été frappé dans les mêmes circonstances, il savait qu'Eddie mettrait des heures à retrouver son souffle. Eddie finit par atteindre la porte qui donnait accès au château, et deux mains le happèrent pour le mettre en sûreté.

La cordite répandait des nuages de fumée aussi denses que le brouillard en Angleterre. Cabrillo identifiait ses cibles une par une, avant de les aligner avec une redoutable efficacité. Tant que son équipage n'avait pas réussi à reprendre le dessus, il était inutile de se soucier de faire des prisonniers.

Le sang coulait à flots sur le pont, les corps s'entassaient, mais le feu des SEAL était maintenant réduit à des rafales épisodiques et de peu d'effet. Ils avaient subi des pertes. Cabrillo vit deux pirates s'élancer, ils s'étaient jusque-là dissimulés derrière un panneau au pied d'une grue. L'un d'eux sortit quelque chose du sac de son camarade. Juan reconnut une charge d'explosif et les abattit avant qu'ils aient eu le temps d'armer leur engin. Un troisième s'élança vers le château. Comme Cabrillo s'apprêtait à tirer, une des mitrailleuses pivota sur son affût, la rafale coupa l'homme en deux.

Ce qui eut pour effet de briser l'élan de leurs adversaires. Il y avait encore une dizaine de survivants, ils se précipitèrent vers la coupée au moment où le gros diesel du *Kra* montait en régime. Ils dévalèrent des superstructures pour tomber dans un déluge de feu. En se retirant, les hommes d'Eddie avaient trompé les pirates, ils avaient cru que le chemin de leur retraite était libre. Deux pirates s'écroulèrent, nageant dans leur sang.

Le *Kra* commença à battre en arrière, abandonnant son équipe de prise. Cabrillo visait le pont du chalutier, sans trouver de cible. Les haussières qui l'amarraient à la coupée étaient encore tournées, l'échelle se tordait sous leur traction. Deux pirates étaient à mi-descente lorsque le *Kra* commença à prendre de l'erre, la coupée monta à l'horizontale jusqu'au moment où les haussières cédèrent. La coupée de neuf cents kilos se vrilla et s'arracha à l'*Oregon*, projetant les deux hommes à la mer avant de les écraser quand ils refirent surface.

Le *Kra* prit un peu de pointe pour donner aux siens restés sur l'*Oregon* une dernière chance de sauter à son bord. Eric Stone, qui était en bas à la barre, se rendit compte de sa manœuvre et partit sur bâbord. Ils commençaient à prendre de l'erre lorsque les derniers pirates atteignirent la lisse. Le premier atterrit sur le guideau principal du *Kra*. Cabrillo était toujours en haut, sur l'aileron, il entendit tout de même le bruit des os qui se brisaient et vit le corps se disloquer sur le pont. L'autre s'écrasa sur la muraille du chalutier, tomba à la mer et disparut. Les six derniers plongèrent dans l'espace étroit qui subsistait entre les deux coques.

Juan ne sut jamais si le timonier du chalutier n'avait rien vu, ou s'il s'en moquait. Il continua de venir sur l'*Oregon*. Eric Stone remit du moteur pour essayer de repousser le *Kra*, mais les moteurs latéraux étaient trop sur l'avant, et leurs puissants jets n'eurent d'autre effet que de faire quelques vagues.

Les deux coques s'abordèrent dans un fracas d'acier tordu, écrasant les marins toujours à l'eau. Les os et les chairs formaient une espèce de magma informe et rose qui se dispersa lorsque les deux bâtiments s'éloignèrent l'un de l'autre.

Juan sortit un talkie-walkie d'un tiroir derrière la barre.

« Hé, Cabrillo. Dès que vous avez une bonne image, poivrez-le au ras de la flottaison. Faut que ces fils de pute sachent qu'ils n'ont aucune chance.

— Reçu », répondit Mark Murphy.

L'écart entre les deux bâtiments continuait de se creuser, Cabrillo vit un marin du *Kra* capeler le câble fixé sur la structure en forme de A sur les élingues du conteneur stocké derrière l'abri. Le directeur lâcha une brève rafale de H&K, mais toucher une cible qui dansait sur la houle à partir d'une plate-forme instable était presque impossible. L'homme ne leva même pas les yeux en entendant les balles s'écraser autour de lui. Un autre marin, resté invisible, actionna le treuil. Le mât de charge en A débordait de l'arrière et le conteneur traversa le pont en laissant de grosses déchirures sur le ponté de bois. Le fond se prit dans un bollard, mais le treuil tournait toujours. Le conteneur oscilla un instant avant de se coucher sur le côté dans un grand fracas. Lorsqu'il fut sous la tête du mât de charge, il s'éleva dans les airs et commença à se balancer. L'homme du treuil desserra le frein et le conteneur s'écrasa dans la mer, surnagea un instant, avant de commencer à prendre l'eau.

Le câble du treuil fila par le bout, le *Kra* creusait toujours la distance. Peu importe ce que le chalutier avait embarqué comme marchandise de contrebande, c'était certainement elle qui se trouvait dans le conteneur. Cabrillo se dit que, s'il faisait assez vite, ils avaient le temps de désemparer le bateau de pêche et de récupérer le bout avant qu'il s'enfonce définitivement.

Comme s'il lisait dans ses pensées, Mark Murphy lâcha une courte rafale de Gatling à partir de l'affût camouflé à l'avant de l'*Oregon*. Cinquante obus à l'uranium appauvri s'écrasèrent sur le *Kra* en plein sur la ligne de flottaison, juste sur l'avant de l'abri de navigation. Murphy avait jugé que cet endroit devait correspondre aux caisses à gazole.

En fait, les caisses étaient plus loin sur l'arrière, mais les obus percutèrent de plein fouet la soute à munitions. La première explosion fut assez faible et sans effet majeur. Mais une longue langue de feu jaillit par le trou qu'avait percé l'un des obus. La seconde explosion souffla le pont et déchira un bout de coque de plus de deux mètres de côté. Le chalutier se trouva englouti dans la fumée et dans les flammes et prit de la bande, comme s'il avait encaissé une pleine bordée d'artillerie. Impuissant, Cabrillo vit une nouvelle série d'explosions déchirer le bateau, on aurait cru qu'il avait été instrumenté par des maîtres d'Hollywood. L'abri disparut dans une gerbe de feu, la plage arrière se souleva quand les caisses principales explosèrent à leur tour et la poupe se détacha, faisant se dresser l'étrave. Des éclats et divers débris fouettèrent la muraille de l'*Oregon*, contraignant Cabrillo à se mettre à l'abri derrière le pavois. Le guideau arrière du chalutier vola en l'air et rasa la plage du cargo en entraînant son câble qui faisait comme un serpent luisant à la lumière de la lune. La quille du

Kra se brisa en deux, là où les explosions l'avaient affaiblie. L'étrave enveloppée dans la fumée retomba lourdement, l'arrière était déjà sous l'eau et l'avant s'enfonça à son tour dans les vagues.

Le tout, depuis le premier impact d'un obus de 20 mm jusqu'au naufrage, n'avait pas duré plus d'une minute et demie.

Juan se remit sur pieds et essuya rapidement une trace de sang, un bout de métal brûlant lui avait écorché le dos de la main. Un grand cercle de débris jonchaient la mer, mais aucun ne dépassait la taille d'un couvercle de boîte de conserve. On n'entendait pas d'autre bruit que le sourd grondement du fuel en flammes sur la houle, les remous autour du naufrage s'amortissaient lentement. Les blessés ne geignaient même pas, pas un cri. Très peu de gens avaient survécu aux déflagrations successives.

Cabrillo resta ainsi immobile pendant dix secondes, trente peut-être, avant de comprendre qu'il pouvait encore sauver quelque chose de la débâcle. Le câble capelé autour du conteneur traversait la plage arrière de l'*Oregon* et glissait à la mer, attiré par le poids.

« Du monde plage arrière à récupérer ce chargement ! aboya-t-il dans le micro. Une équipe de sécurité devant, regardez s'il y a des survivants. »

Il courut dans les superstructures désertes, descendit quatre à quatre l'échelle qui donnait sur la plage arrière. Comme il surgissait de la porte, une équipe était en train de rattraper l'extrémité du câble. Le guindeau arrière, installé de l'autre bord, avait sombré avec le reste, plus rien ne retenait le conteneur qui coulait rapidement. Le câble raguait sur la coque, la peinture chauffait en répandant de la fumée.

Juan se saisit d'un bout de chaîne qui traînait là au pied de la grue. Il en passa plusieurs tours sur le câble par-dessus la lisse puis enroula la chaîne sur le tambour d'un petit treuil. On aurait dit que cet engin n'avait pas fonctionné depuis des années, son moteur à deux cylindres démarra pourtant du premier coup. Cabrillo tira sur le levier, à hisser, la chaîne se raidit. Le frottement acier sur acier dégageait une odeur âcre, les cliquets commencèrent à battre. Cela ralentit le câble, les hommes réussirent à confectionner une boucle assez longue pour utiliser un autre cabestan. Le câble se raidit, il vibrait sous la tension, mais il tint bon.

Il leur fallut encore plusieurs minutes pour mettre en place un système plus solide, stopper le câble, le fixer à l'une des grues. Eddie Seng et Linda Ross vinrent rejoindre Cabrillo pile au moment où ils commençaient à hisser le conteneur. Seng était livide, il boitait un peu et gardait la main sur la poitrine, là où les deux balles l'avaient touché.

« Comment te sens-tu ? lui demanda Cabrillo.

— Ça me fait mal quand je ris, répondit Eddie qui serrait les dents.

— Alors, je vais te raconter l'histoire du pirate au croc de fer qui entre dans un bar avec son perroquet et un rouleau d'or.

— Non, s'il te plaît, supplia Eddie en levant la main, pas ça !

— Ça a été dur ? lui demanda Cabrillo, redevenant sérieux.

— Tu me croiras ou pas, je suis le seul blessé. Mes gars n'ont rien eu de plus que des contusions, il y en a un seul qui saigne un peu.

— Et les pirates ?

— Treize morts et deux dans un état grave, répondit Linda. Julia pense qu'ils n'en ont pas pour une heure.

— Merde. »

Ils pourraient découvrir quelques petits trucs en les autopsiant, leur âge et leur race, par exemple, mais rien qui puisse les mener jusqu'à ceux qui étaient derrière tout ça.

« Eloignez-vous de la lisse ! » cria un marin.

Ils s'écartèrent tous les trois, le conteneur émergeait de la mer. De l'eau sortait à grands jets du toit et par les trous percés dans les flancs. Le conteneur, un cube de sept mètres de côté, commença à se balancer au-dessus du bastingage, l'opérateur de la grue le déposa sur le pont avec autant de délicatesse que s'il s'agissait d'un œuf. Juan se fit passer un coupe-boulons et s'en servit comme d'un levier pour faire sauter les verrous des portes. Tout le monde s'était rassemblé autour de lui, chacun avait sa petite idée sur ce qu'ils allaient découvrir à l'intérieur. Certains, bien entendu, espéraient que les pirates avaient amassé de l'or et des pierres précieuses, comme si on était encore au dix-huitième siècle.

Cabrillo, quant à lui, ne se faisait pas tant d'illusions, mais il n'était pas préparé au spectacle qui l'attendait lorsque les portes s'ouvrirent. Un marin fut pris de vomissements en découvrant ce qu'il avait sous les yeux. Juan serra les mâchoires pour essayer de ne pas cracher la bile qui lui montait à la gorge. Ce qui flottait dans l'eau qui restait encore dans cette caisse d'acier, c'était un amas de corps nus, une trentaine, trente corps qui s'affalèrent sur le pont de l'*Oregon*.

CHAPITRE 6

LE CHÂTEAU SE DRESSAIT dans une vallée au pied du mont Pilatus, au sud de Lucerne, pas très loin de Zurich par le train. On avait l'impression que cette demeure de quarante pièces dominait les environs depuis des générations, alors qu'elle n'avait été construite que cinq ans plus tôt. Avec son toit pentu traditionnel en ardoises, ses innombrables pignons et cheminées, elle ressemblait à un manoir de conte de fées. Une allée circulaire entourait une fontaine de marbre colossale décorée de dizaines de nymphes qui déversaient l'eau de leurs cruches dans le bassin.

La demeure était entourée de plusieurs bâtiments en pierre, ce qui rappelait que l'endroit avait été occupé par une ferme. Dans les alpages alentour, des vaches brunes de race Jersey tondaient l'herbe et fertilisaient les prés.

Sept limousines noires étaient alignées dans un parking aménagé près du garage. Un peu plus loin, deux hélicoptères Gazelle d'Aérospatiale attendaient au sol. Installés dans l'un des cockpits, les pilotes buvaient du café tiré d'une Thermos.

Le Sommet des ministres des Finances européens à Zurich ne retenait guère l'attention des médias, car personne n'en attendait rien. Cela dit, il fournissait une bonne excuse aux hommes réunis dans cette même ville et au même moment.

Ils s'étaient retrouvés dans le salon de la demeure, une grande pièce sur deux niveaux lambrissée de chêne, décorée de têtes de sangliers et de massacres. Deux énormes trompes des Alpes ornaient la cheminée où l'on se serait tenu debout.

La Suisse étant l'une des places bancaires les plus importantes au monde, il n'était guère difficile de deviner que ces quinze hommes, à l'exception d'un seul, représentaient quelques-unes des plus grosses banques d'Europe et d'Amérique.

Le haut bout de la table était occupé par Bernhard Volkmann. Elevé dans la foi catholique et de manière extrêmement stricte par un père banquier, Volkmann avait vite oublié la religion de son enfance pour en embrasser une autre, celle de l'argent. La monnaie était devenue son dieu, les espèces, son eucharistie. Dans le monde de la finance, il était une sorte de grand-prêtre, respecté pour son implication, un peu redouté pour son instinct de carnassier. Chacun de ses actes n'avait qu'un seul but : amasser plus d'argent pour sa banque et pour son compte personnel. Volkmann avait une femme, puisque c'est ce que l'on attendait de lui, il avait trois enfants parce qu'il s'était autorisé à coucher avec elle une demi-douzaine de fois. Il les considérait comme une distraction nécessaire qui le changeait de sa vie professionnelle, mais ne se souvenait ni de leurs dates de naissance ni de la dernière fois où il avait vu son petit dernier, vingt ans, qui devait être étudiant à la Sorbonne.

Volkmann arrivait tous les matins à six heures à son bureau de la Bahnhofstrasse, à Zurich, et le quittait à huit heures chaque soir. Il ne déviait de ce strict emploi du temps qu'à contrecœur, les dimanches et lors de ses vacances, périodes pendant lesquelles il continuait à travailler hors de chez lui au moins douze heures par jour. Il ne fumait pas, ne buvait pas, il avait autant de chance d'entrer dans un casino qu'un musulman de manger du porc. A soixante ans, il était un peu bedonnant et ses cheveux étaient presque entièrement gris. Sa peau était comme délavée, tout comme sa chevelure, ses yeux avaient la teinte de l'eau de vaisselle derrière ses lunettes. Il portait même des complets gris et, si ses chemises étaient blanches à l'origine, elles finissaient par devenir tout aussi grises que leur propriétaire.

Ses collaborateurs ne l'avaient jamais vu sourire, encore moins entendu rire. Seul un grave événement financier pouvait lui arracher une légère moue.

Ceux qui gravitaient autour de lui étaient des gens à l'aspect tout aussi sévère et pas moins attachés que lui à l'argent. Ils présidaient des banques dont les décisions étaient susceptibles de mettre en jeu des milliards de dollars, d'affecter des millions d'êtres humains. S'ils étaient rassemblés ce jour-là, c'était parce que les bases mêmes de l'économie mondiale étaient sur le point de s'effondrer.

Un morceau de tissu noir recouvrait un petit objet de forme rectangulaire posé sur la table devant Volkmann. Lorsque tout le monde se fut installé, Volkmann se pencha pour retirer le bout de tissu.

Les banquiers et leurs invités faisaient partie d'un cercle très restreint, le cercle de ceux que la vue d'un tel objet ne risquait pas d'étonner. Volkmann se rendit pourtant compte que même les plus chevronnés ne pouvaient dissimuler une certaine émotion. Quelques-uns poussèrent des soupirs, un autre se frottait le menton. Un autre encore écarquilla les yeux une seconde, avant de regarder autour de lui comme s'il venait de faire une annonce au poker. D'autres, les six milliards d'habitants de la planète, auraient poussé des cris de joie et se seraient rués pour toucher cet objet qui représentait pour eux tant et tant de promesses.

Ce lingot de section trapézoïdale pesait vingt-sept livres, on le connaissait sous le nom de Lingot de Londres. Ses faces brillaient d'un jaune chaleureux, il avait de la patine, les lumières discrètes du salon lui prêtaient un aspect huileux. Ce lingot d'or pur, de l'or à 99,9 %, valait environ soixante mille dollars.

« Messieurs, nous nous trouvons face à une crise », commença Volkmann dans un anglais sans accent.

Il s'exprimait d'une voix très claire, articulant chaque mot pour ne laisser aucune place au flou ou à une mauvaise interprétation.

« Comme vous le savez, le monde sera bientôt à court d'or. En fait, la demande excède de très loin l'offre, et ce, pour une raison très simple. Certains d'entre vous sont devenus cupides. Cela a commencé il y a plus de dix ans. Ceux dont je parle ont approché leurs banques centrales pour leur proposer quelque chose qui, à cette époque, semblait très raisonnable. Vous, banquiers, alliez emprunter leur or à ces banques, contre la promesse de leur verser 0,25 % d'intérêt. Tout cet or, conservé dans des coffres-forts à New York, à Paris, à Londres et ailleurs, n'avait aucune valeur tant qu'il n'était pas en circulation. En versant ce quart de point, vous alliez le faire travailler au profit des banques centrales, comme jamais auparavant.

« Si les choses s'étaient arrêtées là, nous ne serions pas confrontés à la crise que nous connaissons. Mais vous avez en fait changé de politique, vous avez, soit vendu l'or sur le marché libre, soit tiré parti de ces actifs pour adosser d'autres opérations. Bref, vous avez hypothéqué ou vendu des biens qui ne vous appartenaient pas. Les banques centrales vous avaient donné leur accord tacite, tout en se gardant le droit de récupérer leur or à tout moment. Si cette éventualité s'était produite dans un seul pays, ou à petite échelle, le marché aurait disposé d'assez de réserves pour satisfaire une telle exigence.

« Pourtant, la cupidité vous a tous dévorés. Comme nous le savons maintenant, ce sont douze mille tonnes d'or, d'une valeur globale de mille milliards d'euros, qui figurent dans les livres des banques centrales, et aujourd'hui certaines d'entre elles souhaitent récupérer leur bien. Il y a deux ans, la Banque de France a annoncé qu'elle allait vendre une partie de ses réserves. Nous nous sommes regroupés pour financer l'achat de cet or, ce qui lui a permis de gonfler sa trésorerie. Vous vous en souvenez, le cours du métal précieux est alors monté de cinquante euros en une semaine dès que les opérateurs ont eu vent de l'opération. Les Français ont vendu leur or, les cours se sont stabilisés. Cette affaire nous a coûté près d'un milliard d'euros. Nous avons expliqué à nos actionnaires que c'était du non récurrent, mais, en réalité, c'est le genre de chose que nous devrons rééditer chaque fois qu'une banque centrale réclamera son dû.

— Bern, dit un banquier new-yorkais d'un ton assez sec, nous n'avons pas besoin d'un cours d'histoire. Si vous regardez, vous verrez, des têtes manquent, parce que certains d'entre nous ont été retenus par leur conseil d'administration.

— Etre retenu par son conseil d'administration, comme vous dites, mister Hershel, est bien le cadet de nos soucis. »

Et Volkmann lui jeta un regard destiné à décourager toute nouvelle interruption.

« La banque, poursuivit-il, est un métier fondé sur la confiance. Un travailleur encaisse sa paye, prélève ce dont il a besoin pour survivre, et fait confiance à une banque pour conserver le reste. La suite dépasse de loin son entendement et il s'en moque parfaitement. Il a fait son boulot en transformant son labeur en capital, il nous fait confiance pour faire fructifier au maximum ce capital. Nous prêtons à des entrepreneurs qui créent de nouvelles affaires, qui recrutent des travailleurs, lesquels transforment encore plus de labeur en plus de capital. C'est un système qui a fonctionné pendant des siècles.

« Mais que se passe-t-il lorsque cette confiance a été abusée ? Certes, il y a déjà eu des scandales financiers par le passé. Pourtant, la crise de confiance à laquelle nous sommes confrontés aujourd'hui a pris des proportions sans précédent. Le capital que les gouvernements utilisent pour prouver aux gens la puissance de leur pays, leurs réserves d'or, ce capital a été vendu et n'est rien d'autre qu'une dette, une dette que nul n'est en mesure de rembourser. Nous sommes incapables d'honorer les engagements que nous avons pris envers les banques centrales. Et même si nous disposions de l'argent nécessaire pour acheter tout cet or, il n'y en a pas assez sur la planète pour couvrir ce que nous leur devons.

— On pourrait augmenter la production, ce qui nous permettrait de gagner du temps avant qu'on nous réclame ce que nous devons. »

La remarque avait été faite par un Anglais qui s'habillait chez Saville Row.

« Impossible. »

La réponse était nette et sans appel, comme celui qui l'avait faite. Lui aussi avait un accent, proche de l'anglais, mais avec quelque chose de colonial.

« Mister Bryce, pourriez-vous vous expliquer? »

Bryce se leva. Contrairement aux autres, il était bronzé, la couleur de sa peau montrait qu'il vivait en plein air et ses yeux bleus étaient tout plissés. Il avait de grosses mains aux solides jointures. On sentait quelqu'un qui avait travaillé dur pour bâtir sa fortune, en abattant un labeur que ces banquiers ne comprendraient jamais.

« J'ai été choisi pour représenter ici les groupes miniers sud-africains, commença Bryce. Mister Volkmann m'a indiqué de quoi nous allions parler, je me suis donc entretenu avec des gens de chez nous afin de vous fournir une information aussi précise que possible. L'an passé, l'Afrique du Sud a produit environ trente-quatre tonnes d'or, à un coût d'environ deux cent quatre-vingts dollars l'once. Cette année, nous prévoyons de produire la même quantité, mais à un prix qui atteindra trois cent quatre-vingts dollars l'once. Les salaires ont augmenté depuis l'abolition de l'apartheid à cause du pouvoir des syndicats, et nous sommes soumis à de fortes pressions. Nous risquons de devoir signer de nouveaux accords qui seront encore plus généreux.

— Ne vous faites pas avoir! » s'exclama le président de la plus grande banque des Pays-Bas.

Bryce lui lança un coup d'œil sans aménité.

« Le travail à la mine n'a rien à voir avec le travail à la chaîne. Il faut des années d'expérience pour devenir efficace. Si nous avions une grève, cela nous mettrait tous dans de sales draps, et les syndicats le savent. Ils savent que l'once se négocie à cinq cents dollars, ils savent que leurs sociétés ne perdent pas d'argent.

— Seriez-vous en mesure d'augmenter votre production? demanda un autre.

— Désormais, nous exploitons des filons par trois mille mètres de fond. Chaque fois que nous creusons un peu plus bas, les coûts augmentent. C'est comme si vous construisiez un gratte-ciel. Pour augmenter sa hauteur, il ne suffit pas d'ajouter un étage au précédent, il faut d'abord renforcer les fondations et toute la structure. Il faut s'assurer que les ascenseurs descendront jusque-là, que les canalisations d'eau et les évacuations auront les capacités supplémentaires nécessaires. Lorsque nous descendons d'un niveau de plus, les coûts augmentent d'un facteur deux ou trois par rapport à la couche du dessus. Nous pourrions extraire de l'or, certes, mais à des coûts qui annuleraient le bénéfice et au-delà.

— Il nous faut donc trouver d'autres sources d'approvisionnement. La Russie peut-être ? Le Canada ? Les Etats-Unis ?

— Aucun de ces pays n'a la capacité nécessaire pour combler même en partie ce qui manque, répondit Volkmann. Les contraintes environnementales en Amérique du Nord augmentent les coûts de trente à quarante dollars l'once.

— Et si nous lancions de nouvelles prospections ? Nous pourrions ouvrir de nouvelles mines, peut-être réorganiser les mines brésiliennes qui sont dans un état déplorable, pour leur permettre d'augmenter leur production ?

— Même avec les dernières techniques de production, avec de nouvelles méthodes de gestion, les filons brésiliens ne sont pas assez riches pour nous permettre de charger un fourgon blindé par an, répondit Bryce. Quant à la prospection, il est exact qu'il existe des gisements dans la région, nous en connaissons même déjà certains. Mais il faudrait des années pour surmonter les obstacles bureaucratiques, traiter les contentieux, sans compter des milliards de dollars d'investissement si l'on veut obtenir les niveaux de production dont vous semblez avoir besoin.

— Dans ce cas, dit un Français, rompant le silence qui avait suivi la dernière déclaration de Bryce, la solution est simple. Il nous faut convaincre les banques centrales de ne jamais réclamer leurs réserves. Nous pourrions peut-être leur proposer un taux supérieur pour nous assurer leur coopération.

— Ce ne serait qu'une solution temporaire, remarqua un New-Yorkais. Nous ne pourrons fuir indéfiniment nos obligations.

— Mais si nous avons le temps de remplir les coffres des banques centrales, nous pourrons assurer la stabilité des cours et éviter ainsi ce qui s'est passé lorsque mon pays a annoncé qu'il était vendeur.

— Et alors, répliqua le New-Yorkais, quand le *Wall Street Journal* aura dévoilé toute l'affaire, que se passera-t-il ? Les gens exigeront de voir l'or dont leur gouvernement leur a juré qu'il était là. L'homme de la rue est persuadé qu'il y a un coffre à Fort Knox, un coffre rempli de ce métal. Il ne va pas être très content en apprenant que le coffre-fort est vide, et qu'il ne contient que des liasses de billets sans aucune valeur. Il paniquera parce que son gouvernement lui aura menti sur la solidité du billet vert comme il ne l'avait encore jamais fait.

— Raison pour laquelle je vous parlais d'une crise sans précédent, reprit Volkmann. Nous avons sapé les fondements mêmes du système capitaliste, et dès que l'opinion publique l'apprendra, tout s'écroulera comme un château de cartes. »

Le banquier suisse se tut pour observer ses hôtes. Il voyait bien qu'il avait réussi à capter leur attention. A voir leur tête, quelques-uns avaient déjà réfléchi à ce qu'il allait pouvoir dire ensuite, même s'ils n'en connaissaient pas encore les détails. Il but une gorgée d'eau avant de reprendre.

« Au cours des six dernières années, l'Allemagne a connu une série de déboires en matière économique. Résultat, ce pays qui était le moteur industriel de l'Europe est devenu une espèce d'Etat-providence. La productivité a chuté, le taux de chômage a atteint le maximum autorisé par l'Union européenne, le gouvernement va bientôt devoir annoncer qu'il n'est plus en mesure de maintenir ses régimes de retraite trop généreux. En un mot, l'Allemagne court à la banqueroute. Il y a deux semaines, j'ai appris qu'elle allait mettre en vente l'intégralité de son stock d'or. »

Tout le monde sursauta en entendant ces derniers mots, les

banquiers venaient de comprendre qu'ils étaient au bord de l'abîme.

« Et il s'agit de six mille tonnes, messieurs, l'équivalent de deux ans de production en Afrique du Sud. Pour le moment, les réserves stockées à Berlin et à Bonn ne représentent que deux mille tonnes. Nous allons devoir combler un trou de quatre mille tonnes.

— Sous quel délai ? demanda le Français, qui avait perdu un peu de sa superbe.

— Je ne sais pas, répondit Volkmann. Je pense que ce ne sera pas tout de suite, afin de préserver la stabilité des cours.

— Mais nous n'aurons jamais le temps, murmura le banquier new-yorkais.

— Et gardez bien présent à l'esprit, reprit Volkmann qui insistait, empilant désastre sur désastre, que si les courtiers comprennent dans quel bazar se trouvent nos banques, ils vont nous essorer, les cours pourraient doubler, voire tripler.

— Nous sommes ruinés ! s'écria le banquier hollandais. Nous sommes tous ruinés. Même si les Allemands acceptaient des espèces fiduciaires, nous serions incapables de les rembourser. L'argent que nous avons gagné en revendant tout cet or a déjà servi à refinancer d'autres acteurs du marché. Nous devrions récupérer ce que nous avons prêté, l'intégralité. Cela jetterait par terre l'économie néerlandaise. »

Un silence pesant s'était abattu sur le salon, tous les participants méditaient ce qu'ils venaient d'entendre. Ces hommes étaient trop jeunes pour avoir gardé mémoire de la dépression qui avait frappé le monde dans les années vingt et trente, mais ils avaient suffisamment entendu ce qu'en disaient leurs grands-parents et d'autres membres de leur entourage. Cette fois-ci, la situation serait bien pire, car toute l'économie était désormais inextricablement liée. Certains pensaient à ce qu'ils allaient perdre, mais aussi à ce qu'il allait en coûter à leur pays. Tout le monde allait se concentrer sur le sort de son propre peuple, l'aide internationale aux pays en voie de développement allait disparaître. Combien de gens allaient y mourir parce que les hommes réunis autour de cette table avaient vendu l'or qu'ils avaient emprunté, dans le seul but d'augmenter encore leurs bénéfices?

Tous ces financiers de haut vol étaient devenus aussi gris que Bernhard Volkmann. Au bout d'un moment, l'un d'eux reprit la parole :

« N'y a-t-il pas moyen de dissuader les Allemands?

— Nous pourrions essayer, répondit un autre, mais ils défendent leurs propres intérêts. Ils ont besoin de récupérer leur or, sans quoi ils devront se déclarer insolvables, se trouver confrontés à des émeutes, peut-être même à une insurrection générale. »

Volkmann laissa la conversation aller ainsi son train pendant quelques minutes. Les banquiers échangeaient des idées, comment sauver leur peau, celle de leur banque, comment épargner au monde la catastrophe. Leur conclusion fut qu'ils n'avaient pas de réponse. Lorsque tout le monde se fut tu, Volkmann demanda au représentant des compagnies minières d'Afrique du Sud, Bryce, de quitter la pièce.

Lorsque la porte se fut refermée derrière lui, les banquiers se tournèrent tous vers Volkmann. Il commença par garder le silence, attendant la question à laquelle tous espéraient qu'il pourrait répondre. C'est le président de la sixième banque britannique qui se décida.

« Si vous nous avez fait venir, c'est peut-être parce que vous avez une solution?

— Oui », répondit Volkmann.

Il sentit presque physiquement leur soupir de soulagement.

Il pianota sur le clavier de son assistant personnel et, quelques instants plus tard, les doubles portes s'ouvrirent. L'homme qui fit son entrée respirait l'assurance, de cette assurance qu'affectaient les banquiers, sans jamais admettre qu'elle cachait leurs propres doutes. Il s'avança, d'une démarche décontractée, la tête haute. Il avait leur âge, la petite cinquantaine, peut-être un peu moins. Son visage était lisse, mais ses yeux avaient quelque chose d'usé et ses cheveux coupés court grisonnaient déjà. Contrairement à tous ces banquiers, on ne sentait pas chez lui cet air de supériorité que donne l'illusion de l'argent et du pouvoir. Non, il émanait de lui une présence, une force indéniable qui envahissait la salle. Il était devenu le centre de toutes les attentions, alors qu'il n'avait pas encore prononcé un seul mot.

« Messieurs, dit Volkmann alors que l'inconnu s'asseyait près de lui, je vous présente Anton Savitch. Après avoir appartenu au Bureau soviétique des ressources naturelles, il est désormais consultant. »

Personne ne broncha ni ne prononça un seul mot. Personne ne comprenait la raison de la présence en ces lieux d'un ancien fonctionnaire russe.

« Voilà un certain temps que je pressens ce qui arrive, poursuivit Volkmann, j'ai donc élaboré quelques plans secrets. Il n'est pas question de discuter ce que je vais vous proposer, ni d'admettre la moindre dissension entre nous. C'est notre seule option, et, lorsque j'en aurai terminé, chacun de vous devra adhérer sans réserve. Mister Savitch va vous exposer les détails de ce plan. »

Sans se lever, s'exprimant avec beaucoup de naturel, un bras passé négligemment sur le dossier de son fauteuil, Anton Savitch leur expliqua comment il allait sauver leurs banques. Cet exposé lui prit dix bonnes minutes, personne ne l'interrompit. Ses auditeurs étaient livides, ils ressentaient un mélange de colère, d'horreur, ils éprouvaient une répulsion viscérale. On avait l'impression que le banquier néerlandais allait se trouver mal. Même le New-Yorkais, pourtant coriace, dont Volkmann savait qu'il avait combattu au Vietnam, était gris cendre.

« Il n'y a pas d'autre solution », leur dit Bern Volkmann.

Aucun d'eux ne pouvait dire à voix haute qu'il était d'accord. Volkmann les regarda l'un après l'autre, les fixant dans les yeux. Lorsqu'ils détournaient le regard, ou répondaient d'un hochement de tête imperceptible, il savait qu'ils étaient d'accord. Le dernier était le Néerlandais. Il poussa un faible grognement qui pouvait ressembler à un oui, et ferma les yeux.

« Je vais prendre les dispositions nécessaires, conclut Volkmann. Nous n'aurons pas besoin de nous revoir. »

Le New-Yorkais qui avait évoqué Fort Knox répliqua pourtant :

« Oh si, je suis bien certain que nous nous reverrons un jour. En enfer. »

CHAPITRE 7

CABRILLO SE SIGNA.

Les victimes étaient de tous les âges, mais la plupart devaient avoir une vingtaine d'années. Les cadavres étaient noirâtres, livides, gonflés par les gaz de putréfaction. D'autres étaient sûrement morts noyés lorsque les pirates avaient jeté le conteneur par-dessus bord. Sous l'éclairage blafard des lampes de pont, ils semblaient très pâles. Bien que cela fût difficile à dire, avec cet entremêlement de membres, il y avait apparemment plus d'hommes que de femmes. Seul point commun, en dehors de leur mort atroce, ils étaient tous chinois.

« Les Têtes de Serpent », lâcha enfin Cabrillo, l'air dégoûté, en détournant les yeux pour observer une tache de gazole qui brûlait sur la mer sombre.

Avides de trouver du travail hors de Chine, des paysans et même des travailleurs qualifiés payaient des milliers de dollars pour quitter leur pays. Même un Chinois fortuné aurait été incapable de rassembler pareille somme. L'émigré illégal travaillait donc pour le gang qui organisait sa sortie et remboursait sa dette en se faisant embaucher dans des ateliers de misère ou dans des restaurants, dans le monde entier, de New York à New Delhi. Les femmes étaient livrées à la prostitution dans des « salons de massage » comme on en rencontre dans toutes les petites villes d'Amérique et du Canada. Ces gens travaillaient ainsi pendant des années, entassés dans des appartements exigus propriétés des gangs, tant qu'ils n'avaient pas remboursé leur dette. Et si ces malheureux tentaient d'échapper à leur sort, le réseau torturait ou massacrait les membres de leurs familles restés en Chine. Un système imparable.

C'est ainsi qu'un million de Chinois quittaient chaque année une existence misérable pour une autre, convaincus que leur sort s'arrangerait s'ils travaillaient plus dur.

Les émigrés avaient donné un nom à ce départ pour une vie nouvelle. Ils disaient qu'ils chevauchaient le serpent, d'où ce surnom de Têtes de Serpent que l'on avait donné aux gangs.

Cabrillo et son équipage avaient intercepté un contingent d'émigrés clandestins que l'on emmenait très probablement au Japon. Autre hypothèse, les pirates s'étaient emparés du bateau qui les transportait, ils projetaient peut-être de les revendre aux gangs ou à on ne sait qui. Quoi qu'il en soit, ils étaient tombés sur un réseau de trafic humain. Sans compter l'horreur qu'il éprouvait en voyant ces cadavres entassés sur le pont, la souffrance se lisait dans ses yeux brillants, il se sentait pris d'une énorme colère. Il ruminait, entretenait cette fureur qui grandissait en lui et qui le consumait.

Il se tourna vers Linda Ross, le regard noir.

« Dis au docteur Huxley de monter dès qu'elle sera disponible. On ne peut plus rien faire pour ces pauvres diables, mais l'autopsie nous fournira peut-être quelques indices sur ce qui s'est passé. »

Puis, s'adressant aux hommes qui travaillaient sur le pont :

« Dès que vous aurez terminé de vider ce conteneur, regardez si vous n'y trouvez pas des éléments d'identification et passez-le par-dessus bord.

— Ça va, Juan ? lui demanda Linda, l'air soucieux.

— Non, ça ne va pas, je suis écœuré, lui dit-il en s'éloignant. Et il faut encore que je m'occupe de ce sous-marin. »

Il retourna s'asseoir dans son fauteuil au CO. Tout le monde était au courant, l'ambiance était sinistre. Mark Murphy vérifiait les systèmes d'armes, au cas où ils en auraient encore besoin. Eric Stone était à la barre et attendait les ordres.

Mark se retourna, le visage grave. C'est lui qui avait tiré cet obus, celui qui avait fait sauter le *Kra*, leur ôtant ainsi toute possibilité d'interroger des prisonniers.

« Oui, capitaine ? »

Le directeur s'était un peu radouci.

« Ne t'en veux pas de ce qui s'est passé, j'en aurais fait autant à ta place. Nous n'en sommes qu'au tout début, on en trouvera d'autres.

— Bien capitaine, merci.

— Monsieur Stone, montez à trente nœuds et mettez-nous à la verticale du sous-marin.

— Bien capitaine. »

Linda était restée sur le pont, occupée à aider Julia et l'équipe médicale. Juan, après avoir examiné l'écran sonar, modifia route et vitesse ordonnées jusqu'à ce que l'*Oregon* se retrouve au-dessus du mystérieux sous-marin. Depuis qu'ils l'avaient détecté pour la première fois, il s'était stabilisé à une immersion de vingt-cinq mètres. Il activa le logiciel de filtrage pour éliminer les bruits parasites et finit par obtenir ce qu'il cherchait. Seul subsistait le bruit de l'air qui s'échappait lentement. Difficile de dire si l'engin faisait le mort ou s'il connaissait des problèmes sérieux. Dans ce cas, on aurait dû entendre des bruits de klaxon, l'équipage qui s'activait à l'intérieur de la coque épaisse. Même sans systèmes d'écoute perfectionnés, l'*Oregon* aurait perçu les coups de marteau. Et pourtant non, rien que ce sifflement de l'air qui s'échappe.

Juan afficha sur son écran une carte de la zone. Il y avait trois mille cinq cents mètres de fond. Le sous-marin allait mettre des jours pour descendre sur le plancher marin, et encore, il aurait implosé depuis longtemps en franchissant son immersion de destruction.

Il revint s'asseoir et appela le radier.

« Officier de plongée, ici Cabrillo. Ouvrez les portes et préparez un robot pour une mission de reconnaissance. Faites équiper deux plongeurs et préparez-moi un équipement. »

Un quart d'heure plus tard, il était derrière l'opérateur du robot après avoir enfilé une combinaison orange, son masque passé autour de son bras gauche. Une bonne plongée lui permettrait de se calmer dans les profondeurs rafraîchissantes de l'océan. Il avait mal à la nuque, aux épaules, séquelles de la tension et de la rage qui s'était emparée de lui.

Le robot sous-marin avait la taille et la forme d'une torpille modèle réduit, il était équipé de trois moteurs qui assuraient la propulsion et le pilotage. Une caméra vidéo haute résolution était installée dans le dôme avant, des projecteurs fixés sur la partie supérieure permettaient d'éclairer les alentours dans un rayon de trois mètres, même en eaux très troubles. On venait juste de le mettre à l'eau et deux techniciens s'assuraient que le câble de télécommande jouait librement.

On ouvrit les deux grandes portes et l'eau, en s'engouffrant, souffla une grande bouffée d'air frais dans la cavité. Les projecteurs répandaient sur les cloisons une lueur verdâtre. Leur gros sous-marin, le Nomad 1000, bouchonnait à la surface du radier comme un dirigeable, paré au cas où ils auraient besoin de son puissant bras manipulateur.

« Immersion quinze mètres », annonça l'opérateur.

Il suivait la descente sur son écran de contrôle qui affichait les images de la caméra du robot. L'écran restait noir. Il gardait les mains posées sur deux manches à balai qui lui permettaient de piloter son engin.

« Vingt mètres.

— Là, regardez », lui dit Cabrillo.

Une vague silhouette émergeait de l'obscurité. L'image était très brouillée et peu contrastée, mais se précisa lorsque le robot se fut approché un peu plus. Il avait abordé le sous-marin par l'arrière et c'était l'hélice en bronze qui brillait sous la lumière de ses puissants projecteurs. Puis ce fut le tour du safran. Juan n'avait encore jamais vu un sous-marin pareil.

« Remontez de deux mètres puis avancez de trois. »

L'opérateur exécuta ses ordres et l'hélice sortit du champ de la caméra. Ils virent apparaître des tôles de bordé en acier, mais elles n'avaient pas cette forme caractéristique d'une coque de sous-marin. Linda leur avait dit que cet écho avait une silhouette bizarre lorsqu'elle avait émis au sonar pour préciser ce qu'elle voyait.

Soudain, ils aperçurent le mot HAM peint en blanc sur fond noir.

« Battez en arrière », ordonna Cabrillo.

Le petit robot obéit et le mot apparut en entier : UTHAMPTO.

« C'est quoi ce truc, demanda l'un des plongeurs, un Uthampto ?

— Mais non, répondit Juan, c'est pas un truc, c'est un port. Southampton, en Angleterre. »

Tandis qu'il parlait, le nom du port d'attache apparut en entier, ainsi que celui du navire : *Avalon*. Et c'était tout sauf un sous-marin.

« Vous croyez que c'est le bâtiment à bord duquel les pirates ont trouvé leurs réfugiés ?

— J'en doute. »

Cabrillo continuait à regarder l'écran, le robot survolait la lisse de poupe puis la plage arrière. Quelques poissons évoluaient au milieu du fouillis.

« Mais je suis sûr que c'est l'une de leurs victimes. Je parie qu'ils l'ont attaqué lorsque nous étions hors de portée radar. »

Il appela la passerelle et demanda à Mark Murphy de faire des vérifications dans les listes de navires sous pavillon britannique.

« On aurait dû capter un SOS ? demanda un plongeur.

— Pas si les pirates ont brouillé la fréquence ou s'ils l'ont abordé par surprise et détruit la radio avant qu'il ait eu le temps d'appeler.

— Patron, ici Murphy. L'*Avalon* est armé par la Société royale de géographie. Lancé en 1982, quarante mètres de long, déplacement... »

Cabrillo le coupa.

« Quand en a-t-on entendu parler pour la dernière fois ?

— D'après un communiqué de presse de la Société, ils ont

perdu tout contact depuis quatre jours. Des unités de sauvetage américaines basées à Okinawa n'ont rien trouvé. »

« C'est insensé », murmura Juan pour lui-même, sans que les autres puissent l'entendre. Puis à voix haute :

« Même s'il a été pris à l'abordage, même si les pirates ont mis hors d'usage ses moyens de communication, les recherches auraient dû le repérer.

— Pas s'il a coulé tout de suite, répondit l'opérateur du robot.

— Comment voulez-vous qu'il ait coulé puis soit resté par vingt-cinq mètres pendant quatre jours ? » Il réfléchit. « Sauf si... sauf si quelqu'un a réussi à aveugler la voie d'eau.

— Cela dit, nota le plongeur, il continue à s'enfoncer. S'il a perdu de la flottabilité pour arriver là où il est, il n'en a pas perdu assez pour continuer à descendre. »

Cabrillo se tourna vers lui.

« Bien vu, sauf s'il s'est fait bloquer par la couche, une couche d'eau très salée. L'eau salée est plus dense que l'eau douce, un volume donné déplace par conséquent une plus grande masse. L'océan est découpé en couches successives, comme un gâteau, des couches qui ont des taux de salinité et des températures variables. L'*Avalon* a pu couler dans une couche très dense qui l'a gardé en équilibre jusqu'à maintenant. »

Mais il savait bien que le bâtiment continuait à embarquer, il allait donc sortir de cette couche à un moment ou à un autre, avant de descendre comme une pierre.

Les hommes regardaient sans rien dire le robot se déplacer au-dessus de l'épave. On ne voyait pas trace de combat, pas trace d'impact ou d'explosion. Comme s'il avait glissé sous les vagues sans lutter. Lorsque le robot arriva à hauteur de l'étrave, Cabrillo demanda au pilote de faire le tour du château et de voir s'ils n'apercevaient rien par les vitres.

« Vous croyez qu'il pourrait y avoir des survivants ? » demanda le plongeur, soudain troublé.

Juan avait déjà eu cette idée, avant de la repousser. Il avait été aux premières loges et savait de quelle cruauté les pirates étaient capables, il savait aussi qu'ils n'auraient pas laissé derrière eux un seul témoin gênant, même à bord d'un navire en train de couler. Autre indice qui allait dans le même sens, il régnait un silence de mort. S'il s'était retrouvé piégé à bord d'un bâtiment en train de couler, lui-même aurait fait quelque chose pour attirer l'attention, aussi dérisoire que cela paraisse. Il aurait cogné sur la coque avec une clé jusqu'à ce que les bras lui en tombent. Et il aurait hurlé, jusqu'aux derniers râles de l'agonie. Non, il était certain qu'il n'y avait plus âme qui vive à bord de l'*Avalon*.

Le robot traversa le pont et se dirigea vers la passerelle. Dans l'étroit cône de lumière, ils voyaient les grandes vitres, volatilisées, brisées par les pirates ou qui avaient éclaté lorsque le navire s'était englouti. L'opérateur fit passer son engin par l'une des fenêtres béantes, bien conscient que le câble risquait d'accrocher. Le plafond avait l'air d'une boule de mercure liquide. En fait, il s'agissait d'une poche d'air alimentée par une petite colonne de bulles qui montaient d'un trou dans le pont.

Ici, les preuves qu'il y avait eu une attaque ne manquaient pas. Des lignes de trous causés par des balles, des étuis de munitions éparpillés sur le sol. Dans un coin, ce qu'ils crurent d'abord être un tas de chiffon se révéla être un corps. De petits poissons venaient tâter les filets de sang qui s'échappaient encore de ses nombreuses blessures. L'opérateur essaya de manœuvrer pour voir le visage de l'homme et peut-être, l'identifier, mais le petit robot n'était pas assez puissant pour retourner ce qui avait été un homme à la forte stature.

« Voyez si vous ne pouvez pas atteindre le reste des superstructures », ordonna Cabrillo.

L'opérateur fit une tentative, mais la porte percée dans la cloison arrière était bloquée par une barre de métal.

« C'est pas grave. Revenez en arrière, on va aller voir les hublots. On arrivera peut-être à apercevoir quelque chose à l'intérieur. »

Le robot commença par bâbord, s'arrêtant devant chaque hublot, mais on ne voyait rien. L'opérateur le fit passer par l'arrière et entama l'inspection de la muraille tribord. Les projecteurs dessinaient un cercle parfait sur la coque noire, chaque hublot de forme arrondie brillait comme une pierre précieuse. Au moment où l'engin passait devant une cabine, ils entendirent un bruit, des chocs métal sur métal, une sorte de staccato très rapide. Ceux qui regardaient l'écran de contrôle virent soudain apparaître contre la vitre un visage livide. Une femme. Ses yeux étaient remplis de terreur et on la voyait remuer les lèvres, elle criait, mais ils ne pouvaient entendre ses hurlements.

« Mon Dieu ! Elle est vivante ! »

Cabrillo se précipita, s'assit sur un banc et passa les sangles des bouteilles sur ses épaules. Il fixa ensuite autour de son cou le compensateur de pesée, se remit debout, boucla sa ceinture de lest. Il attrapa enfin une paire de palmes et une grosse lampe-torche.

« Prévenez Huxley », dit-il en se dirigeant vers la rampe du radier, alourdi par trente kilos de matériel.

Il ajusta son masque, vérifia le régulateur d'air et se laissa tomber dans l'eau sur le dos.

Il commença à descendre dans un rideau de bulles, enfila ses palmes, vida un peu d'eau qui s'était infiltrée dans son masque. L'eau n'était pas si froide que ça et il se réchauffa vite grâce au film d'eau piégé sous sa combinaison. Il attendit que les deux autres plongeurs se soient mis à l'eau avant de chasser un peu d'air du compensateur. Il entama alors sa descente vers les profondeurs en se retenant au câble du robot pour se guider.

Mais comment avait-elle bien pu survivre ? se demandait-il. A en juger par ce qu'avaient fait les poissons du cadavre qu'ils avaient aperçu à la passerelle, les pirates avaient dû couler le bâtiment très peu de temps après s'en être emparés. Et y avait-il encore assez d'air piégé dans la coque ? Et cela durerait-il assez longtemps pour qu'il puisse la sortir de là ?

Il voyait sous lui un halo de lumière, le robot, et quelques détails noyés dans l'ombre du navire de recherche. De l'air s'échappait un peu partout, de dizaines de trous, comme si le bateau saignait. Juan sentit un frisson presque superstitieux lui parcourir l'échine. L'*Avalon* était devenu un navire fantôme, mais, contrairement au *Vaisseau fantôme* de la légende, il était condamné à naviguer dans l'obscurité, englouti sous la mer, vaisseau errant à qui l'on avait accordé un petit sursis.

Lorsqu'il atteignit le pont principal, Juan vérifia son manomètre. Vingt-sept mètres. L'*Avalon* descendait rapidement. Le sursis arrivait à son terme.

Il poursuivit sa descente en donnant quelques coups de palmes. Le robot dérivait sans erre devant le hublot où ils avaient repéré la rescapée. Lorsqu'il approcha son visage de la petite ouverture circulaire, la femme enfermée là bondit en arrière de terreur. Mais elle revint vite, ils n'étaient séparés que par quelques centimètres d'eau et le verre épais de la vitre. Si Juan ne trouvait pas rapidement une solution, cet écran entre eux resterait infranchissable.

Elle avait enfilé deux vestes et plusieurs chandails, elle portait un bonnet de marin. A l'intérieur, l'air devait être à la température de l'eau. Il vérifia rapidement, 8 °C. Elle avait les yeux bleu clair et, maintenant qu'il était là, son regard avait perdu cet air de folie. Malgré son désespoir, elle devait avoir conservé un peu d'humour car elle se mit à tapoter sa montre comme pour lui dire : *il était temps*. Juan ne put s'empêcher d'admirer son courage.

Il remarqua encore d'autres détails plus subtils. Elle avait les lèvres bleuies, son visage était d'une pâleur anormale, son corps secoué de violents frissons. Il essaya de distinguer ce qu'il y avait dans la cabine. L'eau recouvrait le pont, jusqu'aux sommiers des bannettes. Un matelas flottait librement, la femme avait coincé l'autre en le maintenant par son poids. Même ainsi, son refuge n'était pas resté sec, ses vêtements étaient tout mouillés. Comme elle s'était agenouillée sur son matelas, son poids y avait creusé une dépression remplie d'eau de mer. Elle devait avoir les pieds trempés. Il ne savait pas depuis combien de temps elle était ainsi, mais il était certain qu'elle serait très bientôt en état d'hypothermie sévère.

Il ôta son embout et articula avec ses lèvres : « Comment vous sentez-vous ? »

L'eau qui mouillait ses lèvres était fortement salée, ce qui confirmait son hypothèse, la raison pour laquelle l'*Avalon* n'avait pas aussitôt plongé vers le fond.

Elle lui lança un regard glacial comme pour lui répondre que, compte tenu de sa situation, sa question était parfaitement débile, puis elle lui fit comprendre par signes qu'elle n'était pas blessée. Il tendit son index dans sa direction, puis vers d'autres endroits du navire, avant de joindre plusieurs doigts. Elle mit un moment à comprendre qu'il lui demandait s'il y avait d'autres survivants. Elle secoua tristement la tête en faisant signe que non. Puis elle leva le doigt et disparut un instant. Lorsqu'elle revint, elle tenait une feuille de papier et un marqueur noir. Sa main tremblait au point que son écriture en devenait illisible. « Je suis la seule rescapée. Pouvez-vous me sortir d'ici ? »

Juan lui répondit oui d'un signe de tête, mais, comment faire ? Il n'en avait pas la moindre idée. Ils pouvaient passer des câbles à partir des mâts de charge de l'*Oregon* et essayer de remonter le bâtiment à la surface, mais ils n'auraient jamais assez de force de traction pour soulever un poids mort pareil, un bateau plein d'eau. Et si l'équilibrage n'était pas bon, l'épave risquait de basculer et de se remplir encore plus vite. Cela dit, il ne serait pas inutile de passer quelques câbles, ne serait-ce que pour la stabiliser un moment.

Les autres plongeurs arrivaient. Juan écrivit quelques instructions sur l'ardoise qu'avait apportée l'un d'eux et renvoya l'homme à bord. Il se retourna vers la femme emprisonnée et lui fit un clin d'œil. Elle écrivit quelque chose sur son bloc et l'approcha du hublot. « Qui êtes-vous ? »

Il écrivit à son tour son nom. Elle n'avait pas l'air satisfait et répondit : « Marine de guerre ? »

Comment lui expliquer leur présence ? Il lui répondit qu'il dirigeait une société de sécurité chargée de pourchasser des pirates. Cette réponse parut la satisfaire. Il lui demanda s'il y avait un endroit que l'eau n'eût pas encore envahi, elle répondit sur son bloc que le pont supérieur était submergé, de même que la cale et la salle des machines. Cela faisait douze heures que l'eau était arrivée à son niveau. Il lui demanda alors s'il n'y aurait pas une porte extérieure donnant sur un local pas trop grand et qu'il pourrait noyer, une espèce de sas qu'on pourrait isoler du reste du navire.

Elle répondit qu'elle n'en était pas sûre, avant de s'effondrer sur son lit. L'eau envahit le matelas autour de son dos et de ses épaules. On aurait dit qu'elle ne sentait plus rien ou qu'elle n'avait plus la force de faire quoi que ce soit. Il redonna des coups avec sa lampe, elle se traîna vers le hublot. Ses yeux étaient brouillés, ses mâchoires tremblaient comme si elle tenait un marteau-piqueur. Si elle ne l'aidait pas, il ne pourrait pas la sortir de là, et elle en avait peut-être pour cinq minutes avant de sombrer dans l'inconscience.

« Comment vous appelez-vous ? » écrivit-il.

Elle fixa les mots un bon moment avant de dire quelque chose qu'il ne comprit pas. Il secoua son ardoise pour lui rappeler que c'était leur mode de communication. Il lui fallut vingt secondes de grande concentration pour écrire enfin : Tory.

« Tory, il faut absolument que vous restiez éveillée ! Si vous vous endormez, vous allez mourir. Existe-t-il un petit local où vous pourriez vous enfermer et qui aurait un accès sur l'extérieur ? »

Il craignait qu'il ne fût trop tard, qu'elle ne comprenne même plus ses questions, mais elle sortit soudain les épaules et réussit à contenir le mouvement de ses mâchoires. Elle hocha la tête et se mit à écrire. Montre en main, cela lui prit quatre minutes car elle était obligée de rayer certains mots et de recommencer.

Elle plaqua enfin le bloc contre le hublot. On aurait dit les premiers essais d'un enfant. Elle avait écrit : « La port arrere un pont dessos s'oivre sur un echel que peut-être blouque ». Il fallut encore une précieuse minute à Juan pour comprendre ce gribouillis : « La porte arrière donne sur une descente qui est peut-être condamnée. »

« Il faut que vous alliez là-bas et que vous essayiez de vous enfermer. Ne lâchez pas, quoi qu'il arrive, faites-moi confiance. »

Tory hocha la tête et se leva péniblement de son lit. Lorsqu'elle fut debout, de l'eau jusqu'aux genoux, Juan vit que la souffrance tirait ses traits. Il sentait presque l'étreinte glaciale du froid qui engourdissait ses muscles, qui envoyait des décharges jusqu'à son cerveau. Elle essaya vaille que vaille de traverser la cabine, faillit tomber contre la cloison et s'écroula. S'il avait pu passer par le hublot, Juan l'aurait fait et il l'aurait prise dans ses bras. Mais il était obligé de rester là, dans l'eau, impuissant. Il vit Tory se remettre péniblement debout. Elle réussit à gagner la porte sans jeter un regard en arrière, les membres raides, comme un zombie dans un film d'horreur.

Dès qu'elle fut hors de vue, Juan repartit pour essayer de trouver la porte dont elle lui avait parlé. En passant la rambarde, il vit quatre autres plongeurs qui travaillaient à passer des câbles frappés sur la plage arrière de l'*Oregon*. Ils avaient installé de gros projecteurs sous-marins, ce qui leur permettait de travailler plus efficacement. D'autres en faisaient sans doute autant à l'avant. Le navire était maintenant à trente mètres. Même si les mâts de charge ne parvenaient pas à le remonter, cela l'empêcherait de couler plus profond pendant un certain temps.

Mais ce n'était pas l'immersion qui était le problème, c'était la résistance de Tory.

Ce que ne savaient pas Cabrillo et ses hommes, c'était que l'*Avalon* possédait de grandes cales d'un seul tenant à l'avant et à l'arrière, du pont jusqu'aux fonds et sur presque toute la longueur du navire. Jusqu'ici, elles étaient restées sèches, grâce aux panneaux souqués et aux grilles de ventilation à commande automatique qui assuraient une étanchéité presque parfaite. C'était grâce à cette réserve de flottabilité supplémentaire que le navire n'était pas parti au fond. Pendant que Juan examinait la porte, l'une des grilles commença à s'ouvrir sous la pression de l'eau qui montait dans les gaines.

Un jet d'eau en nappe jaillit entre deux volets et se répandit sous forme de brouillard dans toute la cale. L'espace entre les volets était exigu, le débit n'était que de quelques litres par minute – mais, à chaque seconde qui passait, l'espace s'agrandissait et la grille allait immanquablement céder, ce n'était qu'une question de temps. On aurait bientôt un jet d'eau de près d'un mètre carré de section.

Juan nota que la porte était constituée d'une plaque solide verrouillée de l'extérieur. Il devrait arriver à tourner le volant après avoir fait sauter le cavalier de condamnation en acier qui avait été abaissé au moment de l'attaque pour empêcher l'équipage de s'échapper. Cela dit, la pression extérieure l'empêchait de s'ouvrir. Il fallait d'abord qu'il équilibre la pression, avec Tory coincée de l'autre côté. L'idée était simple. Pendant que Tory serait de l'autre côté, craignant pour sa vie dans le compartiment qui se noierait, Juan pourrait la faire sortir et l'alimenter en air grâce à une bouteille.

Il s'approcha de l'un de ses plongeurs et écrivit ce dont il avait besoin sur son ardoise. L'homme était équipé d'une cagoule intégrale avec micro, ce qui lui permettait de communiquer avec le directeur de plongée resté à bord de l'*Oregon*. Juan tapa sur la porte, le rythme de *Frère Jacques*, en attendant ce qu'on devait lui descendre du bord. Dans les deux cas, l'attente allait être interminable, mais lorsqu'un panier arriva avec des outils et un équipement de plongée, Tory n'était toujours pas là et Juan commença à craindre le pire.

Se retrouver prise au piège, au milieu des corps de ses amis répandus un peu partout était déjà assez horrible. Ajoutez-y l'angoisse quand votre prison est à trente mètres sous l'eau et continue à s'enfoncer. Que Tory n'ait pas sombré était incroyable. Elle était terrorisée, tout près de l'hypothermie, trempée. Avait-elle encore assez d'énergie pour rejoindre le sas et se souvenir qu'elle devait à tout prix l'isoler du reste du bâtiment ?

Cabrillo en doutait. Mais il n'y avait pas d'autre solution. S'ils avaient essayé d'entrer dans sa cabine, l'eau y aurait fait irruption avant de tout noyer. Elle serait morte bien avant qu'ils aient pu lui faire passer un embout. Non, il en était certain, c'était la seule chose à tenter.

Il recommença à taper en cadence sur l'acier avec sa lampe-torche. Puis il crut entendre quelque chose qui venait de l'intérieur. Il recommença à frapper *Frère Jacques* en cadence, ôta sa cagoule et colla l'oreille contre la porte.

Voilà, c'était ça. Il n'y avait pas à s'y tromper. Tap-tap. Elle avait réussi.

Il plongea la main dans le panier d'outils qu'il avait fait descendre de l'*Oregon*, et commença par vérifier que les bouteilles étaient en état de fonctionner. Il s'occupa ensuite de la perceuse à air comprimé, reliée à deux bouteilles fixées sous le panier par son tuyau d'alimentation. La tête était un outil de fraisage spécial, ultrarésistant. Avec ça, découper la porte ne lui prendrait que quelques secondes. Cabrillo regarda ce qui se passait autour de lui. A l'arrière, les plongeurs devaient avoir fixé l'élingue autour de l'*Avalon*. Deux autres arrivaient devant pour donner la main, deux encore venaient l'aider.

Cabrillo s'appuya le dos contre le panier, posa la tête de la perceuse sur le bas de la porte et pressa le poussoir. Le bruit était infernal, comme une fraise de dentiste qui s'attaque à une grosse carie. Il n'y fit pas attention et regarda les copeaux de métal s'enrouler autour de la pointe. En quelques secondes, il avait foré un premier trou. Il retira délicatement son outil, des copeaux et de l'eau se firent aspirer par l'orifice. Il ne connaissait pas les dimensions du sas, il devait donc attendre que la pression fût équilibrée avant d'essayer d'ouvrir la porte.

Il recommença à taper avec une barre métallique pour indiquer à Tory qu'il était là. Elle répondit immédiatement, plutôt furieuse. Elle ne s'attendait pas à ce que l'on vienne la sauver de cette façon.

Après quatre minutes d'efforts, Juan essaya d'ouvrir la porte au moyen de sa barre à mine, mais rien à faire, elle resta obstinément fermée. Il perça deux autres trous, recommença une minute plus tard, avec le même résultat. Il était sur le point de forer d'autres trous lorsqu'il se produisit quelque chose.

Un nuage de bulles s'éleva quelque part dans les superstructures. La grille de ventilation de la cale avant avait cédé, l'eau entrait à flot. L'augmentation rapide de la pression avait fait sauter une trappe de visite. Les six plongeurs qui travaillaient à l'avant apparurent derrière la cheminée de l'*Avalon*, ils essayaient de se frayer un chemin au milieu du torrent d'eau et de bulles. L'un d'eux fit le geste de se trancher la gorge dès qu'il fut arrivé dans le rond de lumière des projecteurs. Ils n'avaient pas fini de passer leur élingue à l'avant.

Un peu après, l'*Avalon* commença à piquer du nez, puis partit sur bâbord. Les plongeurs n'avaient réussi à fixer l'élingue que sur tribord. L'*Avalon* était amarré à l'*Oregon* par trois câbles, deux derrière et un devant. Le bâtiment donna d'abord l'impression de se stabiliser, mais la bande qu'il avait prise avait libéré d'autres entrées d'eau. A bord de l'*Oregon*, les opérateurs des mâts de charge, certainement supervisés par Max, faisaient des efforts désespérés pour le garder stable le plus longtemps possible, mais c'était un combat perdu d'avance.

Tory avait dû se faire projeter dans le sas au moment où le navire avait basculé. Avec cette inclinaison, elle allait se retrouver dans l'eau jusqu'à ce qu'il arrive à ouvrir la porte. C'était un combat contre la montre, et les aiguilles tournaient de plus en plus vite.

L'élingue passée à l'avant était frappée sur l'un des gros bollards en acier. L'autre extrémité, prise dans le nuage de bulles, flottait dans le gréement du mât avant. La charge n'était pas équilibrée, l'extrémité passée autour du bollard commença à riper. Les torons d'acier se libérèrent en émettant un crissement pitoyable, comme un grimpeur dont la prise lâche sur une paroi.

L'eau continuait d'envahir la cale avant. Le câble se raidit quelques secondes puis se dégagea complètement. L'étrave de l'*Avalon* piqua davantage, le bâtiment bascula de quatre-vingt-dix degrés et resta ainsi, la tête en bas, suspendu aux câbles arrière. La proue élancée dansait au-dessus de l'abîme. Le mât de charge pouvait tenir soixante tonnes, il supportait maintenant au moins trois fois cette charge. Et les efforts augmentaient toujours.

Grâce à la résistance de l'eau, ce mouvement de rotation avait pris plusieurs secondes, assez longtemps pour que Juan ait eu le temps de s'accrocher à la porte. Le pont était devenu cloison et la cloison arrière, plancher. Puis il entendit un bruit de frottement, un bruit qui se propageait dans l'eau et semblait venir de toutes les directions à la fois. Il chercha comme un fou d'où cela pouvait venir. Les projecteurs que ses hommes avaient installés éclairaient toujours le pont, créant une atmosphère de cauchemar, des taches blafardes qui trouaient l'obscurité. Le bruit était de plus en plus fort. Levant les yeux, Juan vit un canot de sauvetage qui s'était libéré de ses bossoirs et qui coulait en cognant périodiquement contre la muraille. Il passait de plus en plus vite en tournoyant comme une toupie. Les câbles de bossoir le frappèrent alors qu'il se retournait pour voir si ses hommes avaient réussi à éviter le projectile, il se fit arracher son masque.

Luttant contre la douleur et cette soudaine perte d'orientation, il essaya de récupérer son masque avant qu'il coule trop bas et hors de portée. Il ouvrit les yeux, le sel le piquait horriblement. Mais là, tout près de ses doigts, le masque orange s'enfonçait dans les profondeurs. Il le rattrapa, le remit en place, le vida en levant la tête et en laissant l'air du régulateur le purger. Il se rapprocha de la porte et vérifia son manomètre. L'*Avalon* coulait, trois mètres à la minute, et il accélérait. Il savait que Max allait dévider du câble le plus longtemps possible pour ralentir la descente, mais il y avait des limites, viendrait le moment où il ne pourrait plus respirer.

L'autre plongeur s'était fait projeter violemment lorsque le bâtiment avait basculé. Il lui fallut un certain temps pour reprendre ses esprits et récupérer la caisse à outils qui était restée coincée dans une rambarde, près du mâtereau de poupe.

Sans s'occuper de la perceuse, il rattrapa la bouteille d'air et un sac de plongée et passa le tout au capitaine.

Ils unirent leurs efforts pour essayer d'ouvrir la porte avec la barre à mine. Un rideau de bulles explosa sur le portage pendant un bref instant. Ils avaient réussi à l'entrouvrir, mais la pression la referma aussitôt. Ils souquèrent plus ferme, Juan avait l'impression que ses dorsaux allaient s'arracher des côtes, il voyait une multitude de points noirs derrière ses paupières fermées. Il était sur le point de s'arrêter pour essayer de trouver une autre position lorsque la porte s'ouvrit d'un seul coup, noyant immédiatement le compartiment.

Les puissantes lampes qu'ils avaient installées sur la plage arrière avaient explosé ou étaient cachées derrière la passerelle, il ne pouvait compter que sur sa torche. Il balaya le sas avec son faisceau. L'espace était exigu, tout était peint en blanc. Une échelle métallique donnait sur un solide panneau, sans doute l'accès à la passerelle. A droite, une autre porte conduisait à l'intérieur, au niveau du pont principal. Elle était également solidement souquée. Puis il aperçut Tory, forme sombre qui dérivait, les membres flasques. Ses cheveux flottaient autour de sa tête comme les fils d'une anémone sur un récif tropical.

Deux coups de palmes et il était sur elle. Il enfonça son embout entre ses lèvres serrées, augmenta le débit, essayant de faire pénétrer ce précieux oxygène dans ses poumons. L'autre plongeur vint le rejoindre et ouvrit son sac de plongée. Faisant aussi vite que possible, il en sortit à poignées des capsules de produit chimique exothermique, les secoua violemment pour amorcer la réaction et les enfonça sous ses vêtements ruisselants. Ils avaient plusieurs paliers de décompression à respecter pendant la remontée, c'était le seul moyen qu'eût trouvé Juan pour la protéger un peu de ce froid glacial.

Il reprit son embout pour aspirer une goulée rapide, avant de le remettre entre ses mâchoires. Un troisième plongeur arrivait. Elle avait une bosse à la tête, elle avait dû se cogner quelque part, sans doute quand le navire avait cabané, une légère traînée de sang filait dans l'eau. Le troisième plongeur apportait des bouteilles et une cagoule. Juan lui enfila sur la tête, et lui donna un léger coup sur le sternum. Tory fut prise d'une quinte de toux, cracha un peu d'eau. Elle commença à ouvrir les yeux, difficilement, et cracha encore une fois. Au moyen du régulateur, Juan vida l'eau de son masque, il ne la quittait pas des yeux et elle revint lentement à elle. Il sut qu'elle allait s'en sortir en la voyant se rendre compte avec étonnement qu'un inconnu avait mis les mains dans sa culotte.

D'autres plongeurs arrivèrent, ils firent sortir Tory et Juan du compartiment. L'un d'eux vérifia les bouteilles de Juan, c'était bon pour l'instant, mais il aurait besoin de bouteilles de rechange pendant les paliers de décompression. Lorsqu'ils se furent suffisamment éloignés du bâtiment qui tanguait dangereusement, un plongeur remonta à bord de l'*Oregon* pour prévenir qu'ils pouvaient larguer. Quelques instants plus tard, le navire commença à couler, de plus en plus vite et l'*Avalon* disparut. Les câbles devenus libres traînaient derrière comme de gigantesques tentacules.

Ils remontèrent en groupe compact autour de Tory et de Juan. Le directeur de plongée réduisit autant qu'il put la durée des paliers, il fallut tout de même dix minutes avant que le plongeur qui avait le moins saturé ramène enfin Tory dans le radier. Juan et les autres en firent autant quinze minutes après, des marins les hissèrent sur la rampe d'acier.

Juan se défit de son masque et de sa cagoule et avala de grandes goulées d'air frais. Le radier sentait l'huile et le métal, mais l'air lui parut aussi pur que l'air de la montagne au petit matin. Max arriva, une tasse de café fumant à la main.

« Désolé mon vieux, pas de bibine tant que t'as pas fini d'évacuer l'azote que t'as dans le sang. »

Cabrillo avait envie de lui répondre qu'il était prêt à risquer la pire embolie de l'histoire de la plongée sous-marine, mais prit tout de même le café et savoura le goût du whisky dont Max l'avait arrosé.

Max l'aida à se débarrasser de son équipement, Juan essaya de se lever.

« Comment va-t-elle ? » demanda-t-il enfin.

Avec ce froid, il n'avait plus de voix.

Max lui mit la main sur l'épaule pour le rassurer.

« Julia s'occupe d'elle. On saura bientôt, mais je suis sûr qu'elle va s'en remettre. »

Soulagé, Juan esquissa un sourire et se laissa aller contre un râtelier. Ils avaient au moins réussi à arracher aux pirates une de leurs victimes qui courait à une mort certaine. C'est alors qu'il remarqua plusieurs marins en train de se gaver de glaces. Il devina que Julia avait fait de la place dans les grandes armoires de congélation pour entreposer les corps de ceux qu'ils n'avaient pas pu sauver.

CHAPITRE 8

TORY REPRENAIT CONSCIENCE, émergeant au milieu d'un brouillard de souffrance. Elle se rendit d'abord compte qu'elle avait mal partout, mais c'étaient sa tête et ses mollets qui la faisaient particulièrement souffrir, le reste était supportable. Elle ouvrit les yeux, battit des paupières pour dissiper les restes de sommeil. Une rampe fluorescente répandait une lumière froide au-dessus de sa tête. Et puis il y avait encore une autre lumière, qui passait par un hublot. Trois personnes étaient penchées sur elle, elle ne les reconnaissait pas, mais devinait qu'elles ne la menaçaient pas. Une femme en blouse blanche, aux yeux marron, des yeux remplis de compassion, l'air compétent. L'un des hommes était plus vieux, la soixantaine, chaleureux. Il avait le visage marqué, son crâne chauve était parsemé de taches, comme s'il passait le plus clair de son temps en plein air. Il serrait une pipe éteinte entre ses dents, cela lui rappelait son grand-père, Seamus. C'est pourtant le second qui retint son attention. De profondes rides marquaient la commissure de ses yeux et de ses lèvres, effets inévitables de l'âge. On voyait que ses traits étaient burinés par l'expérience, une expérience sans doute chèrement acquise. Les signes révélateurs de quelqu'un qui s'est colleté à l'existence, quelqu'un qui considérait la vie comme une lutte de chaque instant. Puis elle s'arrêta sur ses yeux, des yeux bleus, sans fond, avec une pointe de malice, et en conclut qu'il avait remporté plus de combats qu'il n'en avait perdu.

Elle avait l'impression de le connaître, ou plutôt, elle se disait qu'elle l'avait déjà vu. Non, ce n'était pas un acteur. Peut-être l'un de ces aventuriers, un milliardaire qui faisait le tour du monde en ballon ou se payait un petit tour dans l'espace. Mais il avait de la présence, l'air un peu canaille, une confiance en soi fruit d'une longue suite de succès.

« Bienvenue sur terre », lui dit la femme médecin. Elle était américaine. « Comment vous sentez-vous ? »

Tory essaya de répondre, mais ne réussit à émettre qu'un grognement rauque. Le plus vieux des hommes approcha une tasse et glissa très doucement une paille entre ses lèvres. L'eau lui humecta la langue, comme la première pluie sur le désert. Elle aspira avidement, cela faisait du bien, le liquide diluait l'espèce de pâte qu'elle avait dans la bouche.

« Je crois », commença Tory, mais une quinte de toux l'interrompit. Lorsque ce fut terminé, elle reprit : « Je crois que je vais mieux. J'ai très froid. »

Elle vit alors pour la première fois qu'elle était ensevelie sous un amas de couvertures, dont une couverture chauffante au contact direct de la peau. Cela piquait.

« Lorsqu'on vous a ramenée ici, votre température était de deux degrés inférieure à la température de survie indiquée par les tables. Vous avez eu de la chance. »

Tory tourna la tête pour voir où elle était.

« Vous êtes à l'infirmerie du bord, lui dit le médecin pour répondre à sa question muette. Je m'appelle Julia Huxley. Lui, c'est Max Hanley et puis l'autre, notre capitaine, Juan Cabrillo. »

Son nom lui disait quelque chose.

« C'est notre capitaine qui vous a sauvée.

— Sauvée ?

— Vous souvenez-vous de ce qui s'est passé ? » demanda Hanley.

Tory essayait de se creuser la tête.

« On a été attaqués, je dormais, j'ai entendu des coups de feu. C'est ce qui m'a réveillée. Je me souviens que je me suis cachée dans ma cabine. Et après... »

Elle retomba dans un profond silence.

« Ça va? lui demanda le capitaine. Prenez votre temps, vous avez vécu une terrible expérience.

— Je me souviens que j'ai erré dans tout le bord après l'attaque. »

Mais Tory enfouit son visage dans ses mains, secouée de sanglots. Le capitaine lui mit la main sur l'épaule, ce qui la calma un peu.

« Des corps. Je me souviens que j'ai vu des corps. Tout l'équipage était mort. Après, je ne me souviens plus de rien.

— Cela ne me surprend guère, lui dit le Dr Huxley. C'est un mécanisme classique de défense du cerveau pour nous protéger en cas de traumatisme.

— Après avoir attaqué votre navire, reprit le capitaine, les pirates l'ont sabordé. Nous sommes arrivés avant qu'il soit descendu trop bas pour que nous puissions vous sauver.

— C'était à deux doigts, fit Hanley. Votre bâtiment est resté bloqué plusieurs jours dans une couche d'eau très salée.

— Plusieurs jours? s'exclama Tory.

— Vous pouvez vous dire que vous avez fait comme Jonas, reprit Cabrillo dans un grand sourire. Sauf qu'on vous a sortie du ventre de la baleine. »

Et il accompagna cette déclaration d'un petit geste négligent, comme s'il s'agissait de bien peu de chose.

« C'est vous qui m'avez dit de me diriger vers le panneau à l'arrière, de fermer les portes étanches. Et c'est sans doute vous aussi qui avez percé des trous dans le panneau. Je croyais que vous alliez me tuer, j'ai presque failli retourner en courant dans ma cabine avant de comprendre que vous deviez équilibrer la pression pour me sortir de là. C'est ça qui a été le pire. L'eau montait, centimètre après centimètre. J'ai escaladé une échelle, je suis montée sur le pont principal pour essayer d'y échapper le plus longtemps possible, mais je ne savais pas où aller. »

Elle se tut, comme si elle revivait cette affreuse sensation de l'eau glacée.

« Je suis restée là jusqu'à ce que l'eau m'arrive à hauteur de la poitrine. Ça a duré un temps fou, mon Dieu. Je n'avais jamais eu aussi froid de ma vie. J'étais étonnée que mes dents ne cassent pas à force de claquer si fort. »

Elle leva les yeux pour regarder le trio penché sur elle.

« La seule chose dont je me souvienne ensuite, c'est quand je me suis réveillée, ici.

— Le bâtiment avait commencé à s'enfoncer plus vite, il a basculé quand l'eau a envahi les tranches avant. Vous avez dû tomber contre une rambarde ou un tuyau, vous vous êtes cogné la tête. Lorsque j'ai enfin réussi à ouvrir la porte, vous ne respiriez plus, vous aviez une blessure au cuir chevelu. »

Tory se tâta le crâne et découvrit qu'on lui avait posé un gros pansement.

« Nous avons déjà prévenu la Société royale de géographie, poursuivit Cabrillo, je suis sûr qu'ils ont dit à votre famille que vous alliez bien. Il y a un hélicoptère de location qui attend au Japon, il va vous emmener dans un bon hôpital dès que nous serons à portée. Mais vous êtes sûre que vous ne vous souvenez de rien d'autre, pendant l'attaque ? C'est très important. »

Tory plissa le front, essayant de se concentrer.

« Non, désolée, je ne me souviens de rien. » Et se tournant vers Julia : « Je crois que vous avez raison, mon cerveau a tout bloqué.

— Hier soir, quand nous vous avons ramenée à bord, vous avez parlé au troisième lieutenant, elle s'appelle Linda Ross. Vous vous en souvenez ?

— Non, répondit Tory, un peu agacée. Je devais délirer. »

Sans tenir compte du regard que lui lançait Julia, Cabrillo insista.

« Vous lui avez dit votre nom, vous lui avez expliqué que vous étiez chercheur. Puis vous lui avez fait le récit de l'attaque, vous lui avez expliqué que l'un des pirates avait fouillé votre cabine, que vous vous étiez cachée. Vous avez dit à Linda qu'il portait un uniforme noir et des bottes de la même couleur.

— Si vous le dites...

— Vous lui avez aussi raconté que vous aviez aperçu d'autres navires dans les parages. Que vous aviez cru d'abord que l'un des deux était une île, car il était énorme. Vous l'avez décrit, il avait une forme rectangulaire. L'autre bâtiment était plus petit, vous avez eu l'impression qu'ils allaient entrer en collision.

— Si je ne me souviens pas d'être restée emprisonnée à bord de l'*Avalon* pendant quatre jours, comment voulez-vous que je me rappelle les minutes qui ont suivi l'attaque ? Désolée.

— Bien sûr, fit Julia. Mon bureau est juste à côté. Appelez-moi si vous avez besoin de quoi que ce soit.

— Merci », répondit Tory en jetant un regard mauvais à Juan. Mais cela ne dura pas et elle lui dit : « Et merci de m'avoir sauvé la vie. »

Il lui posa la main sur l'épaule :

« Je vous en prie. »

Une fois sorti dans la coursive, Max dit à Juan :

« Piètre observatrice.

— Piètre menteuse, lui rétorqua Juan.

— C'est vrai, convint Max en tapotant le tuyau de sa pipe contre ses dents.

— Pourquoi, à ton avis ?

— Pourquoi c'est une belle menteuse ou pourquoi elle nous a tous menti ?

— Les deux.

— Je ne sais pas trop, finit par répondre Max. Mais je suis content que Linda ait eu la bonne idée d'interroger Miss Ballinger hier soir.

— C'est vrai, je n'y aurais pas pensé, convint Juan.

— Quand je pense à ton état, je suis même surpris que tu aies réussi à retrouver ta cabine.

— Linda me disait que, d'après la description que Tory lui a faite des navires et des pirates, elle pensait que ces types auraient pu avoir bénéficié d'un entraînement militaire.

— Ou elle est réellement chercheur, comme elle le prétend et la Société royale de géographie avec elle, et elle applique ses capacités d'observation scientifique à tout ce qu'elle voit.

— Dans ce cas, pourquoi mentir et prétendre qu'elle ne sait plus ce qui s'est passé lorsqu'elle s'est retrouvée coincée à bord de l'*Avalon* ? »

Juan avait pris l'air sombre.

« Personne ne lui avait dit combien de temps elle était restée coincée là-dedans, et pourtant, elle savait exactement combien de jours cela avait duré. Il y a autre chose qu'elle ne veut pas dire.

— On ne peut pas l'y obliger, et on ne peut pas non plus la garder à bord. L'hélico loué par la Société de géographie sera ici dans quelques heures. »

Juan poursuivit sa pensée comme s'il n'avait pas entendu ce que venait de lui dire Hanley.

« Et puis, ces uniformes. Elle a dit que les pirates avaient des uniformes noirs. Les mecs que nous avons cravatés la nuit dernière portaient pour la plupart des jeans, des shorts et des tee-shirts. Non, rien ne colle. »

Ils pénétrèrent au CO, Linda Ross était de quart. Installée dans le fauteuil qui trônait au centre, elle mangeait un sandwich.

« Alors, comment ça se passe ? » leur demanda-t-elle, la bouche pleine.

Puis elle mit une serviette sur sa bouche.

« Désolée, marmonna-t-elle.

— Tu tiens le bon bout pour être désignée l'employée du mois, lui répondit Juan. Ton idée d'interroger Tory hier soir était géniale. Maintenant, elle prétend qu'elle ne se souvient plus de rien, les navires, les uniformes, même pas comment elle a passé son temps après le naufrage. Tiens, à propos, elle n'a pas eu le temps d'examiner le radier ?

— Non, Julie lui a vite mis une serviette sur la figure, dès qu'on l'a sortie de l'eau. Elle n'a rien dit avant d'arriver à l'infirmerie et Hux avait commencé à la réchauffer. Elle était encore toute bleue et tremblait comme une feuille, mais elle était sûre et certaine de ce qu'elle racontait. Elle m'a fait répéter que ce gros bâtiment était de forme rectangulaire. Et maintenant, elle ne se rappelle rien?

— Nous sommes quasiment sûrs qu'elle se souvient de tout, sauf qu'elle ne veut rien dire, répondit Max.

— Et pour quelle raison? »

Juan était occupé à vérifier quelques états fixés sur une planchette.

« Ça, c'est la question à un million de dollars. Si tu me trouves la réponse, je te réserve une place à ton nom sur le parking.

— Bonne idée, sauf que ma bagnole est dans un garage de Richmond, à quelques dizaines de milliers de kilomètres. »

Mais Linda redevint sérieuse :

« Comme je vous l'ai dit ce matin, j'ai eu l'impression que Tory essayait de me faire un rapport, comme si j'étais son officier traitant. »

Juan ne lui demanda pas de préciser sa pensée. Linda avait appartenu aux services de renseignement de la marine, elle avait traité des tonnes de comptes rendus de ce genre, elle devait savoir de quoi elle parlait.

« Elle ne savait pas encore si elle allait s'en tirer et elle a éprouvé le besoin de raconter ce qu'elle savait à quelqu'un. »

Linda hocha la tête.

« C'est aussi mon avis.

— Et maintenant qu'elle sait qu'elle est tirée d'affaire, elle se referme comme une huître. J'ai l'impression que cette Miss Ballinger n'est pas juste un chercheur de seconde zone.

— Ce qui expliquerait qu'elle ait réussi à survivre à ce massacre sans perdre la tête », ajouta Max.

Il ne s'agissait plus de ratisser la mer du Japon à la poursuite de pirates. Juan commençait à comprendre qu'ils étaient engagés dans quelque chose de bien plus vaste. A en croire Tory, et il n'est rien de plus sincère que la confession d'un agonisant, il y avait au moins deux organisations de piraterie dans la zone : ceux contre lesquels ils s'étaient battus la nuit précédente, et les hommes en uniforme noir qui avaient arraisonné l'*Avalon*.

Tory avait confié à Linda qu'ils étaient rapides et efficaces. Cela évoquait davantage des commandos que les brigands indisciplinés qui avaient tenté de s'emparer de l'*Oregon*. Et puis il y avait ces deux navires mystérieux, ceux que Tory avait aperçus au moment de l'attaque. Il ne voyait pas quel pouvait être leur rôle dans tout cela. Et puis encore, ces immigrants chinois enfermés dans le conteneur ? Avaient-ils payé le prix fort de s'être trouvés au mauvais endroit au mauvais moment ou étaient-ils plus ou moins impliqués dans ces histoires ?

Il n'arrivait pas à comprendre pourquoi Tory refusait de coopérer. Si elle était restée aussi lucide qu'il le croyait pendant toute la durée des opérations de sauvetage, elle devait bien se souvenir de ce qu'il avait écrit sur son ardoise. Il lui avait dit qu'il appartenait à une société de sécurité, laquelle avait eu un contrat pour lutter contre la piraterie. Cela venait-il interférer avec sa propre mission à elle ? Cela semblait fort improbable, mais comment ne pas se poser la question ? Tout cela n'avait aucun sens.

Il finit par décider que le mieux serait qu'elle débarque de l'*Oregon* le plus rapidement possible, ce qui leur permettrait de reprendre leurs recherches. Il était persuadé que ses troupes allaient s'attaquer à résoudre ce mystère et qu'ils finiraient par s'expliquer le fond de l'affaire.

Mark Murphy n'était pas de quart, mais Cabrillo fut content de le retrouver devant la console de direction de tir. Ce jour-là, il portait le tee-shirt d'un groupe, les Puking Muses. Compte tenu des goûts musicaux du personnage, Juan ne s'étonna pas de n'en avoir jamais entendu parler. Il remercia une fois de plus le ciel, sa cabine était assez éloignée de celle de son jeune spécialiste. Juan lui fit signe, Murph ôta son casque. Même ainsi, Cabrillo entendait encore la musique, une espèce de truc techno-machin qui crachait des décibels à faire tomber la muraille de Chine.

« Partant pour une nouvelle petite recherche, Murph ?

— A cent pour cent. Qu'avez-vous imaginé ?

— Je cherche un bâtiment qui serait assez gros pour qu'on puisse le confondre avec une île, de forme rectangulaire.

— Et encore ? »

Il attendait visiblement qu'on lui donne d'autres détails avant de continuer.

« Il aurait été dans la zone il y a quatre jours. »

Murph avait l'air déçu, mais Cabrillo se trompait sur la cause de son dépit. Le défi ne lui suffisait pas.

« Bon, nous cherchons, soit un gros porte-conteneurs, soit un superpétrolier, on encore, un porte-avions géant.

— Je doute qu'il s'agisse d'un porte-avions, mais, pendant que vous y êtes, ajoutez donc ça à votre liste de mots-clés. »

Toutes les consoles de la passerelle étaient reliées à l'ordinateur de bord. Sans quitter son siège, Mark se connecta à une banque de données maritimes sur le trafic en mer du Japon. Il resta ainsi penché sur son clavier sans cesser de battre la mesure du pied au rythme de la musique qui débordait de ses écouteurs.

« Quelles sont les prévisions pour ce ventilo qui doit arriver du Japon ?

— HPA [1] dans trois heures », répondit Linda.

Il y avait beaucoup de monde dans la zone – cinq bâtiments à portée radar de l'*Oregon*, cent nautiques – et ils ne pouvaient s'exposer en tirant parti de leurs moteurs surpuissants. Le bâtiment se traînait donc à vingt-deux nœuds, ce qui retardait d'autant l'heure de leur rendez-vous.

« Parfait, je vais dans ma cabine, je préviens Hiro Katsui que son consortium nous doit deux millions de plaques. Appelez-moi si Mark trouve quelque chose, ou dès que ce ventilo sera à dix nautiques.

— Bien, patron. »

*

* *

Cela faisait une heure et demie que l'économiseur dessinait des formes géométriques sur l'écran à cristaux liquides. Juan

1. Heure Probable d'Arrivée. (NdT).

était assis devant son ordinateur, regardant l'image sans la voir. Jusqu'ici, il avait gratté exactement onze mots de son compte rendu à Hiro. Sans même parler des réticences de Tory, rien ne collait avec ce qu'il avait imaginé. Etait-ce un commando qui avait attaqué l'*Avalon*, et si oui, pour quelle raison ? La raison la plus plausible était qu'on avait voulu empêcher son équipage de voir ce qui se passait à bord des deux autres navires. Et si Mark avait raison, si c'était un porte-avions, s'il s'agissait d'une opération navale ?

Sauf que la seule marine à disposer de porte-avions dans les parages était la marine américaine. La Chine souhaitait en acheter un vieux à la Russie, mais pour ce qu'en savait Juan, les choses en étaient encore au stade des négociations. Aucun pirate n'aurait pu mettre la main sur un bâtiment de ce genre. Non, il était certain que Tory avait vu autre chose. Il ne pouvait rejeter l'hypothèse que l'*Avalon* eût été attaqué par des commandos bien entraînés, il n'avait aucune idée d'un lien possible avec les pirates que la Corporation était chargée d'éliminer pour le compte de Hiro. Opéraient-ils de concert ?

L'intercom se mit à vibrer.

« Juan, c'est Julia. Tu pourrais descendre dans mon bureau ? »

Fort content de pouvoir se changer les idées, il quitta sa cabine et prit le chemin de l'infirmerie.

Il trouva leur médecin dans le bloc des urgences, un local bourré d'équipements et aussi moderne que ce que l'on pouvait trouver dans les meilleurs hôpitaux. Il faisait frais, 16 °C. Un corps enveloppé dans un drap était allongé sur une table sous la lumière aveuglante d'un scialytique. Julia avait revêtu une blouse verte de chirurgien, ses mains gantées étaient pleines de sang. De gros ventilateurs dissipaient les odeurs désagréables, Juan n'en avait pas moins dans les narines comme une sensation de pourriture.

« C'est l'un de nos immigrants chinois ? demanda-t-il en lui montrant du menton la forme enveloppée.

— Non, un des pirates. Tu veux jeter un œil ? »

Juan resta muet, Julia souleva le drap. Jamais la mort

n'aurait pu paraître plus ignoble, avec cette grande incision en forme de Y qu'elle avait pratiquée pour examiner la poitrine et l'abdomen. Ce pirate était jeune, vingt ans pas plus, il n'avait plus que la peau sur les os, il mourait de faim. Ses cheveux étaient d'un noir de jais, il avait d'épais cals aux doigts et sur la plante des pieds. La paire de baskets qu'il portait lorsqu'il s'était élancé à l'assaut de l'*Oregon* était sans doute la première qu'il eût jamais possédée, il l'avait vraisemblablement volée au cours d'un autre abordage. Il avait au beau milieu du front un trou très net, causé par une balle, comme une espèce de troisième œil répugnant déchiré sur les bords.

Cabrillo ne se souvenait que trop de la férocité dont ils avaient fait preuve, mais il ne pouvait non plus se retenir d'éprouver une certaine pitié. Il n'avait aucune idée de ce qui avait pu conduire ce jeune garçon sur la voie du crime, mais il se disait qu'il aurait dû être dans sa famille, et pas ici, allongé sur une table d'examen, comme un spécimen que l'on dissèque.

« Et alors, qu'as-tu découvert ? demanda-t-il à Julia après qu'elle eût replacé le drap sur la tête du mort.

— Que ce mec était mort.

— Comme tu l'as autopsié, je l'aurais deviné tout seul.

— Non, ce que je veux dire, c'est que même s'il ne s'était pas ramassé un pruneau dans le crâne, il serait mort de toute façon, sans doute d'ici quelques mois. »

Elle lui montra un ordinateur qui se trouvait là. L'écran affichait le spectrogramme correspondant à un échantillon prélevé par Julia. Mais Juan n'avait pas la moindre idée de ce qu'il devait voir et il prit l'air perplexe.

« Un échantillon de cheveu que j'ai fait passer au spectro à émission optique. »

La Corporation s'était offert cet équipement, qui valait un million de dollars, mais pas uniquement pour les besoins de Julia. Il lui servait aussi à analyser certaines traces. Un an plus tôt, il leur avait permis de suivre un chargement de RDX, un explosif, qui avait disparu.

« Lorsque je l'ai examiné, lui expliqua Julia, j'ai noté quelques symptômes significatifs. D'abord, il était en état d'insuffisance rénale grave. Ensuite, il avait atteint le dernier degré de l'anémie. Ses gencives étaient très enflammées, une gingivite au stade final. J'ai noté également des lésions au tube digestif, des croûtes de sang dans les deux narines. Tout ça m'a fait penser à quelque chose, et l'échantillon de cheveu a confirmé mon premier diagnostic.

— Savoir ?

— Ce mec a subi une longue exposition au mercure.

— Au mercure ?

— Ouais. En l'absence de traitement, le mercure, tout comme d'autres éléments lourds, se fixe dans les tissus et dans les cheveux. Il finit par isoler totalement l'organisme, non sans avoir déclenché des crises de folie car il détériore également le cerveau. Si tu revois les enregistrements vidéo de l'attaque, je suis sûre que tu remarqueras quelque chose. Ces types se battaient sans trop se préoccuper de leur sort. La quantité de mercure absorbée par ce garçon a pu altérer ses facultés, au point qu'il était capable de se battre sans se soucier de rien d'autre.

— Pourtant, dit Juan, il y en a quelques-uns qui ont tenté de s'enfuir.

— Ils n'avaient pas tous subi une exposition aussi longue ni aussi grave.

— Et les Chinois ?

— J'ai pratiqué un test de présence de produits toxiques sur l'un d'eux, ça n'a rien donné.

— Mais ce type est bourré de mercure ?

— Tu remplirais deux thermomètres en appuyant dessus. J'ai examiné rapidement deux de ses compatriotes, même résultat. Je pense qu'ils sont tous atteints à des degrés divers. »

Juan se passa la main sur le menton.

« Si nous retrouvons la source de ce mercure, cela pourrait nous mener au repaire des pirates.

— Ça me semble plausible », répondit Julia en ôtant ses gants qui cédèrent avec un claquement sec. Elle se débarrassa de son bonnet et refit sa queue-de-cheval en un tournemain, fruit d'une longue pratique.

« On peut s'empoisonner au mercure en consommant du poisson contaminé, mais c'est surtout vrai pour des enfants ou des femmes qui souhaitent concevoir. A des niveaux comme ceux que je viens de mesurer, je serais prête à parier gros que ces gars-là vivaient près d'un site industriel pollué ou d'une mine de mercure désaffectée.

— Tu sais où il y aurait des mines de ce genre dans les environs ?

— Attends, mon boulot consiste à pénétrer les mystères de la médecine et à te poser des points de suture quand tu te coupes avec ton rasoir, plaisanta Julia. Si tu veux un cours de géologie, trouve quelqu'un d'autre.

— Et si on s'intéressait à leurs origines ethniques ? Ça pourrait nous permettre de préciser le périmètre de recherche.

— Désolée. Les quinze pirates que j'ai stockés dans la glace font penser aux Nations unies. Celui-ci m'a l'air vietnamien ou thaï, les autres sont chinois ou coréens, j'ai deux Caucasiens, des Indonésiens, un Philippin, sans compter le reste.

— Super, répliqua Juan, sur un ton sarcastique. Nous avons eu le pot de tomber sur un ramassis de pirates politiquement corrects qui croient dur comme fer à la diversité ethnique. Autre chose ?

— Rien d'autre pour l'instant. Il me faudra encore quelques jours pour terminer.

— Comment va ta patiente ?

— Elle dort. Ou en tout cas, elle fait semblant, ce qui lui évite de m'adresser la parole. J'ai l'impression qu'elle meurt d'envie de quitter cette baille le plus vite possible.

— Ce qui ne me surprend guère. Merci, Hux. »

Il n'était pas plus tôt retourné dans sa cabine et avait à peine eu le temps de commander un déjeuner, steak et haricots rouges, que Mark Murphy frappait à sa porte.

« Alors Murph, qu'avez-vous trouvé ?

— Je crois que je sais ce que c'est.

— Asseyez-vous. Alors, un vraquier, un porte-conteneurs?

— Ni l'un ni l'autre. »

Mark lui tendit un dossier assez mince. La chemise contenait une photo et une description qui tenait sur une demi-page.

Juan examina la photo, puis leva les yeux et se tourna vers Murphy, l'air perplexe.

« Vous êtes sûr de ce que vous avancez?

— Il fait route vers Taïwan, il a appareillé d'Oratu, au Japon, où il était utilisé pour le carénage d'un pétrolier panaméen qui avait perdu une hélice lors d'une tempête. »

Juan se replongea dans l'examen de la photo. Le navire faisait 280 mètres de long sur 80 de large. Conforme à la description de Tory, il était parfaitement rectangulaire, aucun élancement ni à l'avant ni à l'arrière, rien qui dépassât du pont et susceptible de modifier cette silhouette rigoureusement plate. Il prit connaissance de ce que Mark avait réussi à rassembler comme détails sur ce bâtiment plutôt étrange. C'était en matière de docks flottants le quatrième au monde par le tonnage. Construit en Russie pour caréner les sous-marins de type Oscar II – comme ce malheureux *Koursk* – il avait été vendu un an plus tôt à une société allemande de sauvetage puis revendu à une compagnie de navigation indonésienne qui le louait à la demande.

Le cœur de Juan se mit à battre plus vite.

Se servir d'un dock flottant pour dérober un navire en mer était une idée plutôt intéressante, mais assez effarante de par sa sophistication. Ce qu'il craignait, l'émergence d'un chef capable de réunir tous les pirates dans le Pacifique pour en faire une organisation cohérente, n'était peut-être que le sommet de l'iceberg. Avec un dock de cette importance, ils pouvaient désormais mettre la main sur n'importe quel navire, de n'importe quelle taille.

Il imaginait assez facilement comment ils procédaient. Tout d'abord, une équipe de pirates abordait la cible et maîtrisait l'équipage. Ils conduisaient ensuite leur prise jusqu'à un point de rendez-vous convenu d'avance avec le dock. Sous couvert de l'obscurité, et à condition que le temps s'y prête, car la manœuvre était risquée, le dock ballastait pour s'enfoncer, le fond de son radier était ainsi plus bas que la quille du navire capturé. De gros guindeaux installés à l'arrière pouvaient ensuite le déhaler à bord. On refermait les portes avant, on déballastait et les remorqueurs qui touaient le dock remettaient en route. Sauf à passer à la verticale, personne ne pouvait deviner que le dock renfermait le butin de l'une des plus impressionnantes entreprises de piraterie qu'on ait jamais vue.

« Assez futé, patron, non ?

— Ouais.

— Ils arrivent et ils engloutissent leur victime. »

Mark mimait par gestes tout en parlant.

« Ils l'emportent dans leur repaire secret, ils ont tout le temps de décharger la cargaison avant de découper le navire. Plutôt que de déchiqueter leur proie comme des hyènes, ces types les emmènent comme des lions.

— Et pourquoi découper le bâtiment ? demanda Cabrillo. Pourquoi ne pas lui apporter quelques modifications, changer quelques caractéristiques, peindre un nouveau nom à la poupe avant de le revendre à quelqu'un d'autre ou de l'utiliser pour son propre compte ?

— Je n'y avais pas pensé, mais c'est plausible.

— Bon, que savons-nous de la société qui en est propriétaire ? Attends, comment s'appelle-t-il, déjà ?

— Le dock ? » demanda Murphy. Cabrillo lui fit signe que oui. « *Maus*.

— Ça veut dire souris en allemand. Astucieux. Et alors, la compagnie ?

— Les lignes occidentales et orientales. O&O. Elle a une centaine d'années d'existence. Ses actions sont dans le public, mais, ces dernières années, une ou des entités les ont toutes rachetées.

— Des compagnies-écrans ?

— Tellement évident que même leurs noms sonnent faux. D Commercial Conseil LLC, Ajax Trading LLC, Equity Partners International LLC, Financial Assay...

— LLC », termina Juan à sa place.

Puis il lui vint une idée.

« Attendez. *Assay* est un mot des métiers du métal. July me dit que les pirates étaient en train de mourir, empoisonnement au mercure. Nous pensons tous les deux qu'ils ont pu vivre près d'une mine de mercure désaffectée. Je me demande si cette Financial Assay possède des mines dans le coin.

— Je n'ai même pas commencé à regarder ces sociétés-écrans. J'avais compris que vous vouliez surtout en savoir le plus possible sur ce dock.

— Vous avez raison, mais vous n'en avez pas fini avec ça. Je veux savoir qui est le propriétaire du *Maus* – pas la société de couverture, non, le type qui est réellement derrière tout ça.

— Et qu'est-ce qu'on fait avec ce dock ? Si ce que dit l'Anglaise est vrai, il y a peut-être un navire volé dans le radier et peut-être même son équipage, qu'ils auraient gardé en otages.

— Les plus puissants remorqueurs du monde seraient incapables de tirer un dock flottant de cette taille à plus de six ou sept nœuds. A votre avis, pendant combien de temps vont-ils réussir à sauver leur peau si nous montons à cinquante nœuds ? »

Murphy sourit comme un adolescent à qui on aurait filé les clés d'une Ferrari. Il se leva pour se retirer.

Juan ne traîna pas pour prendre sa décision. Il savait que, d'une manière ou d'une autre, il allait devoir diviser ses moyens. L'*Oregon* était une base d'espionnage parfaite, mais, il avait besoin de la flexibilité dont pouvaient profiter des gens à terre, susceptibles de se déplacer sur les lignes aériennes régulières. Il n'avait pas la moindre idée de ce à quoi pouvait le mener toute cette histoire. En Indonésie, vraisemblablement, si c'était bien là que se trouvait le siège de O&O. Le moment était donc venu de répartir ses hommes.

« Rendez-moi service, trouvez-moi Eddie Seng. Dites-lui de préparer ses affaires. Il va voyager sur des vols internationaux, qu'il ne prenne rien qui ne passe pas la douane. Qu'il désigne deux de ses hommes, nous allons faire du stop et emprunter l'hélico de Tory Ballinger. On part à la chasse aux lions et aux hyènes.

— Mais où ça ? »

Juan tapa du plat de la main sur le dossier de Mark.

« Débrouillez-vous pour trouver la réponse avant que nous ayons atterri au Japon. »

CHAPITRE 9

Anton Savitch aurait préféré retrouver Shere Singh à son bureau, dans une banlieue chic de Djakarta, mais têtu comme il l'était, Singh avait exigé de le voir sur le site de sa dernière création, de l'autre côté du détroit de Sumatra. Savitch craignait comme la peste le transport par la voie des airs après avoir été obligé de sillonner l'Union soviétique dans tous les sens à bord des appareils d'Aeroflot. Il aurait bien embarqué sur un ferry, en dépit de la réputation désastreuse des bateaux indonésiens, mais Singh lui avait proposé d'utiliser l'hélicoptère de sa société.

Il voyait sous l'appareil, à travers la verrière en plexiglas jaune, une bande de sable qui semblait protéger la jungle de la mer. On se serait cru au commencement du monde, les villages qui défilaient sous ses pieds n'avaient apparemment pas changé depuis des générations. Les bateaux de pêche en bois que l'on apercevait, serrés les uns contre les autres dans des anses bien protégées, avaient sans doute été construits par les grands-pères de ceux qui les armaient à présent. Sur sa gauche, la terre était cachée sous une épaisse canopée encore épargnée par la déforestation, le brûlage, ou l'exploitation du bois. A droite, la mer était d'un bleu cristallin. Une goélette, il supposait qu'il s'agissait d'un caboteur, fendait les flots, ses voiles bien remplies par l'alizé. Elle semblait tout droit sortie du dix-neuvième siècle.

Comment un peuple qui avait vécu dans le paradis qu'était cet archipel avait-il pu créer une ville comme Djakarta avec ses dix-huit millions d'habitants, ses embouteillages monstres, les crimes, la pauvreté et la maladie, enveloppée dans un brouillard plus épais qu'un nuage de gaz moutarde pendant la Première Guerre mondiale ? Dans leur hâte de tout moderniser, les Indonésiens avaient pris ce qu'il y avait de pire dans la civilisation occidentale et abandonné ce que leur propre culture avait de meilleur. Ils avaient ainsi créé un méli-mélo de consumérisme, de corruption et de fanatisme religieux qui les conduisait droit à la catastrophe. Par ses contacts, Savitch savait que les Etats-Unis faisaient stationner plus d'un millier d'hommes dans ces îles, afin de se préparer à la guerre du vingt et unième siècle.

Le pilote lui tapota le bras pour lui montrer quelque chose droit devant. A regret, Savitch détacha les yeux de ce paisible voilier pour découvrir leur destination. Le complexe industriel, construit dans une baie, était encore caché par un promontoire rocheux, si bien qu'on ne voyait qu'une flottille de navires au mouillage. Même d'aussi loin et à cette altitude, on devinait qu'il s'agissait d'épaves, restes d'acier délabrés de ce qui avait été de fiers vaisseaux devenus inutiles. Beaucoup d'entre eux flottaient au milieu d'un halo qui scintillait, le pétrole qui s'échappait de leurs cuves, comme des cadavres gisant dans leurs déjections et leur sang. Il y en avait un en particulier, il devait être là depuis si longtemps que la quille, rongée par la corrosion, s'était brisée. L'étrave et l'arrière pointaient vers le ciel, tandis que la cheminée écrasée se dressait encore au milieu, comme une noix sur un gâteau géant. Un peu avant l'horizon, une barrière flottante antipollution dessinait un grand arc de cercle au milieu de la baie. L'entrée était également défendue par un barrage mobile manœuvré par deux petits remorqueurs qui l'ouvraient et la refermaient pour laisser passer les navires. De toute façon, aucun bateau ne quittait jamais ce chantier, du moins par voie de mer.

Le ventilo amorça un virage autour de la pointe et Savitch aperçut enfin les chantiers de démantèlement Karamita. D'autres navires étaient à l'ancre dans la baie, navires de toute taille et de tout type, comme des bêtes devant l'abattoir. Deux pétroliers géants, ils mesuraient bien trois cents mètres et plus, avaient été déhalés sur la côte avec l'aide de la marée et grâce à d'énormes treuils. Une armée d'ouvriers s'activaient sur les épaves, on voyait jaillir un peu partout les flammes des chalumeaux qui attaquaient le métal. Une grue montée sur de grosses chenilles enlevait les tranches de coque au fur et à mesure qu'elles étaient découpées. Elle les déposait un peu plus loin sur la plage ou d'autres travailleurs se chargeaient de les transformer en blocs plus faciles à manier. D'autres équipes arrachaient câbles et tuyauteries, éviscérant la carcasse comme ils auraient fait d'une proie avant de la dévorer.

Et, d'une certaine manière, c'était exactement cela. Les morceaux les moins gros, chargés sur des wagonnets qui les transportaient non loin de là, au nord de la côte, alimentaient l'aciérie de Karamita. Là-bas, toute la ferraille était fondue pour se transformer en fer à béton que consommait en énormes quantités l'industrie du bâtiment dans le Sud de la Chine. Un peu derrière cette aciérie flambant-neuve, un lac artificiel scintillait derrière un barrage hydroélectrique, le plus important que possède l'Indonésie et qui alimentait tout une industrie lourde implantée dans cette jungle inhospitalière.

Le sable de la plage, autrefois immaculé, s'était transformé en une purée noire de goudron qui vous collait aux semelles comme de la glaise. Au-delà du barrage antipollution, la mer était à peu près préservée, mais, dans la baie, l'eau n'était plus qu'une soupe hautement toxique de pétrole et de métaux lourds. On avait transformé des hectares de terre en dépôt où s'entassaient bouilleurs, bossoirs, ancres de toutes sortes et diverses autres bricoles revendables. Derrière les clôtures, on apercevait des dizaines de baraquements, les dortoirs, qui n'étaient guère plus que des masures. Cette zone hébergeait des prostituées et des escrocs en tout genre. Des troquets s'étaient installés là pour extorquer aux travailleurs les quelques sous qu'ils gagnaient jour après jour en transformant les navires en déchets.

Savitch remarqua également que la forêt cédait progressivement du terrain. Des milliers d'ouvriers y coupaient du bois pour alimenter leurs feux de cuisine. L'air était peu pollué, car l'usine hydroélectrique construite quinze kilomètres plus au nord évitait l'utilisation de charbon ou de pétrole, mais un brouillard chimique enveloppait le site du chantier, résultat des miasmes qu'il répandait.

Les installations disposaient cela dit d'un outil dernier cri, et c'était certainement cela que Singh voulait montrer à Savitch. De l'autre côté de la zone où attendaient les pétroliers se dressait un bâtiment étincelant, aussi imposant que les navires. Des dizaines de verrières aménagées dans le toit de tôle éclairaient l'intérieur. Sur les deux tiers de sa longueur, deux cent cinquante mètres, le bâtiment s'avançait au-dessus de l'eau, supporté par d'énormes pilotis. Le tout était relié à l'intérieur des terres par quatre voies ferrées. Lorsque le ventilo le survola, Savitch aperçut quatre petites locomotives diesel qui sortaient une section de coque d'environ deux mètres de large. Il reconnut la courbe du bordé, la poutre de la quille, des coursives, comme s'il avait eu une maquette ouverte sous les yeux. Ou plutôt non, songea-t-il, une tranche de pain. La découpe était très nette et le métal brillait au soleil. Il avait du mal à comprendre comment on pouvait débiter aussi proprement un bateau de cette taille.

L'héliport se trouvait à plusieurs kilomètres du chantier, protégé des miasmes et du bruit par un autre promontoire de rocher nu. On voyait tout autour des gazons impeccablement tondus, des bungalows ouverts où logeaient les contremaîtres, les administratifs et le personnel qualifié. Une Jeep décapotée les attendait. Le chauffeur aida Savitch à décharger ses bagages. Le Russe n'avait aucune envie de rester en Indonésie plus que le strict nécessaire, il n'avait donc emporté que sa mallette et un vieux sac en cuir. Il avait déposé le reste de ses bagages à la consigne de l'aéroport. Il laissa le chauffeur ranger le sac dans le coffre, mais garda sa mallette sur ses genoux. Ils se mirent en route à travers le chantier.

Il mit un moment à récupérer son ouïe après cette heure passée dans l'hélico et, lorsqu'il recommença à entendre, le vacarme des scies pneumatiques, des marteaux-piqueurs, le sifflement strident des groupes électrogènes lui cassèrent les oreilles. Dans un grand fracas, la grue largua dix tonnes d'acier sur la plage. Quelques secondes plus tard, des ouvriers commençaient déjà à les découper avec des marteaux à percussion et des scies électriques conçues pour cet usage. Ils étaient vêtus de haillons, Savitch remarqua que leurs jambes, leur thorax et leurs bras étaient couverts de traces de brûlures noirâtres, provoquées par le contact du métal chaud et coupant. D'autres avaient perdu un œil, un doigt ou un bout de pied.

Et soudain, un sifflement épouvantable sortit du bâtiment, comme si on taillait un diamant. Le sifflement se fit de plus en plus strident, Savitch crut que sa tête allait éclater. Cela dura une minute, puis deux. Le chauffeur lui tendit un casque antibruit, qu'il mit avec soulagement. Le bruit était encore très fort, mais plus supportable. A son grand étonnement les ouvriers continuaient leur besogne comme si de rien n'était, le chauffeur n'avait pas l'air non plus de s'en soucier.

La Jeep s'arrêta devant le bâtiment, pile au moment où le bruit effroyable cessait. Savitch avait retenu sa respiration sans s'en rendre compte. Il souffla avec soulagement et demanda par signes au chauffeur s'il pouvait ôter son casque. L'Indonésien lui indiqua que oui.

« Je suis désolé, lui dit-il sur un ton respectueux en anglais. Nous, nous sommes habitués.

— Qu'est-ce que c'était ? lui demanda Savitch.

— La scie à découper les navires. »

Et il le conduisit à un ascenseur extérieur qui desservait les dix étages.

Il le confia à un autre employé, on lui donna un casque avec protège-oreilles intégré. L'employé ferma la porte, appuya sur un bouton et attendit patiemment que la cabine soit arrivée à destination. Même si la vue n'était pas aussi impressionnante que depuis l'hélicoptère, Savitch était médusé par la taille des installations de Singh. Apparemment, le navire qui allait succéder aux pétroliers rouillés et rencontrer son destin était un petit paquebot blanc. On aurait dit une vierge qui s'avance vers l'autel au milieu d'un groupe d'indigents. On avait déjà découpé un trou de forme carrée dans son flanc et une grue flottante transférait le bouilleur sur une barge.

La cabine arriva au sommet du hangar, l'employé fit glisser deux portes successives. Savitch recula devant la puanteur du métal brûlé. Lorsque sa vue se fut adaptée à la lumière glauque qui baignait les lieux, que ses yeux eurent fini de pleurer à cause de la fumée, il put examiner le bâtiment, une énorme nef munie de portes aux deux extrémités. Malgré sa taille, on se sentait à l'étroit car un gros navire occupait presque toute la place. Ou du moins, ce qu'il en restait.

La galerie sur laquelle ils se trouvaient était au même niveau que la passerelle. Avant de l'introduire dans le hangar, les ouvriers avaient découpé les cheminées et la mâture pour lui permettre de passer. Une moitié avait déjà été découpée selon un tracé très net, comme si le paquebot était passé sous une guillotine géante. A l'avant du hangar, d'énormes treuils déhalaient la carcasse sur un plan incliné. Lorsque le bateau était en place, un mécanisme accroché à des rails au plafond descendait et passait ce qui ressemblait à une grosse chaîne autour de la coque. Savitch regarda avec un peu plus d'attention. La chaîne était garnie de dents, comme une scie à ruban.

« Alors, cher ami, qu'en pensez-vous ? »

C'était son hôte qui s'adressait à lui depuis la passerelle du navire.

Comme tous les Sikhs, Singh portait une barbe qui recouvrait entièrement la partie inférieure de son visage, et un turban bien serré. Le casque perché comme il pouvait sur le tissu blanc faisait penser à la coiffure d'une poupée. Ses cheveux et sa barbe étaient poivre et sel, les poils un peu décolorés aux commissures des lèvres par des années de cigarettes. Il avait la peau très foncée, ridée, un regard hypnotisant quand il vous observait de ses yeux noisette. Et une tendance déconcertante à ne jamais ciller. Il mesurait bien quinze centimètres de mieux que Savitch, avec son petit mètre soixante-dix. Un thorax impressionnant, des épaules de déménageur, un gros ventre qui semblait aussi résistant qu'un chêne.

Bernhard Volkmann lui avait fourni un dossier sur son compte et Savitch savait qui il avait en face de lui. Agé de cinquante-cinq ans, Singh avait grandi dans un bidonville de Lahore. Dès son plus jeune âge, il avait mis à profit sa force et sa taille pour intimider les autres. Il commença à exercer un métier normal à vingt-six ans en prenant des parts dans une société pakistanaise d'import-export, à l'époque où les Etats-Unis injectaient de l'argent dans la région pour contrer l'invasion soviétique en Afghanistan. Malgré le conflit qui faisait rage dans ces régions montagneuses, les trafiquants d'opium continuaient à livrer leur production à Karachi. Singh se faisait fort de transférer leurs produits bruts aux laboratoires de production d'héroïne installés à Amsterdam, à Marseille et à Rome.

Singh avait compris que le soutien des Américains assurerait la victoire des Afghans, si bien que, lorsque les Talibans arrivèrent au pouvoir et éradiquèrent ce genre de trafic, il avait déjà changé d'activité. Il se diversifia, donna dans la corruption pour acquérir des droits sur des bois en Malaisie, en Indonésie et en Nouvelle-Guinée. Il acquit ensuite une flotte pour transporter les grumes. Il vendit également des droits de chasse à des Chinois fortunés qui venaient tirer des tigres et en broyaient les os pour produire des aphrodisiaques. L'un dans l'autre, la plupart de ses activités légales avaient plus ou moins un versant illégal. Quatre des douze immeubles d'habitation qu'il avait construits à Taïwan s'écroulèrent pendant un séisme parce qu'il avait ordonné d'utiliser des matériaux non conformes aux normes. Tant que sa fortune augmentait, peu lui importait de savoir d'où elle provenait et comment.

Il n'y a pas de doute, se disait Savitch en attendant le Sikh qui arrivait sur la passerelle, les chantiers Karamita doivent bien abriter quelques activités illicites.

« Très impressionnant », répondit le Russe en fixant ce que son chauffeur appelait une scie à bateaux, ce qui lui évitait de croiser ce regard de reptile.

Singh alluma une cigarette sous un panneau INTERDICTION DE FUMER.

« Il n'y en a pas un seul comme ça dans toute l'Asie, annonça-t-il fièrement. Le truc, ce sont ces dents. Même de l'acier au carbone n'y résisterait pas. Le métal des dents est fabriqué en Allemagne, le plus dur qui existe. Nous pouvons découper jusqu'à dix navires avant de les changer. Un technicien est venu de Hambourg nous montrer comment faire. Nous l'appelons le dentiste. »

Voyant que le Russe restait de marbre, Singh en rajouta une couche :

« Mais vous savez bien, réparer les dents. Dentistes. Vachement marrant. »

Savitch fit un large geste qui englobait tout l'ensemble.

« Ça a dû vous coûter cher.

— Vous ne pouvez même pas imaginer. Mais le gouvernement indonésien m'a accordé des réductions d'impôts pour me moderniser. Naturellement, ils ne se sont pas dit une seconde que cela allait me permettre de virer un millier d'ouvriers. Ce qui est une bonne chose. Ces singes sont de vrais enfoirés. Chaque fois qu'un de ces imbéciles se tuait sur un navire, je devais verser cent mille roupies à la famille. La semaine dernière, j'en ai perdu comme ça quinze d'un coup, ils avaient oublié de ventiler une cuve de pétrole, ils ont fait sauter un porte-conteneurs dans la baie. Cela dit, maintenant que je dispose de cette scie, les inspecteurs du travail viendront moins souvent. Je vais pouvoir jeter à la mer tout l'amiante que nous récupérons au lieu de devoir la stocker dans des zones spéciales. Le prix des navires désarmés diminue, celui de l'acier monte. Mille Indonésiens en moins, je rentabilise le tout en deux ans. Ça coûte cher au début, ça rapporte gros ensuite. » Il esquissa un sourire. « Et comme je dis toujours, la vie est un marathon. »

Un klaxon retentit. Singh mit en place ses protections auriculaires, Savitch eut tout juste le temps d'en faire autant, la lame se mettait en rotation. Elle commença à tourner doucement, cliqueta un peu en s'approchant des deux mécanismes de mise à poste fixés au toit. Comme un boa constrictor qui enserre sa victime, des vérins hydrauliques appliquèrent la scie sur la coque à un mètre cinquante de la découpe précédente. Lorsque la chaîne atteignit sa vitesse nominale, les vérins reculèrent et les dents commencèrent à mordre dans la quille. Le bruit envahit la nef métallique, roulant en écho sur les parois, agressant de toutes les directions les deux hommes installés sur la passerelle. Des canons à eau arrosaient la lame des deux bords, ils suivaient automatiquement sa trace pour lubrifier et refroidir le chemin de coupe. Des tortillons d'acier et de la vapeur jaillissaient de la zone d'attaque, au niveau de la quille, chauffant le métal au rouge. Le tout dégageait une épaisse fumée âcre. Après avoir coupé la quille massive, la lame attaqua des tôles plus tendres comme une tronçonneuse du bois pourri.

En dix minutes, la chaîne était arrivée au niveau du pont principal. Savitch regardait le spectacle, littéralement envoûté. Le pont commençait à briller sous l'attaque des dents, puis la chaîne émergea dans un magma de métal tordu, passant à travers les bastingages comme s'ils n'existaient pas. Un frein sophistiqué arrêta progressivement la rotation et l'ensemble remonta près du toit. La tranche découpée avait déjà été reprise par une grue sur rails qui desservait l'ensemble de l'atelier. Elle transféra la tranche vers l'avant, les portes s'ouvrirent et les quatre petites locomotives reculèrent pour prendre livraison de leur chargement.

« Elles vont déposer le bloc sur le côté, dans une zone en plein air, expliqua Singh. Avec de l'outillage à main, des ouvriers vont le découper et ça part à l'aciérie. Les seuls composants que nous ne pouvons pas découper avec ce système, ce sont les diesels, mais il est assez facile de les débarquer une fois que nous avons accès à la salle des machines. Faire tout ce boulot à la main pour un bâtiment de cette taille nous prendrait deux semaines. Désormais, nous mettons deux jours.

— Très impressionnant », répéta Savitch.

Shere Singh conduisit le Russe jusqu'à l'ascenseur.

« Alors, si Volkmann vous a envoyé me voir à l'autre bout du monde, c'était pour me dire quoi ?

— Nous en parlerons dans votre bureau. »

Quinze minutes plus tard, ils s'installèrent dans une pièce bâtie contre le plus grand des bungalows. Des portraits étaient alignés sur un mur, sa femme, une photo prise en studio, et ses onze enfants. Sa femme ressemblait à une grosse douairière au visage bovin. Savitch, qui avait refusé une bière, prit un verre d'eau minérale. Singh buvait à la bouteille une bière locale des Philippines, de la San Miguel, et Savitch n'avait pas ouvert sa mallette qu'il en était déjà à la seconde.

« Le consortium a accepté tout ce que Volkmann et moi-même lui avons proposé, commença Savitch. L'heure est venue de donner une nouvelle ampleur à ce que nous avons commencé. »

Le Sikh éclata d'un gros rire.

« Parce que vous en doutiez ? »

Savitch ne releva pas le sarcasme et entreprit de feuilleter un dossier.

« Voici les prévisions de ce dont nous aurons besoin au cours de l'année qui vient. Etes-vous en mesure de les satisfaire ? »

Singh chaussa une paire de lunettes au bout de son gros nez et prit connaissance des tableaux, marmonnant dans sa barbe quand il tombait sur quelque chose d'important.

« Mille tonnes immédiatement, deux cents par mois pendant les deux premiers mois, quatre cents les deux suivants puis six cents ensuite. »

Il se tourna vers le Russe :

« Pourquoi cette augmentation ?

— Les épidémies. Nous pensons que la typhoïde et le choléra couvent.

— Ah. »

La mise au point des détails leur prit plusieurs heures. Savitch voulait être certain que Singh comprenait le plan que

Volkmann et lui avaient encore affiné depuis qu'on avait appris les projets de la banque fédérale allemande, vendre ses réserves d'or. Cela dit, il fallait porter au crédit du Sikh, ou à son débit, qu'il était orfèvre en matière d'activités criminelles. Il fit même quelques remarques judicieuses.

Enfin convaincu que tout était clair de ce côté, Savitch prit congé deux heures avant la tombée du jour, de façon que le ventilo ait tout le temps de le reconduire à Djakarta. Il voulait à tout prix éviter un vol de nuit à bord du petit hélicoptère. Il avait l'intention de passer la nuit en ville avant d'entreprendre la seconde étape de sa tournée, un vrai marathon, douze étapes successives avant de se retrouver en Russie. Et cette perspective ne l'enchantait guère.

Dix minutes après que Savitch eut quitté son bureau, Shere Singh était au téléphone avec son fils, Abhay. Compte tenu de la nature de ses activités, le vieux Singh ne livrait à personne d'autre que ses fils le détail complet de ses affaires. Voilà pourquoi il en avait six. Quant à ses cinq filles, c'étaient des puits sans fond. Il en restait une à marier, il fallait encore prévoir sa dot. C'était la plus jeune et un peu sa préférée, cela allait donc lui coûter plus de deux millions de dollars, montant qu'il avait consacré à sa Mamta, avec sa tête chevaline.

« Père, nous n'avons aucune nouvelle du *Kra IV* depuis deux jours, lui dit son aîné après qu'ils eurent échangé quelques plaisanteries.

— Qui est le capitaine ?

— Pour cette fois, c'était Mohamed Hattu. »

Singh était une véritable ordure, ce qui ne l'empêchait pas de se montrer consciencieux. Il surveillait de près ce qui se passait dans ses entreprises et mettait un point d'honneur à connaître personnellement tous les responsables. Hattu était un pirate à l'ancienne mode, il avait écumé le détroit de Malacca pendant vingt ans avant de recevoir une proposition de Singh. C'était un homme audacieux et qui ne faisait pas dans la dentelle, mais il appliquait les procédures à la lettre. S'il n'avait pas donné signe de vie depuis deux jours, c'était qu'il lui était arrivé quelque chose. Ayant tout cela en tête, Singh raya de ses listes le *Kra IV*, son capitaine et ses quarante hommes d'équipage. Il dit à son fils :

« Je vais essayer de lui trouver un remplaçant. En attendant, alerte tous tes contacts, demande-leur s'ils auraient entendu parler d'une tentative d'abordage qui aurait échoué. Si celui qui s'est colleté avec Mohamed est toujours vivant, il en parlera forcément.

— Bien, père, j'y avais déjà pensé. Mais pour le moment, rien.

— Bon, autre chose. Anton Savitch quitte mon bureau à l'instant. Le projet est lancé. J'ai la liste de ce qu'il leur faut, c'est à peu près ce que j'avais imaginé.

— Conformément à vos instructions, nous avons déjà commencé le ramassage.

— Parfait. Et tes hommes ? Ils feront ce qu'on leur demande quand le moment sera venu ?

— Ils sont d'une loyauté absolue. Savitch et ses banquiers européens ne comprendront jamais ce qui leur tombe dessus lorsque nous aurons décidé de frapper. »

Son fils faisait montre de tant de confiance en soi que cela fit passer un frisson de fierté dans le dos de Shere Singh. Il lui ressemblait tant. Il était sûr que, s'il n'était pas né avec une cuiller d'argent dans la bouche, il aurait créé ses propres affaires et aurait gravi tous les échelons un par un, comme lui l'avait fait dans sa jeunesse.

« Très bien, mon garçon, très bien. Ils se sont mis en situation de faiblesse sans même s'en rendre compte.

— Mais non, père, c'est vous qui les avez manœuvrés. Vous avez transformé leur trouille et leur appât du gain en action. Et maintenant, cela les balaiera tous.

— Non, Abhay, nous ne voulons pas les anéantir. Souviens-toi bien de ça, on peut continuer à cueillir les fruits d'un arbre mourant, pas d'un arbre mort. Savitch, Volkmann et les autres vont souffrir, mais nous allons en garder suffisamment pour pouvoir les traire encore un bon bout de temps. »

CHAPITRE 10

« TU VAS FINIR par creuser un sentier dans le tapis », dit Eddie Seng, installé dans un fauteuil confortable à l'autre bout de la chambre d'hôtel.

Sans rien répondre, Juan Cabrillo s'approcha de la grande baie vitrée qui dominait les lumières scintillantes de Ginza, quartier de Tokyo. Il resta là, les mains dans le dos, les épaules raidies par la tension. L'*Oregon* s'approchait à toute allure du dock flottant, le *Maus*, et allait bientôt se trouver en pleine action. La place de Cabrillo aurait été à la passerelle et non ici, dans une suite d'hôtel, à attendre que Mark Murphy lui dise qui étaient les propriétaires du dock. Il se sentait comme un lion en cage.

Sa chambre était au treizième étage, mais la pluie qui tombait dru gâchait la vue sur la ville.

Voilà vingt-quatre heures qu'il avait débarqué de l'hélicoptère venu chercher Victoria Ballinger. Ils avaient été accueillis par un barbu, vêtu d'un imperméable sombre, le représentant de la Société royale de géographie qui les attendait sur l'héliport balayé par le vent. Juan avait conclu, en observant leur gestuelle, que Tory et cet homme ne se connaissaient pas. Il s'était présenté comme étant un certain Richard Smith. Il remercia Juan d'avoir sauvé Tory, mais on le sentait sur la réserve, presque méfiant. Tory, elle, pleine de gratitude, l'embrassa sur la joue puis se laissa conduire à l'ambulance que Smith avait réservée pour elle.

Elle allait monter lorsqu'elle appela Juan d'un geste en le fixant de ses beaux yeux bleus :

« La nuit dernière, il m'est revenu quelque chose, à propos du sauvetage.

— Ouh-là, dit Cabrillo.

— J'étais coincée dans ma cabine, je vous ai demandé si vous apparteniez à la marine de guerre. Vous m'avez répondu un truc sur votre ardoise, que vous travailliez pour une société de sécurité. De quoi s'agit-il au juste ? »

Smith était déjà assis à l'arrière et dut se pencher un peu pour saisir la réponse. Juan le regarda, avant de se retourner vers Tory.

« Pardon ? »

Elle avait croisé les bras. Cabrillo lui fit un grand sourire.

« Je disais, j'ai menti. Si je vous avais dit que j'étais le capitaine de ce cargo à bout de bord qui se trouvait bizarrement équipé d'un sonar de pêche et qui avait quelques plongeurs à son bord, vous croyez que vous m'auriez fait confiance pour vous sortir de là ? »

Tory garda un long silence, elle le fixait, encore méfiante. Elle finit par lever le sourcil :

« Un sonar de pêche ?

— Le cuistot s'en sert quand nous sommes au port, ça lui sert à prendre le dîner.

— Alors, pourquoi était-il en route alors que vous étiez en pleine mer ? » demanda Smith d'un ton accusateur.

Juan souriait toujours, continuant à jouer son personnage.

« Je dirais que c'est juste un coup de pot. Nous passions à la verticale de l'*Avalon*, l'opérateur de quart a trouvé bizarre la taille de ce qu'il voyait, il s'est dit qu'on avait trouvé la plus grosse baleine jamais vue ou bien que quelque chose n'allait pas. On m'a appelé à la passerelle, j'ai décidé de revenir dessus. L'*Avalon* n'avait pas bougé, ce qui nous a permis d'éliminer la solution baleine. J'ai pris mes bouteilles et je suis allé jeter un œil.

— Je vois », fit Smith en hochant la tête.

Il n'était pas vraiment convaincu, ce qui renforça Juan dans l'idée que ni lui ni Tory n'appartenaient à la Société royale. Sa première idée fut qu'ils étaient plutôt de la Royal Navy, que l'*Avalon* était un navire-espion, sans doute en mission dans ces eaux pour surveiller la Corée du Nord ou la flotte russe du Pacifique devant Vladivostok. Mais, si c'était bien le cas, cela voulait dire que les pirates étaient capables de s'approcher d'un bâtiment de guerre bourré de l'électronique la plus moderne, de se rendre maîtres de l'équipage sans coup férir, et de s'en aller sans se faire repérer. Cabrillo ne pouvait y croire. Donc des gens qui avaient appartenu à la Royal Navy, bon, qui utilisaient peut-être un bâtiment de la Société, mais qui n'en effectuaient pas moins une mission quelconque.

« Dans ce cas, dit enfin Tory, vous remercierez le cuistot de ma part. »

Et elle fit signe à l'ambulancier qu'il pouvait la faire monter dans son véhicule.

Juan, Eddie et les deux ex-SEAL qu'ils avaient sélectionnés pour cette mission se mirent en quête d'un moyen de transport. Plutôt que de prendre une voiture de location ou de chercher une gare, ils avaient loué l'hélicoptère qui était venu les prendre à bord de l'*Oregon* pour les emmener à Tokyo où Max leur avait réservé des chambres au nom de l'une des compagnies qui servaient de prête-nom à la Corporation. Et c'est là qu'ils attendaient la suite. Les SEAL passaient le plus clair de leur temps dans la salle de gym de l'hôtel, fort bien équipée, Cabrillo arpentait sa chambre en espérant un coup de fil. Eddie, lui, veillait sur son patron pour éviter que sous le coup de la déception ou de la rage, il ne mette les lieux à sac.

« Eh bien, ils n'auront qu'à me facturer un tapis neuf, lâcha Juan sans cesser de regarder par la fenêtre.

— Et l'ulcère que tu es en train de te coller? Je ne suis pas sûr que le Dr Huxley t'ait filé des comprimés? »

Cabrillo se tourna vers lui :

« C'est ce calamar aux oignons qui m'a filé des brûlures d'estomac, pas la tension.

— T'as raison. »

Et il se replongea dans son journal.

Quant à Cabrillo, le regard perdu, il ne voyait que la tempête, l'esprit à cent lieues de tout cela. Mais ce n'était pas exactement le cas. En fait, il songeait à ce qui se passait à six cents nautiques de Tokyo, à son fauteuil au CO de l'*Oregon*. Ce n'était pas la première fois que son bâtiment partait se battre sans lui, ce n'était pas qu'il n'eût pas entière confiance dans son équipage. Non, il éprouvait simplement un besoin viscéral d'être avec eux alors qu'ils se lançaient à l'assaut des Têtes de Serpent.

Mon Dieu, songeait-il, *quel âge avais-je quand j'ai vu ça ?* Pas plus de sept ou huit ans, sûrement. Ils revenaient de chez une tante qui habitait San Diego. Son père était au volant, sa mère à la place du passager. Il se souvenait qu'elle avait crié pour prévenir son père, quelques secondes après qu'il eut freiné car ils arrivaient dans un embouteillage. Elle s'était retournée pour voir s'il allait bien, il était assis sur la banquette arrière. La décélération n'avait pas été assez forte pour bloquer sa ceinture de sécurité, mais sa mère avait réagi comme s'il allait se jeter dans le pare-brise.

Et pendant ce qui lui avait paru durer une éternité, le trafic s'était arrêté sur l'autoroute. Il se rappela longtemps qu'ils étaient derrière une voiture, un Saint-Bernard était assis sur le siège arrière. C'était la première fois qu'il en voyait un, sa taille l'avait littéralement saisi. De ce jour, il s'était juré que, lorsqu'il prendrait sa retraite, il s'en achèterait un.

« Tu as déjà choisi son nom ? lui demanda doucement Eddie.

— Gus », répondit automatiquement Juan en se rendant compte soudain qu'il avait dû parler tout haut. Il se mura dans un silence gêné.

« Et alors, que s'est-il passé ensuite ? » poursuivit Seng.

Juan savait qu'il ne pouvait pas en rester là, son inconscient lui disait qu'il fallait que ça sorte.

« Nous avons fini par arriver sur les lieux de l'accident.

Une voiture avait dû faire une embardée, un gros semi-remorque avait perdu le contrôle. La remorque s'était détachée, il était couché sur le côté, l'arrière face à la route. Il n'y avait qu'une voiture de patrouille. Le flic avait déjà emmené le chauffeur du camion dans sa bagnole.

« L'une des portes arrière de la remorque s'était ouverte dans le choc, le policier était déjà aller porter secours aux autres victimes. Je ne sais pas combien il y en avait, peut-être une centaine d'ouvriers mexicains. Certains étaient légèrement blessés et ils aidaient le policier à évacuer les autres. Quelques-uns arrivaient à marcher tout seuls. Pour les autres, il fallait les sortir. On avait déjà dégagé deux zones de tri. Dans la première, des femmes s'occupaient des blessés. Dans l'autre, on alignait les corps. Ma mère voulait à tout prix me protéger, elle me disait de ne pas regarder, mais elle me parlait très doucement sans pouvoir détacher les yeux de ce carnage, incapable de retenir ses larmes. Nous sommes repartis et bientôt, nous roulions normalement.

« Personne ne prononça un mot pendant de longues minutes. Ma mère pleurait en silence. J'étais assis là, je ne comprenais pas vraiment ce que j'avais vu, mais je savais que ce n'était pas normal, que tous ces gens n'auraient jamais dû se trouver là, entassés dans une remorque. Je me souviens encore de ce qu'a dit mon père lorsque ma mère a cessé enfin de sangloter. "Juan, m'a-t-il dit, les gens pourront te raconter ce qu'ils veulent, le mal existe. Et il finira par triompher si les bons ne font rien." »

Juan avait prononcé ces derniers mots dans un murmure, il redescendit sur terre.

« Lorsque j'ai été plus grand, nous avons reparlé de cette journée. Mes parents m'expliquèrent que des passeurs ramassaient des gens au Mexique, certains ne survivaient pas au voyage. Ils me dirent que le chauffeur du camion avait plaidé coupable du crime d'homicide, il y avait eu trente-six morts, et qu'il avait été assassiné en prison par un gang latino.

— Et quand nous avons ouvert le conteneur sur le pont, et que tu as vu ces Chinois ?

— Cela m'a rappelé l'accident sur l'autoroute et je me suis senti aussi impuissant que ce jour-là. Enfin, jusqu'au moment où je me suis souvenu de ce qu'avait dit mon père.

— C'était quoi, son métier, si je puis me permettre ?

— Il était comptable, mais il avait combattu en Corée et il croyait qu'il n'existait rien de pire sur terre que le communisme.

— Avec une telle influence sur toi, je suppose que tu as doublement envie de te faire ces gars – passeurs et communistes en prime.

— S'il se révèle que c'est la Chine qui est derrière tout cela, tu as fichtrement raison, répondit Cabrillo en lui jetant un regard plein de chaleur. Je n'ai pas besoin de t'expliquer, tu as passé assez d'années dans leur arrière-cour. »

Eddie hocha gravement la tête.

« C'est vrai, j'étais aux premières loges. J'ai vu des villages entiers rayés de la carte parce que certains de leurs habitants murmuraient contre les officiels du Parti. Les villes s'ouvrent peut-être à l'Occident, mais la campagne est traitée avec la plus grande dureté, depuis toujours. C'est pour le gouvernement central le seul moyen de diriger un milliard de gens. Ils les maintiennent sur le fil du rasoir, les habitants crèvent pratiquement de faim et se montrent reconnaissants quand on leur distribue des miettes.

— Quelque chose me dit pourtant, reprit Cabrillo, que la Chine n'est pas en cause.

— Cela me semblerait assez plausible, rétorqua Seng. Ils subissent une grave crise démographique, je ne parle pas seulement de la surpopulation, même si c'est le plus gros problème. Ce qui attend la Chine dès maintenant et pour les vingt ans à venir est bien plus sérieux.

— Pire que d'avoir à nourrir le quart de la population mondiale ? lui demanda Juan, l'air sceptique.

— En fait, et c'est le résultat direct de la politique "un enfant par famille" décidée en 1979, le taux de natalité est actuellement de 1,8 enfant par femme. Ce taux est même inférieur en ville. Pour maintenir sa population, le taux doit être au moins égal à 2,1. La chute des taux de natalité en Europe et aux Etats-Unis est compensée par l'immigration, mais la Chine, elle, va voir sa pyramide des âges se détériorer considérablement dans les quelques dizaines d'années qui viennent. Il n'y aura plus assez d'ouvriers pour faire marcher les usines, plus assez de monde pour s'occuper des personnes âgées. Ajoute à cela que, pour des raisons culturelles, les filles sont mal vues, qu'on pratique la sélection des sexes via l'avortement ou même l'infanticide. Aujourd'hui, il y a en Chine cent dix-huit garçons de moins de dix ans pour cent filles.

— Que vont-ils faire ?

— Sauf si un pourcentage significatif de la population mâle devient homosexuelle ou se résigne au célibat, ils vont se retrouver en 2025 avec deux millions d'hommes qui ne pourront pas fonder de famille. »

Cabrillo pouvait facilement déduire les conséquences de ce petit exposé.

« Tu penses donc qu'ils exportent déjà leurs mâles en surnombre ?

— C'est une théorie.

— Une théorie plausible, convint le directeur. Et qui nous mène à une chose à laquelle je n'avais pas pensé – de l'export en gros.

— Environ un million de Chinois émigrent clandestinement chaque année, dit Eddie, et j'ajouterais, avec l'accord tacite des pouvoirs locaux. Du coup, le gouvernement de Pékin n'a pas besoin de faire preuve de beaucoup d'imagination pour se débarrasser de ce qu'on appelle déjà “l'armée des célibataires”. » On sentait qu'il devenait amer. « Malgré tout ce que nous serine la propagande depuis quelques années, la Chine est restée une dictature impitoyable. Face à n'importe quel problème, ces gens-là choisissent invariablement la méthode forte. Ils veulent construire un barrage ? Ils déplacent trente millions de personnes, montrent aux journalistes occidentaux les villes nouvelles qu'ils ont fait construire, mais envoient en fin de compte toutes ces populations dans des fermes collectives. »

Juan médita les accusations d'Eddie Seng pendant de longues secondes. Il savait pertinemment pourquoi Eddie haïssait le gouvernement de Pékin à ce point. Il finit par lui répondre :

« Mais il n'y en avait que quelques dizaines à bord du *Kra*.

— Oui, et combien à bord du navire que Tory Ballinger a aperçu ?

— Tu veux donc dire, qui est derrière tout ça ?

— Exactement. »

Le téléphone crypté de Juan sonna.

« Cabrillo à l'appareil.

— Juan, c'est Max.

— Que se passe-t-il ? »

Il essayait de rester calme, mais sa voix était inquiète.

« Nous sommes à une vingtaine de nautiques sur l'arrière du *Maus*. Nous leur avons déjà parlé, en évoquant la procédure à suivre pour prendre un dock en remorque. Nous allons lancer un drone équipé d'une caméra à amplification de lumière dans une dizaine de minutes, pour essayer de voir ce qui se trouve dans le radier. Une équipe de prise est parée, au cas où nous aurions besoin de compléter par observation directe.

— Ça me paraît bien. Quel temps fait-il ? Ici, il pleut.

— Nous, nous avons du beau temps, pas de lune. Il y a à peine un mètre de creux et le vent est modéré. Non, si je t'ai appelé, c'est que j'ai quelques nouvelles pour toi. »

Il était temps, se dit Cabrillo, mais il garda cette réflexion pour lui.

« Murph a enfin trouvé qui étaient les propriétaires du *Maus* ?

— Non, il continue à chercher. Julia a découvert d'autres trucs en autopsiant les Chinois que nous avons sortis du conteneur. Je te la passe.

— Merci. Tu m'enverras par courrier électronique les images du drone. J'aimerais jeter un œil sur le *Maus* quand il le survolera.

— Ce sera fait. Je te passe le toubib.

— Salut patron, comment ça va à Tokyo?

— Rien que des sushis trop chauds et des geishas trop froides.

— Je m'en doutais. J'ai trouvé autre chose, à propos de nos immigrants. Ils viennent tous du même village, un patelin du nom de Lantan, dans la province de Fujian. La plupart d'entre eux appartiennent à la même parentèle.

— Tu as fait des tests ADN?

— Non, j'ai lu les fragments d'un journal intime qui n'a pas été détruit quand le conteneur est parti à la baille. La plupart des pages étaient illisibles, mais j'ai numérisé tout ce que j'ai pu et je l'ai passé au traducteur. Le nom du mec qui a écrit ça était Xang. Il était là avec deux de ses frères, une palanquée de cousins et d'autres parents plus éloignés. Une Tête de Serpent, un certain Yan Luo, leur avait promis de les faire passer au Japon. Ils lui avaient versé chacun cinq cents dollars avant de quitter leur village et ils devaient lui en rembourser quinze *mille* de plus une fois qu'ils seraient dans une usine textile, dans la banlieue de Tokyo.

— Est-ce qu'il parle du *Kra*? Est-ce que c'est lui qui devait les débarquer au Japon?

— Non, ou alors c'est dans des feuilles de son journal qui ont été trop abîmées.

— Tu as réussi à trouver autre chose?

— Non, des broutilles. Il raconte ses rêves, comment, un jour, il espère pouvoir faire venir sa petite amie au Japon, des trucs dans ce genre.

— Comment s'appelait cette ville déjà?

— Lantan.

— Si nous n'arrivons pas à remonter la piste du *Kra* ou du *Maus*, on pourrait peut-être remonter celle des émigrés. »

Cabrillo jeta un coup d'œil à Eddie. Le responsable des opérations à terre en avait entendu suffisamment pour comprendre ce qui se tramait. Cela se voyait dans ses yeux.

« Je te rappelle, conclut Cabrillo en raccrochant.

— La Chine, c'est ça, lui dit Eddie qui sentait venir l'inévitable. J'avais le pressentiment que ça allait arriver dès que je les ai vus.

— Tu crois que tu pourrais faire quelque chose là-bas?

— Tu sais que ma couverture est grillée depuis que j'en suis parti définitivement. J'ai déjà été condamné à mort par contumace et je connais une bonne dizaine de généraux ou d'autres pontes du parti qui seraient ravis de me voir remettre les pieds en Chine. Cela remonte maintenant à quelques années, mais la dernière fois que j'ai eu des nouvelles, ma photo était affichée dans tous les commissariats du pays, de Pékin à Shanghai et dans les moindres patelins.

— Tu crois que tu pourrais faire quelque chose? répéta Cabrillo pour la seconde fois.

— Tous mes réseaux sont morts depuis un bail. J'ai été exfiltré peu après que tout se soit cassé la figure et je n'ai pas eu le temps de prévenir mes contacts. Je suis sûr que certains d'entre eux se sont fait ramasser par la police d'Etat, ce qui signifie que les autres sont compromis. Je ne peux compter sur aucun. »

Puis il se tut. Cabrillo évita de lui poser une troisième fois la même question, c'était inutile.

« J'ai déposé des papiers d'identité dans une consigne à Los Angeles, même la CIA n'est pas au courant. Je les avais fait faire avant que Hong Kong ne soit rendu à la Chine, pour le cas où j'aurais besoin de retourner là-bas pour aider des amis. Ils ont émigré depuis, ils habitent Vancouver, je peux donc encore utiliser ces documents. Je vais prendre contact avec mon avocat demain à la première heure et lui demander de me les envoyer à Singapour. De là-bas, je peux attraper un vol pour Pékin.

— Non, pour Shanghai, rectifia Juan. Julia me dit que ce village se trouve dans la province de Fujian. Si mes souvenirs de géographie sont exacts, la grande ville la plus proche est Shanghai.

— De mieux en mieux, répondit Eddie comme si sa mission n'allait pas être assez difficile comme cela.

— Et pourquoi?

— Les gens du coin ont leur propre dialecte, et je ne le parle pas très bien.

— Tant pis, dans ce cas, on abandonne, décida Juan. On se contentera de suivre les pistes du *Kra* ou du *Maus*.

— Pas question, répliqua sèchement Eddie. Tu risques de mettre des semaines à fouiller dans les données de navigation et les organigrammes des sociétés. Si cette histoire d'émigrés clandestins a quelque chose à voir avec les plans des pirates, il nous faut trouver la réponse sur-le-champ. Tu sais comme moi que ceux qu'ils ont balancés par-dessus bord ne sont pas les seuls qu'ils aient cravatés. »

Juan approuva d'un hochement de tête et appuya le tout d'un grand geste.

« Parfait. Prends tes dispositions. »

*

* *

Le grand écran fixé à la cloison du CO affichait une image déformée de l'océan. Les crêtes des vagues ressortaient comme de petites pointes verdâtres sur l'immensité noire. L'optique de la caméra transformait la pulsation de la mer en une série de battements de cœur. L'image se troubla et George Adams poussa un juron.

Il pilotait le Robinson R-44 ainsi que les deux drones lancés à partir d'une zone spécialement dégagée à bâbord. Alors que le ministère de la Défense américain dépensait des millions pour ses propres engins, les Predators, ceux qu'utilisait la Corporation, étaient tout bêtement des modèles réduits radioguidés du commerce, équipés de caméras à amplification de lumière. George, confortablement installé au CO, pouvait les guider grâce à un manche à balai dans un rayon de quinze nautiques autour du bâtiment.

George « Gomez » Adams était l'un des rares membres de l'équipage issus de l'armée de terre. Il avait gagné sa réputation en déposant des équipes des Forces spéciales dans des endroits comme la Bosnie, l'Afghanistan et l'Irak. Célibataire, quarante ans, il avait la tête typique du pilote de chasse. Les cheveux foncés, des yeux sombres, une haute silhouette mince et un charme indéniable qui ne laissait pas insensible le beau sexe. Il présentait bien et la Corporation avait plusieurs fois tiré parti de cet atout. Son surnom lui venait précisément de l'une de ces missions, au cours de laquelle il avait séduit la maîtresse d'un trafiquant de drogue péruvien, car elle était le portrait craché d'un célèbre personnage de série télévisée, Morticia Addams [1].

L'image retransmise par la liaison vidéo permettait à Adams d'observer tout ce qui se trouvait devant et sous la caméra accrochée dans le nez du drone par une monture à la Cardan, mais non de ressentir les effets imprévisibles des légers courants ascendants ou des rafales latérales qui affectaient le vol du petit avion d'environ un mètre cinquante. Il venait de contrer une rafale et reprit un peu d'altitude.

« Distance? demanda-t-il à Linda Ross qui surveillait l'image radar.

— Quatre nautiques sur l'arrière du *Maus* et décalé de trois sur le côté. »

Le drone était trop petit pour être détecté, même par le puissant radar de l'*Oregon*, alors qu'on distinguait très nettement sur l'écran l'énorme dock et ses deux remorqueurs.

Un bouton permettait à Adams d'orienter la caméra. L'océan était toujours strié de lignes vertes, le retour de mer, mais, quelques nautiques devant, une tache émeraude apparaissait à la surface foncée de la mer.

« Ici », dit quelqu'un, mais c'était inutile.

Cette trace bien marquée était celle du sillage du *Maus* qui faisait route cap au sud. On apercevait droit devant des points brillants, les projecteurs montés à l'arrière des remorqueurs pour éclairer leur immense charge. A cinq mille pieds, les énormes haussières semblaient aussi minces que des fils d'araignée. Le dock portait deux autres projecteurs de plus faible puissance sur les côtés, mais le radier béant était totalement plongé dans l'obscurité.

« C'est bon, George, mets-nous dessus », lui ordonna Max Hanley.

---

1. Epouse de Gomez Addams dans la série *La Famille Addams*. (NdT).

Puis il prit son téléphone portable :

« Patron, vous recevez les images ?

— Quelque chose qui pourrait y ressembler, lui répondit Juan Cabrillo, toujours installé dans sa suite à Tokyo. Mais ce n'est pas terrible sur un écran de deux centimètres et demi.

— Je commence par une passe à haute altitude, lui dit Adams en manœuvrant son manche. Si on ne voit rien, je vais couper le moteur et descendre en vol plané pour regarder de plus près. »

Il quitta un instant l'écran des yeux et se tourna vers Hanley :

« Si le moteur refuse de redémarrer, le drone est perdu.

— Je sais, fit Juan. Dis à George que la surprise est primordiale si nous devons envoyer une équipe à bord. Dis-lui que c'est d'accord, même si on doit perdre le drone. »

Max retransmit la consigne :

« George, Juan dit que si tu perds le drone, on te l'impute sur ta feuille de paye.

— Et tu lui diras, répondit George, concentré sur son écran, que je lui fais un chèque dès qu'Eddie aura remboursé le sous-marin qu'il vient d'emplafonner. »

Il réduisit la vitesse du petit avion, juste au-delà de la vitesse de décrochage, mais il avait encore vue sur la caravane qui progressait lentement. Ni le dock ni les remorqueurs n'avaient la moindre chance de repérer l'appareil tout noir, alors qu'un marin un peu attentif aurait pu capter le bruit du moteur. George se stabilisa à cinq cents pieds sur le flanc du convoi et braqua sa caméra sur le dock de deux cents quatre-vingts mètres de long.

L'engin ressemblait davantage à une forteresse qu'à un navire océanique. Les flancs étaient constitués de murailles d'acier rigoureusement verticales et, même aux extrémités, il n'y avait rien pour améliorer la pénétration dans l'eau. A côté de ce monstre, les deux remorqueurs, longs d'une trentaine de mètres, ressemblaient à des jouets.

Eric et Mark enregistraient sur ordinateur en temps réel le flot d'images qui leur arrivaient, afin de les traiter. Ils essayaient d'améliorer le contraste et d'éliminer les parasites causés par les vibrations du moteur. Le temps que George termine sa passe et dégage, ils avaient nettoyé toutes les images qui s'affichaient sur le grand écran.

« Vous pouvez me dire ce que je suis supposé voir ? leur demanda Juan.

— Et merde », lui dit Max qui regardait lui aussi le grand écran.

Il tenait le téléphone d'une main et sa pipe éteinte de l'autre.

« Quoi ?

— Il y a des lampes tout le long de la rambarde, impossible de voir ce qui se passe dans le radier. Rien, juste un gros trou noir en plein milieu du bâtiment. Il faut qu'on passe à la verticale.

— Je reviens dessus », annonça Gomez Adams, se penchant instinctivement pour suivre le drone qui partait en virage serré.

Quelques minutes plus tard, il était aligné sur l'arrière dans l'axe à deux mille pieds. Plutôt que de réduire simplement les gaz, il coupa purement et simplement le moteur et l'avion s'approcha du *Maus* dans un ultime plongeon suicidaire. Le système de démarrage était pour le moins capricieux et en général, pour lancer le drone, il fallait faire tourner l'hélice à la main.

La masse du dock remplissait totalement l'écran, le drone se rapprochait toujours. L'avion, transformé en planeur, glissait silencieusement dans la nuit. George vérifia l'altimètre, mille pieds, accentua légèrement l'incidence. Le drone plongeait sur le dock comme un bombardier en piqué Stuka, mais il était aussi silencieux qu'un spectre.

Juste avant que l'avion arrive sur l'arrière du dock, Eric et Murph vérifièrent et revérifièrent que les enregistreurs étaient en marche et que tout se recopiait bien sur disque dur. Adams le redressa pour le stabiliser à une centaine de pieds au-dessus des vitres verticales de la passerelle. Puis il le laissa survoler le dock sur toute sa longueur en essayant de saisir chaque détail du radier complètement noir.

Arrivé à quinze mètres de l'avant, il le fit redescendre un peu pour reprendre de la vitesse. A dix mètres d'altitude, il appuya sur le bouton de démarrage. Sur l'écran, la surface de la mer se rapprochait. Mais rien. Il rappuya posément sur l'interrupteur pour une seconde tentative. L'hélice en plastique fit un tour, mais le moteur refusa de repartir.

Il avait peut-être accéléré juste à ses derniers instants, ou était-ce la mer qui se précipitait vers lui pour l'arracher aux cieux ? Ceux qui se trouvaient au CO fermèrent les yeux lorsque le drone percuta la surface, puis l'écran devint tout blanc.

Adams se leva et fit craquer ses jointures.

« Vous connaissez le dicton : un atterrissage réussi est un atterrissage qui vous permet de vous tirer à pied. »

Quelques opérateurs rigolèrent vaguement et Murph repassa la vidéo sur écran.

« Qu'est-ce que tu vois? lui demanda Cabrillo au téléphone.

— Une seconde, patron, répondit Max, ça vient. »

Les images étaient sombres, mais Adams avait fait un superbe boulot en réussissant à piloter le drone et à pointer correctement la caméra. Les images étaient claires et nettes, mais ne leur montraient rien de ce qu'ils cherchaient. Tout le radier était recouvert. Un couvercle qui n'était pas rigide, car on le voyait se rider sous l'effet du vent, mais il leur dissimulait intégralement ce que le dock transportait.

« Eh bien? insista Juan.

— On va être obligés d'envoyer une équipe de reconnaissance, répondit Hanley. Tout le radier est recouvert de bâches sombres, on n'y voit que dalle. »

Linda Ross avait déjà gagné la porte de la cloison arrière. En tant qu'officier de renseignement de l'Oregon, c'était son boulot de diriger l'équipe qui allait se rendre à bord du *Maus*. Elle portait sa tenue de combat noire et avait déjà enfilé le gilet pare-balles accroché au dossier de son siège. Ses jolis cheveux blonds disparaissaient sous une casquette de quart, noire elle aussi.

En dépit de son air déterminé, de ses mâchoires serrées et

de cet accoutrement de guerrier, elle réussissait encore à paraître jeune et vulnérable. Sa voix haut perchée ne l'aidait guère, une voix pas exactement aiguë mais presque d'adolescente. Ses joues étaient constellées de taches de rousseur. A trente-sept ans, Linda faisait encore tourner les têtes lorsqu'elle entrait dans un bar, lors de ses rares séjours aux Etats-Unis.

Ayant passé le plus clair de sa carrière au sein des services de renseignement de la marine, Linda avait une grande expérience des méthodes de recueil d'informations. Il lui fallait en général moins de temps qu'à d'autres lors de ses missions clandestines, car elle savait exactement ce qu'elle recherchait. Elle avait le don de juger très rapidement la situation sur le terrain, devinant d'instinct ce qui était crucial. Et c'est ainsi qu'elle avait gagné le respect des SEAL qu'elle commandait.

« Informe Juan que nous allons rester prudents », dit-elle à Max.

Elle descendit jusqu'à une porte percée dans la muraille tribord, au niveau de la flottaison, c'est là qu'ils allaient mettre le Zodiac à l'eau.

Trois commandos l'y attendaient. Ils portaient le même équipement qu'elle, l'un d'eux lui tendit un brêlage. Linda vérifia que son Glock avec silencieux, son arme préférée, était chargé. Ce qu'elle appréciait, c'était qu'il ne possédait pas de cran de sûreté susceptible de basculer inopinément lorsqu'on le sortait trop vite. Il s'agissait d'une mission de reconnaissance, un simple aller-retour pour aller voir, ils pensaient qu'il n'y aurait pas de gardes à bord de la remorque, et ils n'avaient donc pas d'armement autre que leurs armes de poing. Mais leurs pistolets étaient chargés avec des munitions au mercure à haute énergie, assez puissantes pour neutraliser un adversaire en l'effleurant. Elle mit en place son émetteur radio et son oreillette. Tout le monde procéda à une dernière vérification rapide pour s'assurer qu'ils s'entendaient entre eux et qu'ils avaient la liaison avec Max, resté au CO.

Le garage du Zodiac était passé en éclairage rouge de combat. Avec cette faible lumière, Linda s'appliqua de la crème de camouflage sur la figure avant d'enfiler des gants mats bien serrés. Le Zodiac, qui pouvait accueillir huit passagers, était propulsé par un puissant hors-bord. Fixé à côté du gros quatre-temps, un petit moteur électrique assurait la propulsion silencieuse jusqu'à dix nœuds. Les quelques équipements dont ils risquaient d'avoir besoin étaient saisis sur les flotteurs.

Un marin passa l'inspection avant de lever le pouce devant Linda. Elle lui répondit d'un clin d'œil, un câble commandait l'ouverture de la porte, une ouverture de trois mètres sur deux mètres cinquante pratiquée dans le bordé juste au-dessus de la flottaison. La mer envahit le garage dans un grand chuintement, Linda sentit le goût du sel. Bien qu'il n'y eût pratiquement pas de lune, la silhouette du *Maus* se découpait nettement dans l'obscurité, l'avant illuminé par les projecteurs des remorqueurs. Des rampes au sodium fixées sur le pont supérieur lui donnaient encore davantage de relief.

Le barreur lança le moteur du Zodiac en pressant un bouton. Ils se mirent à deux de chaque côté pour faire glisser l'embarcation sur la rampe garnie de Téflon et sautèrent à bord dès qu'elle eut touché l'eau. Ils s'éloignèrent rapidement de l'*Oregon* dans de grandes gerbes d'écume, les turbulences du sillage frappant le bordé du cargo. Ils baissèrent de régime pour réduire la hauteur des lames qu'ils laissaient derrière eux.

L'image retransmise par les caméras de l'*Oregon* aurait pu faire croire que les deux bâtiments étaient proches l'un de l'autre, mais vu ainsi d'en bas, au ras de l'eau, la distance semblait énorme. La mer était calme et le canot pneumatique prenait sans peine les trains de houle, grimpant sur la crête, restant suspendu un court instant, avant de redescendre en douceur. Le moteur avait beau être muni d'isolants acoustiques, Linda en avait plein les oreilles, mais elle savait qu'on ne pouvait pas les entendre à plus d'un nautique.

Cinq minutes plus tard, ils avaient fait les trois quarts du trajet. Le barreur coupa le hors-bord et mit en marche le moteur électrique. Linda lui ordonna par gestes de donner du tour à l'arrière du *Maus* afin de trouver un endroit convenable et sombre pour grimper à bord.

Le dock flottant n'avançait guère qu'à trois nœuds, ils n'eurent donc aucune peine à se rapprocher de lui puis à gagner sur tribord. La coque était faite d'une muraille grise sans aspérité, elle allait de l'arrière à l'avant, sans discontinuité. Les lampes fixées au-dessus des rambardes éclairaient le bordé, mais, à peu près au milieu, il subsistait une zone d'ombre. Le barreur redonna de l'erre au Zodiac pour gagner un point sur l'arrière de cet endroit. Il devait continuellement jouer avec la manette pour garder sa stabilité dans la lame de sillage.

« Grappin », ordonna Linda dans sa radio.

L'un des SEAL épaula un vieux tromblon qui ressemblait à un gros fusil. Un flexible reliait la détente à un cylindre saisi au fond du Zodiac. Il activa le viseur laser fixé au fût de l'arme et le pointa vers le haut, juste en dessous de la rambarde.

« Vingt-cinq mètres », annonça-t-il à voix basse.

S'éclairant avec une petite lampe à diode qui émettait en lumière rouge, son camarade entra la valeur correspondante sur le sectionnement de la bouteille. Puis il tapa sur l'épaule du tireur.

Le SEAL bloqua sa respiration, prit le rythme du Zodiac qui montait et descendait, attendit le moment où ils arrivaient sur la crête d'une lame, et pressa la détente.

La bouteille lâcha brusquement une quantité bien précise d'azote, chassant une flèche enrobée de caoutchouc fixée sur la gueule du canon. Elle entraînait derrière elle un fil de nanofibres de quelques millimètres de diamètre. A l'apogée de la trajectoire, la flèche se déploya pour se transformer en grappin. Elle passa quelques centimètres au-dessus de la filière de bastingage avant de retomber sur le pont.

Le tireur raidit le fil du lance-amarre et le grappin crocha dans un chandelier.

« C'est bon. »

Son collègue décrocha le moulinet du fusil et, à l'aide d'un mousqueton rapide, fixa au fil une corde de varappe en nylon. A petits coups, il fit glisser la corde dans la poulie du grappin. En moins de trente secondes, il récupéra à bord l'autre extrémité, la tourna sur un piton fixé à l'avant du Zodiac tandis que le barreur en faisait autant à l'arrière. Ils raidirent le tout en tirant sur le bout, le Zodiac se souleva. Encore un effort, le petit canot gonflable se souleva de trente centimètres. Puis encore trois coups comme ça, jusqu'à ce que le Zodiac soit à l'abri des lames qui auraient pu le faire chavirer. S'ils n'avaient rien fait et laissé le canot bouchonner pendant qu'ils étaient à bord du *Maus*, l'enveloppe caoutchoutée aurait risqué de raguer contre la muraille métallique du dock.

Ils tournèrent solidement les deux brins et l'un après l'autre, les hommes se hissèrent au moyen de la corde de nylon, après s'être assurés que leurs armes étaient bien alimentées. Linda grimpa en troisième position après que le premier eut sécurisé le pont, couvert par le second. Elle entendit dans son oreillette le tireur du lance-amarre annoncer « C'est clair » et le vit qui se glissait sous une filière.

Arrivée en haut, elle jeta un coup d'œil sous ses pieds. Le barreur du Zodiac était juste en dessous, le canot dansait contre la coque comme un bébé phoque qui tète sa mère. Un peu plus bas, on apercevait le clapot.

Elle prit la main qu'on lui tendait et se hissa à son tour par-dessus le bastingage, soulagée que le gilet pare-balles lui protège la poitrine. Avec son 95-D, le Dr Huxley aurait sans doute eu plus de mal.

Les trois premiers arrivés constituèrent un périmètre de défense, le temps pour le dernier de les rejoindre. Le tireur décapela le grappin et assura la corde avec un mousqueton qu'ils largueraient une fois de retour dans le canot.

Le pont supérieur du *Maus* semblait désert. En fait, il ne s'agissait pas exactement d'un pont, plutôt d'un passavant de trois mètres de large qui faisait tout le tour du dock. S'il n'y avait pas eu ces protections au-dessus du radier, on aurait pu se croire sur le parapet d'un château fort en acier. Linda s'approcha des bâches, faites apparemment de fibres en matière plastique tissées. Solidement étarquées, elles offraient une surface rigide, comme la toile d'une énorme tente. Elle appuya dessus et sentit qu'elles ne fléchissaient pas d'un poil.

L'un des hommes avait sorti son poignard et s'apprêtait à découper la toile. Linda l'arrêta d'un geste. Sans prononcer un mot, elle pointa le doigt sur le tireur et sur son camarade, pour leur indiquer qu'ils devaient fouiller la partie arrière, tandis que le barreur et elle-même iraient à l'avant. Puis elle leur indiqua l'endroit, à quatre-vingts mètres de l'autre côté du radier, où ils devaient se retrouver.

Elle sortit le Glock de son étui. Il n'y avait pas assez de lumière sur le pont pour utiliser les jumelles de vision nocturne, pas suffisamment non plus pour y voir clair. Heureusement, il n'y avait guère d'endroits où un factionnaire aurait pu se cacher sur le passavant. Le pont leur offrait seulement quelques abris où se mettre à couvert, ventilateurs, apparaux divers. Suivie du barreur, elle s'avança en silence le long de la lisse de tribord, l'arme à hauteur de la taille, inspectant du regard toutes les ombres l'une après l'autre. Elle respirait lentement et sans peine, mais sentait le sang battre dans sa gorge. Elle se demanda un bref instant si les autres l'entendaient sur la liaison tactique.

On distinguait une structure près de l'avant, un abri parallélépipédique où se trouvait sans doute les commandes des ballasts et la manœuvre des portes. Ils crurent d'abord qu'il n'était ni éclairé ni occupé, mais, en s'approchant, Linda vit des rais de lumière sous plusieurs fenêtres masquées. Elle s'adossa au métal glacé et y appuya l'oreille pour écouter. Elle n'arrivait pas à distinguer clairement les mots, ni même la langue, mais elle entendait des voix, elle en était certaine. Elle finit par en identifier quatre différentes, toutes masculines, et montra quatre doigts au barreur. Il fit un signe de tête.

Ils passèrent tous les deux derrière l'abri, l'œil rivé sur la seule et unique porte d'accès. Comme ils atteignaient le coin, derrière une énorme manche à air, la porte s'ouvrit brusquement et un homme seul apparut dans la nuit. Linda consulta sa montre : deux heures trente. La ronde qu'ils effectuaient toutes les deux heures. Un second garde rejoignit le premier, vêtus tous deux de tenues noires, similaires à celles de la Corporation, mais armés de pistolets-mitrailleurs qu'ils portaient autour du cou, accrochés par la bretelle. Linda ne réussit pas à identifier la marque des armes, mais cela n'avait aucune importance. Elle et toute son équipe étaient de toute manière en état d'infériorité de ce point de vue. Les gardes avaient l'air de militaires. Des mercenaires, jugea-t-elle, employés par ceux qui dirigeaient l'organisation pirate. Elle les soupçonnait aussi, ou d'autres dans leur genre, d'avoir trempé dans le massacre des marins de l'*Avalon* puis d'avoir coulé le bâtiment.

Celui qui était sorti le premier dit quelque chose à son compagnon. Linda eut l'impression qu'il parlait russe ou en tout cas une langue slave. Elle aurait bien aimé que Juan soit là, il avait un don pour les langues. Il en parlait couramment quatre et en comprenait plusieurs autres, en tout cas assez pour saisir de quoi il s'agissait.

Linda et son coéquipier se baissèrent encore plus, tapis à l'ombre de la manche, le temps de laisser passer les gardes. Ils marchaient d'un pas vif, éclairant à la lampe-torche les endroits qu'ils voulaient inspecter de plus près, la main droite libre, prêts à saisir leur pistolet-mitrailleur. Tous les quelques mètres, ils se penchaient par-dessus la lisse pour examiner la muraille du dock, avant de donner un coup de torche sur la bâche noire. Ils allaient immanquablement découvrir le Zodiac qui dansait le long du bord, ce n'était qu'une question de temps.

Lorsqu'ils se furent éloignés hors de portée de voix, Linda murmura dans son micro : « Equipe deux, vous avez deux gardes qui se dirigent droit sur vous.

— Reçu. »

Linda avait pour instructions de ne laisser aucune trace, aucun indice, son équipe n'était jamais montée à bord du *Maus*. Elle était bien décidée à faire en sorte de respecter cette consigne. Elle passa rapidement en revue quelques scénarios possibles et finit par conclure qu'elle n'avait qu'une seule solution. Elle avait senti l'odeur d'une cigarette quand ils avaient ouvert la porte de l'abri. Restait à espérer que l'un des deux hommes de ronde était fumeur.

« Je vois l'évent d'un ballast, dix mètres derrière l'endroit où nous avons amarré le Zodiac, murmura-t-elle dans son micro. C'est là qu'on va se les faire.

— Reçu.

— Pas de coups de feu. »

Plutôt que de rebrousser chemin, Linda et le barreur décidèrent de se risquer à traverser la bâche. La toile était tellement étarquée que leurs chaussures s'y enfonceraient à peine sous leur poids. Elle remarqua que l'ensemble était constitué de laizes de toile de sept mètres de large, reliées par des tréfilages qui passaient dans des œillets métalliques. Ceux qui avaient mijoté tout ça pour cacher ce qui se trouvait dans le radier du *Maus* y avaient mis le temps et la réflexion.

Une fois qu'elle eût atteint l'autre bord, elle retrouva la seconde équipe derrière la manche qu'elle avait déjà repérée. Ces conduits permettaient à l'air de s'échapper des énormes ballasts répartis sur toute la longueur de la coque lorsqu'on enfonçait le dock dans l'eau pour y faire entrer un navire. Pour remonter, on mettait en action des pompes qui chassaient l'eau via des purges réparties sur la coque.

Ils suivaient la progression des gardes grâce aux faisceaux de leurs lampes-torches. Cela n'en finissait pas. Une fois qu'ils eurent franchi l'arrière pour passer à tribord, ils ne pouvaient plus faire autrement que de se jeter dans l'embuscade. Ils avaient environ cent trente mètres à parcourir, l'équipe attendait. Linda avait la bouche sèche et ne pouvait même pas remuer la langue pour humecter ses lèvres.

Les gardes se rapprochaient, elle sentait son taux d'adrénaline monter, elle le sentait chez ses hommes, l'air en était comme imbibé. Ils n'étaient plus qu'à sept mètres lorsque l'un des deux s'arrêta en donnant une tape sur l'épaule à son collègue. Ils échangèrent quelques mots, se mirent à rire, un garde se tourna vers le bastingage et commença à défaire sa braguette. Puis, penché par-dessus la lisse, il contempla son jet d'urine.

C'était vraiment le truc qui ne pouvait pas arriver. Ils se trouvaient sur un navire qui faisait route en mer, le vent relatif aurait dû dévier le jet vers l'arrière. Mais le dock se traînait, quelques nœuds, et il avait un vent arrière de huit qui lui soufflait dans les basques. Pour regarder les gouttes tomber, le garde se tourna un peu vers l'avant.

Il sursauta, recula, manquant s'asperger au passage.

« Nikoli ! »

Il avait découvert le Zodiac.

Linda et son équipe avaient deux secondes pour réagir avant qu'ils donnent l'alerte.

Le dénommé Nikoli ne se donna même pas la peine de se pencher pour voir. Il éteignit sa torche et partit en courant à travers la bâche, laissant son camarade se démener pour ranger son petit fourbi. L'obscurité l'engloutit. Ils devaient appliquer une procédure standard : si l'un voyait quelque chose, l'autre devait s'éloigner pour prévenir le poste de garde.

« Occupez-vous de lui », ordonna Linda en montrant le garde qui était toujours près de la lisse.

Et elle se lança à la poursuite de Nikoli. Elle courait depuis un certain temps sur la bâche lorsqu'elle sentit des vibrations, sans doute les pas du Russe devant elle.

La toile bien raidie fléchissait sous l'effet de leurs longues foulées, leur infligeant des chocs dans les genoux. Cela faisait son affaire : avec ses 54 kilos, plus le poids de tout son équipement, elle pesait encore trente-cinq kilos de moins que le garde. Lui, il devait avoir l'impression de courir sur un trampoline tendu à mort. Elle aperçut un éclat de lumière réfléchi sur son pistolet-mitrailleur, un peu de peau claire sous ses cheveux. Elle avait son Glock au poing.

Le garde avait dû sentir qu'elle le rattrapait, il avait tenté de sortir son talkie-walkie de son étui. Il oublia la radio et se retourna pour viser. Linda se laissa glisser à plat ventre et partit en dérapage sur la bâche, son pistolet à bout de bras. Elle s'immobilisa et tira aussitôt.

Le coup manqua, mais le garde se jeta par terre. Il resta immobile une fraction de seconde. Linda se souleva légèrement et manœuvra la culasse aussi vite qu'elle put. Elle était à quinze mètres. Au stand et à cette distance, elle mettait onze balles sur douze au centre de la cible. Sur ce pont plongé dans l'ombre, à bord de ce navire pirate, elle aurait été contente d'en placer ne fût-ce qu'une seule. La munition de 9 mm toucha le garde à l'épaule droite et manqua lui arracher le bras. Le gros Russe chancela, son bras pendant, inerte ; le sang brillait comme du pétrole sur son uniforme. Son arme lui avait échappé, il n'en fonça pas moins sur Linda.

Elle n'avait pas le temps de recharger, elle se mit debout pour encaisser le choc. Elle essaya de profiter de son élan pour le faire basculer, mais il lui passa son bras valide autour du cou et ils s'effondrèrent tous les deux. Il lui avait donné un coup de genou dans la poitrine en tombant, elle essayait de gonfler ses poumons, aspirant désespérément tout en essayant de se remettre sur ses pieds.

Nikoli était mortellement atteint, mais il réussit tout de même à se relever, il tenait un couteau dans la main gauche, une lame de dix centimètres. Il avait du sang sur les doigts. Il balança maladroitement le bras, un coup vicieux vers le haut, que Linda esquiva sans peine. Elle essaya de reculer pour se donner du champ et recharger, mais le Russe revint avec la farouche détermination d'un homme qui se sait perdu.

Linda changea de tactique, repassa à l'attaque et lui donna un violent coup de pied dans le genou. Elle entendit en même temps qu'elle sentit le cartilage craquer. Nikoli retomba. Elle enfonça un chargeur plein dans la crosse de son Glock, manœuvra la culasse. Nikoli ne bougeait plus, le sang coulait à flot de son épaule fracassée. Linda avança prudemment d'un pas.

« *Niet, specivo* », lâcha-t-il dans un souffle en la voyant approcher.

Elle resta immobile, il avait passé sous lui son bras qui tenait le couteau. Il était toujours dangereux. Elle affermit sa prise sur la crosse, elle allait lui tirer dessus, mais le ramener vivant à bord de l'*Oregon* leur fournirait leur première piste sérieuse.

« Sors ton couteau », ordonna-t-elle.

Nikoli avait compris. Il dégagea lentement son bras gauche, l'effort le rendait livide. Linda était à un mètre cinquante, hors de portée, elle était prête à lui loger une balle dans le crâne s'il tentait un lancer. Il sortit son couteau, comme s'il allait le jeter à ses pieds. Mais avant qu'elle se soit rendu compte de quoi que ce soit, il plongea la lame dans la bâche en plastique. La toile était tendue, la petite déchirure commença à s'agrandir à toute allure comme une faille sismique et le Russe disparut, plongeant vingt-cinq mètres plus bas, dans le fond du radier.

La déchirure se propageait, Linda n'eut pas le temps de réagir. Sous son poids, la bâche s'affaissait. La dernière chose qu'elle vit, c'est qu'elle avait le ventre au bord de la fente et qu'elle glissait tête la première vers le trou qui s'agrandissait.

CHAPITRE 11

LINDA PLAQUA les mains sur la toile, essayant de trouver une prise, mais ses gants ne l'aidaient pas à ralentir le plongeon qui paraissait inévitable. Lorsque ses doigts touchèrent le bord de la déchirure, elle tenta désespérément de s'accrocher au tissu déchiqueté. Mais elle avait déjà pris trop de vitesse et, une seconde plus tard, sa tête passa dans le trou, puis ses épaules.

Elle n'eut même pas le temps de crier. Son tronc pendait au-dessus du radier. En bas, il faisait un noir d'encre, mais elle savait qu'elle avait sous elle vingt-cinq mètres de vide. Ses hanches heurtèrent le bord, décalant son centre de gravité. Elle ne pouvait rien faire, elle basculait, ses jambes se soulevèrent.

Au moment où le haut de ses cuisses glissait vers le précipice, deux mains robustes lui encerclèrent les chevilles. Elle continua à tomber, puis sentit qu'on la tirait en arrière. Elle commença à remonter la déchirure, sortit lentement du trou, ne sentant même pas la toile rugueuse qui lui écorchait la joue.

Elle roula sur le dos et fit un grand sourire au barreur du Zodiac.

« Putain, merci. Pendant un instant, j'ai bien cru que je...

— Pendant un instant, vous avez bien failli.

— Et l'autre garde ? lui demanda Linda.

— On s'en est occupés.

— Bon, nous ne disposons que d'une ou deux minutes avant qu'ils s'aperçoivent qu'ils ont disparu. »

Tout en parlant, Linda s'était défaite de son brêlage. Elle ôta les bretelles, puis les attacha ensemble pour confectionner une espèce de corde, de deux mètres cinquante de long.

« L'équipe deux, vous traînez le corps jusqu'ici.

— Reçu.

— Passez-moi votre brêlage. »

Elle enleva sa ceinture pour augmenter la longueur de sa corde de fortune, passa le bras dans une boucle et mit son monoculaire de vision nocturne en place. Elle se détourna des lumières pour mieux y voir.

« Laissez-moi descendre », ordonna-t-elle lorsque les autres furent arrivés avec le cadavre.

Elle nota deux choses. Primo, quelqu'un avait pensé à refermer sa braguette, secundo, son cou faisait un angle bizarre.

Elle avança en rampant jusqu'au bord du trou. Le couteau de Nikoli avait déchiré la toile près d'une couture, à un endroit où la tension était maximale, et c'est pour cela qu'elle avait cédé aussi facilement. Elle avait d'abord imaginé ménager une ouverture en faisant brûler la bâche pour faire disparaître les corps, espérant que les autres croiraient que leurs camarades y avaient mis le feu en laissant tomber une cigarette. Mais la déchirure pouvait servir aussi bien à ses visées. Les gardes allaient croire que leurs copains avaient voulu couper à travers le radier et que la toile avait brusquement cédé.

Linda s'approcha encore, elle sentait la toile s'affaisser sous elle, mais savait que ses hommes étaient là pour la retenir. En arrivant près du trou, elle se sentit légèrement partir et immédiatement, ils tirèrent sur ses bras.

« C'est bon, retenez-moi comme ça », leur dit-elle.

Elle pencha la tête et alluma une petite lampe-torche.

Son premier souci, c'était Nikoli. S'il était tombé dans une position telle que l'on pouvait voir la blessure par balle, le mystère dont devait rester entourée leur petite visite s'envolait. Elle essaya de voir ce qui se passait en bas. Comme le monoculaire lui donnait une image en deux dimensions, elle n'avait pas de sensation de vertige comme elle l'avait craint. Droit dessous, il y avait un navire, un petit pétrolier avec son château de poupe. Elle essaya de voir ce qui se passait plus à l'arrière. Ils avaient découpé les mâts et la cheminée pour lui permettre de passer sous les bâches. De là où elle était, elle ne pouvait distinguer aucun signe d'identification particulier, pas de nom ni de caractéristiques distinctives. Mais elle avait maintenant la preuve qu'ils avaient affaire à des forbans et pas seulement à des pirates.

Elle fit basculer le commutateur du monoculaire pour passer d'amplification à infrarouge. L'image était toute noire, à l'exception d'une zone brillante. Une traînée lumineuse qui commençait à la lisse et descendait jusqu'au fond du radier pour former une espèce de flaque colorée. Elle repassa en mode amplifié et pointa son monoculaire sur cet endroit. Apparemment, Nikoli avait percuté le bastingage, le sang qui apparaissait tiède en infrarouge était noir maintenant. Le corps gisait tout en bas, couvert de sang. Linda se dit que seul un légiste expérimenté pourrait découvrir la blessure par balle après les dégâts que lui avait infligés la chute.

Satisfaite de ce qu'elle avait observé, Linda ordonna à ses hommes de la récupérer.

« Il y a un pétrolier dans le radier. Ils ont enlevé la cheminée pour le faire entrer. J'estime sa longueur à cent trente mètres.

— Tu n'arrives pas à voir son nom ? lui demanda Max qui écoutait toutes leurs conversations au CO.

— Négatif. Faut qu'on dégage. La ronde va arriver d'un moment à l'autre.

— Bon, on vous attend. »

Ils se mirent à courir, courbés en deux, jusqu'à l'endroit où ils avaient amarré le Zodiac et se laissèrent descendre. Le barreur fit démarrer le moteur électrique qui tournait déjà lorsque le tireur largua la corde. Le gonflable s'élança sur la mer, se dégagea du *Maus* en roulant dangereusement avant de se stabiliser avec la vitesse.

Quinze minutes plus tard, ils arrivèrent près de l'*Oregon* à vingt nœuds. Le gros moteur hors-bord ronronnait doucement. Le marin qui les attendait dans le garage surveillait leur approche via le circuit de télévision interne. Lorsqu'ils s'approchèrent, il éteignit l'éclairage rouge et ouvrit la porte pile poil. Le Zodiac s'élança sur la rampe et s'arrêta impeccablement. Le barreur n'avait pas coupé le moteur que les portes se refermaient déjà.

Max Hanley était venu les accueillir. Il passa son portable à Linda. Elle se débarrassa de sa casquette.

« Ross à l'appareil.

— Linda, c'est Juan. Qu'as-tu découvert ?

— Le dock transporte un pétrolier de moyen tonnage, patron. Je n'ai pas pu voir son nom.

— Pas trace de l'équipage ?

— Aucune. Le radier était complètement dans le noir, ou ils sont tous morts, ou ils les ont transférés à bord des remorqueurs. »

Personne ne releva que cette dernière hypothèse était fort peu probable.

« Très bien, vous avez tous fait du bon boulot, reprit Cabrillo. Je vous accorde une double ration de grog.

— Non, je crois que je vais m'offrir deux verres de l'excellent cognac que tu gardes dans ta cabine, tu sais, ce Louis XIII.

— Il convient de le déguster dans un verre ballon, ça ne s'avale pas tout rond comme de la tequila.

— Je ferai chauffer un verre en Pyrex, répondit Linda pour le taquiner. Je te repasse Max. »

Elle lui rendit son téléphone et quitta le garage pour aller prendre une douche. Plus un ballon ou deux de ce cognac à quinze cents dollars.

« Bon, demanda Hanley, qu'est-ce qu'on fait maintenant ?

— Si j'en crois ce que m'a dit Murph, le *Maus* se dirige

vers Taïwan. Tu pourrais prendre de l'avance et voir s'il entre au port ? Dans ce cas, je te rejoindrai là-bas et on avisera.

— Et s'il change de route, et s'il va ailleurs ?

— Tu le suis.

— Tu es bien conscient qu'il file trois nœuds. On va le coller pendant trois semaines avant qu'il atterrisse.

— Je sais, mais je n'y peux rien, mon vieux. T'as qu'à te dire que t'es un flic qui suit OJ [1] sur le périph de Los Angeles.

— A cette allure ? Mais bon Dieu, même les homards migrateurs vont plus vite que ce foutu dock. » Puis, redevenant sérieux : « Tu te souviens, le dernier navire disparu de nos amis japonais était un pétrolier. Le, ah...

— Le *Toya Maru*, compléta Juan.

— C'est ça. Il n'est pas stupide de penser qu'il est dans le radier du *Maus*. Et si on prévenait la marine ou les garde-côtes japonais ?

— Oh, je suis certain qu'il s'agit du *Toya Maru*. Mais nous ne nous intéressons pas qu'à lui et je doute qu'il se trouve quelqu'un à bord des remorqueurs pour nous en apprendre davantage. Ces pirates jouent fin. Note bien ce que je vais te dire : quand ils seront à une journée de Taïwan, ils recevront l'ordre d'aller ailleurs. Si nous coinçons le *Maus* maintenant, on aura récupéré un seul navire et quelques sous-fifres. Mais si nous le pistons jusqu'à l'endroit où ils ont l'intention de dépecer le *Toya* ou de le maquiller, nous aurons marqué un point.

— Ça semble plausible, convint Max. Bon, on va jouer les tortues et voir où ça nous mène.

— Je te passe Eddie. Il a fait la liste de tout ce dont il a besoin pour partir en Chine. Tu confieras ça à un courrier en passant dans le détroit de Corée, le Robinson a largement assez d'autonomie pour se poser à Pusan. De là, le courrier peut prendre un vol pour Singapour, il retrouvera Eddie à l'aéroport.

---

1. Allusion à O.J. Simpson, célèbre joueur de football américain accusé de meurtre. (NdT).

— Attends, je prends un crayon et du papier. Et mes lunettes. »

*

* *

A cinq cents nautiques plus au nord de l'endroit où l'*Oregon* suivait le *Maus*, un autre dock flottant, en fait, sa copie conforme, sortait du détroit de La Pérouse qui sépare la pointe septentrionale du Japon de l'île Sakhaline pour s'engager dans les eaux glaciales de la mer d'Okhotsk. Mais ses remorqueurs étaient plus puissants que ceux du *Maus* et il filait six nœuds, en dépit du fait que le navire qu'il transportait était considérablement plus gros que le pétrolier découvert par Linda.

La mer avait grossi, de hautes vagues s'écrasaient sur les bâtiments, raidissant et mollissant alternativement les remorques qui plongeaient un coup, avant de se tendre pour devenir aussi rigides que des barres d'acier, rendant toute l'eau qu'elles avaient absorbée. Les remorqueurs qui prenaient les lames de flanc faisaient route plein nord, labourant l'océan comme tout navire le fait, vifs et réactifs quand il fallait reprendre le cap. Quant au dock, c'était différent. Il prenait les vagues de plein fouet par l'avant et les lames, en explosant, s'élevaient à hauteur du pont supérieur. Puis il se débarrassait de l'eau, lentement, lourdement, comme si la mer n'était qu'une amusette.

Le radier était couvert, tout comme celui du *Maus*, mais dans le cas du second dock, on avait disposé des tôles sur une structure métallique et tous les joints avaient été soudés. Le radier était ainsi pratiquement étanche, mais on avait tout de même mis en place des ventilateurs industriels à l'arrière. Ces puissants engins faisaient circuler des milliers de mètres cubes d'air par minute, passant par des rangées de filtres à fines mailles pour dissimuler les fortes odeurs qui émanaient du fond, des odeurs que nul n'avait plus jamais senti en mer depuis au moins deux cents ans.

*
* *

Cabrillo se retrouvait coincé à Tokyo le temps que Mark Murphy lui donne ce qu'il attendait. Il passa donc trois jours à jouer les touristes dans cette ville qu'il n'aimait guère. Le vent du large lui manquait, comme l'horizon inaccessible et la paix que l'on ressent sur un aileron de passerelle en admirant la traînée du sillage qui s'estompe dans le lointain. Au lieu de cela, il devait essayer de se débrouiller avec une langue incompréhensible, au milieu de foules à défier l'imagination, obligé de supporter les regards curieux de gens qui, tout habitués qu'ils étaient à voir des Occidentaux, se comportaient comme s'ils les découvraient pour la première fois.

Et ce sentiment d'impuissance était encore renforcé par la mission d'Eddie Seng. Eddie l'avait quitté quelques jours plus tôt, avait retrouvé le courrier à Singapour et il était déjà arrivé en Chine. Il avait appelé l'*Oregon* en arrivant à Shanghai, mais ne se servait plus désormais de son téléphone. Les téléphones portables n'étaient pas rares dans les grandes villes, mais il se rendait dans la Chine profonde. Là-bas, il n'y avait pas de réseaux, mais si on le prenait avec un téléphone à la main, il attirerait les soupçons. Il était totalement livré à lui-même dans un pays qui l'avait déjà condamné à mort tant qu'il n'aurait pas trouvé qui étaient ces paysans embarqués à bord du *Kra*.

Cabrillo sentit le vibreur de son portable dans la poche de sa veste. Il le sortit et répondit, tout en se promenant dans le parc qui entourait le Palais impérial, seul endroit un peu calme dans cette mégapole tentaculaire.

« Cabrillo.

— Juan, c'est Max. Tu es prêt à rentrer de vacances?

— Murph a-t-il trouvé quelque chose? »

Il n'arrivait pas à cacher son excitation.

« Tu l'as dit. Je te le passe, mais je reste à côté. »

Juan chercha un banc désert où il pourrait s'installer pour

discuter tranquillement. Il gardait sur lui un petit bloc et son Montblanc, au cas où il aurait besoin de prendre des notes.

« Salut patron, comment va ?

— Max me dit que vous avez trouvé des choses, répondit Cabrillo, impatient de connaître la direction dans laquelle il allait orienter la chasse.

— Ça m'a pris un bout de temps et j'ai dû consulter Mike Halbert. »

La Corporation faisait parfois appel à ce consultant qui lui servait aussi de conseiller financier. Il avait effectué une ou deux missions à bord de l'*Oregon*, mais travaillait en règle générale dans son appartement de New York, au quinzième étage d'un immeuble qui donnait sur Central Park. Halbert était un ténor de la finance internationale et en connaissait tous les arcanes : les sociétés-écrans qui opèrent dans l'ombre, les paradis fiscaux, les produits dérivés. Cela dit, et compte tenu du triste état de ses finances, Cabrillo n'avait guère envie d'entendre parler de lui.

« Et alors, qu'avez-vous trouvé ? coupa Juan.

— C'est un peu compliqué, alors écoutez-moi bien. »

Murphy fit une pause pour consulter son écran.

« Bon, pour commencer, il fallait que je sache qui possédait toutes ces compagnies-écrans propriétaires du *Maus*. Vous vous souvenez, D Commercial Advisors, Equity Partners International et tout le reste. D'abord, il apparaît que toutes ces sociétés ont été créées dans le seul but d'acquérir le dock flottant. C'est leur seul actif.

— La chose est assez fréquente, lui dit Juan. Si une compagnie d'assurances se retournait contre les propriétaires du navire, leur seul bien est le dock, point.

— C'est ce que m'a dit Halbert. Il n'y en a pas deux qui aient leur siège au même endroit. L'une au Panama, l'autre au Nigeria, une autre à Dubaï. J'ai essayé de prendre contact directement avec D Commercial Advisors. Ils n'ont même pas un numéro de téléphone, il est donc probable que le siège se limite à une boîte postale et à un répondeur qui renvoie les appels à une autre adresse.

— Il n'y a pas moyen de trouver où suit le courrier?

— Non, sauf à faire un casse dans un bureau de poste du tiers-monde pour jeter un coup d'œil dans les fichiers.

— On garde cette option, répondit Cabrillo le plus sérieusement du monde. Je vous écoute.

— Ensuite, nous avons essayé de décortiquer l'organigramme de toutes ces sociétés. Ce sont des données publiques et, fort heureusement, on les trouve dans un certain nombre de banques de données. J'espérais trouver les mêmes noms dans tous les conseils d'administration.

— Vous ne croyiez quand même pas que les choses allaient être aussi simples? lui répondit Juan comme s'il le grondait.

— Bon, j'espérais malgré tout. Comme vous imaginez, je n'ai pas eu cette chance. Sur les sept sociétés qui possèdent le *Maus* et sur les quarante personnes enregistrées comme exerçant des fonctions de directeurs, elles sont toutes russes.

— Russes? J'aurais plutôt dit que c'étaient des Chinois.

— Non, russkofs jusqu'à la moelle. Ce qui colle avec les soupçons de Linda, que les gardes à bord du *Maus* venaient du pays des tsars. J'ai lancé une recherche auprès d'Interpol, mais j'ai déjà repéré quelques-uns de ces mecs. Ils appartiennent à la mafia russe, pas des gros bonnets, mais ils en font partie à coup sûr.

— Ainsi, toute cette affaire serait montée par les Russes, dit Juan qui réfléchissait tout haut. Je vois bien le bénéfice qu'ils peuvent tirer de bateaux qu'ils capturent en mer, mais ce trafic d'êtres humains? Les Têtes de Serpent sont bien organisés et solidement implantés en Chine. Je ne les vois pas accepter de se faire marcher sur les pieds par un gang de Russes.

— J'ai eu une idée à ce sujet, reprit Max. Et si les Têtes de Serpent avaient passé un accord avec les Russes? S'ils utilisaient des bâtiments russes pour les faire transiter illégalement par la Russie avant de les expédier en Europe de l'Ouest?

— Possible, lui accorda Juan. Ils pourraient passer par Vladivostok, y décharger leurs Chinois avant de les embarquer dans le Transsibérien. Une fois arrivé à Moscou ou à Saint-Pétersbourg, il ne reste plus qu'à leur filer de faux papiers et en route pour Berlin, Londres ou New York. J'ai entendu dire que les services des douanes, un peu partout dans le monde, avaient fermé les itinéraires qu'ils utilisaient dans le temps, cela pourrait être leur nouveau système de livraison. »

Cabrillo réfléchissait déjà avec deux coups d'avance. Il ne connaissait pas grand monde dans le port arctique de Vladivostok, mais il avait conservé des contacts à Moscou et à Saint-Pétersbourg. En fait, plusieurs de ses vieux adversaires du temps de la guerre froide travaillaient maintenant dans des sociétés de sécurité privées au profit de cette génération de capitalistes oligarques, plusieurs d'entre eux avaient même fait fortune et appartenaient eux aussi à cette nouvelle classe.

« Bon, décida Juan, je pars pour Moscou.

— Pas si vite, patron, lui dit Mark. Ça peut se terminer là-bas, mais il y a peut-être un autre moyen.

— Je vous écoute.

— Je me disais qu'il allait être difficile de retrouver la trace de quarante gangsters russes puis de les faire parler. J'en ai longuement discuté avec Mike Halbert, nous sommes arrivés à la conclusion que les Russes n'ont probablement pas la moindre idée de ce que font exactement ces sociétés. Il est assez vraisemblable que, peu importe qui a enregistré D Commercial Advisors, Ajax Trading et les autres, celui qui l'a fait a dû payer les Russes pour utiliser leur nom, et ils ne savent rien d'autre.

— Vous voulez dire, un conseil d'administration bidon pour une société bidon ?

— Exactement. Imparable.

— Bon, dans ce cas, où est-ce que ça nous mène ? lui demanda Juan, assez irrité de voir que Murph le menait par le bout du nez.

— Le type qui a enregistré toutes ces sociétés.

— Attendez. Le type, quel type ?

— Ouais.

— Ils ont réussi à tout embrouiller, s'exclama Cabrillo, mais son irritation se transforma en excitation quand il réfléchit à ce que venait de lui annoncer Murph.

— Ça pour sûr, reprit Mark, l'air rieur. Toutes ces sociétés-écrans ont deux choses en commun. Elles possèdent toutes des parts dans le *Maus*, en fait, dans les documents, il s'appelle *Mice*, mais c'est sans doute un problème de traduction. L'autre, c'est qu'elles ont toutes été enregistrées par le même avocat de Zurich. Un certain Rudolph Isphording.

— Jamais entendu parler.

— C'est pas étonnant, y'avait aucune raison jusqu'à ces derniers mois.

— Et qu'est-ce qui s'est passé, il y a quelques mois?

— Isphording est devenu le témoin phare dans le plus gros scandale financier qu'ait connu la Suisse depuis l'affaire de l'or qu'ils avaient mis à l'abri pour le compte des nazis. Il s'est fait pincer dans un réseau de blanchiment, il a rapidement compris le montant de l'addition qui l'attendait et s'est décidé à faire ami-ami avec la justice helvétique. Le champ des investigations s'étend de jour en jour. Ils ont inculpé quelques présidents de banques, deux ministres ont déjà démissionné et les enquêteurs s'intéressent désormais aux représentants suisses aux Nations unies, qu'ils soupçonnent d'avoir touché des pots-de-vin. Et l'affaire a peut-être à voir avec les milliards de dollars que Yasser Arafat, le défunt chef de l'OLP, aurait planqués dans des banques suisses et dont on cherche la trace. On dirait que personne n'arrivera jamais à bout de ce scandale.

— Tout ça à cause de cet Isphording?

— Il avait le bras long et il l'a plongé dans des poches pas très propres.

— Si l'OLP est impliquée, je suis surpris qu'il ne se soit pas déjà fait descendre. »

Max reprit le téléphone en ricanant.

« Un de ces jours, un kamikaze va le serrer dans ses bras pour le remercier, mais seulement quand les Palestiniens auront récupéré leur argent.

— Et où se trouve Isphording actuellement?

— Sous haute protection à la prison de Regensdorf, près de Zurich. Depuis cinq mois, les seules fois où il est apparu, c'était lors des audiences de la Cour spéciale. On l'emmène là-bas en fourgon blindé. Les médias ont interdiction de l'approcher, mais un photographe a pris au télé une photo qui pourrait lui ressembler. On le voit avec un gilet pare-balles, il a la tête enveloppée dans ce qui ressemble à des bandages. Il y a des rumeurs qui circulent chez les journalistes suisses, on dit qu'il subit des opérations de chirurgie plastique pendant l'enquête et qu'on lui fournira une nouvelle identité lorsqu'il aura fini de témoigner.

— Un fourgon blindé? demanda Cabrillo, juste pour être sûr.

— Avec une escorte policière. Je vous ai dit qu'on pouvait faire autre chose que de chercher une quarantaine de Russes qui savent quelque chose ou qui ne savent rien du tout, répondit Mark. Je n'ai pas dit que c'était le plus simple.

— Il peut recevoir des visites? » demanda Juan, qui songeait déjà à ce qu'il pourrait utiliser comme moyens de pression sur l'avocat.

Cela dit, Isphording avait passé un accord des plus intéressants avec les autorités suisses, pourquoi irait-il gâcher tout ça en disant à la Corporation ce qu'il savait d'une poignée de sociétés-écrans qu'il avait aidé à constituer? Juan allait devoir faire preuve de créativité.

« Reste un dernier truc. Sa femme. »

Cela faisait tomber en ruines son idée d'essayer de l'intimider au parloir de la prison. S'ils ne pouvaient pas lui parler en prison, et il doutait fort qu'on laissât Isphording parler à qui que ce fût au tribunal, Juan voyait maintenant qu'il avait très peu d'options. Il remuait cent idées dans sa tête sans arriver à rien. Enfin, pas exactement, mais tout ce qu'il imaginait faisait long feu.

« Comment sont-ils sûrs que cela a à voir avec l'OLP? demanda-t-il.

— On a peu de données, lui dit Mark, mais ça colle assez bien avec son style en matière de corruption.

— Il va falloir s'en contenter. Une simple rumeur peut jouer en notre faveur.

— Et quelle est ton idée ? lui demanda Hanley.

— J'aurais du mal à te le dire comme ça. Pour le moment, ça ne vaut pas grand-chose. Tu as des photos de la femme d'Isphording ?

— On ne devrait pas avoir de mal à en dénicher dans les archives des journaux.

— Parfait, trouves-en. Je vais aller faire un tour à Zurich et trouver un plan pour voir si mon idée tient la route. Et vous, où êtes-vous en ce moment ?

— En mer de Chine, environ deux cents nautiques au nord de Taïwan, lui répondit Max.

— Et le *Maus* ?

— Vingt milles sur notre avant, nous avons déterminé que c'est sa portée radar maxi. Nous mettons le drone en l'air toutes les douze heures, juste pour jeter un œil et nous assurer que rien n'a changé. Pour le moment, c'est du remorquage banal. Rien de particulier.

— Sauf qu'il y a un bâtiment piraté dans le radier.

— Bien sûr, il y a ça aussi. »

Le *Maus* ne parcourait que cent cinquante milles par jour, ils n'étaient plus qu'à une journée et demie de Taipeh, mais Juan était toujours persuadé que le dock allait changer de route pour se diriger ailleurs. Taïwan était un pays moderne, démocratique, trop bien administré pour que les pirates osent en faire leur base. Il était convaincu qu'ils allaient continuer, direction le Vietnam, les Philippines ou l'Indonésie.

Ce qui signifiait que, s'il voulait passer par Rudolph Isphording, il allait devoir le faire sans bénéficier du soutien de l'*Oregon*. Mais il aurait besoin de tous les moyens de son bâtiment pour ce qu'il avait en tête. Il calcula les distances et les rayons d'action, en tenant compte des capacités du Robinson R-44 caché dans son hangar sous le pont. S'il avait besoin de faire venir du matériel et du personnel, la fenêtre allait être étroite lorsque l'*Oregon* passerait près de Taïwan. Une fois qu'il serait entré en mer de Chine méridionale, il serait trop loin de terre pour qu'un transfert soit possible. Pris d'un léger sentiment de vertige, il finit par conclure qu'il ne disposait que de deux jours, une fois qu'il serait à Zurich, pour décider de quoi et de qui il aurait besoin avant que l'*Oregon* fût hors de portée.

Le montage de l'opération en Corée du Nord leur avait pris trois semaines, et, même comme ça, c'était tendu. Pourtant, à côté de ce que Cabrillo avait en tête, c'était une vraie partie de plaisir.

CHAPITRE 12

EDDIE AVAIT TOUJOURS fait sien ce vieil adage selon lequel chacun est responsable de sa propre chance. Cela ne voulait pas dire qu'il comptait uniquement sur le hasard aveugle, comme lorsqu'on joue à la loterie ou quand il s'agit d'un phénomène extraordinaire. Non, ce qu'il voulait dire par là, c'est qu'une préparation soignée, une certaine façon de se comporter, beaucoup de bon sens, suffisaient en général à surmonter les problèmes. Pas besoin d'avoir de la chance pour réussir, il suffisait de beaucoup de travail.

Allongé depuis deux heures dans un fossé d'irrigation, il s'accrochait toujours à ses principes. Il n'avait pas eu le temps de préparer convenablement sa mission et la malchance n'était donc pas en cause. Mais maintenant, il en était à cinq heures, il frissonnait tant qu'il en faisait des vaguelettes dans l'eau et il commençait à maudire les dieux de son sort.

Son arrivée en Chine s'était passée sans anicroche. Les douaniers avaient à peine regardé ses papiers et examiné ses bagages sans enthousiasme. Ce n'était guère surprenant car il utilisait la couverture d'un diplomate qui rentrait chez lui après avoir passé un an à l'ambassade de Chine en Australie. On le gratifia donc d'un accueil particulièrement courtois

Les papiers qu'il avait prévu d'utiliser pour circuler en Chine étaient ceux d'un ouvrier au chômage. Il avait passé sa première journée à Shanghai à flâner dans les rues. Cela faisait longtemps qu'il n'était pas venu en Chine, il avait besoin de se réacclimater. Il fallait qu'il modifie son attitude et sa démarche – il montrait trop d'assurance – et il avait besoin de se familiariser avec la langue.

Ses parents, qui vivaient dans le quartier chinois de New York, lui avaient appris simultanément le chinois et l'anglais, si bien qu'il parlait sans accent, mais avec des intonations telles qu'un Chinois le prenait à coup sûr pour un étranger. Il s'employa donc à écouter les gens parler autour de lui pour retrouver le niveau qu'il avait lorsqu'il travaillait dans le pays pour la CIA.

Il n'en revenait pas de voir toutes les transformations qu'avait subies la plus grande ville du pays en quelques années. L'horizon des immeubles était sans doute le plus haut du monde, des grues s'élevaient encore au-delà, l'activité était frénétique. Sur les trottoirs, les piétons passaient leur temps accrochés à leurs téléphones portables, lancés dans des discussions passionnées. Lorsque le soir tombait, Shanghai s'illuminait sous des flots de néon, battant Las Vegas à plate couture.

Il commença à se fondre progressivement dans la foule. Après avoir réglé sa chambre d'hôtel, il déposa ses bagages derrière une benne à ordures que l'on venait de vider et qui ne bougerait probablement pas de là pendant plusieurs jours, même si rien dans ses valises n'était susceptible de l'incriminer. Il s'était déjà débarrassé de ses passeports diplomatiques dans les toilettes de sa chambre. Il alla ensuite acheter des vêtements dans un magasin pas trop luxe. Le caissier ne fit même pas attention à ce client, vêtu d'un costume de prix à l'occidentale et dont les emplettes ne correspondaient visiblement pas à sa condition. Vêtu de ses achats, Eddie abandonna son costume avant de prendre un bus pour sortir de cette banlieue en pleine expansion, et descendit dans une zone industrielle où s'élevaient des immeubles d'habitation lugubres. Dans l'intervalle il avait fait des taches de nourriture sur sa chemise et usé les semelles de ses souliers en les frottant avec une brique sur un chantier de construction.

Quelques ouvriers parmi les plus misérables, portant des vêtements qui ne leur allaient pas, le regardaient vaguement, mais, en général, personne ne faisait attention à lui. Il n'était pas des leurs, mais il n'était pas non plus trop différent d'eux. Le caissier, dans ce magasin où il avait acheté quatre pantalons trop larges, deux chemises et un coupe-vent gris assez léger, s'était peut-être dit qu'Eddie était un col blanc malchanceux contraint de se rabattre sur le travail manuel. Il acheta dans une autre boutique un sac à dos et des chaussures, puis quelques affaires de toilette dans une troisième. Le tout sans susciter le moindre haussement de sourcil.

Le temps d'arriver à la gare routière où il devait attraper le bus pour la province de Fujian, sans avoir pris une douche en trois jours, il ressemblait à un travailleur anonyme qui retourne dans son village après avoir fait chou blanc à la ville. Sa lente transformation lui assurait que personne ne le reconnaîtrait, mais cela l'aidait également à entrer dans son personnage. Assis là sur un banc dans le froid, au terminal, il avait pris l'air hagard d'un homme abattu par l'échec, le corps affaissé d'un être écrasé par le destin. Une vieille qui avait engagé la conversation lui avait dit qu'il avait bien raison de rentrer dans sa famille. Les villes n'étaient pas faites pour eux, elle avait vu trop de petits jeunes trouver un refuge dans la drogue. Fort heureusement, sa double cataracte l'avait empêchée de constater qu'Eddie n'était pas aussi jeune qu'elle le croyait.

Il avait fait un voyage sans histoire dans un car bondé qui répandait des nuages de fumée noire, une puanteur de carburant au plomb et des odeurs trop humaines. Les ennuis avaient commencé lorsqu'il était arrivé à Lantan, la ville d'où étaient partis Xang et sa famille, entamant un voyage qui s'était terminé par leur assassinat dans un conteneur. Eddie ne pouvait pas savoir, encore une conséquence du manque de préparation, qu'il arrivait pendant les élections régionales.

L'armée avait établi un poste de contrôle sur la grand-place et il était obligatoire de s'y présenter pour aller voter.

Eddie avait déjà assisté à ce genre de choses, il savait que les habitants avaient le choix « entre » un candidat pour chaque poste à pourvoir. Bien souvent, le bulletin était déjà prérempli, l'électeur n'avait plus qu'à le glisser dans l'urne sous l'œil vigilant de soldats en armes. Voilà quelles étaient les concessions auxquelles était prête la Chine en matière de démocratie. Quelques hauts responsables de la capitale provinciale, Xiamen, étaient venus surveiller les opérations et l'armée avait même mis en œuvre un char, un énorme Type 98, à en croire le rapide coup d'œil qu'Eddie avait eu le temps d'y jeter. Il supposait que c'était une sorte d'opération de relations publiques de la part de l'armée populaire de libération, en même temps qu'un rappel subtil de qui détenait réellement le pouvoir dans ce pays.

Lantan avait beau n'avoir que dix mille habitants, Eddie savait qu'il attirerait inévitablement l'attention. Il ne parlait pas parfaitement le dialecte local et n'avait aucun motif crédible de se trouver là si un soldat l'interrogeait. Voilà pourquoi il était depuis cinq heures sous un pont, dans un fossé d'irrigation à la limite de la bourgade. Il avait l'intention de ne pas en bouger tant que les officiels et les militaires ne seraient pas partis ailleurs mener leurs opérations d'intimidation.

Mais, une fois encore, la chance l'abandonnait.

Il était là, perdu dans son propre monde fait de froidure et de souffrance, si bien qu'il n'entendit pas les voix qui approchaient avant que les gens n'arrivent au-dessus de sa tête.

« Juste un peu plus loin, disait une voix masculine d'un ton cajolant. J'ai repéré un endroit quand on est arrivés en ville.

— Non, je veux rentrer. »

Une voix de femme, mais plus jeune, peut-être une adolescente. Elle semblait effrayée.

« Mais non, ça va aller », répondit l'homme.

Il avait un accent étranger, Pékin ou les environs. Quant à la fille, elle était sans doute du coin.

« S'il te plaît, mes parents vont se demander où je suis. J'ai des choses à faire à la maison.

— Je te dis de venir. »

On n'en était plus aux politesses, il parlait d'une voix aiguë, quelque chose d'hystérique, comme de la panique.

Ils étaient sur le pont, à quelques mètres seulement d'Eddie. De la poussière s'écoulait entre les joints du lourd plancher de bois, les bruits de pas se bousculaient. Il imaginait le couple : la fille résistait, essayait de les ralentir, l'homme la tirait par le bras, il était obligé de la traîner.

Eddie s'éloigna doucement du bord et se laissa glisser dans le fossé qui faisait à peu près trois mètres de large. Il tendait l'oreille. « Ça va être marrant, disait l'homme, tu vas aimer. »

Il y avait un gros bosquet à la sortie du village, le long de la route poussiéreuse, un endroit discret, Eddie devinait qu'il allait y avoir un viol. L'homme et sa victime s'engagèrent sur le chemin, Eddie grimpa sur le talus. Il aurait été très exposé s'il y avait eu quelqu'un en ville pour l'observer. Il aurait dû rester là où il était. Ce qui allait arriver ne le regardait pas, et pourtant, il allait s'en mêler.

L'homme était un soldat, il portait son AK-47 à la bretelle et, comparé aux vêtements sales de la paysanne, son uniforme était plutôt propre. Il la tenait par le bras et la soulevait, si bien que ses pieds touchaient à peine le sol, elle était obligée de sautiller comme une grenouille. Ils se dirigeaient vers les arbres les plus proches qui sombraient dans l'ombre car le soleil se cachait derrière les montagnes à l'ouest. Elle ne portait qu'une jupe et un corsage, ses longs cheveux rassemblés en queue-de-cheval dans le dos.

Eddie attendit qu'ils aient disparu dans les bois et se retourna pour observer la ville. Des ampoules s'allumaient dans quelques bâtiments, mais à la lisière, les maisons restaient sombres. Leurs habitants économisaient les bougies dont ils se servaient pour s'éclairer. Personne ne regardait de son côté ; sur la place, les soldats se préparaient apparemment à charger le tank sur son transporteur spécial à dix essieux.

Il se leva, quitta le fossé et traversa la route. Ses vêtements ruisselaient, il était pieds nus car ses chaussures bon marché n'auraient pas supporté un séjour dans l'eau, la colle se serait dissoute. Il s'enfonça dans la forêt, se guidant à l'oreille. La fille protestait, elle se mit à crier d'une voix aiguë, puis les cris cessèrent. Le soldat avait dû lui plaquer la main sur la bouche. Il continua d'avancer en silence sur le sol couvert d'une végétation rare.

Il s'arrêta au pied d'un grand pin car une tache blanche avait attiré son regard. Le corsage de la fille, tombé par terre. Il risqua un œil derrière le gros tronc. Le soldat avait posé son fusil, près de l'endroit où il maintenait la fille plaquée au sol. Son torse la cachait, mais on devinait tout de même qu'elle était nue jusqu'à la taille. Il avait une main sur sa bouche et de l'autre essayait de trousser sa jupe. Elle avait des jambes frêles, des jambes d'enfant et elle battait l'air en essayant de repousser son agresseur.

Le soldat ôta la main de sa bouche mais, avant qu'elle ait pu crier, il lui donna un coup de poing dans la mâchoire. Sa tête bascula de côté et elle resta ainsi, inerte. Eddie pouvait profiter d'un petit créneau, mais le terrain était à découvert entre l'endroit où il était et le soldat, et son fusil.

Il se décida tout de même à quitter son arbre et avança, doucement pour commencer. L'œil humain détecte plus facilement au bord du champ visuel qu'au centre. Il avait parcouru trois des dix pas qui le séparaient de la scène du viol lorsque le soldat sentit une présence. Eddie se mit à courir, ses orteils s'enfonçant dans le sol détrempé comme des crampons.

Le soldat réagit vite, il avait déjà assez d'adrénaline dans les veines avec ce qu'il était en train de faire. Il se retourna pour prendre son arme. Il la tenait par la poignée, ses doigts cherchaient la détente et on voyait qu'il était entraîné. Il braqua son fusil d'assaut, pointa le canon. Même s'il manquait sa cible, on entendrait le coup de feu en ville et cela alerterait ses camarades. Le soldat avait dû avoir la même idée car il avait déjà le doigt sur la détente avant d'avoir vu Eddie.

Eddie se rua en avant, tendit un bras pour détourner le

canon de l'AK-47. Du tranchant de l'autre main, il essaya de le frapper à la gorge. Mais il était trop tard, l'homme s'apprêtait à vider son chargeur. Pourtant, la rafale ne partit pas. Sous le choc, le soldat s'arracha au corps de la fille qui roula sur le sol. Elle se mit à hurler, Eddie n'y fit pas attention. Ils étaient au corps à corps, le soldat par-dessus. Faisant vite avant qu'il ait eu le temps de récupérer, il le serra de toutes ses forces contre lui et lui balança deux coups dans le larynx. Ils manquaient de force, mais, tapant au même endroit, ils firent tout de même leur effet. Le larynx écrasé, l'homme émit quelques sons étranglés avant de retomber, inerte.

Seng se débarrassa du cadavre sans plus se soucier du violeur en herbe. La fille était étendue là, recroquevillée, et pleurait à gros sanglots. Eddie récupéra sa chemise et la passa sur ses épaules. Elle se couvrit à la hâte, il se détourna par égard pour sa pudeur. Le coup de poing qu'elle avait reçu ne lui avait pas fracturé la mâchoire, mais elle allait avoir un gros bleu. Elle écarquillait les yeux de douleur et de peur. Doucement, il lui ouvrit la main, son index faisait un angle de quatre-vingt-dix degrés. Il comprit alors pourquoi les coups n'étaient pas partis. Elle avait feint de s'évanouir pour ne pas laisser à son agresseur la satisfaction de violer une victime consciente. Au dernier moment, elle avait passé le doigt sous la détente, l'empêchant de bouger. Elle avait sauvé la vie d'Eddie tout en s'épargnant de subir un crime que la plupart des femmes considèrent comme bien pire que la mort. Lorsque Eddie avait détourné l'arme, son doigt était parti avec.

« Tu es très courageuse, lui dit-il doucement.

— Qui êtes-vous ? »

Elle sanglotait toujours, de douleur, d'humiliation.

« Je ne suis personne. Tu ne m'as jamais vu et il ne s'est jamais rien passé. Tu diras que tu t'es cassé le doigt en revenant des champs. »

Elle ne pouvait détacher ses yeux du mort. Il devina sa question muette.

« Je vais m'en occuper, ne t'inquiète pas. Personne ne saura rien. Maintenant, rentre chez toi et ne parle jamais de ça à personne. »

Elle lui tourna le dos pour reboutonner son chemisier, il restait encore assez de boutons accrochés au tissu léger. Elle se releva, elle essayait de vaincre les larmes qui lui perlaient au coin des yeux. On la sentait à la fois fière, pleine de honte, désespérée. C'était un autre visage de la Chine.

« Attends, lui dit Eddie en la rappelant alors qu'elle disparaissait de la clairière. Connais-tu une famille qui s'appelle Xang ? Plusieurs de ses membres ont pris le serpent, il y a quelques mois. »

En entendant le nom de cette organisation illégale, elle recula, toute peureuse, prête à se refermer comme une huître. Mais elle resta là, elle avait envie de remercier celui qui l'avait sauvée.

« Oui, ils vivent en ville. Ils ont un magasin, ils vendent et ils réparent des vélos. La famille habite au-dessus de la boutique. Vous avez de leurs nouvelles ? »

A voir sa façon d'en parler, il se dit qu'elle connaissait très bien ces gens-là. Peut-être était-ce elle, la petite amie dont parlait Xang.

« Oui, finit-il par répondre, écœuré d'avance par ce qu'il allait dire. Ils sont au Japon, ils ont tous trouvé du travail. Maintenant, va-t'en ! »

Toute surprise, la fille disparut entre les arbres. Eddie venait peut-être de commettre une horreur encore pire que celle que le soldat avait voulu lui faire subir. Il lui avait donné de l'espoir.

Il fouilla les poches de l'homme pour essayer de trouver des papiers puis arracha la plaque d'identité qu'il portait autour du cou. Il la glissa contre sa poitrine, elle était encore tiède. Il détacha la bretelle de l'AK-47, l'attacha au ceinturon pour en faire une sorte de corde. Il mit dix minutes à le hisser jusqu'à la fourche d'un gros chêne jumeau à sept mètres du sol. Les patrouilles qui allaient se lancer à la recherche de ce déserteur mettraient des jours à trouver le cadavre, vraisemblablement guidées par la puanteur.

Il cassa un rameau et s'en servit pour effacer les empreintes de pas et les traces de lutte, puis regagna sa cachette sous le pont. La fille avait sans doute rejoint la ville avant de se rendre avec sa mère chez le rebouteux de l'endroit pour faire soigner son doigt. Ses problèmes étaient derrière elle, ceux d'Eddie allaient commencer.

Les militaires n'allaient pas quitter Lantan tant qu'ils n'auraient pas fait l'appel. Apparemment, ils avaient prévu d'y passer la nuit et ne risquaient guère de remarquer l'absence du soldat avant le jour. Ses copains allaient essayer de le couvrir, supposeraient qu'il avait fait une rencontre, une professionnelle ou la traditionnelle bergère dont la réputation de facilité et de beauté est aussi répandue en Chine qu'elle l'est en Amérique.

Les ennuis allaient commencer avec l'appel du matin. Ils allaient d'abord fouiller la ville, puis les fermes avoisinantes, en cercles concentriques de plus en plus larges. Eddie ne pouvait pas laisser tomber sa mission, pas davantage qu'il n'avait pu abandonner la fille. Cela lui laissait donc jusqu'à l'aube pour essayer d'établir le contact avec les Têtes de Serpent. Et il n'avait pas l'intention de les interroger pour essayer de savoir ce qui était arrivé à Xang et aux autres. Il avait seulement besoin qu'ils l'aident à quitter la Chine.

Il se mit à tapoter sans y penser la plaque d'identité. Il avait là une couverture idéale.

CHAPITRE 13

Anton Savitch était bien soulagé, plus qu'un vol avant de parvenir à destination. Il lui avait fallu des jours et des jours pour arriver à l'aéroport d'Elyzovo, près de Petropavlovsk-kamtchatski, capitale régionale de la péninsule du Kamtchatka, à l'extrême est de la Russie.

Petropavlovsk-kamtchatski, PK comme on dit familièrement, avait été coupée du monde extérieur jusqu'à l'effondrement de l'URSS en 1990, et les années suivantes n'y avaient pas changé grand-chose. La quasi-totalité des bâtiments était construite en béton avec de la cendre répandue en 1945 par l'éruption de l'Avachinsky, volcan qui s'élevait à proximité, si bien que la ville avait un aspect terne, bien au-delà de l'uniformité lourdaude de l'architecture soviétique. Le revêtement des rues n'avait pas été refait depuis des décennies, l'économie était en ruines car l'armée, qui l'avait fait vivre dans le temps, avait disparu. Entourée de pics neigeux, au bord de la superbe baie d'Avacha, PK était un endroit désespérant et si ses habitants y restaient, c'était parce qu'ils n'avaient tout bonnement pas assez d'énergie pour aller voir ailleurs.

Toute la péninsule du Kamtchatka avait été à l'époque placée sous le contrôle de l'armée soviétique. Des stations radar perfectionnées, conçues pour donner l'alerte en cas d'attaque de missiles intercontinentaux américains, parsemaient ces rudes paysages. On y trouvait également de nombreuses bases aériennes où stationnaient les avions chargés d'intercepter les bombardiers, et la péninsule abritait aussi le commandement des Forces sous-marines du Pacifique. De plus, le Kamtchatka servait de site d'atterrissage pour les essais de missiles balistiques que les Soviétiques tiraient plus à l'ouest. Désormais, les sous-marins rouillaient dans leur base de Rybachi, au sud de la baie d'Avacha; plusieurs d'entre eux étaient en si mauvais état qu'ils avaient coulé sur place au mouillage, tubes lance-torpilles encore chargés et combustible nucléaire en place dans les réacteurs. Les stations radar avaient été désarmées, les avions restaient cloués au sol faute de pièces de rechange et de kérosène. Dans la foulée du retrait des forces armées, un nombre incalculable de sites avaient été abandonnés en l'état, si pollués que même un bref séjour sur place pouvait vous contaminer gravement.

Ce n'était pas la présence des militaires qui avait attiré Anton Savitch dans la région, vingt ans plus tôt. C'était la géologie. Le Kamtchatka a surgi de la mer il y a deux millions et demi d'années et a d'abord été un archipel volcanique, comme les îles Aléoutiennes, en Alaska. Le Kamtchatka constituait alors un arc, dans ce que l'on appelle l'Arc de Feu, une chaîne de volcans et de zones sismiques actives qui marque les limites de la vaste plaque tectonique Pacifique. Sur les cent cinquante volcans que compte la péninsule, vingt-neuf étaient encore actifs, le Karymsky en particulier, qui connaissait des éruptions ininterrompues depuis 1996. Récemment, un autre volcan sans nom, au centre de la région, avait commencé à cracher de la fumée, des cendres et de la vapeur d'eau.

Contrainte par les nécessités économiques dans les années quatre-vingt, l'Union soviétique avait lancé un vaste programme d'exploration et d'exploitation. Afin de contrer l'effort de défense sans précédent de Reagan, les Soviétiques se démenaient pour trouver les matières premières nécessaires aux exigences croissantes de leur propre complexe militaro-industriel. C'étaient les derniers sursauts de la guerre froide, qui ne se faisait plus à coups de munitions et de bombes, mais d'usines et de ressources diverses. Les Soviétiques perdirent ce dernier combat, mais découvrirent incidemment au fil de leurs recherches d'énormes gisements de charbon, de fer et d'uranium.

Anton Savitch était alors jeune chercheur au Bureau des ressources naturelles, l'organisme chargé par le Comité central de découvrir les trésors enfouis aux confins de l'Union soviétique. En 1986, il était allé prospecter au Kamtchatka avec deux collègues, sous la direction de Youri Strakhov, professeur de géologie à l'université de Moscou.

L'équipe passa ainsi quatre mois à explorer le pays en hélicoptère ou grâce à des véhicules tout-terrain prêtés par l'Armée rouge. Compte tenu de la géologie des lieux, il semblait probable qu'il y eût des diamants au Kamtchatka, mais ils ne trouvèrent rien de ce qu'espérait Moscou. Ce qu'ils découvrirent avait bien plus de prix.

Savitch se souvenait de ce jour, ils campaient au pied d'un filon. Pendant la journée, ils prélevaient des échantillons qu'ils analysaient la nuit. Ils raisonnaient comme si ce qu'ils pouvaient trouver leur appartenait, mais, naturellement, il n'en était rien. On les paierait vraisemblablement de quelques témoignages de félicitations, peut-être même en bons qui leur permettraient d'avoir des appartements plus spacieux.

Savitch ne se rappelait plus qui avait eu le premier l'idée. C'était peut-être bien lui, mais cela n'avait guère d'importance. Bref, quelqu'un l'eut un jour, sur le ton de la plaisanterie au début, mais ils en discutèrent vite très sérieusement. Savitch se souvenait que, cette nuit-là, la pluie avait cessé de tomber, ce qui était plutôt inhabituel. La bouteille de vodka passait de main en main, ce qui était habituel, pour le coup. Il n'y avait pas moyen de trouver du papier hygiénique digne de ce nom à Moscou, mais l'Etat s'arrangeait pour vous fournir en alcool, même à cinq cents kilomètres de la ville la plus proche.

« Et pourquoi parler de notre découverte? commença l'un. Pourquoi tout raconter? »

Eux quatre étaient seuls à savoir, personne ne reviendrait explorer l'endroit une fois qu'ils auraient remis leurs rapports. Ils pouvaient rentrer à Moscou, mener une vie normale pendant quelques années, puis revenir exploiter le filon pour leur propre compte.

Savitch descendit de son Ilioutchine à Elyzovo, leur naïveté le faisait encore sourire. Strakhov les avait laissés bavarder ainsi pendant une heure ou deux avant de les faire redescendre sur terre. Il ne leur avait pas dit que ce qu'ils comptaient faire était mal, car lui-même était assez âpre au gain. Mais il savait aussi que c'était pure rêverie. En quelques mots, il leur avait démontré qu'ils ne pourraient jamais revenir au Kamtchatka et que, même dans ce cas, ils n'arriveraient jamais à eux quatre à traiter assez de minerai pour amasser un magot. Il avait poursuivi en leur expliquant comment fonctionnaient les marchés mondiaux, si bien qu'ils ne pourraient jamais vendre ce qu'ils auraient extrait. Bref, il avait douché leur ardeur et mis un terme à leurs espérances. Du coup, la vodka avait perdu toute saveur.

Savitch revoyait très précisément la scène, c'est alors que la pluie avait repris. Strakhov avait éteint leur lampe à gaz et, pendant quelques minutes, les quatre hommes avaient écouté l'eau tambouriner sur la toile de leur tente avant de s'infiltrer dans leurs sacs de couchage. Il était sûr que les autres continuaient à méditer ce qu'ils venaient de discuter en s'endormant. Au bout d'un certain temps, il les avait entendus respirer régulièrement dans leur sommeil. Ils dormaient tous, sauf lui. Il avait compris intuitivement qu'à une petite condition supplémentaire, leur plan pouvait marcher : le temps.

Ils raisonnaient en années. Il savait que personne ne reviendrait ici avant des dizaines d'années. Avant que le gouvernement communiste se soit effondré et que le capitalisme ait pris pied dans la *Rodina*. Les autres étaient peut-être incapables de s'y résoudre, mais Savitch, lui, considérait la chose comme inévitable. La propagande ne pouvait ni réduire la pauvreté ni faire qu'il y ait des pièces de rechange pour les voitures, le pouvoir finirait par baisser les bras. Ce qu'il prévoyait, c'était une lente implosion, pas une révolution, mais l'Union soviétique finirait par s'effondrer sous le poids de ses propres insuffisances. S'il réussissait à se positionner en prévision de ce jour, toutes les autres pièces du puzzle se mettraient d'elles-mêmes en place.

Il y avait encore une chose que les autres n'avaient pas considérée – savoir que Savitch n'avait pas la moindre intention de partager le trésor avec eux.

L'hélicoptère chargé de les récupérer ne devait pas arriver avant quatre jours, plus de temps qu'il n'en fallait pour mettre en œuvre son projet. On leur avait attribué une zone d'exploration de soixante kilomètres carrés, ils étaient restés livrés à eux-mêmes depuis leur arrivée, cinq semaines plus tôt. En arrivant de PK, l'hélico devait suivre un schéma de recherche et attendre de voir les fusées qu'ils lanceraient en l'apercevant.

Savitch devait réussir à entraîner ses compagnons le plus loin possible du site sur lequel ils avaient fait leur découverte, alors que Strakhov voulait sûrement qu'ils restent là jusqu'à l'arrivée de l'hélicoptère, pour savourer le plaisir d'annoncer leur découverte. Savitch n'avait aucune arme pour les contraindre, il devait donc agir immédiatement pour quitter les lieux.

Il resta ainsi allongé dans son sac de couchage pendant deux autres heures. Ce n'étaient ni la culpabilité ni la honte qui le faisaient patienter. Il attendait simplement que les autres dorment le plus profondément possible. Il se leva à quatre heures, quand la nuit était la plus noire et, à la lumière de sa petite lampe-torche, ouvrit leur trousse de secours. Elle ne contenait que le strict minimum : des pansements, des désinfectants, quelques antibiotiques et une demi-douzaine de seringues de morphine.

Les taons étaient si nombreux que les hommes avaient renoncé à les chasser, ils ne réagissaient même plus lorsqu'ils se faisaient piquer. Ils étaient couverts de boutons rouges, au point que leurs bras, leurs chevilles et leur visage en étaient entièrement tachetés.

Savitch vida par terre la morphine contenue dans l'une des seringues, puis tira sur le piston pour la remplir d'air. Mikhail était le mieux bâti, un solide Ukrainien ancien champion de lutte à Kiev. Savitch ne se souciait guère de cela en lui enfonçant l'aiguille dans la gorge, là où la carotide battait doucement. Il appuya lentement sur le piston, injectant une bulle d'air mortelle dans son système circulatoire. Habitué qu'il était aux taons, Mikhail n'avait même pas senti la légère piqûre. Savitch attendit quelques secondes que la bulle ait déclenché une embolie dans le cerveau et retira sans bruit l'aiguille. Il répéta deux fois l'opération. Seul le vieux Youri se débattit un peu à la fin, il avait ouvert les yeux au moment de la piqûre. Savitch lui appliqua une main sur la bouche en pesant de tout son poids sur sa poitrine et appuya brusquement sur le piston. Strakhov lutta encore un instant, avant de sombrer.

Savitch alluma la lampe à gaz et réfléchit à ce qu'il avait à faire ensuite. Il se souvenait que cinq kilomètres plus loin en allant vers la côte, il y avait une pente assez haute, très raide et pleine d'éboulis. Les déplacements à pied y étaient fort périlleux et un homme pouvait aisément dévaler sur un kilomètre jusqu'en bas. Une chute vous mettrait en pièces un cadavre, suffisamment pour dissuader même le plus acharné des médecins légistes au cas, fort improbable, où l'on procéderait à une autopsie.

La première nuit, Anton Savitch prit connaissance des carnets de ses collègues et de leurs journaux d'exploration. Il déchira toutes les pages qui faisaient allusion à la découverte du gisement ou à la géologie des lieux depuis le moment où ils avaient escaladé cette colline pierreuse. Il supprima de même tout ce qui pourrait faire l'objet de questions durant l'enquête et s'assura une dernière fois qu'il ne restait aucun détail intéressant sur ce qu'ils avaient pu remarquer dans la zone. Il maquilla son propre journal afin de faire croire qu'ils avaient exploré plus de surface qu'en réalité, afin de dissuader quiconque de revenir.

A l'aube, il entreprit de traîner les corps dans leurs sacs de couchage jusqu'au sommet de la pente. L'Ukrainien, Mikhail, était trop lourd, impossible de le porter sur ses épaules. Il confectionna un traîneau avec des branches et des lanières prélevées sur un sac à dos et remorqua ainsi le cadavre. Epuisé, couvert de sueur, il se maudit de ne pas avoir attendu le lendemain pour transporter le dernier corps. Plutôt que de regagner le camp, il passa la nuit recroquevillé près des cadavres, une nuit horrible.

Le second jour, il démonta leur tente et transporta tout le matériel jusqu'à la pente. Il lui fallait tout remettre dans les sacs prévus à cet effet, avant de les fixer sur les corps. Il décida d'attendre l'aube du lendemain pour les faire dévaler dans la descente. Non qu'il souhaitât particulièrement les voir se disloquer sur les rochers acérés, mais il avait besoin de savoir où ils allaient s'immobiliser. Le professeur Strakhov était le seul à posséder ces fusées dont il aurait besoin pour alerter le ventilo qui devait arriver le lendemain dans le courant de l'après-midi.

Savitch se prépara un solide petit déjeuner, café, viande en boîte et une cannette de jus d'orange de Crimée, avant d'envoyer Mikhail valdinguer. Il regarda aux jumelles le premier corps rouler et faire des cabrioles puis, au fur et à mesure qu'il prenait de la vitesse, faire carrément la roue. La force centrifuge faisait jaillir le sang de ses nombreuses blessures, les membres étaient en morceaux de s'être cognés contre les pierres. Les deux autres cadavres finirent encore plus mutilés, si c'était possible.

Il mit plus d'une heure à descendre prudemment au pied de la montagne. Il s'arrachait les mains, la sueur qui coulait sur ses blessures lui causait des douleurs cuisantes. Arrivé là, il sortit les équipements et la nourriture des sacs et vida quelques boîtes de conserve, pour faire croire qu'il était là depuis plusieurs jours.

Lorsqu'il estima que l'hélicoptère pouvait arriver d'ici une heure, il s'injecta dans le bras les deux dernières seringues de morphine et attendit que l'anesthésique eût produit son effet.

Lorsque ses extrémités lui parurent suffisamment engourdies, il respira profondément. Il fallait rendre la chose aussi plausible que possible : il aurait paru étrange que trois hommes se soient tués en tombant, tandis que lui n'aurait souffert que de quelques égratignures aux mains.

Il s'appuya contre un rocher, prit une pierre grosse comme la tête et la leva aussi haut qu'il put. Il posa son bras gauche sur le bloc de basalte et, sans se laisser le temps de réfléchir davantage, laissa tomber la pierre. Le radius et le cubitus craquèrent en émettant un bruit nettement audible et Savitch manqua hurler de douleur. Mais l'adrénaline et la morphine agissaient. Il prit un autre caillou, plus léger celui-là, et se donna un grand coup sur la tête pour se fendre le cuir chevelu. Puis il pria le ciel pour que la drogue atténue la souffrance.

Il était à demi inconscient lorsqu'il entendit l'hélicoptère dans le lointain et il dut s'y reprendre à plusieurs fois avant de réussir à lancer une fusée. La boule de phosphore s'éleva en traçant un arc dans le ciel et en laissant un nuage de fumée derrière elle. L'hélico la vit sans doute immédiatement. Lorsqu'il reprit conscience, Savitch était à Petropavlosk dans un lit d'hôpital.

On procéda à une enquête très sommaire. L'équipage de l'hélicoptère avait décrit la scène horrible qu'il avait découverte, cela collait parfaitement avec le récit de Savitch, les quatre hommes traversaient la pente et l'avaient dévalée jusqu'en bas. L'enquêteur s'émerveilla de constater qu'il n'avait que des contusions mineures, quelques plaies, des bleus, et un bras cassé.

« J'ai eu de la chance, voilà tout », avait-il dit lorsque l'inspecteur avait refermé son carnet de notes.

*

* *

En traversant le tarmac pour gagner le terminal de l'aéroport, Savitch se frottait machinalement le bras gauche. Depuis quelques années, il lui faisait mal lorsque le temps était humide. La chose n'était pas aussi angoissante que dans les *Histoires extraordinaires* d'Edgar Poe, mais cela lui rappelait néanmoins ce qu'il avait commis.

L'agent de l'immigration le reconnut dans la file et lui fit signe de passer devant. Quelques habitants de l'endroit maugréèrent, mais personne n'alla plus loin.

« Alors, monsieur Savitch, de retour? lui demanda l'homme d'un ton chaleureux en enfournant dans sa poche le billet de vingt dollars que Savitch avait glissé dans son passeport.

— Je pourrais faire tout ce que j'ai à faire dans mon bureau à Moscou, si ces foutus volcans voulaient bien s'arrêter d'entrer en éruption.

— Ce sont les esprits, répondit le garde en faisant mine de lui livrer une confidence. Ils chassent la baleine la nuit et retournent dans la montagne faire cuire leur viande sur des feux géants.

— Le jour où je trouverai des os de baleines dans des caldeiras, j'accuserai les esprits, cher ami. En attendant, je pense plutôt à un regain d'activité tectonique. »

A sa sortie de l'hôpital, Savitch était rentré à Moscou. Il avait gardé le silence sur sa découverte et repris son travail au Bureau des ressources naturelles. Il menait une petite vie sans histoires, l'Union soviétique se délitait doucement, mais il avait réussi à garder son poste pendant toute cette phase d'effondrement du régime. Lors des bouleversements qui avaient suivi, il s'était démené pour trouver des contacts à l'étranger et les avait cultivés pour le jour où il en aurait besoin afin de mener à bien ses projets.

L'occasion lui fut donnée par un métallurgiste suisse qu'il avait rencontré lors d'un congrès. C'est lui qui avait présenté Savitch à un banquier, Bernhard Volkmann, et c'est ainsi qu'il en était arrivé à ses activités actuelles. Avec l'appui de Volkmann, passant par les sociétés qu'avait créées cette crapule de Shere Singh, il était retourné au Kamtchatka un nombre incalculable de fois au cours de l'année précédente. Sous prétexte de recherches vulcanologiques, il avait commencé à explorer le terrain. Avec toutes les éruptions qui se produisaient sans cesse au Kamtchatka, il était devenu rapidement connu comme le loup blanc à l'aéroport. Il avait une suite réservée en permanence à l'hôtel Avacha, à deux pas de la rue de Leningrad. Sans doute la dernière rue de toute la Russie encore dédiée à Lénine.

Après avoir pris ses bagages, il se dirigea directement vers le comptoir d'une société de location d'hélicoptères qui proposait ses services aux skieurs. Le ski était devenu un sport très prisé dans les montagnes accidentées de la péninsule, plusieurs compagnies s'étaient créées pour y déposer les skieurs. Cette société précise, Air Aventures, exerçait certes cette activité parfaitement légale, mais il s'agissait en fait d'une compagnie bidon créée par Savitch avec le concours de Volkmann afin de disposer d'un moyen de transport facile mais discret jusqu'au site de prospection. A Elyzovo, un hélicoptère privé aurait attiré l'attention.

La fille qui se tenait derrière le guichet reposa la revue de mode japonaise qu'elle lisait en le voyant arriver. Elle arborait un sourire artificiel de circonstance, il ne la connaissait pas.

Elle l'accueillit en anglais.

« Bienvenue chez Air Aventures.

— Je m'appelle Savitch, grommela-t-il. Où est Pytor? »

Ses yeux exprimèrent d'abord la perplexité, puis la peur et elle devint blême. Elle disparut derrière un rideau. Un moment après, le pilote de Savitch, Pytor Federov, sortit de là. Il portait une combinaison de vol vert olive et affichait cette assurance qu'il avait gagnée lorsqu'il volait entre les tirs de missiles dans le ciel afghan.

« Ah, monsieur Savitch, cela fait plaisir de vous voir. Je pensais que vous passeriez la nuit à votre hôtel et que nous décollerions demain matin.

— Salut, Pytor. Non. Je veux voir cette éruption de mes yeux avant qu'il fasse noir, lui répondit Savitch au cas où quelqu'un les écouterait.

— Dites-moi, et j'établis un plan de vol.

— Comme je viens de vous le dire. »

Quarante minutes plus tard, ils volaient dans une vallée sinueuse. Les montagnes qui surplombaient le MI-8 d'Air Aventures culminaient à trois mille mètres au-dessus d'eux. Au Kamtchatka, plusieurs sommets atteignent les cinq mille mètres. L'air était brumeux et rempli de fines particules de cendre, résultat de l'éruption qui se produisait plus loin dans le nord. Même avec des écouteurs, il était difficile de se parler dans ce ventilo vieux de quarante ans. Pendant les deux heures que dura leur vol, Savitch se contenta donc d'admirer le paysage qui défilait sous ses pieds.

Il ne pouvait pas s'assoupir, l'hélicoptère était trop bruyant, mais il était si immobile qu'il avait été tout surpris lorsque Federov lui avait tapé sur l'épaule pour lui montrer quelque chose devant. Il ne s'était pas rendu compte qu'ils arrivaient.

Vu du ciel et à cette distance, la région paraissait entièrement vierge, à l'exception d'une tache brune sur les eaux noires du golfe de Shelekhov. On avait disposé en arc de cercle des barrages de retenue le long de la côte, mais les sédiments déversés par le chantier s'étendaient loin en mer. Si ce site paraissait si net, c'était parce que le plus gros des installations était caché sous des bâches tendues entre des pylônes métalliques. Les toiles étaient peintes en blanc pour ressembler à la neige et les cendres qui s'étaient déposées à leur surface renforçaient encore l'illusion. Les navires étaient échoués sur la plage, camouflés eux aussi, d'abord avec des gravats et des rochers extraits du chantier, puis avec de quelques toiles pour casser les formes trop géométriques.

Seul signe de vie à deux cents kilomètres à la ronde, les minces colonnes de fumée qui s'élevaient des cheminées des bâtiments. Les chaudières fournissaient le chauffage et ce qu'il fallait pour la nourriture des travailleurs.

Savitch se tourna vers la mer. Un chalutier rentrait en laissant un large sillage derrière lui, très bas sur l'eau sous le poids de ses prises.

Les citernes des bateaux étaient remplies de fuel à ras bord, l'eau potable ne manquait pas grâce au fleuve glacé qui se jetait à proximité, et deux chalutiers pêchaient la nourriture. Le site pouvait vivre ainsi en autonomie pendant des mois, des années peut-être. Il était fier de ce qu'il avait fait là, et à juste titre, mais mettre au point tous les détails aurait demandé la moitié d'une vie.

Tous les détails, à l'exception d'un seul, se dit-il avec un rictus. Il restait un obstacle qui n'était pas facile à vaincre, des ressources dont les installations faisaient une consommation énorme et qui n'étaient pas si faciles que cela à renouveler.

Federov avait prévenu et le chef de chantier les attendait sur l'hélizone. Il salua Savitch lorsqu'il descendit de l'appareil, il soufflait un vent glacial. On avait beau être au mois de mai, le cercle polaire arctique ne se trouvait qu'à six cents kilomètres au nord.

« Bienvenue, Anton », lui dit Jan Paulus, un solide ingénieur des mines sud-africain.

Ils échangèrent une poignée de main avant de se diriger vers un quatre-quatre.

« Souhaitez-vous voir le chantier ? » lui demanda Paulus en démarrant.

Savitch avait déjà fait cette expérience une fois et n'avait guère envie de recommencer.

« Non, allons directement à votre bureau. J'ai rapporté une bouteille de scotch à peu près convenable. »

Le Russe ne se souciait guère de son chef de chantier, mais il fallait de temps en temps lui passer la main dans le dos. Comme de bien entendu, son salaire annuel, cinq millions de dollars, faisait plus pour entretenir leurs bonnes relations qu'un verre de temps à autre.

Les trois bateaux qu'ils avaient acheminés là et qui étaient échoués en contrebas du site étaient de vieux paquebots que leur avait procurés Shere Singh. S'ils n'étaient plus de la première jeunesse, ils fonctionnaient encore et répondaient parfaitement aux besoins de Savitch. Paulus s'était installé dans la suite des ambassadeurs à bord de l'un d'eux, un paquebot qui avait dans le temps sillonné la mer Egée.

A sa belle époque, la décoration bleu et or était du dernier chic, mais les tapis étaient élimés, marqués de brûlures de cigarettes et le mobilier terni. Savitch commença par utiliser la salle de bains et, quand il en eut terminé, une odeur pestilentielle sortit de la cuvette. Dans la glace, son reflet paraissait sépia car le miroir avait perdu le plus gros de son tain.

Paulus était installé dans le canapé du salon. Il avait déjà rempli deux verres du whisky rapporté par le Russe.

« Il y a eu un accident à bord de l'un des docks, dit-il à Savitch.

— Lequel ? demanda le Russe, qui allait s'asseoir.

— Le *Maus*. Deux de nos Spetsnaz ont violé les consignes et ont traversé la bâche qui recouvre le radier. La toile a lâché, ils sont tombés et se sont tués. »

Le Russe avala une gorgée.

« Et aucun indice qui laisserait à penser qu'on les a un peu aidés ?

— Non. Vos hommes ont inspecté le dock et le navire qu'il transportait dès que les deux rondiers ont été portés manquants. Personne n'était monté à bord, aucune trace de lutte. Le seul navire présent dans les parages était un cargo sous pavillon iranien. Sauf si les mollahs à Téhéran ont eu vent de nos affaires, je doute qu'ils soient impliqués. »

Savitch pestait en silence. Tous les gardes qu'il avait recrutés étaient d'anciens membres des Forces spéciales, ces Spetsnaz si renommés. Ne pas respecter un itinéraire de ronde ne ressemblait pas à ce qu'on leur avait inculqué durant leur entraînement intensif, mais il pouvait encore comprendre ce qui les avait poussés à agir ainsi. Une fois qu'ils s'étaient emparés d'un bâtiment, leur demander de rester vigilants à bord d'un navire en mer où il ne se passait rien était virtuellement impossible. Il imaginait trop bien ce qui s'était passé, ils avaient essayé d'abréger la corvée en coupant par-dessus le radier. Une faute inexcusable et qui servirait de leçon aux autres.

Il décida de considérer la chose comme un incident malheureux et pensa à autre chose.

« Comment ça se passe ici ? »

Le Sud-Africain avait les dents dans un état épouvantable et, quand il souriait, on prenait ce sourire pour une grimace sur fond gris.

« On ne peut mieux. Le filon que vous avez découvert est d'une richesse comme je n'en ai encore jamais vu. Bon Dieu, toute la région regorge de minerais. La production dépasse nos prévisions de douze pour cent, et nous n'avons pas fini. Nous travaillons actuellement sur les alluvions en bas des collines. Nous n'avons même pas encore vraiment creusé.

— Quand prévoyez-vous d'expédier le premier chargement ?

— En fait, plus tôt que je ne pensais. Nous attendons le *Souris* dans dix jours. Compte tenu de ce qu'il apporte, on a embarqué trois fois plus de gardes que d'habitude, je compte donc lui confier le chargement dès qu'il repartira dans le sud.

— Ça devrait marcher. J'ai discuté avec Volkmann, il y a deux jours. L'atelier de finition est prêt. Les colorants ad hoc et les derniers poinçons devaient être disponibles cette semaine.

— Et les banques vont en prendre livraison ?

— Le plus tôt possible. »

Paulus remplit leurs verres et leva le sien pour porter un toast.

« A la cupidité et à la bêtise humaines. Quand les deux sont réunies chez les mêmes, à vous la fortune. »

Anton Savitch était bien d'accord.

CHAPITRE 14

Il était près de minuit lorsque Eddie quitta la maison des Xang. Cette rencontre avait été moralement très éprouvante. Ces gens avaient perdu leur fils une première fois, lorsqu'il était parti avec les Têtes de Serpent, et Eddie venait leur apprendre qu'il avait disparu en mer. Il s'était présenté comme étant un marin qui naviguait au commerce chez COSCO, une compagnie contrôlée par le ministère de la Défense chinois, et leur avait raconté que son bâtiment était tombé sur un conteneur pendant la traversée de retour à Shanghai. Leur capitaine leur avait ordonné de le récupérer, espérant qu'il contenait des marchandises de valeur. Eddie leur avait épargné les détails et ne leur avait rien dit de ce qu'ils y avaient trouvé en réalité, mais leur avait tout de même raconté ce qu'ils avaient lu dans le carnet de leur fils, qui demandait que l'on prévienne sa famille.

Il lui avait fallu plusieurs heures pour obtenir qu'ils lui disent à quel endroit Yan Luo, chef des Têtes de Serpent, tenait son quartier général. Mais il était plutôt soulagé, la famille ne lui avait pas demandé pourquoi un vulgaire marin s'intéressait à ce genre de choses, et il n'avait aucune envie de s'en expliquer.

Il sortit de leur appartement au-dessus de la boutique de

vélos, muni des indications nécessaires pour se rendre dans un bar de la zone industrielle, à la recherche de celui qui avait envoyé Xang et quelques-uns de ses parents à la mort. Les rues étaient calmes, il était tard, et, avec tous ces soldats qui stationnaient sur la place, les habitants se terraient prudemment chez eux.

Le bar se trouvait rue de la Longue Marche, une bande d'asphalte semée de nids-de-poule parallèle à un affluent de la Min. Il y avait peu de lampadaires, on sentait des odeurs prenantes de crasse et de rouille. Côté rivière, la plupart des constructions étaient en tôle rouillée, soutenues vaille que vaille par leurs voisines. Eddie avait l'impression que si on avait enlevé les poteaux qui étayaient le tout, les maisons se seraient effondrées comme une rangée de dominos. Des herbes folles poussaient sur le sol noirci par des résidus pétroliers aux rares endroits qui n'étaient pas revêtus.

Des immeubles de trois étages s'entassaient de l'autre côté de la rue. A chaque fois qu'il passait devant la ruelle qui séparait deux blocs, Eddie sentait une bouffée d'égout lui souffler sur la figure. On entendait des chats et des rats se battre pour de la nourriture dans les tas d'ordures répandues un peu partout. Des appartements plongés dans l'ombre sortaient parfois les cris d'un enfant qui pleurait.

Presque au bout de la rue, une lumière crue brillait à la devanture d'une boutique et, en s'approchant, il entendit de la musique assourdie. C'était sans doute ici. Il ralentit le pas. Il voulait suivre le chemin même que Xang avait suivi, un chemin qui s'était achevé en tragédie. Une fois entre les mains des Têtes de Serpent, il n'aurait guère d'autre solution que de se joindre à ces rebuts de l'humanité qui essayaient de fuir la Chine. Les lumières et la musique pop étaient maintenant plus fortes, Eddie avait le souffle court et sentait la sueur ruisseler sous ses aisselles.

Il savait de quoi il avait peur, il y avait été confronté au cours de sa brillante carrière au sein de la CIA puis de la Corporation; mais il savait que chaque fois qu'il tentait de la surmonter, cela avait des effets néfastes sur son moral.

Comme si on lui arrachait un peu de lui-même, comme si on l'affaiblissait. Lorsque l'on vous porte des coups redoublés, il y a toujours un risque que le prochain soit fatal.

Serrant les poings, il dut se forcer pour franchir les derniers mètres qui le séparaient du bar. Il n'y avait pas de videur, il poussa la porte et entra. La musique sortait à tue-tête de deux haut-parleurs installés derrière le bar. La fumée des cigarettes faisait monter un brouillard aussi dense que le smog, ses yeux le piquaient. Le plancher de bois était glissant de bière répandue, moisi par endroits. La clientèle était composée essentiellement de jeunes gens vêtus de cuir noir et de filles en minijupes, outrageusement maquillées, le ventre nu. Avec le rythme insupportable de la musique, l'atmosphère avait quelque chose de malsain.

Eddie comprit vite où était le problème quand ses yeux tombèrent sur les hommes assis au bar, le long du mur du fond. Trois d'entre eux étaient en uniforme. Les soldats étaient venus profiter de cette oasis de la décadence occidentale et aucun d'eux ne semblait désireux d'y mettre un terme. Yan Luo, s'il était là, n'allait pas s'amuser à mettre ses affaires en péril en affrontant un trio de soldats enivrés et qui ne resteraient qu'une nuit en ville. Et si une Tête de Serpent ne se chargeait pas de virer les soldats, personne d'autre ne le ferait. Ces hommes allaient rester là jusqu'à ce qu'ils soient complètement imbibés.

Personne ne fit attention à Eddie quand il s'avança pour aller s'asseoir dans un fauteuil libre au fond du bar. Il commanda une bière après s'être assuré que le barman avait bien vu la liasse de billets qu'il avait sortie. Le temps de boire la moitié de sa bouteille, il avait fait un état précis de la situation et imaginé son plan.

Si les soldats ne bougeaient pas jusqu'à la fermeture, il allait au-devant de sérieuses difficultés. Lorsque celui qu'il avait tué serait porté manquant, le lendemain, et que les militaires commenceraient à mettre la ville sens dessus dessous, Yan Luo disparaîtrait dans la nature. Il mettrait son réseau en sommeil jusqu'à ce qu'on ait découvert le corps et que la vague d'arrestations ait pris fin. Il pouvait s'écouler des semaines avant qu'il se juge suffisamment en sécurité pour reprendre son trafic d'êtres humains. Eddie devait à tout prix se faire enrôler dans le circuit cette nuit s'il voulait découvrir les relations qui existaient entre les Têtes de Serpent et les pirates qui s'attaquaient aux navires dans la mer du Japon. La solution qu'il avait imaginée était simple, il fallait qu'il se débarrasse des trois soldats en armes avant la fermeture qui, à en juger par l'air désagréable du barman, n'allait pas tarder.

Des trois soldats présents, un seul buvait plus que de raison. C'était un caporal, plus âgé d'un ou deux ans que les deux seconde-classe qui l'accompagnaient. Il régalait ses copains à coups d'histoires salaces en enfilant bière sur bière. Ses compagnons avaient l'air de paysans tout juste tirés de leur ferme et semblaient totalement accablés par ce qui leur était arrivé depuis qu'on les avait sortis de derrière leur charrue. Quant au caporal, il venait sans doute de la ville. C'était peut-être un copain de l'apprenti violeur, ils s'étaient peut-être engagés ensemble. Il captivait ses camarades avec des histoires de sexe et d'orgies et se vantait de leur en faire vivre autant avant la fin de la soirée. Et ce disant, il lança des regards appuyés aux filles qui se trouvaient là.

Eddie attendit, pour voir si un mâle de l'endroit allait réagir. Un homme vêtu d'un jean noir et d'un blouson de motard en skaï jeta un coup d'œil à une table, dans le coin le plus sombre de l'établissement. Juste un coup d'œil rapide, que les soldats ne remarquèrent pas, mais qui n'avait pas échappé à Eddie. Cette table était occupée par trois hommes et deux filles qu'on aurait pu croire jumelles. Deux des hommes, baraqués, étaient sans doute des gardes du corps. Le dernier était probablement la Tête de Serpent, Yan Luo. Il portait une veste sombre sur un tee-shirt noir et des lunettes de soleil très foncées. Il répondit au signal d'un petit mouvement de tête imperceptible. Apparemment, il ne voulait pas d'ennuis avec ces soldats.

Mais il avait remarqué le regard que lui avait jeté Eddie, lequel ne faisait rien pour dissimuler ses intentions. Il se leva, termina sa bière et mit la bouteille derrière sa nuque. Yan Luo fit légèrement glisser ses Ray Ban sur le bout de son nez minuscule pour mieux voir ce qui allait se passer. Mais il affectait l'indifférence, les gardes du corps avaient l'air de ne se rendre compte de rien.

Eddie se rapprocha pour se placer derrière les soldats et tapa sur l'épaule dodue du caporal. Le gros n'eut pas la moindre réaction, mais l'un des soldats du rang jeta à Eddie un regard inquiet. Dans la salle, les clients s'étaient tus, tout le monde attendait la suite. On n'entendait plus que la musique qui continuait à jouer. Eddie recommença, plus fort.

Le caporal fit demi-tour sur son tabouret et bondit sur ses pieds. Il était plus courageux que ce à quoi s'attendait Eddie. Ses petits yeux porcins toisèrent celui qui osait l'interrompre dans ses beuveries.

« Vous devez des excuses à ces dames, et j'ajoute qu'il vaudrait mieux que vous quittiez ce bar », lui dit très poliment Eddie.

Le caporal éclata de rire.

« Vous croyez qu'il vaudrait mieux. » Son rire le reprit. « Eh bien, je crois, moi, que tu peux aller te faire foutre. »

Et, mettant la main sur l'épaule d'Eddie, il le poussa de toutes ses forces.

Plutôt que de tomber, Eddie pivota, si bien que, emporté par son élan, le caporal fit un pas en avant. Comme il l'avait prévu, les deux autres ne bougeaient pas de leurs tabourets, mais regardaient la scène, passablement inquiets. Le caporal essaya de lui porter un coup de poing à la tête. Eddie avait à peine eu le temps de se baisser qu'un coup du gauche partait, visant cette fois les côtes, et un bon. Eddie avait surestimé l'état d'ébriété de son adversaire, ou alors ce mec tenait l'alcool comme pas deux.

Le caporal prit sa bouteille de bière et la fracassa sur le bar. Le tesson qu'il brandit sous la gorge d'Eddie était aussi tranchant qu'un couteau. S'il avait réussi son coup, il lui aurait fracturé les cartilages et sectionné les artères, il aurait même pu lui emporter la tête. Eddie se laissa partir en arrière, la bouteille brisée passa à deux centimètres de sa peau. Il enfonça sa bouteille à lui sous les côtes et le caporal fut obligé de reculer, grognant de douleur.

Les deux jeunes soldats se levèrent.

Eddie leur jeta un regard lourd de menaces.

« Ne vous mêlez pas de ça. »

Il avait achevé sa phrase dans un murmure à peine audible, et se retourna pour s'occuper du caporal. Il se mit en position de lutteur, bougeant lentement, comme si son corps était fait d'eau. Il laissa tomber sa bouteille.

L'autre se baissa à son tour, les mains devant le visage, les yeux braqués sur Eddie.

Grave erreur.

Sans bouger le haut du tronc, Eddie lança successivement trois coups de pied : les côtes, le genou et enfin l'aine, mais ce dernier plutôt raté.

Néanmoins le caporal s'effondra sous les coups. Eddie ne lui laissa pas de répit. Il s'approcha et lança une série de coups rapides. La gorge, les côtes, le plexus, la figure, re-côtes, le nez. Lorsqu'il recula, cinq secondes s'étaient écoulées et le caporal n'était plus qu'une masse sanguinolente.

L'un des soldats fit un geste brusque, comme s'il s'apprêtait à venir en aide à son camarade. Eddie lui mit la main sur la gorge avant qu'il ait eu le temps de comprendre.

« Il n'en vaut pas la peine », lui dit-il tranquillement.

Il respirait normalement, comme si la lutte n'avait pas déclenché chez lui de bouffée d'adrénaline. Il repoussa doucement le seconde-classe sur son tabouret.

Le caporal s'était remis debout, il tenait à peine sur ses jambes, mais il y avait de la haine dans son regard. Compte tenu de son état, il allait probablement revenir avec des renforts. Eddie pivota et lui balança deux violents coups de pied à la tête. Le premier le fit se plier en deux et il resta là, les yeux révulsés. Le second le projeta au sol avec une force telle que le corps, inconscient, rebondit sur le plancher. Il en avait pour des heures avant de se réveiller et encore une journée avant de récupérer assez pour songer à se venger.

Eddie se tourna vers les deux soldats :

« Vous allez vous rendre un joli service en vous trouvant un autre copain. Ce mec n'a pas le bras assez long pour vous faire des ennuis, mais, de toute façon, vous vous barrez. Compris ? »

Trop contents de s'en tirer ainsi, les deux soldats ramassèrent le caporal sur le sol, passèrent ses bras tout mous sur leurs épaules, avant de le traîner hors du bar sans un regard en arrière. Eddie se tourna vers le barman et lui fit signe qu'il voulait une autre bière. Tout le monde s'était remis à bavarder, comme si un barrage avait soudain cédé. Les jeunes commentaient ce qui venait de se passer dans un brouhaha qui lui passait au-dessus de la tête.

Il réussit tout de même à avaler une gorgée avant qu'un garde du corps de Yan Luo s'approche de lui.

« Mister Yan aimerait vous dire un mot. »

Eddie le regarda, but une seconde gorgée, se leva. Quand il avait décidé quelque chose, il ne revenait jamais en arrière. La Tête de Serpent allait tenir sa vie entre ses mains. Yan Luo pouvait très bien aller le dénoncer pour toucher la prime quand Eddie lui aurait fait le coup du déserteur. Il pouvait le tuer sur place, juste pour le plaisir, ou l'envoyer faire un petit voyage qui se terminerait dans un conteneur en pleine mer. Il sortit les épaules et suivit le garde du corps.

En voyant Eddie arriver, Yan ordonna aux adolescentes jumelles de le laisser. La première frotta délibérément ses fesses contre l'aine d'Eddie en passant, puis gagna le bar avec sa sœur. Sans faire attention à elle, Eddie alla s'asseoir en face de la Tête de Serpent. Yan Luo ôta ses lunettes de soleil. Eddie ne lui donnait pas trente ans, mais le contrebandier avait une espèce d'aura, cet air de dédain un peu las de celui qui n'a connu de la vie que ses côtés les plus troubles.

« J'imagine qu'il y avait une raison à votre petite démonstration, commença-t-il.

— Je ne peux pas vous parler, avec tout ce monde.

— Et pourquoi donc ? »

Plutôt que de répondre, Eddie enleva les plaques d'identité

qu'il portait autour du cou et les posa sur la table couverte de rayures.

Yan Luo se garda bien de les prendre et même de les toucher. Il réfléchissait.

« Vous appartenez au détachement qui est venu en ville pour les élections ?

— Non, j'étais en garnison près de Fuzu.

— Et vous êtes venu ici ?

— Vous avez aidé le cousin d'un ami à moi, y a quelque temps.

— J'aide énormément de gens. Et en quoi l'ai-je aidé, celui-là ?

— Vous l'avez fait passer dans la Montagne dorée. »

C'était le nom que les émigrés clandestins donnaient aux Etats-Unis. Eddie le laissa méditer ce qu'il venait de dire pendant plusieurs longues secondes. La pièce était remplie de fumée.

« Moi aussi, je veux partir.

— Impossible.

— Pourquoi ?

— Il faut payer pour s'offrir mes services », répondit la Tête de Serpent.

Sur ce, Eddie sortit un rouleau de pièces de sa poche.

« Je sais comment ça marche. Je vous donne de l'argent tout de suite et je travaille pour rembourser le reste quand j'arrive en Amérique. Simplement, vous n'avez aucun moyen d'être sûr que je le ferai car je n'ai pas de famille ici sur laquelle vous pourrez exercer des pressions. »

Puis il déroula plusieurs billets libellés en yuans, qui cachaient des dollars US.

« Cinq mille maintenant, autant quand j'aurai quitté la Chine, et vous oubliez même que vous m'avez vu. »

Yuan laissa légèrement tomber sa bouche en plissant les yeux.

« Et qu'est-ce qui pourrait m'empêcher de vous prendre votre argent tout de suite avant d'oublier que je vous ai rencontré ? »

D'un coup de pied, Eddie fit basculer la table de quarante-cinq degrés et envoya le coin dans la poitrine de l'un des gardes du corps, juste assez fort pour lui couper le souffle. Il bondit sur ses pieds et enfonça son coude dans le plateau, cassant le bois en deux. Le plateau s'effondra, Eddie l'attrapa à l'endroit où était fixé un des pieds et arracha les trois autres. Il prit le morceau en main et le projeta sur le second garde qu'il toucha à la gorge. L'homme n'avait même pas eu le temps de sortir le pistolet caché sous sa veste.

Yan, qui était resté assis, ne pouvait cacher son étonnement en voyant à quelle vitesse ses deux meilleurs gardes avaient été maîtrisés.

« J'aurais pu vous tuer tous les trois, lui dit Eddie, juste assez fort pour se faire entendre par-dessus le vacarme des haut-parleurs. Je vous ai fait une proposition honnête. Et si vous n'en voulez pas, je m'en vais.

— Je pense que vous allez très bien réussir au pays de la Montagne dorée », lui répondit Yan avec un sourire forcé.

Eddie lâcha le morceau de table qu'il tenait et revint s'asseoir. Le garde du corps se massait la gorge et râlait, mais n'essaya pas de réagir.

« Comment fait-on pour sortir d'ici ? demanda Eddie.

— J'ai deux autres candidats prêts à faire le voyage avec vous. » Yan consulta sa montre. « Je n'avais pas prévu de partir avant demain soir, mais ça risque de devenir chaud si les soldats décident de semer le bazar. J'ai un camion. Je passe vous prendre au bout de la rue dans une heure. Demain, nous irons retrouver mon contact à Fuzu. Ils auront des faux papiers pour vous et vous emmèneront. »

Puis il se tut avant de reprendre, le regard dur :

« Laissez-moi vous donner un petit conseil. Abstenez-vous d'énerver ces gens-là ou vous n'aurez plus qu'à essayer de vous remettre les boyaux dans le bide. »

Eddie fit signe qu'il avait compris. Il savait que, s'il avait réussi à intimider Yan, c'était parce qu'il se situait assez bas dans la hiérarchie des Têtes de Serpent. C'était un sergent recruteur, un second couteau de peu de poids. A Latan, il pouvait passer pour le gros poisson, mais ceux qu'Eddie voulait rencontrer étaient autrement haut placés. A partir de maintenant, il allait se faire passer pour l'émigrant modèle, obéir, se montrer reconnaissant, un peu craintif pour faire bonne mesure.

Pour ce qui était de la peur, il n'aurait pas à faire semblant.

CHAPITRE 15

LORSQUE LES PNEUS du Jumbo touchèrent en crissant le tarmac, à l'aéroport de Zurich, Juan Cabrillo avait arrêté son plan. Mais il devait bien admettre qu'il n'en avait jamais conçu d'aussi insensé. Compte tenu des paramètres à prendre en compte et des contraintes de temps, son instinct lui disait pourtant qu'il n'avait pas d'autre voie que d'adopter cette solution complètement folle.

Il avait passé le plus clair de son temps au téléphone avec l'*Oregon* au cours de ce vol depuis Tokyo, sur une liaison sécurisée. Max Hanley avait envoyé en Suisse les gars dont il avait besoin, ainsi que l'équipement. L'*Oregon* se dirigeait à la vitesse maximale vers Taipeh, mouillage le plus proche à disposer d'un aéroport international. Interrompre la surveillance du *Maus* était un pari, mais soigneusement calculé. A quatre nœuds, Juan était sûr que ses hommes arriveraient à retrouver le dock. Max et lui estimaient qu'ils seraient hors de vue pendant moins d'une journée, pas plus, à supposer qu'ils ne connaissent aucun ennui à Taïwan. Juan avait pris contact avec le capitaine du port, un vieux copain, pour s'en assurer.

Il leur faudrait trouver en Suisse le matériel qui ne pouvait pas franchir la douane, mais Juan jugeait que ce ne serait pas un problème. Grâce à son passage à la CIA, il avait une foule de contacts à Zurich et dans ses environs, et ils n'avaient besoin que de deux pistolets, ils pouvaient fabriquer eux-mêmes leurs explosifs avec des produits de droguerie. Tout le reste, on pouvait le louer ou l'acheter.

Comme son équipe ne devait arriver que vingt-quatre heures après lui, sa première priorité était de trouver une maison sûre et de reconnaître l'itinéraire entre Regensdorf et le tribunal situé en ville.

Vingt minutes après avoir passé la douane, il était au volant d'un quatre-quatre Mercedes ML-500. Il n'aurait sans doute pas besoin des capacités tout-terrain de sa voiture, mais elle passait assez inaperçue dans cette ville aisée et elle était équipée d'un navigateur GPS. C'était une belle matinée de printemps, il avait donc baissé les vitres et ouvert le toit.

S'il n'aimait guère Tokyo, Cabrillo aimait bien Zurich, avec son mélange harmonieux de neuf et d'ancien. L'architecture moderne côtoyait le baroque, mais sans qu'elles se portent mutuellement ombrage, dans une sorte d'harmonie paisible. C'est ici qu'il avait couché pour la première fois avec un contact, lorsqu'il travaillait pour la CIA. C'était une petite employée de l'ambassade de Russie, elle ne risquait guère de lui fournir des renseignements dignes d'intérêt, mais Juan n'avait pas pour autant l'impression d'être un James Bond. Ces souvenirs le firent sourire. Il emprunta le boulevard circulaire avant de prendre la sortie qui conduisait à la prison. La maison qu'il cherchait attendrait, il fallait qu'il trouve d'abord le meilleur endroit possible pour ce qu'il avait en tête.

Juste avant d'arriver à la prison, Juan se ravisa et revint en ville. Inutile de montrer sa voiture aux gardes de faction à l'entrée, car il risquait d'être obligé de faire plusieurs fois le trajet pour déterminer à quel endroit son équipe allait devoir préparer le terrain. Il prit donc le chemin du tribunal, là où Rudolph Isphording allait jouer les vedettes pour le procès du siècle.

Le quartier était bondé et la circulation encombrée à cause

d'un bâtiment en construction. Les camions qui arrivaient ou sortaient du chantier bloquaient les carrefours. Ce nouvel immeuble n'était pour l'instant qu'une carcasse d'acier avec des planchers en béton, sur sept étages. Une grue dominait le site et son bras horizontal avait une portée telle qu'il dépassait largement la clôture du chantier. Juan était arrêté à un feu rouge et regardait un chargement de poutrelles en I traverser les airs, lorsqu'il sursauta. La voiture qui se trouvait derrière lui avait donné un petit coup de klaxon, le feu était passé au vert. Il fit un geste pour s'excuser et redémarra.

Il fit ainsi six allers-retours entre la prison et le tribunal. S'il était responsable de la sécurité des transferts lorsqu'on emmenait Isphording là-bas, il choisirait chaque jour au hasard un itinéraire différent, rendant ainsi plus difficile l'attaque du convoi blindé. Mais le problème c'était que la destination était la même chaque fois. Plus le fourgon se rapprochait du tribunal, plus son trajet était prévisible et plus il devenait vulnérable.

Juan trouva une place de stationnement à quelques rues du tribunal et passa deux heures à arpenter les alentours. Il s'acheta un café au Starbucks, tout en sachant qu'il aurait dû le faire dans une boutique locale, mais cela faisait des mois qu'il n'avait pas eu le goût de son breuvage préféré. Il prit note mentalement d'appeler le siège de la compagnie à Seattle et de leur demander s'ils pouvaient lui fournir des équipements spéciaux pour l'*Oregon*.

Le trafic était très dense autour du tribunal et du chantier, mais la rue principale entre les deux bâtiments restait relativement calme. Il faudrait poster des gens pendant quelques jours pour avoir une meilleure idée de la circulation, si c'était là qu'ils devaient intervenir. Cela ne nécessitait que des modifications mineures à ses plans initiaux.

Un peu après midi, il loua un appartement à six rues du tribunal. Il expliqua à l'agent immobilier qu'il était à Zurich avec un groupe d'avocats américains pour plusieurs mois, dans le cadre d'une affaire en cours, une plainte contre une compagnie d'assurances. L'appartement comprenait trois chambres et un bureau. Le mobilier était plutôt défraîchi, mais la cuisine venait d'être refaite et la baignoire était assez grande pour y faire des longueurs. Plus important, il était situé au dernier étage et, en cas de besoin, ils pourraient accéder au toit en passant par l'escalier de secours, derrière l'immeuble. Il avait dû louer pour six mois, ce qui impliquait qu'ils devraient continuer à l'occuper longtemps après la fin de l'opération pour ne pas éveiller les soupçons.

Il arrivait trop souvent qu'un criminel s'installe dans le voisinage de sa cible, trop près de la banque qu'il comptait attaquer, puis quitte les lieux une fois son forfait accompli. La police, en quadrillant le quartier dans les deux jours suivants, découvrait très vite que quelqu'un venait de partir et les flics tenaient là une piste solide. C'était ce genre de détail qui assurait son anonymat à la Corporation et qui expliquait ses succès.

Après avoir passé quelques appels pour se procurer des armes, Juan n'avait plus rien d'autre à faire que d'attendre son équipe. Il avala un repas rapide dans un restaurant du coin. Il n'avait pas prévu de terminer sa carafe de vin, mais, à chaque gorgée, il sentait ses contractures à la nuque et aux épaules s'effacer comme par magie. Juan s'inquiétait rarement de sa propre sécurité, celle de ses hommes le préoccupait davantage.

Il avait toujours pratiqué un style de commandement très direct, le chef qui paye de sa personne sur le terrain. Ne jamais exiger d'un subordonné ce que l'on n'a pas envie de faire soi-même. Ses hommes acceptaient de se montrer parfaitement loyaux et, en contrepartie, Juan savait qu'il pouvait compter sur eux dans n'importe quelle situation. Mais cela ne rendait pas les choses plus faciles quand il s'agissait de les engager dans des opérations périlleuses. Certes, tous les membres de la Corporation se partageaient les bénéfices. Tous étaient au minimum millionnaires, mais, comme il l'avait dit à Max à bord de l'*Oregon*, il s'agissait d'argent virtuel, pas d'espèces sonnantes et trébuchantes. Ce qui comptait, c'était de se consacrer à faire le bien. Voilà ce qui motivait Juan et ses collaborateurs, idéal indispensable pour affronter les dangers de ce vingt et unième siècle.

On avait besoin de guetteurs sur les remparts de la liberté, de gens qui assurent le quart de nuit et la défendent envers et contre tout.

Son équipe avait décidé de monter la garde aux portes, de veiller dans la nuit. Et chaque fois que Juan lisait le journal ou qu'il captait une chaîne satellite, chaque fois qu'il apprenait quelque nouvelle atrocité, il se disait qu'ils allaient devoir tenir leur poste encore très longtemps.

*

* *

Le Dr Julia Huxley arriva le lendemain, elle était la dernière. Plutôt que de l'accueillir dans l'appartement, Juan avait préféré lui louer une chambre d'hôtel pas très loin de là, dans la célèbre Bahnhofstrasse, rue où s'alignent banques et boutiques chic, aussi emblématique de la ville que peut l'être la Cinquième Avenue à New York ou Rodeo Drive à Beverly Hills. Bien que Julia ait prouvé de quoi elle était capable au cours de plusieurs opérations clandestines, elle était avant tout médecin. Juan aurait préféré avoir Linda pour ce boulot-là, mais elle n'avait ni la taille ni la silhouette appropriées pour remplir le rôle qu'il imaginait, pas davantage que les cinq ou six autres femmes inscrites au rôle d'équipage de l'*Oregon*. Julia avait tout de suite accepté d'aller à Zurich, mais Juan voulait l'isoler au maximum des autres membres de l'équipe.

Il eut du mal à la reconnaître lorsque Hali Kasim la fit entrer dans le salon. Oubliés, ses yeux sombres et pleins de vie. Elle portait des verres de contact colorés qui les faisait paraître bleu ciel derrière de grosses lunettes. Sa queue-de-cheval habituelle était cachée sous une perruque grise et les boucles lui entouraient la tête comme un véritable buisson. A l'état naturel, Julia évoquait plutôt une pin-up des années cinquante. Là, ses vêtements chiffonnés par le voyage lui donnaient l'aspect d'une grosse gardienne de prison. Son front était strié de rides assez profondes, on aurait cru de la tôle ondulée, et deux profonds sillons, larges comme des tranchées, marquaient les commissures des lèvres.

Elle n'avait plus rien à voir avec Julia Huxley, docteur en médecine, et ressemblait comme deux gouttes d'eau à Frau Kara Isphording, épouse d'un certain Rudolph Isphording, inculpé pour escroquerie.

« Dieu tout-puissant ! s'exclama Juan en la voyant, tu es laide à faire peur, un bouledogue se casserait même s'il voyait à côté de toi un wagon plein de viande ! »

Julia fit la révérence et lui décocha un grand sourire.

« Quel charmeur vous faites, Juan Rodriguez Cabrillo. Je dois reconnaître que Kevin s'est surpassé. »

Kevin Nixon était chargé de ce que la Corporation avait surnommé le magasin des farces et attrapes, un vaste local du bord où lui et son équipe disposaient de toute une panoplie d'uniformes, de déguisements et de trucs tordus en tout genre.

« On est peut-être là pour un bout de temps, continua Juan en faisant le tour de son médecin, qu'il examinait d'un œil critique. Tu sauras refaire ton déguisement ?

— Kevin m'a montré comment m'y prendre. » Et remuant un peu des fesses : « Ces fringues qui mettent mes formes en valeur, ce n'est pas difficile, mais le maquillage, pour qu'on ne voie pas que ce sont des postiches, c'est une autre paire de manches. Kevin en sait plus sur les cosmétiques et les crèmes qu'une vendeuse de chez Bloomie.

— Il a failli décrocher l'Oscar du meilleur maquilleur quelques années avant de venir travailler pour nous », lui dit Juan.

Ce qu'il ne disait pas, c'était que Nixon avait quitté Hollywood après le 11 Septembre. Sa sœur Nancy avait pris l'avion à Boston pour venir le voir. Son vol s'était écrasé contre la Tour nord.

« Et, ajouta Julia, il m'a filé assez de fringues de mémé pour ouvrir une boutique de vêtements d'occasion.

— T'auras pas besoin de te saper comme ça avant qu'on

soit prêts. Inutile de faire savoir qu'un sosie de Kara Isphording rôde dans les parages.

— Et puis quoi encore, empêcher tous les hommes qui auraient envie de me mater d'admirer ma beauté ?

— La seule tête que tu risques de faire tourner, c'est une tête de vis, et même pour ça, il te faudrait un tournevis pneumatique. »

Juan convoqua toute son équipe. Ils étaient cinq au total, lui compris. Une équipe réduite, mais lorsque Julia aurait rempli son rôle, elle pourrait les rejoindre en soutien.

« Je suis allé voir sur place, et je crois que j'ai trouvé le bon endroit. On a besoin de quelques jours pour effectuer les dernières reconnaissances. Si quelqu'un a un autre avis, qu'il n'hésite pas à le dire. Nous irons là-bas un peu plus tard.

« Dès que nous aurons décidé que ça va, dès que les équipements seront là, on passera à la phase un, à savoir, mettre la main sur la vraie Kara Isphording.

— Est-elle protégée ? demanda Hali.

— Je ne sais pas, ça fait partie des reconnaissances.

— Quelle sera notre couverture ?

— Toutes les sociétés-écrans mises en place par Isphording pour acquérir le *Maus* ont des administrateurs russes. Nous ferons semblant d'être des Russes qui essayent de sortir Isphording de prison.

— Et pourquoi aurait-il envie d'en sortir ? demanda Franklin Lincoln, un ancien des SEAL. Si j'ai bien compris les explications de Max, cet escroc a fait ami-ami avec l'accusation.

— Parce que nous allons faire courir le bruit qu'il a trempé dans une autre affaire. La planque du trésor de l'OLP.

— C'est vrai ?

— J'ai demandé à Murph de vérifier, mais on dirait que ce bon vieux Rudy sait où sont planqués quelques-uns des milliards de Yasser Arafat qui seraient portés manquants. Autre façon de faire, on le persuade que les mecs de l'OLP le croient, et il comprendra que sa seule chance de s'en tirer est de nous suivre.

— Et ensuite ? demanda Julia.

— On va le faire morfler, répondit Juan, la voix soudain dure. Et morfler sec. La dernière fois que j'ai eu des nouvelles, Eddie était toujours en Chine.

— Près de Fuzu, compléta Hali.

— Nous avons donc besoin d'apprendre tout ce que nous pouvons de notre côté, et prier pour que nous ayons le temps d'intercepter le bateau à bord duquel ils vont l'embarquer. J'en suis convaincu, Isphording détient les clés qui nous permettront de savoir qui se trouve derrière le *Maus* et les pirates.

— Et si ce n'est pas le cas ? » demanda Julia.

Tout en sachant qu'il n'aimerait pas se retrouver dans ce cas de figure, Juan avait une réponse toute prête.

« Si ce n'est pas le cas, Eddie est mort, et nous serons bons pour retourner chasser les pirates dans la mer du Japon, un par un. »

Juan leur exposa ensuite son idée pendant plusieurs heures et en détail, prenant en compte les suggestions de ses troupes. Ils avaient l'esprit vif et des années d'expérience de l'action clandestine. Ils savaient donc très bien que cette opération n'allait pas être facile, mais, à la fin de la réunion, tous étaient convaincus que c'était le meilleur plan possible. Juan leur donna leurs directives pour les prochains jours. Certains devaient analyser la circulation et l'activité autour du chantier de construction. D'autres se chargeaient de récupérer et de modifier les équipements nécessaires, dont le plus critique était un semi-remorque à cinq essieux. Juan, quant à lui, irait reconnaître la maison d'Isphording, voir s'il y avait des mesures de sécurité et enfin, louer un hangar hors de la ville.

On était mardi. Mark Murphy avait appris qu'Isphording devait être conduit au tribunal le lundi suivant. Pour ce que Juan avait en tête, ils pourraient mettre beaucoup de choses en place pendant la semaine, mais il leur faudrait le week-end pour que tout soit prêt le lundi matin. Cela signifiait qu'ils devaient avoir récupéré Frau Isphording au plus tard le jeudi soir, pour que Linda puisse la remplacer pendant son parloir du vendredi. Juan détestait être pressé par le temps, mais il n'y avait pas d'autre solution. Et il n'osait pas attendre une semaine de plus : Dieu seul savait où se trouverait Eddie à ce moment-là.

C'était maintenant ou jamais.

*

* *

« Test des liaisons ? » dit Juan dans son micro qui s'activait à la voix.

Linc et Hali Kasim firent l'aperçu, Linda se contenta de lui mettre la main sur l'épaule car elle allait rester avec lui pendant les douze prochaines heures. Il faisait nuit noire, pas de lune à cause des nuages. Des gouttes de rosée brillaient sur le gazon qui entourait cette maison de briques à deux étages. Ils se trouvaient dans une banlieue chic, tout était calme, rien à signaler depuis qu'un vieux monsieur était rentré chez lui après avoir promené son chien, probablement le teckel le plus constipé de l'histoire.

Pour l'avoir surveillée pendant trois jours, Cabrillo savait que Kara Isphording vivait seule. Elle avait une bonne pendant la journée, mais, la nuit venue, elle était la seule occupante des lieux. Il savait aussi qu'elle possédait un système d'alarme. Les portes et les fenêtres étaient toutes munies de capteurs et il avait surpris une fois la bonne qui désactivait le coffret en arrivant le matin. Il supposait qu'on l'avait installé après l'arrestation de son mari, les fils ne devaient donc pas être enfouis bien profondément. Pas de détecteur de mouvement ni de caméra infrarouge, mais, de toute manière, il suffisait à la femme d'Isphording d'appuyer sur le bouton d'urgence et ce serait le grand cirque.

« C'est bon, Hali, tu peux y aller. Quand Linc aura ouvert la porte, tu as soixante secondes pour neutraliser l'alarme. »

Ce n'était qu'une estimation de sa part, mais une estimation soigneusement calculée. Kara Isphording avait près de soixante ans, elle n'avait certainement pas une grande habitude de l'électronique. Celui qui lui avait installé son système avait dû faire en sorte que sa cliente ait amplement le temps de couper le système sans déclencher de fausse alarme.

Lorsque l'ancien SEAL et le spécialiste transmissions de la Corporation auraient fini leur boulot, ils devraient regagner la Mercedes. Juan irait ensuite trouver Frau Isphording et se présenterait comme un membre de la mafia russe venu sortir son mari des griffes de terroristes palestiniens. Il aurait été un peu difficile d'expliquer la présence d'un Libanais et d'un Afro-Américain.

« On dira que c'est de l'inaction délibérée », avait-il plaisanté en leur décrivant son plan.

Frank Lincoln était nettement plus grand que Hali Kasim. Ils quittèrent en courant la haie derrière laquelle ils s'étaient abrités, le long du jardin d'Isphording. Ils étaient tous les deux en tenue noire. Hali avait un petit sac pour ses outils, Linc des crochets de serrurier dans un portefeuille qu'il avait glissé au fond de sa poche arrière.

Ils arrivèrent devant la lourde porte de chêne, les rideaux étaient tirés derrière les vitres latérales. La maison était plongée dans le noir, Kara Isphording avait éteint sa lampe de chevet trois heures plus tôt, assez longtemps pour qu'on la suppose dans une phase de sommeil profond, mais pas assez pour qu'elle ait déjà besoin d'aller aux toilettes.

Hali resta en retrait pendant que Linc préparait ses crochets. Il s'était exercé sur une serrure identique achetée dans un magasin à l'autre bout de la ville. Il avait d'assez gros doigts, mais il s'en servait avec une délicatesse de chirurgien. Il fit pénétrer son instrument dans le trou puis commença à ajuster les aiguilles à l'aide d'un second outil. Il lui fallut huit secondes pour effacer le pêne de la serrure et quinze de plus pour libérer la poignée.

Il jeta un coup d'œil à Hali. Le petit homme avait déjà ouvert son sac et allumé une minuscule lampe frontale. Il fit signe qu'il avait compris, et Linc ouvrit la porte, déclenchant un signal sonore. Signal qui s'activait toutes les cinq secondes jusqu'à ce que l'alarme soit désarmée ou se mette en branle.

Le sol de l'entrée était en parquet ciré. Un tapis oriental de couleur sombre était étalé entre la porte et un grand escalier qui desservait le premier étage. A droite et à gauche, il y avait d'autres pièces, un salon et une salle à manger assez grande pour accueillir dix convives. Hali repéra le tout en un clin d'œil. Le coffret de l'alarme se trouvait à droite de la porte, une ampoule rouge clignotait sur la face avant.

Il commença par ouvrir la porte du coffret à l'aide d'un tournevis, découvrant des nappes de câbles. Ce n'était pas ce qui l'intéressait, le circuit avait déjà été coupé. Ce qu'il lui fallait, c'était le code qui permettait de désactiver le système. Il repéra deux microprocesseurs fixés sur un circuit imprimé. Il les désenficha tous les deux et relia par un petit fil les deux connecteurs. La lampe clignotait toujours, le bruiteur fonctionnait encore. Linc alla se poster au pied de l'escalier, l'oreille tendue pour essayer de savoir si Kara Isphording avait entendu quelque chose.

Avec ce type de système, le propriétaire avait droit à trois essais pour rentrer le bon code et empêcher la sirène de se déclencher. Au bout de trois essais, tout se mettait en marche automatiquement. En débranchant les microprocesseurs, Hali empêchait la centrale de savoir combien de tentatives allaient être effectuées.

Kasim déposa un peu de talc sur les touches. En fait, c'était de la mine de crayon réduite en poudre, et cela marchait aussi bien. Il poussa un soupir de soulagement en constatant que seules quatre touches avaient servi. Les empreintes digitales étaient sales, mais ce n'était pas l'important. Avec quatre chiffres, il y avait vingt-quatre combinaisons possibles, et il n'avait pas le temps de toutes les essayer. Sauf si les quatre touches qu'utilisait Frau Isphording étaient un, deux, trois et quatre. C'est la combinaison la plus utilisée dans le monde, bien pratique tant pour les propriétaires que pour les cambrioleurs. Hali appuya successivement sur ces quatre touches. L'ampoule clignotait toujours, le bruiteur se remit à sonner au bout de cinq secondes.

Il essaya dans l'ordre inverse, même résultat.

« Combien de temps ? » murmura-t-il dans son micro.

Vingt-trois secondes, répondit Juan qui était dehors.

Hali n'avait plus d'autre choix que de tout essayer dans l'ordre : 1243 Enter, 1324 Enter, 1342 Enter, 1423 Enter, 1432 Enter.

« Qu'est-ce qui se passe ? lui demanda Juan.

— Un nombre aléatoire, je n'ai pas encore trouvé.

— Il te reste dix secondes. »

2134 Enter, 2143 Enter, 2314 Enter, 2341 Enter.

« Hali, murmura Linc, essaye 3142. »

Cinq secondes.

Kasim ne se posa pas de question. Il appuya sur les touches puis sur Enter.

Le bruiteur recommença et l'ampoule se mit à clignoter deux fois plus vite.

« On ferait mieux de se tirer, lâcha Hali d'une voix angoissée.

— Fais-le à l'envers, essaye 4231 !

— Une seconde. »

Le nombre proposé par Linc ne correspondait pas à une inversion des chiffres, mais Hali s'exécuta malgré tout : 4231 Enter.

L'ampoule cessa de clignoter. L'alarme était désactivée. Hali lança un regard interrogateur à son partenaire.

« Hé, mec, t'aurais dû écouter pendant l'exposé de Max. »

Linc avait un sourire de chat.

« Isphording a deux grands enfants. Le premier est né le 2 avril, le second le 1er mars. Quatre/deux, trois/un. Elémentaire mon cher Hali, élémentaire. »

Hali passa encore deux minutes à désarmer le poussoir coup de poing. Il y en avait un sur le coffret et certainement un autre dans la chambre de Kara Isphording.

« C'est bon, dégagez, leur ordonna le directeur qui arrivait avec Huxley. Si nous ne sommes pas sortis d'ici vingt minutes, c'est que ça se passe bien et vous pouvez rentrer à l'appartement. Julia emmènera la voiture de Mrs. Isphording à Regensdorf demain matin. A son retour, elle la cajolera pendant le week-end et j'emprunterai la voiture pour rentrer. »

Lorsque Hali et Linc eurent regagné le quatre-quatre, Juan ressortit et appela la maison de son téléphone portable. Il entendait la sonnerie dans son écouteur et dans toute la maison. Au troisième coup, une voix ensommeillée lui répondit : « Allô ?

— Frau Isphording, je m'appelle Youri Zayssev, commença Juan dans un russe mâtiné d'accent anglais. Je travaille avec votre mari. Je dois vous voir cette nuit, c'est important.

— *Was ? Nein.* C'est impossible », répondit Kara Isphording. Puis, passant à l'anglais : « *Mein Gott*, il est deux heures du matin !

— Cela concerne la sécurité de votre mari, Frau Isphording. »

Juan s'était mis à parler d'une voix grave, pour ajouter une tonalité menaçante.

Elle devait commencer à comprendre que beaucoup des clients de son mari travaillaient en dehors de toute légalité.

« Je suis juste devant chez vous. Descendez, je vous prie. J'ai désactivé votre alarme. Si j'avais voulu vous faire du mal, ce serait déjà fait.

— Mais qui êtes-vous ? »

On sentait qu'elle avait peur.

« Quelqu'un qui essaye de vous aider, vous et votre mari. C'est un membre influent de l'organisation à laquelle j'appartiens, et nous avons appris qu'il allait faire l'objet d'une tentative d'assassinat lundi prochain.

— Une tentative d'assassinat ?

— Oui, madame, par des membres de l'OLP.

— Quel est votre nom déjà ?

— Youri Zayssev, on m'a envoyé de Saint-Pétersbourg pour vous aider, ainsi que votre famille. »

Elle devait savoir que Rudolph faisait beaucoup d'affaires avec les Russes car, après s'être tue un moment, elle finit par accepter. Juan se sentit soulagé. Il aurait pu tout simplement lui mettre un bandeau et la bâillonner dans son lit, Julia aurait renvoyé la bonne à son arrivée le matin et tout le reste se serait déroulé comme prévu. Mais ce n'était pas son style. Cette femme était innocente, elle n'avait rien à voir avec toutes ces affaires et il ne voulait pas lui infliger plus de tourments que nécessaires.

La lumière s'alluma en haut de l'escalier. Même lorsqu'elle était maquillée et convenablement habillée, Kara Isphording n'était guère séduisante. Mais au saut du lit, les cheveux ébouriffés et le visage bouffi de sommeil, elle était carrément repoussante. Elle avait enfilé une grosse robe de chambre par-dessus sa tenue de nuit et Juan fit une prière fervente : pourvu qu'elle ne s'entrouvre pas... Il avait revêtu pour la circonstance un jean et une chemise noirs, une grosse veste en cuir, uniforme de rigueur pour un membre de la mafia russe. Depuis cinq jours, il se teintait les cheveux et la barbe pour avoir l'air roux. Et il avait ajouté en prime des verres de contact qui assombrissaient ses yeux naturellement bleu clair.

« Je suis désolé de vous déranger, Frau Isphording », lui dit-il quand elle arriva en bas de l'escalier. Il ne fit même pas le geste de lui tendre la main. « Il n'y a pas d'autre issue. Nous avons notre plan pour libérer votre mari, mais nous avons besoin de votre aide. Vous seule avez le droit de lui rendre visite à Regensdorf et il faut absolument qu'il sache ce qui se passe.

— Vous dites que quelqu'un veut me tuer mon Rudy ? »

Elle s'écroula dans un fauteuil, les larmes aux yeux.

« Oui. Vous ne le savez peut-être pas, mais des factions palestiniennes sont persuadées que votre mari est un personnage-clé dans le détournement de sommes qui leur appartiennent. Peut-être des milliards de dollars.

— Mais... mais il m'avait dit que ce qu'il faisait pour les Palestiniens était parfaitement légal. »

Juan s'accroupit à ses pieds et prit entre les siennes ses mains qui tremblaient.

« C'est peut-être exact, mais, pour ces gens-là, rumeur vaut vérité. Ils vont essayer, soit de le tuer lundi, soit de l'enlever. Nous devons agir avant.

— Je ne... je ne sais pas quoi faire. Peut-être devriez-vous en parler à la police ?

— Le témoignage de votre mari a déjà brisé la carrière de plusieurs personnages importants dans le monde des affaires et au sein du gouvernement. Il y a des gens, bien plus puissants, qui n'aimeraient rien tant que le voir réduit au silence. »

Juan commençait à se dire qu'il restait trop prudent. Kara Isphording était, physiquement et moralement, au bout du rouleau, elle n'écoutait même pas ce qu'il disait. Et comment l'en blâmer ? Un an plus tôt, elle était mariée à un avocat renommé, elle menait une existence agréable de *Hausfrau* suisse. Et maintenant, les reporters qui l'assaillaient sans répit ne passaient pas un jour sans parler des activités criminelles de son époux.

« Ce que j'essaye de vous expliquer, c'est que la police sera incapable d'empêcher qu'on s'attaque à votre mari.

— Mais ce n'est pas juste ! s'écria-t-elle. Nous payons des impôts ! »

Cabrillo dut réprimer un sourire devant tant de naïveté.

« Comme diraient les Américains, votre mari a donné un coup de pied dans la fourmilière. Je suis ici pour faire en sorte qu'il ne soit pas le dernier à se faire piquer. »

Elle se tamponna les yeux avec un bout de tissu dont on aurait pu croire qu'il était dans sa poche depuis qu'elle avait acheté cette robe de chambre. Elle essaya de se reprendre.

« Je ne sais que faire. Que vais-je dire à Rudy ? Quel est votre plan ?

— Vous n'avez rien à faire, Frau Isphording. » Il se retourna et appela quelqu'un dans la salle à manger : « Ludmilla. »

Julia fit son entrée, éclairée par le lustre accroché en haut de l'escalier. Kara eut un choc en voyant apparaître son double et plaqua ses poings contre sa bouche. L'espace d'une seconde, Juan eut même peur qu'elle ne s'évanouisse, mais elle se reprit et se leva. Elle s'approcha de Julia et examina son sosie.

« Je vous présente ma collègue, Ludmilla Demonova. Elle

ira demain à Regensdorf à votre place. Je ne veux pas vous offenser, mais il est moins dangereux pour elle de se faire passer pour vous que pour nous de vous fournir tous les détails de notre plan. Si nous avions eu plus de temps, vous auriez pu aller voir votre mari vous-même, mais... »

Juan laissa sa phrase en suspens, elle en tirerait les conclusions qu'elle voudrait.

« Vous autorise-t-on à lui apporter des colis ? »

Mais Kara Isphording ne pouvait détacher ses yeux de Julia, et Juan dut répéter la question.

« Non, rien du tout, mais je réussis à lui faire passer des mots. Les gardiens ne m'en ont jamais empêchée.

— C'est parfait. Je vais vous demander d'écrire à votre mari. Dites-lui que nous ne vous avons fait aucun mal, et qu'il doit écouter très attentivement ce que Ludmilla lui dira. Voulez-vous bien faire ça pour moi ?

— *Ja*, oui, bien sûr. »

Elle reprenait lentement ses esprits et semblait plus convaincue maintenant que Juan et Julia étaient là pour l'aider.

« Et ensuite, que se passera-t-il ?

— Vous voulez dire, lorsque nous aurons libéré votre mari ? Je n'en sais rien. Je suis chargé de le mettre à l'abri en lieu sûr. Après – Juan haussa les épaules comme un soldat qui se limite à son boulot – ça regarde mon patron et votre mari. Je suis sûr qu'ils viendront vous chercher, vous pourrez vous retirer dans le Sud de la France ou sur la Costa del Sol. »

Elle esquissa un pauvre sourire comme si elle pressentait que son existence à venir ne serait jamais aussi idyllique.

Julia partit pour la prison le lendemain matin un peu après neuf heures. Juan enrageait à l'idée de rester là, mais il y avait toujours le risque que Kara Isphording craque et appelle la police. Après qu'elle eut donné son congé à la bonne, ils s'installèrent tous les deux dans la salle à manger avec un petit déjeuner froid. Juan continuait à jouer son rôle de gangster russe, les sujets de conversation étaient donc assez limités, ce qui l'arrangeait. Il ne leur restait plus que trois jours pour enlever l'avocat, il avait l'impression de sentir les minutes s'écouler. Ils n'avaient pas fini de modifier le camion, mais avaient tout de même fait plusieurs fois le trajet avec leur voiture de location et ils avaient maintenant une idée précise du minutage. Non, ce qui le préoccupait le plus, c'était tout le travail qu'ils auraient à faire pendant le week-end sur le chantier de construction. Heureusement, la société responsable du site n'avait pas prévu de gardiens de nuit, pas de problème de ce côté. Cela dit, ils avaient quelque dix tonnes de ciment à transvaser s'ils voulaient tenir les délais.

Vers onze heures, il avait mal au poignet d'avoir trop souvent consulté sa montre. Après avoir parlé à Linc, il savait qu'ils en avaient terminé dans le hangar avec le semi-remorque et qu'ils avaient commencé à charger les sacs de ciment de vingt-cinq kilos chacun.

Le bruit de la porte automatique du garage qui s'ouvrait le fit bondir sur ses pieds. Il était là quand Julia sortit de la voiture d'Isphording, une BMW 7.0.

« Alors ?

— Comme sur des roulettes, lui répondit Julia avec un grand sourire. Il lui a fallu quelques secondes pour s'apercevoir que c'était un déguisement, les gardiens n'y ont vu que du feu.

— Beau boulot. Il est partant ?

— Partant ? Tu veux dire qu'il est enthousiaste. A mon avis, il a vraiment été en cheville avec l'OLP. Dès que je lui ai dit qu'ils voulaient le flinguer, il a été d'accord sur tout.

— Et tu lui as indiqué ce que nous comptions faire ?

— Il sait quand et à quel endroit nous allons intervenir. Il dira au directeur de la prison qu'il doit voir son avocat assez tôt lundi matin, ce qui fait que le convoi passera devant le chantier avant la mise au travail.

— Il t'a lâché autre chose ?

— Sur le *Maus* ? Non, rien, et je ne l'ai pas poussé dans ses retranchements. Mais lorsque je lui ai dit que c'étaient les Russes qui m'envoyaient, il m'a demandé si je travaillais pour Anton Savitch. J'ai fait l'imbécile et je lui ai répondu que oui. Il a eu l'air soulagé, Savitch doit être son principal contact.

— Savitch ? » répéta Juan tout haut comme pour s'en imprégner et en fouillant dans ses souvenirs. Il finit par hocher la tête. « Ce nom ne me dit rien. Je vais demander à Murph de regarder. Tu as tout ce qu'il faut pour rester avec la vraie Kara Isphording ?

— J'ai tout le nécessaire », répondit Julia en tapotant son sac, dans lequel elle avait mis une seringue.

Elle administrerait un somnifère dimanche soir à Kara, lorsqu'elle serait couchée. Cela allait l'endormir pendant vingt-quatre heures, et, quand elle se réveillerait, Juan et Julia seraient déjà repartis pour l'*Oregon*.

CHAPITRE 16

LE DR HUXLEY pouvait bien le sermonner régulièrement, Max Hanley n'était pas décidé à renoncer à sa pipe ni à un bon dessert. Il se disait qu'à son âge, il avait bien le droit de décider tout seul de ce qui lui convenait. Ses poignées d'amour ne représentaient guère que cinq ou six kilos et, s'il ne courait plus le *mile* en moins de dix minutes, son boulot ne l'exigeait pas. Alors, où était le problème ?

Son taux de cholestérol était presque normal, pas le moindre symptôme de diabète, tension plutôt basse.

Il retourna sa fourchette dans la mousse de framboise étalée dans son assiette et ramassa minutieusement les dernières miettes de gâteau au chocolat. Quand il la reposa, la fourchette était immaculée et il repoussa le tout avec un grognement de satisfaction.

« Terminé ? lui demanda un maître d'hôtel en veste blanche.

— Il me faudrait un microscope pour récupérer les dernières molécules de gâteau. Merci, Maurice. »

Max avait dîné seul à une table. Il salua les autres installés plus loin avant de quitter la salle à manger lambrissée d'acajou. Ses grosses chaussures s'enfonçaient dans la moquette épaisse de plusieurs centimètres. Depuis quelques heures, ils se ramassaient un coup de chien et il décida donc d'aller fumer sa pipe dans sa cabine. Il venait de se laisser tomber dans un fauteuil moelleux avec une semaine d'*International Tribune* que leur avait rapportés l'hélico, lorsque l'interphone vibra. Il laissa tomber ses lunettes au bout de leur ficelle et posa sa pipe dans le cendrier.

« Désolé de te déranger pendant ta journée de repos. »

C'était Linda qui l'appelait du CO.

« C'est bon, quel est ton problème ?

— Non, il n'y a pas de problème, mais tu m'as dit de te prévenir si nous avions quelque chose d'Eddie. On dirait qu'il a quitté Fuzu et il retourne peut-être à Shanghai. »

Max réfléchit une seconde.

« Du point de vue des Têtes de Serpent, ça paraît plausible. Shanghai est l'un des plus grands ports du monde. Il est plus facile d'y embarquer des clandestins à bord d'un navire en partance que dans un petit port comme Fuzu.

— Murph et Eric Stone sont du même avis. Tu veux que j'appelle le patron ?

— Non. La dernière fois que je l'ai eu, il était assez occupé comme ça. Si on a d'autres tuyaux, je vous dirai de les lui envoyer. Quelle est notre position et comment va notre ami, ça chahute là-haut ?

— Ils ont trouvé un courant et ils marchent à six nœuds. Nous serons à cent nautiques par le travers d'Hô Chi Minh-Ville dans cinq heures. »

Ce nom le révulsait toujours autant. Pour lui, la principale ville du Vietnam resterait toujours Saigon. Mais c'était une autre époque, une autre guerre. Souvent, quand un ventilo arrivait sur l'*Oregon*, les souvenirs lui revenaient et le laissaient bouleversé pendant des jours entiers.

A vrai dire, tout cela n'était pas enfoui très profond sous la surface. Ce n'était pas le fracas des grenades Vietcong qui explosaient ni le tacatacatac des AK-47 qui le traumatisaient. Ni les hurlements comme bruit de fond, alors que son patrouilleur se faisait balayer par les tirs. Non, ce qui l'obnubilait, c'était le bruit des pales des Huey [1] qui pulsaient au-dessus de la jungle toute noire, en se dirigeant vers les éclairants que Max lançait d'une main tandis que de l'autre, il essayait de maintenir les tripes de son canonnier dans son ventre. Mon Dieu, que le sang était chaud, même dans cet enfer de puanteur. Le canon du Huey installé près de la porte faisait un bruit de scie mécanique et la jungle qui plongeait dans l'estuaire était décapée sous le déluge de feu, trois mille coups à la minute. Et puis la grenade s'était élevée en décrivant une parabole vers le Huey –

Max s'arracha à ce souvenir qui le hantait toujours. Le journal était tout froissé dans sa main.

« Ah, et il a changé de cap? finit-il par dire.

— Non, il est toujours au unité-huit-cinq. Ou bien il se dirige vers Singapour, peu probable car les dockers du coin sont les plus corrompus de la planète, ou il va virer bientôt au sud et mettre le cap sur l'Indonésie.

— Je pencherais pour la seconde solution. »

L'Indonésie comptait des milliers d'îles et ses garde-côtes ne pouvaient y suffire. Les pirates pouvaient leur échapper sans difficulté puis trouver un endroit discret où débarquer ce qu'ils avaient capturé au large du Japon. A bord de l'*Oregon*, et bien avant qu'ils arrivent à hauteur de Taïwan, l'équipage pariait, soit sur les Philippines, soit sur l'Indonésie.

« Bon, conclut Max, préviens-moi si le *Maus* change de route ou si tu as des nouvelles de Juan ou d'Eddie.

— Reçu. »

Max lissa les feuilles de son journal avant de le poser. Il ralluma sa pipe et laissa la fumée filer entre ses lèvres pour embaumer la cabine. Il n'arrivait toujours pas à comprendre pourquoi les pirates n'avaient pas essayé de trouver un coin tranquille en mer pour y décharger leur prise. Ils auraient eu tout le temps de lui inventer un nouveau nom et de la maquiller sommairement pour la rendre méconnaissable, surtout

1. Hélicoptère Bell UH-1, utilisé à plus de cinq mille exemplaires au Vietnam à partir de 1963, également connu sous le nom d'Iroquois. (NdT).

si elle était destinée à naviguer dans d'autres eaux, par exemple en Amérique latine. Pourquoi donc prendre le risque de la garder aussi longtemps dans le dock ? Sauf s'ils avaient en tête une destination bien précise, un endroit près de la côte où ils se savaient être en sûreté. Max espérait que le *Maus* allait les mener au repaire des pirates, mais c'était trop beau pour être vrai.

Il y avait autre chose dans toute cette opération, une autre pelure de l'oignon qu'ils n'avaient pas encore trouvée. Il savait qu'il ne suffirait pas de pister le *Maus*, mais il faisait confiance soit au directeur soit à Eddie pour mettre la touche finale. Dans son for intérieur, il était persuadé que c'était Eddie qui trouverait la clé du mystère. Ce n'était pas rationnel, juste une intuition, fondée sur le talent et l'expérience de l'ancien de la CIA.

*
* *

Si Eddie Seng avait su à cet instant que Max pariait gros sur lui, il lui aurait dit de se fier plutôt à Cabrillo et à son équipe en Suisse.

Au cours de son entraînement à la CIA, il avait subi des séances sévères destinées à apprendre aux agents comment résister à la prison et à la torture. L'encadrement était assuré par des spécialistes de l'armée de terre dans une zone isolée à Fort Bragg, Caroline du Nord. Pour la dernière épreuve du stage, son instructeur lui avait épelé un mot qui ne voulait rien dire : aardvark. Son boulot consistait à ne pas le lâcher, celui des soldats, à le lui arracher.

Et pendant un mois, ils le harcelèrent, physiquement et moralement. Il était régulièrement battu à coups de tuyau en plastique, enfermé sans eau dans une cabane en tôle au soleil pendant des heures. On ajoutait souvent à ses maigres rations des produits qui le faisaient vomir. On essayait de le briser en l'empêchant de dormir pendant six jours, on lui balançait des injures racistes, tout ce que ses tortionnaires pouvaient imaginer. Un jour, on le jeta tout nu dans un nid de fourmis rouges. Une nuit, on le força à ingurgiter la moitié d'une bouteille de whisky avant de l'interroger pendant une heure, puis il était tombé dans les pommes. Bref, ils utilisèrent tous les moyens possibles, mais Eddie ne leur donna jamais le mot secret. Il avait réussi à se dire que, quoi qu'ils lui fassent subir, ce n'était qu'un exercice et qu'il n'en mourrait pas.

A présent, Eddie ne se faisait plus ce genre d'illusions. Le camion ballottait dans tous les sens, les immigrants entassés avec lui se balançaient tellement que ceux qui se trouvaient près des portes manquaient à chaque instant de se faire écraser. Il murmura : *aardvark.*

Six jours avec les Têtes de Serpent valaient largement ce mois qu'il avait passé à Fort Bragg et qui lui semblait maintenant un séjour de vacances en hôtel club.

Ils étaient environ une centaine à l'arrière de ce camion où régnait une chaleur étouffante. Depuis deux jours, on ne leur avait donné ni à manger ni à boire et, s'ils étaient encore debout, c'était qu'ils n'avaient pas la place de tomber. La puanteur dégagée par la sueur et les excréments était épouvantable, Eddie avait l'impression qu'elle lui colmatait la bouche et les poumons.

Et cela durait ainsi depuis que Yan Luo l'avait laissé à Fuzu. Il avait été pris en charge par les membres d'une Triade, version chinoise de la mafia. On l'avait pris en photo pour lui fabriquer de faux papiers, puis on l'avait enfermé avec soixante autres de ses congénères dans une ancienne cimenterie. Il n'y avait pas de toilettes. Ils y restèrent deux jours et chaque nuit, les gardes venaient se choisir deux jolies filles ou davantage. Elles revenaient quelques heures plus tard, en sang, mortes de honte.

Au matin du troisième jour, un groupe de Sud-Asiatiques arriva. Ils s'adressaient aux Têtes de Serpent en chinois, mais avec un accent particulier, si bien qu'Eddie n'arrivait pas à savoir d'où ils étaient. Ils auraient pu aussi bien être indonésiens, malais ou philippins. Mais ce dont il était sûr, c'était qu'ils ne correspondaient pas à la clientèle habituelle de ces réseaux destinés à faire sortir des Chinois de leur pays et il les soupçonnait d'être affiliés à l'organisation.

On fit sortir tous les immigrants par groupes de dix pour les faire passer devant les Asiatiques. Tous ceux de son groupe durent se déshabiller intégralement avant de se soumettre à un examen humiliant. Eddie avait l'impression d'être un esclave dans une vente aux enchères. On examina ses dents pour voir s'il avait des caries, ses parties génitales pour vérifier qu'il n'avait pas quelque maladie vénérienne. Lui comme les autres durent soulever deux parpaings accrochés à une perche de bambou. Les Asiatiques sélectionnèrent trois hommes, dont lui. Ils étaient les plus solides et les plus forts de leur groupe. On remit les autres en cellule.

Des soixante qu'ils étaient au départ, dix montèrent en camion. Les gardes asiatiques utilisaient de grandes planches, comme des lames de bulldozer, pour les faire monter dans le véhicule déjà bondé. Ils étaient si serrés qu'il leur était impossible de respirer normalement.

Avant de fermer la porte arrière, on les arrosa à la lance d'incendie. Tout le monde se bousculait pour essayer de boire, il y eut plusieurs blessés. Eddie réussit à avaler une grande gorgée d'eau et, comme il était près du bord, à en récupérer encore qui coulait sur le métal chaud. Puis la porte claqua et on les laissa ainsi dans une obscurité totale.

Ce qui l'angoissait, ce qui rendait la situation si difficile, c'était le silence qui régnait lorsque le camion s'ébranla. Personne ne pleurait ni ne se plaignait, personne ne suppliait qu'on le relâche. Tous étaient décidés à supporter les pires privations pour quitter la Chine. Pour eux, la liberté n'avait pas de prix.

Ils voyagèrent ainsi pendant ce qui lui parut des jours, en fait, sans doute guère plus de vingt heures. A en juger par les cahots et les soubresauts, Eddie savait que les Têtes de Serpent leur faisaient emprunter des routes secondaires. Pour ajouter à leur misère, nombreux étaient ceux qui étaient malades et ajoutaient une odeur écœurante de vomi à la puanteur qui régnait.

Le camion s'immobilisa dans un grincement au bout d'un tronçon de route particulièrement lisse. Mais personne n'ouvrit les portes. Eddie eut l'impression d'entendre le bruit d'un avion à réaction, mais le son était étouffé et il n'en était pas très sûr. Ç'aurait pu être le tonnerre. On les laissa ainsi, entassés, transpirant, pendant encore une heure, puis quelqu'un déverrouilla la porte.

Les immigrants se trouvèrent plongés dans une lumière éblouissante, mais Eddie savoura avec bonheur sa première goulée d'air frais en vingt-quatre heures. Ils se trouvaient dans un énorme hangar, très moderne, pas le genre de hangar décati sur les docks dont il aurait pensé que les Têtes de Serpent se servaient. S'il n'avait pas été aussi perdu, il aurait remarqué que le toit de tôle n'était supporté par aucun pilier, ce qui aurait dû le mettre sur la piste de son usage réel.

On les laissa sauter du camion. Certains d'entre eux étaient si faibles qu'ils s'écroulèrent sur le sol de béton lisse, ils durent s'éloigner en rampant pour laisser sortir les autres. Eddie était assez content de lui, il réussit à rester sur ses pieds. Il fit quelques pas hésitants pour s'éloigner un peu et essayer de se dégourdir les genoux.

Il y avait quatre gardes dans le hangar, Eddie était certain que c'étaient des Indonésiens. Ils portaient des pantalons en coton de mauvaise qualité, des tee-shirts et étaient chaussés de sandales en plastique. Tous étaient armés de la version chinoise de l'AK-47. Par réflexe, il grava leurs visages dans son cerveau.

Son nez se débouchait et il identifia une nouvelle odeur, pas l'odeur piquante et salée de la mer, plutôt celle d'une peinture chimique. Négligemment, pour ne pas attirer l'attention des gardes, il se dirigea vers l'arrière du camion. Il aperçut alors sur les côtés du hangar des portes qui montaient presque jusqu'au toit. Mais, ce qui attira son attention et le fit frissonner jusqu'à la moelle, ce fut un avion de ligne. Quatre réacteurs montés à l'arrière. Il reconnut un vieil appareil de fabrication russe, un Il-62.

Ils avaient donc décidé de ne pas expédier leur cargaison

humaine par voie de mer. On allait les embarquer dans cet avion. Eddie comprit alors qu'il allait avoir plus de problèmes que prévu. Ces gens-là n'avaient rien à voir avec les pirates. Il était tombé dans une opération de contrebande légitime, même si elle restait illégale. Son aventure en Chine l'avait conduit dans une impasse, et il n'avait aucun moyen de contacter l'*Oregon*. La porte de l'avion était ouverte, les gardes faisaient aligner les hommes avant l'embarquement. Mais les portes du hangar étaient toujours solidement closes, pas moyen de fuir par là.

Le camion qui les avait amenés là était immobilisé, moteur arrêté, mais Eddie se dit que la clé de contact était peut-être toujours en place. Le dernier des immigrants sortait et se dirigeait en traînant les pieds vers l'Iliouchine. Eddie alla se mettre au bout de la file, il n'était qu'à dix mètres de la cabine du chauffeur, sur sa droite. Il pouvait y aller en quelques secondes, sauter sur le siège et essayer de se frayer un passage pour sortir du hangar.

Il se concentra pour tenter la chose, campé vaille que vaille sur ses jambes flageolantes, et s'apprêtait à bondir, lorsqu'il vit le chauffeur, toujours assis dans la cabine. Une fraction de seconde, il décida d'y aller malgré tout, même s'il savait qu'il allait perdre du temps à maîtriser l'homme. Un garde vit qu'il s'était arrêté et aboya un ordre, facile à comprendre dans n'importe quelle langue. Eddie poussa un grand soupir, essaya de se détendre, avant de se résigner.

Il jeta un dernier regard au camion avant d'emprunter la coupée d'embarquement. Il n'avait aucune idée de ce qui les attendait, lui et les autres, à l'issue du vol, mais il y avait de la peur dans les yeux de ceux près de qui il passa avant d'atteindre un siège libre. Eux aussi avaient compris qu'ils avaient gagné dix fois pire que ce qu'ils avaient espéré.

Quinze minutes plus tard, un tracteur de piste sortit l'Iliouchine du hangar. Après un certain temps, l'appareil mit ses réacteurs en route et gagna l'extrémité de la piste. A en juger par l'importance de l'aéroport et au temps qu'ils mettaient, Eddie estima qu'ils devaient être près de Shanghai. La chose se confirma après le décollage. L'avion contourna la ville avant de mettre cap au nord.

« Dans combien de temps allons-nous arriver en Amérique ? » lui demanda son voisin à voix basse.

C'était un paysan, il n'avait pas la moindre idée de ce dans quoi il avait mis le pied.

Il croyait encore qu'ils allaient aux Etats-Unis, une terre prospère, une terre promise qu'ils appelaient le pays de la Montagne dorée. Eddie ne savait pas où ils allaient, mais il savait bien que ce n'était pas là-bas. L'Iliouchine n'avait pas l'autonomie nécessaire. Il avait aussi le sentiment angoissant que, dans peu de temps, il en viendrait à envier le sort des immigrants qu'ils avaient retrouvés noyés dans la mer du Japon.

« Tu le sauras quand on sera arrivés, mon vieux, lui répondit Eddie en fermant les yeux pour essayer de se protéger contre l'inéluctable. Tu le sauras quand on sera là-bas. »

*
* *

Cabrillo et son équipe passèrent la semaine à préparer l'enlèvement. Ils profitaient de la nuit pour travailler sur le chantier de construction. Trimbaler des tonnes de ciment représentait un boulot éreintant qui leur prit toute la nuit du vendredi et une partie de celle du samedi. Le risque de se faire repérer par un contremaître pendant le week-end était faible, car il y avait déjà des sacs de ciment un peu partout sur le chantier. Ils gardèrent la mise en place des explosifs et leur branchement pour le dimanche soir. Ils étaient experts en démolition et faisaient vite. A minuit, ils étaient prêts à retourner au hangar loué par Cabrillo à une trentaine de kilomètres de Zurich.

Juan envoya ses compagnons devant avec les voitures dont ils allaient se servir pour l'opération, tandis que Linc et lui-même restaient sur place avec le tracteur du semi-remorque pour quelques derniers essais. A cette heure tardive, il n'y avait aucun piéton dans la rue, personne pour se demander pourquoi le chauffeur du camion enfermait son collègue dans la remorque. Lorsque Linc eut refermé les portes, Juan se cala dans un coin pour éviter de tomber. Il était épuisé, toutes ses articulations lui faisaient mal, et ce fut avec soulagement qu'il s'assit sur le plancher. Un instant plus tard, il entendit le gros diesel MAN qui démarrait, le camion s'ébranla. Il avait pris une lampe de poche, mais le conteneur métallique avait tout pour vous rendre claustrophobe. Le palan motorisé fixé au toit avait l'air impeccable, un mécanisme très simple que Linc pouvait commander depuis la cabine.

Juan alluma sa radio portable, mais pas moyen d'accrocher une station, dans toute la gamme de fréquences. Il en fit autant avec son téléphone, aucun signal. « Personne ne peut m'entendre, murmura-t-il, c'est parfait. »

Ils avaient mis en place dans la remorque des isolants et des brouilleurs pour empêcher toute propagation d'ondes électromagnétiques. Linc et Hali Kasim avaient testé le système dans le hangar, mais Juan voulait être certain que cela marchait aussi dans le centre-ville, où la couverture des téléphones mobiles était plus dense. Encore un détail, mais qui pouvait éviter à la loi de Murphy de faire des ravages.

Toutes les cinq minutes pendant leur balade d'une demi-heure, il refit des essais pour vérifier que son téléphone ne recevait toujours rien. Linc le libéra après que Hali eut refermé les portes du hangar derrière le gros semi-remorque.

« Quelque chose ? lui demanda le gros homme.

— Nada, répondit Juan, notant que son téléphone se reconnectait au relais le plus proche maintenant qu'il était dehors. On est parés, on a deux heures devant nous pour roupiller. Le fourgon d'Isphording devrait être là au plus tard à huit heures et quart. Il faut que nous soyons en place à sept heures trente, pas plus. Des nouvelles de Julia ? »

Hali fit signe que oui.

« Elle m'a appelé pendant que tu étais dans le camion. La femme d'Isphording est dans le coton et Julia rentre à son hôtel. Elle attendra devant la prison à sept heures et nous préviendra dès que le fourgon aura passé la porte.

— Parfait, elle pourra le suivre en ville. Linc, tu attendras dans le camion derrière le chantier. La voiture pour le barrage est en place ?

— Je l'ai garée moi-même, répondit Kasim. Et j'ai vérifié trois fois que les câbles étaient bien dans le coffre. »

Juan hocha la tête, il n'en attendait pas moins.

« Bon, jusqu'à ce soir, le seul truc illégal qu'on ait commis, ça a été d'usurper l'identité de la femme de l'avocat. Et il n'est même pas sûr que ce soit illégal. Cela dit, à partir de demain matin, on va violer tout le code pénal suisse. Si l'opération tourne en eau de boudin, on est tous bons pour passer quelques dizaines d'années à Regensdorf. »

Ses collaborateurs étaient bien conscients des risques, c'était pour cela qu'ils étaient payés, mais Juan le leur rappelait toujours avant une opération. Hali, Linc, et un autre mercenaire de la Corporation, un ancien parachutiste, Michael Trono, savaient parfaitement ce qu'il en était.

A l'aube, il faisait gris et froid. Un léger crachin avait commencé à tomber lorsqu'ils prirent tous position. Les rares passants portaient des imperméables ou avaient ouvert leurs parapluies. Ce mauvais temps, loin de leur poser problème, était plutôt favorable car il diminuait apparemment la circulation.

Juan gagna donc le chantier sans difficulté. Après tout, il en était à son troisième voyage et trafiquer les commandes de la grue pour la mettre en route était un jeu d'enfant. La grimpette le laissa en sueur et tout tremblant mais, fort heureusement, la cabine disposait de chauffage. Il l'alluma et se versa du café de sa Thermos pour passer le temps. Il avait accroché ses lunettes infrarouge autour du cou.

Julia reprit la fréquence et informa l'équipe que le fourgon allait arriver dans une dizaine de minutes. Tout là-haut, dans son perchoir, Juan le verrait arriver cinq rues avant qu'il atteigne le chantier de construction. Linc avait garé le semi-remorque derrière une zone boueuse, Juan voyait la fumée s'échapper, le moteur tournait au ralenti. Hali et les autres avaient pris place dans la voiture qui devait causer un incident, une petite camionnette qu'ils avaient achetée d'occasion à une société de déménagement de Lucerne. Juan ne pouvait pas les voir, mais eux aussi étaient équipés de lunettes infrarouge et de masques à gaz.

Le directeur de la Corporation inspecta toute la zone une énième fois. Il y avait un peu partout des tas de matériaux de construction et des bennes remplies d'ordures, grosses comme des camions. Les baraques de chantier étaient désertes, l'équipe du matin n'avait pas encore repris le travail. Si les horaires qu'ils avaient eu loisir d'observer toute la semaine étaient respectés, le premier ouvrier n'arriverait pas moins d'une demi-heure après l'opération. Il régnait un épais brouillard et les sept étages de l'immeuble étaient plongés dans le noir, un simple squelette d'acier et de béton. De là où il était, impossible de voir les endroits qu'ils avaient piégés pour le faire s'effondrer.

Son téléphone sonna.

« Juan, c'est moi, Julia. Le fourgon d'Isphording vient de s'arrêter. Un des flics dans la voiture de tête est descendu pour parler au chauffeur. Reste en ligne, je pense que c'est bon. Le flic remonte en voiture. Parfait, ils repartent. Tu vas les voir d'un moment à l'autre. »

La voiture de police arriva, elle paraissait très loin, suivie du fourgon et d'une seconde voiture qui fermait la marche. Ils n'avaient mis en route ni leurs sirènes ni leurs gyrophares et roulaient normalement au milieu des autres voitures.

« Parés, les gars, c'est bientôt le début du spectacle », annonça Juan sur leur liaison cryptée.

Il essuya la sueur qu'il avait sur les mains et les posa sans appuyer sur la mannette qui commandait les mouvements de la grue. Il n'en avait jamais conduit et la hauteur déformait la perception des choses, mais il avait manœuvré suffisamment de derricks et autres mâts de charge dans sa vie pour ne pas s'en inquiéter, il ne devrait pas avoir de mal à s'en sortir avec ce monstre. Il avait déjà orienté le bras horizontal long d'une trentaine de mètres pour l'amener au-dessus de la rue. Le chariot qui supportait le câble surplombait la chaussée. L'énorme croc métallique était à quinze mètres des pavés.

« Je les vois dans mon rétro, annonça Hali depuis sa voiture.

— Tout le monde met ses lunettes. »

Ces lunettes déformaient les images, mais Juan arrivait encore à distinguer tous les détails, surtout la lampe infrarouge qu'ils avaient fixée sur le croc. Invisible sans ces lunettes spéciales, la lampe faisait une tache brillante quand on les portait. Cette technologie était analogue à celle qui permet aux bombardiers furtifs de larguer leurs bombes au quart de poil par n'importe quel temps.

Un mouvement inopiné attira l'attention de Juan. Une Ferrari s'engagea sur la route, dans le sens opposé à la circulation. Elle devait bien rouler à cent quarante car elle passa sur l'autre voie. Le bruit du moteur se répercutait en écho sur les hôtels baroques et Juan l'entendit nettement, alors qu'il était trente mètres plus haut. Il estima rapidement la vitesse et la distance et conclut que la voiture de sport allait se trouver devant le véhicule de la police au moment critique. Si Hali se mettait en travers, l'énergie cinétique n'allait pas seulement défoncer le bolide et tuer son conducteur, elle obligerait le fourgon à dépasser la voiture de patrouille et le reste du convoi pourrait continuer à rouler, échappant ainsi à l'embuscade qu'ils lui tendaient.

« Juan ? appela Hali d'une voix inquiète.

— Je m'en occupe. »

Modifier sans préavis la position de la grue, alors qu'il l'avait soigneusement calculée ne lui plaisait guère, mais il devait agir. Il appuya sur la manette et le bras commença à pivoter. Il souleva le capot de sécurité qui protégeait un interrupteur, appuya sur le bouton, et le croc d'une tonne et demie commença à descendre.

Le conducteur de la Ferrari n'eut pas le temps de voir ce qui tombait du ciel, il n'aurait eu que quelques secondes pour réagir. La masse d'acier s'écrasa dans la rue, quelques mètres devant le capot de la F-40, creusant dans le revêtement un cratère de soixante centimètres de profondeur. Le conducteur écrasa la pédale de frein et tourna violemment son volant vers la droite, heurtant la voiture de police sur le flanc. Juan appuya sur un autre bouton, le croc remonta, larguant au passage des mottes de boue, avant de s'écraser sur le pare-brise de ce bijou à un million de dollars. Il passa ensuite en raclant sur le toit qu'il découpa comme le couvercle d'une boîte de sardines. Une roue arrière de la Ferrari tomba dans le trou, la voiture partit sur le côté, enfonçant une seconde fois la voiture de patrouille, et les deux véhicules s'immobilisèrent.

Hali Kasim avait observé toute la scène dans son rétroviseur, sans pour autant oublier ce qu'il avait à faire. Lorsque la voiture de patrouille dépassa le fourgon, il démarra, accéléra à peine, suffisamment pour aller percuter le pare-chocs arrière et se mettre en travers. La rue étroite était maintenant complètement bloquée.

Le fourgon blindé à bord duquel se trouvait Rudolph Isphording freina à mort et réussit à éviter la voiture de patrouille. Julia, qui suivait, fit tourner la sienne pour l'empêcher de repartir en marche arrière.

Juan mit à feu les explosifs maison qu'ils avaient disposés dans le bâtiment inachevé.

Les charges avaient été soigneusement calculées pour produire un maximum d'effets. Elles s'allumèrent l'une après l'autre, les déflagrations étaient canalisées dans des conduites faites de sacs de ciment qu'ils avaient stockés à tous les niveaux. Elles explosèrent en commençant au ras du sol, projetant un énorme nuage de poussière grise, on aurait dit le World Trade Center. En quelques secondes, la poussière avait formé un rideau impénétrable qui s'éleva à plus de soixante-dix mètres dans un rayon de cinq blocs. Le vent était faible, il faudrait au moins dix minutes pour que la purée de pois commence à se dissiper. D'ici là, personne ne pourrait voir ce qui se passait dans le quartier.

Hali Kasim, sans s'occuper des passants qui hurlaient, jaillit de sa voiture avec ses hommes, des élingues à la main. Son masque à gaz filtrait le plus gros de la poussière de ciment, mais il en avait le goût sur la langue à chaque inspiration. Grâce à ses lunettes infrarouge, il voyait le croc qui descendait ainsi que les ampoules fixées aux câbles, mais pour le reste, il avait l'impression de courir au milieu d'un feu de forêt.

Le chauffeur du fourgon blindé devait être entraîné à essayer de se sortir de là dans un cas de ce genre et était probablement en train de s'y employer, quand Cabrillo avait déclenché les charges. Il était maintenant comme ses convoyeurs, paralysé par les explosions énormes qui secouaient le bâtiment voisin.

Hali fonça vers l'avant du fourgon et passa une élingue autour de l'essieu. Il sauta sur le toit d'une voiture en stationnement, les deux extrémités à la main. Il leva les yeux, trouva la lampe infrarouge fixée au croc qui émergeait des nuages grisâtres comme une petite étoile dans la nuit. Les hommes de Kasim en avaient fait autant de leur côté avec les essieux arrière, ils lui passèrent les œillets de leurs élingues. Cela fait, ils abandonnèrent leurs équipements et disparurent dans la foule en panique. Les passants qui essayaient de s'enfuir étaient couverts de ciment, on aurait cru des fantômes errant au-dessus d'un marais noyé dans la brume.

De là-haut, Juan manœuvra le croc pour l'amener au-dessus de la guirlande infrarouge que formaient les câbles sur le fourgon. Il les voyait bouger un peu, Hali était monté sur le toit.

« C'est bon, tu peux y aller. »

La voix de Hali était déformée par son masque.

« Tu es juste au-dessus de moi, laisse encore descendre de trois mètres.

— Je descends de trois, reçu. »

Juan dévida un peu de câble, les yeux rivés sur les deux ampoules qui se rapprochaient. Sans elles, il n'aurait jamais pu voir le camion au milieu de la poussière.

« Tiens bon. »

Hali passa les œils dans le croc et s'assura qu'ils étaient bien là tous les six.

« C'est fait, patron, à toi. Laisse-moi une seconde pour m'éloigner, et tu peux hisser le tout. »

Le Libano-Américain sauta et s'apprêtait à se laisser emporter à son tour dans la foule lorsqu'un flic de la première voiture émergea de la poussière. Ils se regardèrent pendant ce qui lui parut être une éternité. Le policier, étonné, vit que Hali tenait un masque à gaz. Kasim ne pouvait se permettre de le laisser faire, et il n'avait pas les talents d'Eddie en matière d'arts martiaux. Il lui balança un coup de pied dans l'aine et se mit à courir.

Il n'avait pas fait plus de quelques mètres lorsqu'il tomba sur un second policier qui sortait de l'autre voiture. L'homme était encore sonné par le choc et les explosions, mais il avait eu la présence d'esprit de prendre sa grosse lampe-torche et son automatique. Il était en train de s'extraire de son siège lorsqu'il aperçut Hali en train de courir. Malgré la poussière, il reconnut un faciès arabe et en tira vite les conclusions. Il essaya de lever son arme dans l'encadrement de la portière, mais l'angle de tir n'était pas fameux. Hali se jeta sur la portière, brisa une cheville au flic, ce qui l'arrêta une seconde. Il lui arracha son pistolet, mais l'homme s'agrippait à son SIG de toutes ses forces. Il lui enfonça le coude dans la figure jusqu'à ce qu'il desserre les doigts. Puis il jeta l'arme au loin et laissa le flic inconscient sur la chaussée.

Loin au-dessus de la scène, Juan Cabrillo tira sur le levier pour tendre les élingues et commença à soulever les sept tonnes du fourgon. Lorsqu'il fut à dix mètres d'altitude, il commença à faire pivoter le bras dans le sens inverse des aiguilles d'une montre. La balise infrarouge l'aidait à se guider. Il ralentit le mouvement en arrivant au-dessus de la rue où Franklin Lincoln l'attendait avec le semi-remorque.

En préparant le camion dans le hangar, Linc et Hali avaient découpé le toit de la remorque à l'arc électrique, puis remonté les deux morceaux sur de longues ferrures, créant ainsi deux portes qui s'ouvraient complètement. Des balises infrarouge indiquaient les quatre coins de la remorque. La poussière s'était dissipée au niveau de la cabine de Juan, mais, en bas, elle était toujours aussi dense. Cela dit, Juan distinguait parfaitement le rectangle de l'ouverture et il laissa descendre doucement le fourgon.

Linc attendait, debout sur le toit de la cabine. Dès que les pneus du semi-remorque commencèrent à s'affaisser sous le poids, il libéra le croc, puis actionna les portes.

Les gardiens étaient maintenant isolés, coincés à l'intérieur. Même s'ils avaient crié pendant la manœuvre, ils ne pouvaient rien voir de ce qui se passait au milieu des volutes de fumée. La police allait mettre des heures à découvrir qu'il ne s'agissait pas d'un acte de terrorisme.

Juan consulta sa montre avant de redescendre. Il s'était écoulé une minute quarante-sept secondes entre la première explosion et la mise à poste du fourgon. Treize secondes de moins que prévu, mais il faut dire que c'étaient des as. Il se fraya tant bien que mal un chemin à travers le chantier, avançant à tâtons comme un aveugle dans la tempête de poussière. Il avait du sable plein les yeux, ses poumons le brûlaient. Il mit cinq bonnes minutes à trouver la sortie, passa par-dessus la clôture et se laissa tomber de l'autre côté sur le trottoir.

La rue était d'un calme impressionnant, tout le monde avait disparu. Une fine couche de poussière gris clair avait tout recouvert, on aurait dit de la cendre après une éruption volcanique. Il était obligé de passer la main sur les voitures pour s'orienter, il fallait qu'il arrive à sortir de ces tourbillons. Il dut attendre d'avoir traversé deux rues pour y voir clair. Des voitures de police arrivaient à toute allure, on voyait les éclats des gyrophares qui balayaient le ciel comme des phares en mer.

« Que se passe-t-il ? » lui demanda un Anglais qui était sorti d'un café

Contrairement à ceux de Juan, ses habits étaient propres.

« Sans doute un accident sur un chantier, mentit Cabrillo en toussant.

— Mon Dieu, et vous croyez qu'il y a des blessés ? »

Juan se retourna, le nuage de poussière montait toujours.

« Non, pas un seul. »

Mais cette fois, il savait qu'il disait la vérité.

*
* *

Rudolph Isphording ne savait pas grand-chose sur la méthode que comptaient utiliser les Russes pour le libérer. Il ne fut donc pas trop surpris lorsque, avec le gardien qui le surveillait, ils entendirent le crissement des freins puis le choc de la collision. Le gros fourgon s'arrêta brutalement. Ils sentirent ensuite une légère accélération centrifuge, comme s'ils prenaient un grand virage. Le mouvement cessa, le fourgon se balança pendant un certain temps, un choc suivi d'un grincement de métal puis un grand bruit au-dessus de leurs têtes.

Quelques secondes après, nouvelle impression de mouvement, mais, cette fois, Isphording était sûr qu'ils avaient commencé à rouler. Dehors, on ne voyait rien, l'obscurité totale. Le gardien essaya d'utiliser son téléphone, mais il n'y avait aucun signal, il ne pouvait communiquer qu'avec les deux hommes assis dans la cabine en tapant sur la cloison qui les séparait.

Ils roulèrent ainsi pendant trois quarts d'heure, devinant qu'ils sortaient de la ville. Ils sentirent le camion accélérer, ils avaient sans doute pris une autoroute. Puis ils ralentirent, prirent un virage et se retrouvèrent sur une route normale. Peu de temps après, ils s'arrêtèrent. Peu importe où ces Russes, Youri Zayssev et cette Ludmilla qui se faisait passer pour Kara, l'avaient emmené, Isphording supposait qu'ils étaient parvenus à destination.

Il resta là avec son gardien, sans rien dire, attendant la suite. Les minutes s'égrenaient.

Ce que l'avocat ne pouvait pas voir, c'était ce qui se passait derrière le fourgon. Linc et les autres attendaient l'arrivée de Juan. Dès que ce dernier eut garé son quatre-quatre Mercedes entre le tracteur et la Volkswagen, Hali referma la grande porte basculante. Le ciel était très couvert et du coup, les verrières dépolies ne laissaient passer que peu de lumière dans le hangar. Hali alluma quelques rampes, mais cela ne changeait guère et l'atmosphère restait glauque.

La voiture de Cabrillo était recouverte d'une couche de poussière de ciment, le patron était lui-même crasseux. Il accepta avec reconnaissance la serviette humide que lui tendait Julia et essuya le plus gros. Puis il avala un bon demi-litre d'eau.

« Pour le moment, c'est parfait, commença-t-il en félicitant la petite équipe. Apparemment, tout le monde est arrivé ici sans problème. On va ouvrir cette boîte de conserve et finir le boulot. Linc, quand j'ai déposé le fourgon dans la remorque, je n'ai pas vu dans quel sens il était ?

— Il fait face aux portes arrière.

— Ce qui va nous faciliter la vie. »

Juan s'empara d'un pistolet-mitrailleur Heckler & Koch posé sur un banc, un MP-5, et passa la bandoulière à son épaule. Il empoigna ensuite deux grenades offensives. Il s'agissait d'engins d'exercice, mais les gardiens prisonniers dans le fourgon ne verraient pas la différence. Il remit à tout son monde des masques de ski intégraux et en enfila lui-même un, en prenant bien soin de ne laisser voir que ses yeux et sa bouche. Les autres s'étaient armés pendant ce temps, un assortiment hétéroclite de pistolets et de pistolets-mitrailleurs.

Lorsque tout le monde fut prêt, l'équipe se rassembla derrière la remorque et Juan déverrouilla la porte. Il compta jusqu'à cinq et ouvrit les battants à la volée. Ils s'entassèrent tous les cinq à l'intérieur et commencèrent à sauter sur le capot du fourgon en brandissant leurs armes et en poussant des hurlements incompréhensibles. Le chauffeur suisse et le garde assis à côté de lui, un fusil à pompe sur les genoux, avaient tous deux une arme de service, mais on voyait bien à travers le pare-brise qu'ils restaient dans l'expectative. Avant que le chauffeur ait eu le temps de démarrer et de tenter une sortie, Juan se mit devant le pare-brise en agitant ses grenades, l'air mauvais.

Il pointa le doigt sur eux puis sur les portes avant d'arracher la première goupille. Pas moyen de se méprendre sur ses intentions.

Les deux hommes restaient sur leurs gardes, mais ils savaient bien qu'ils ne pouvaient pas faire grand-chose. Ils posèrent leurs armes sur la planche de bord et approchèrent lentement la main des poignées. Dès qu'ils eurent déverrouillé les portières, un membre de l'équipe leur passa des menottes en plastique, leur banda les yeux et leur posa un bâillon. Hali prit le porte-clés accroché au ceinturon du chauffeur et le passa à Juan.

Le directeur grimpa sur le toit du fourgon et sauta avec agilité sur le plateau du semi-remorque. Le cinquième essai fut le bon, il fit entrer la clé dans la serrure, mais fit signe à l'un de ses hommes avant de la faire tourner.

Il fallait éviter que Kara et Rudolph Isphording puissent faire la même description de Youri Zayssev. Il avait donc demandé à Michael Trono, le spécialiste des opérations, de parler avec son russe teinté d'accent anglais.

« Ceci s'adresse au gardien qui se trouve avec Herr Isphording. Nous avons déjà maîtrisé vos deux collègues. On ne leur fera pas de mal ni à vous non plus. Je vais entrouvrir la porte, juste assez pour que vous jetiez votre arme. Si vous ne vous exécutez pas, je serai obligé d'utiliser des gaz. Vous avez compris ?

— J'ai bien compris, répondit le gardien.

— Herr Isphording, combien d'armes votre garde possède-t-il ?

— Juste un pistolet, répondit l'avocat.

— Parfait. L'a-t-il sorti de son étui ?

— Oui.

— Voilà qui me semble sage, répondit Trono. Herr Isphording, prenez-lui son pistolet et approchez-vous de la porte arrière. Je vais l'ouvrir. Faites glisser son arme sur le plancher. »

Cabrillo ouvrit la porte et un revolver noir vint heurter le pare-chocs arrière. Hali et Julia s'étaient approchés, armes pointées. Juan leur fit un signe du menton avant d'ouvrir la porte en grand. Le gardien, mort de peur, était assis sur la banquette latérale. Il avait compris la situation, il avait déjà les mains sur la tête. Hali le menotta, lui posa un bandeau et un bâillon, tandis que Julia aidait l'avocat, assez corpulent, à descendre. On fit monter les deux autres gardiens dans le fourgon et Juan les enferma à clé.

*

* *

Isphording découvrit cinq commandos en armes, certains en bleu de travail, d'autres vêtus de noir. L'un d'eux avait des formes féminines et il pensa que ce devait être Ludmilla. Il leur demanda d'un ton anxieux :

« Y a-t-il parmi vous un certain Youri Zayssev?

— *Da* », répondit l'un des commandos.

Il était en combinaison de travail, couvert d'une poussière grise et, lorsqu'il arracha son masque, il découvrit un visage souillé de la même manière. Il avait les cheveux roux, comme on l'avait annoncé à Isphording, et portait un bouc de la même couleur.

« Mister Savitch vous envoie ses compliments, Rudolph. »

L'homme utilisait le nom qu'Isphording lui avait appris lui-même.

« Naturellement, il ne peut vous voir en personne, mais vous le rencontrerez très bientôt. Il y a un bureau, derrière le hangar, Ludmilla va vous y conduire. Nous partirons d'ici dans quelques minutes. »

Julia avait ôté son masque, l'avocat avait pu vérifier qu'il s'agissait bien de celle qu'il connaissait sous le nom de Ludmilla, même si elle avait abandonné son déguisement.

« Merci. » Isphording tendit la main à Juan. « Et ma femme? Où est Kara?

— Une autre équipe est allée la chercher, répondit Ludmilla.

— Merci, répéta encore l'avocat. Je vous remercie tous de m'avoir sauvé.

— Vous n'êtes pas blessé? » lui demanda Ludmilla en le faisant sortir du semi-remorque.

Linc avait mis une planche en place pour que ce soit plus facile.

« Non, ça va, juste un peu de peur. Avant que vous veniez me voir, vendredi, je ne me doutais absolument pas que les Palestiniens voulaient me tuer. Je vous remercie tous. »

Julia lui fit un grand sourire.

« C'est Mister Savitch qu'il faut remercier. Nous nous sommes contentés d'exécuter ses ordres.

— Je savais bien qu'il était puissant, mais pas au point d'organiser quelque chose comme ça.

— Nous sommes arrivés », lui dit Ludmilla.

La pièce était spartiate : deux bureaux, des armoires, un vieux canapé en skaï sous une fenêtre blanchie par le givre. Le sol était recouvert de linoléum, ça sentait la cigarette. Des rideaux tirés dissimulaient une grande ouverture qui donnait sur le hangar. Isphording se laissa tomber sur le divan et prit la bouteille d'eau que Ludmilla lui tendait.

Quelques minutes plus tard, Youri Zayssev arriva à son tour. Il avait laissé son pistolet-mitrailleur en bas, mais portait un étui à pistolet à la taille.

« Et maintenant, Herr Zayssev ? lui demanda Isphording.

— Nous attendons quelques-uns de mes hommes pour partir. Le conducteur du camion pense que nous avons peut-être été suivis, ce qui nous oblige à nous dépêcher. Nous ne savons pas si les Palestiniens sont sur nos traces ou pas.

— Cela fait des années qu'ils ne sont pas intervenus hors du Proche-Orient, répondit Isphording. Il faut vraiment qu'ils soient aux abois.

— Des sommes considérables ont disparu après la mort de Yasser Arafat, rétorqua Zayssev, assez pour rendre fou n'importe qui. »

L'avocat allait répondre lorsqu'on entendit quelqu'un faire irruption dans le hangar. Une seconde plus tard, il y eut un bruit énorme, le bruit si reconnaissable d'armes équipées de silencieux. L'un des hommes de Zayssev poussa un cri déchirant, coupé net par d'autres coups de feu. Zayssev sortit son pistolet et actionna la culasse.

« Reste ici », ordonna-t-il à Ludmilla.

Il s'approcha de la porte toujours ouverte, courbé en deux. Les tirs redoublaient. Il s'appuya contre le montant, pistolet brandi, guettant. Puis il poussa un juron et lâcha quelques balles pour dégager l'issue. Il avança prudemment, tira sur une silhouette cachée derrière le camion. Il se retournait pour donner un ordre à Ludmilla lorsqu'il se fit faucher par une rafale qui le découpa en pointillés de la poitrine aux genoux. L'impact de cette demi-douzaine de balles le projeta violemment dans le bureau où il s'écroula contre une table. Son torse n'était plus qu'une masse sanguinolente.

La vitre qui séparait le local du hangar vola en éclats sous les balles, il y avait des impacts partout, des étincelles jaillissaient des meubles métalliques et des éclisses de bois des panneaux bon marché. Agile comme un chat, Ludmilla se jeta sur Isphording pour le protéger avant de sortir son pistolet. Elle se retourna en voyant une silhouette s'encadrer dans la fenêtre. L'homme portait un keffieh à la mode palestinienne. En voyant Ludmilla, il épaula son fusil d'assaut. Elle tira la première et Isphording vit l'Arabe se faire littéralement arracher la tête, il y avait du sang et de la cervelle partout sur les murs, on aurait dit une reproduction ignoble d'un test de Rorschach. Un autre prit sa place et balaya la pièce. Ludmilla se fit arracher un bras et se ramassa en prime deux balles dans le ventre. Elle poussa un hurlement de douleur déchirant avant de tomber sur le lino dans une mare de sang.

Cette attaque éclair avait été si violente, si sauvage, qu'Isphording n'avait même pas essayé de se mettre à l'abri. Une odeur de sang et de poudre emplissait la pièce. Leur agresseur, sans doute celui qui avait tué Zayssev, entra et s'approcha du corps recroquevillé de Ludmilla. Il la retourna du bout du pied pour voir ses blessures.

« Bien joué, Mohamed », dit-il en arabe au tireur posté à la fenêtre.

Le chef des terroristes défit son keffieh et se tourna vers Isphording. Il avait un visage sinistre, cruel, ses yeux brillaient de haine.

« Je sais que tu parles ma langue, lui dit-il avant de poursuivre en arabe. Tu as travaillé pour le président Arafat avant sa mort, tu as dissimulé l'argent qui devait nous servir à combattre les Juifs et les Américains.

— Les autres sont tous morts, Rafik, l'informa Mohamed. Le hangar est à nous.

— Je ne te l'avais pas dit, que quelqu'un essaierait de faire sortir ce porc de sa prison ? »

Rafik regardait Isphording de toute sa hauteur, le regard méprisant. L'avocat en tremblait d'avance.

« Il suffisait d'attendre. »

Il ouvrit un couteau de poche, la lame brillait à la lumière des tubes fluorescents.

« Bon, parlons de cet argent. »

CHAPITRE 17

RUDOLPH ISPHORDING n'avait jamais accordé beaucoup d'intérêt à ceux pour le compte de qui il blanchissait de l'argent. Il avait pour règle de maintenir une cloison étanche entre ses clients et lui. Leurs échanges se limitaient à des mots de passe, des numéros de comptes bancaires, de vagues signatures sur des contrats. Il s'était toujours considéré comme un homme de chiffres, plus à l'aise derrière un bureau, protégé par une forteresse de papiers. Maintenant, la preuve tangible de ce qu'il avait commis était étalée sur les murs, elle coulait sous le corps de Ludmilla. Il n'osait pas regarder cette masse informe, ce qui avait été la poitrine de Youri Zayssev.

Rafik avait été appelé à l'extérieur du hangar avant de commencer son interrogatoire. Mohamed surveillait l'avocat, posté dans l'embrasure. Ses yeux évoquaient des éclats d'obsidienne. Isphording apercevait un peu plus loin des Palestiniens occupés à manœuvrer la rampe de la remorque pour décharger le fourgon. Les Russes qui l'avaient enlevé s'étaient donné beaucoup de mal pour ne tuer ni blesser personne. Il était sûr que Rafik et sa bande de brutes ne se donneraient pas cette peine. Il tremblait de tous ses membres, comme pris d'une crise d'épilepsie.

Le chef terroriste cria à Mohamed de venir le rejoindre un instant. Mohamed lança à Isphording un regard chargé de menaces et descendit dans le hangar.

Le temps s'écoulait, l'avocat avait de plus en plus peur et imaginait les choses les plus horribles. Lorsqu'il entendit ce bruit, il ne fut pas sûr d'abord d'avoir bien entendu. On aurait dit que quelqu'un l'appelait par son nom, mais ce n'était pas très net, la voix était déformée, une voix d'asthmatique, comme si elle venait de loin, ou comme dans un rêve. Il se tourna vers la porte. Ludmilla était allongée sur le dos dans ses vêtements imbibés de sang.

« Isphording. »

Cela recommençait. S'il ne s'était pas tourné dans cette direction, il n'aurait jamais deviné que c'était Zayssev. Il avait remué les lèvres. L'homme était livide, du sang coulait toujours sur sa poitrine, comme une sorte de mélasse écarlate. Il se sentit pris d'une bouffée d'espoir.

« Arrangez-vous pour qu'ils continuent à parler, marmonna Zayssev.

— Quoi ? » fit l'avocat à voix basse.

Mohamed ou Rafik pouvaient revenir d'une seconde à l'autre.

« Répondez-leur quand ils vous poseront des questions, n'importe quoi, mais qu'ils ne s'arrêtent pas de parler. »

Sa voix était si faible qu'Isphording dut mettre la main à son oreille et pencher la tête pour comprendre ce qu'il disait.

« Je ne comprends pas, fit-il, suppliant.

— Nous attendons des renforts... » Zayssev avait du mal à parler, il battit des paupières, ses yeux se révulsèrent et il retomba dans l'inconscience. Comment avait-il survécu à ses multiples blessures, cela dépassait l'entendement.

Rudolph Isphording se rappelait ce que lui avait dit le Russe avant l'attaque, qu'ils attendaient des camarades. Ils seraient certainement armés. Ce qui n'était encore chez lui qu'un embryon se transforma en un torrent d'espérance. On allait le sauver, il allait s'en sortir vivant !

Il entendit un bruit de moteur dans le hangar et le fourgon

émergea de la remorque, guidé par un terroriste encagoulé. Rafik entra dans le bureau un peu après. On lisait sur son visage un mélange de haine et de contentement de soi. Il tira une chaise de dessous un bureau et vint s'asseoir en face d'Isphording. Son haleine empestait la charogne.

« Bon, espèce de porc, tu vas me dire ce que tu as fait de l'argent que tu as volé à mon peuple. »

Il s'exprimait en anglais, son accent le rendait encore plus intimidant.

« Je vous dirai tout ce que vous voulez savoir », répondit Isphording en arabe.

Rafik le gifla, assez fort pour laisser une grande marque rouge sur la peau.

« Tu ne vas pas souiller la langue du Prophète une fois de plus. Parle anglais. Isphording ? Isphording ? Un nom juif !

— Je suis catholique. »

Rafik lui donna une autre gifle, ses yeux brillaient d'une rage folle.

« Tu ne parles que quand je te pose une question. »

Isphording jeta un regard à Youri Zayssev, toujours inconscient, priant le Ciel que ses hommes arrivent vite.

« Nous savons que tu as détourné une partie de l'argent de mon peuple pour créer des compagnies bidon, commença Rafik. La première s'appelle D Commercial Advisors, une autre, Equity Partners International. Tu t'es servi de ces sociétés pour acheter un gros bateau, le *Maus*, qui se trouve quelque part en Extrême-Orient. Tu vas me dire qui est derrière tout ça et qui en tire profit pendant que mon peuple souffre. »

Isphording hésita un bon moment, il ne savait que dire. Ce type avait tout faux, pas un sou de l'argent des Palestiniens qu'il avait mis à l'abri n'avait été utilisé dans cette affaire. Elle concernait exclusivement Anton Savitch et ce Sikh, Shere Singh. Mais il finit par se dire qu'il pouvait bien dire tout ce qu'il savait à Rafik. Les hommes de Zayssev allaient arriver d'un moment à l'autre et les terroristes ne s'en sortiraient pas.

« C'est exact », répondit-il enfin d'une voix enrouée. Il

s'éclaircit la gorge. « En fait, il y a deux navires, des docks flottants. Le premier s'appelle *Maus*, le second, *Souris*.

— Et qui contrôle tout ça ? demanda Rafik.

— Un Russe, Anton Savitch, et un Sikh du nom de Shere Singh.

— Tu fais bien de ne pas mentir. »

Mais ce n'était pas un compliment.

« Nous savons, pour Savitch. Dis-moi où on peut le trouver.

— Je, je n'en sais rien, répondit piteusement Isphording. Je ne l'ai vu qu'une fois, il y a plus de deux ans.

— Nous y reviendrons. Et ce Sikh ? Qui est-ce ?

— Shere Singh. Il est pakistanais, mais il vit en Indonésie. C'est un homme très riche. Il dirige de nombreuses affaires – exploitations forestières, compagnies de navigation, de l'immobilier. La plus importante de ses sociétés est le chantier de démolition Karamita, sur la côte ouest de Sumatra. Je crois qu'il possède les deux docks via ce chantier.

— Tu l'as déjà rencontré ? A quoi ressemble-t-il ?

— Je l'ai vu au cours d'une vidéoconférence, l'année dernière. C'est quelqu'un de corpulent et, comme tous les Sikhs, il porte une barbe et un turban. »

C'est à ce moment que Mohamed entra en trombe, proférant des trucs incompréhensibles en arabe.

« Rafik ! cria-t-il, la police a arrêté Fodl. Il sait où nous euh, nous... »

Et il se tut.

« Où nous sommes, termina Rafik dans sa langue maternelle. Fodl sait où nous sommes. »

Le terroriste se leva. Isphording poussa un cri d'effroi et se recroquevilla dans le canapé, persuadé qu'ils allaient le passer à tabac.

« S'il vous plaît, ne me faites pas de mal, je vous en prie !

— Silence ! » aboya Rafik.

Il prit le bandeau et les boules antibruit que lui tendait Mohamed.

« Mais, mais que faites-vous ? » dit Isphording sur un ton pleurnichard.

Des larmes ruisselaient sur ses joues, ils allaient l'exécuter séance tenante.

« J'ai dit silence », hurla Rafik.

Pendant que Mohamed lui enfonçait les boules dans les oreilles, il lui attacha son bandeau puis un casque antibruit. Isphording n'arrêtait pas de trembler. Il ne voyait plus rien, il n'entendait rien. On lui mit ensuite un bâillon, mais, chose surprenante, pas trop serré. L'un des terroristes le fit se lever puis le guida vers la porte. Il n'avait aucune idée de ce qui se passait, il ne savait pas où on l'emmenait. Après quelques pas, il sentit une odeur de gaz d'échappement, le fourgon dont le moteur tournait au ralenti. On le jeta à l'arrière sans plus de cérémonie. Il ne pouvait pas s'orienter, mais il sentait la présence des deux gardiens qui l'accompagnaient au tribunal pour son audition. On lui attacha les chevilles avec un truc en plastique, puis on lui entortilla les poignets et les mains dans des bandes, très serrées, comme s'il était une momie. Il ne pouvait plus bouger un doigt, impossible donc d'essayer de s'en débarrasser. Les hommes de Rafik étaient aussi efficaces qu'ils étaient cruels.

Isphording supposait que les gardiens avaient subi le même traitement.

Les portes claquèrent dès qu'on eut achevé de le ligoter et le fourgon démarra, mais il n'alla pas bien loin. A en juger par la façon dont les gardiens et lui roulaient sur le plancher, ils avaient tourné trois fois à droite. Pour autant qu'il puisse dire, les Palestiniens s'étaient contentés de le garer derrière le hangar. Le chauffeur coupa le contact, quelques minutes passèrent, puis Isphording l'entendit refermer sa portière.

Les trois hommes étaient isolés les uns des autres par leurs bâillons, ils ne pouvaient rien entendre avec ce qu'on leur avait enfoncé dans les oreilles. Il ne pouvait imaginer plus grand sentiment de privation sensorielle. Il était toujours vivant, mais il ignorait combien de temps il devrait encore attendre.

*
* *

Cabrillo avait claqué la porte du fourgon blindé assez fort pour que les quatre hommes prisonniers à l'intérieur l'entendent bien. Il jeta ensuite les clés sur le toit, inspecta une fois encore la rue devant le hangar. Personne ne l'avait vu dissimuler le véhicule derrière le bâtiment. Il faisait tourner la bombe d'eau de Javel entre ses doigts. Certain que personne n'avait laissé d'empreintes digitales, il avait aspergé l'intérieur du fourgon pour effacer toute trace d'ADN.

Linc l'accueillit à la porte. L'ancien SEAL s'était débarrassé du keffieh qu'il avait mis pour dissimuler son visage noir et le morceau de tissu pendait sur ses larges épaules. Du sang s'égouttait encore des franges, lorsqu'il avait tiré sur Julia.

« Bien joué, lui dit Juan, et les deux hommes échangèrent un large sourire.

— Vous devez avoir un truc pour imiter aussi bien les méchants arabes, patron, lui dit le malabar en plaisantant. Vous avez commencé par le colonel Hourani, de l'armée syrienne, maintenant, Rafik, un chef terroriste palestinien. Et la prochaine fois, Ali Baba ?

— A condition que vous fassiez Shéhérazade et que vous exécutiez la danse des sept voiles. »

Mike Trono, qui tenait le rôle de Youri Zayssev, était en train d'enlever les restes de ce qu'ils appelaient les pétards accrochés sur une veste spéciale qu'il portait sous sa chemise. Les pétards consistaient en des charges miniatures de poudre avec quelques grammes d'un liquide qui imitait le sang. Les spécialistes en effets spéciaux d'Hollywood les utilisaient depuis des années. C'est un truc de ce genre, en plus sophistiqué, qu'ils avaient mis sous le keffieh de Linc, pour faire croire que Julia lui avait arraché la moitié du crâne. Le bureau avait été aussi équipé de la même façon, de petites charges disposées sur les murs et sur les meubles pour donner l'illusion de balles qui frappaient le plastique et le métal. Naturellement, ils n'avaient utilisé que des munitions à blanc pendant l'assaut.

Lorsque l'on retrouverait Isphording et les gardiens, leur récit paraîtrait trop étrange pour ne pas être conforme à la vérité. Après les avoir enlevés, cette bande de Russes s'était fait attaquer par des Palestiniens, une bande de sauvages qui cherchait le magot disparu à la mort d'Arafat. L'attaque avait été violente, pas un seul Russe ne s'en était tiré. Puis les terroristes s'étaient enfuis en apprenant que l'un des leurs avait été interpellé par la police. Ce qui était moins facile à expliquer, c'était que les cadavres des Russes avaient disparu et que les Palestiniens n'avaient pas essayé d'emmener Isphording dans leur fuite. Et les enquêteurs auraient également du mal à trouver comment les Palestiniens étaient entrés dans le pays.

Juan ne s'inquiétait guère de ces menus détails. Les autorités suisses allaient renforcer les contrôles aux frontières, mais elles finiraient bien par se calmer. Après tout, il n'y avait pas eu de victimes, leur témoin-clé était retourné sous les verrous, et la planète était débarrassée de quelques brigands venus de Saint-Pétersbourg. En outre, cerise sur le gâteau, ils allaient pouvoir faire pression sur Isphording pour lui faire avouer ce que l'ex-dirigeant de l'OLP avait fait des milliards qu'il avait volés à son peuple. Et qui sait, les Suisses allaient peut-être même en récupérer une partie.

La seule chose contre laquelle Juan ne pouvait rien, c'était si l'avocat racontait ce qu'il avait craché pendant son interrogatoire. Il n'avait pas envie que les Suisses s'intéressent à Anton Savitch, quel que fût son rôle, ni à ce magnat sikh nommé Shere Singh. Il espérait simplement qu'Isphording avait peur de Savitch comme il avait eu peur de l'OLP, et qu'il se tairait.

Le Dr Huxley sortit des seules et uniques toilettes du hangar. Elle avait débarbouillé le sang qu'elle avait sur la figure. Pour remettre son bras en état, elle s'était déshabillée, ne gardant qu'un débardeur noir dans lequel ses formes généreuses avaient du mal à tenir. Le pétard qui lui avait à moitié « arraché » le bras avait laissé une grosse trace rouge sur sa peau d'ordinaire si blanche.

« Ça va, Ludmilla ?

— *Da*, répondit-elle, très pince-sans-rire en nettoyant cette tache. C'est rien. » Puis, levant le sourcil : « Comment expliques-tu qu'à part Ali et toi, on a tous l'air de zombies dans un film de série B ?

— Parce que, répondit Juan en riant, aucun d'entre vous ne parle arabe ni n'a l'air d'un Arabe. Hali a eu un peu de mal dans le rôle de Mohamed. Il avait deux lignes à apprendre par cœur, pas plus, et il a réussi à se mélanger les pinceaux. En revanche, il faudra que je félicite Kevin et ses mecs des farces et attrapes, ils se sont surpassés. Surtout quand on voit Linc. Un moment, j'ai vraiment cru qu'on s'était gourés et que sa tête avait explosé !

— Moi aussi, concéda Julia, j'ai eu peur. »

Juan rassembla tout son monde.

« Bon, écoutez-moi. Primo, je vous félicite, c'est du boulot bien fait. Cette petite rigolade n'était pas évidente depuis le début, et vous vous en êtes tirés sans anicroche.

— Dois-je comprendre qu'on va toucher une prime ? demanda Hali.

— Et c'est toi qui auras la plus grosse. Je vais t'envoyer chez Berlitz, que tu apprennes au moins de vagues rudiments d'arabe. »

Ce qui valut à l'intéressé quelques rires moqueurs.

« Julia, tu vas rentrer immédiatement à ton hôtel. Tu as réservé ton vol ?

— Je serai à Istanbul vers deux heures, et je pourrai ensuite vous retrouver où tu voudras. Si j'en crois ce que nous a raconté Isphording, je suppose qu'on part pour l'Indonésie ? »

Juan acquiesça.

« J'ai l'impression que Shere Singh est le prochain maillon.

— Dès que je serai à l'aéroport Atatürk, je prends un vol pour Djakarta. » Elle enfila un chemisier foncé. « J'ai laissé tous mes déguisements dans le bureau, ils sont dans une valise.

— Je vais m'occuper de tout brûler », lui dit Juan en l'embrassant sur la joue.

Julia dit au revoir aux autres et quitta le hangar.

« Bon, à nous. J'ai essuyé tout ce que j'ai pu dans le fourgon et passé de l'eau de Javel un peu partout. Même si nous faisons flamber ce hangar, assurez-vous que vous n'avez laissé aucune trace, surtout dans les toilettes. Non qu'Interpol possède déjà vos empreintes ADN, mais je ne veux pas courir le moindre risque. Vous connaissez tous vos itinéraires de repli. Vous vous barrez tranquillement et on se retrouve demain à la même heure à bord de l'*Oregon.* »

Cabrillo avait beau avoir utilisé des déguisements différents lorsqu'il avait fait ses démarches auprès des loueurs, c'est lui qui était le plus susceptible d'être reconnu. C'est pour cela qu'il allait immédiatement quitter le pays. Pendant que les autres nettoyaient l'entrepôt, il se changea puis, armé d'un seau et de chiffons, débarrassa la Mercedes de la poussière de ciment qui la recouvrait. Le temps de se livrer à cette opération, Hali, Linc et Trono avaient terminé leur boulot et disposé des bombes incendiaires un peu partout.

« Je mets la tempo à combien ? demanda Linc.

— Attends une seconde. »

Juan sortit son téléphone et appela l'*Oregon.*

« Ici le cabinet d'avocats Dewey, Cheatem et Howe », répondit Linda Ross de sa voix haut perchée.

Cabrillo calcula rapidement le décalage horaire entre la Suisse et la mer de Chine.

« Bonsoir, Linda.

— Alors patron, ça s'est passé comment ?

— Comme sur des roulettes. Ecoute-moi bien, est-ce que Murph et Eric ont suivi les nouvelles de ce qui se passe à Zurich ?

— Bien sûr, je vais te les chercher. »

Mark Murphy arriva quelques instants plus tard, Juan entendait la musique qui sortait des écouteurs qu'il avait passés autour de son cou. Un truc qui ressemblait à une scie électrique en train de découper un rail.

« Salut patron, voilà ce que racontent CNN et SkyNews. Les Suisses n'ont pas la moindre idée de ce qui a pu se passer. Au début, ils ont cru que le bâtiment s'était effondré, puis ils se sont dit qu'ils avaient droit à leur petit 11 Septembre. J'ai intercepté une conversation sur une fréquence de la police, ils faisaient allusion au fourgon qui avait disparu et à des inconnus armés qui auraient été vus lorsqu'il y a eu des explosions.

— Tu crois qu'ils bouclent les frontières ou qu'ils annulent les vols ?

— Non, ils ont l'air de penser que c'est une affaire intérieure.

— Donc on ne risque rien pour l'instant.

— Il leur faut tellement de temps pour trouver combien font deux et deux qu'ils ne te factureront pas les intérêts.

— Hein ?

— C'était une blague. Vous savez, les banques suisses ? Les intérêts ? Marrant, non ?

— Bon, contentez-vous d'être un expert en matière de belle musique et laissez l'humour aux professionnels, comme Max. Vous êtes à quelle distance de Sumatra ?

— Quelques jours, pourquoi ?

— Rudolph Isphording nous a appris que le mec qui possède le *Maus* est un certain Shere Singh. Il a une société, les chantiers de démolition Karamita. Trouve-moi ce que tu peux là-dessus. Et regarde aussi s'il n'existe pas un autre dock qui s'appellerait *Souris*. Il appartient également à Singh.

— Compris.

— Merci, Murph. Dites à Max que vous allez laisser tomber le *Maus* et vous diriger à bonne allure vers Karamita. »

« A bonne allure » était très inférieur au maximum dont était capable l'*Oregon*, mais, s'ils faisaient route à cette vitesse, de jour, sans mettre en marche les brouilleurs radar, ils risquaient de dévoiler l'un de leurs plus importants secrets.

« Je lui dis.

— Je vous rejoins d'ici un jour ou deux. »

Juan raccrocha et se tourna vers Linc qui attendait ses ordres avec les autres.

« Apparemment, la police ne comprend pas ce qui s'est

passé et on a donc le champ libre pour l'instant. Nous aurons tous quitté la Suisse dans six heures. Tu règles tes charges pour huit heures du soir. Isphording et ses gardiens vont avoir une journée un peu difficile, mais, le temps que les pompiers rappliquent et trouvent le fourgon, ils ne seront pas encore morts de soif. »

Cabrillo mit en route le gros V8 de son quatre-quatre, il avait une longue route à faire jusqu'à Munich d'où il comptait prendre un vol pour quitter l'Europe. Il espérait que, le temps d'arriver là-bas, les effets de l'adrénaline se seraient dissipés et qu'il se serait calmé. Il avait encore les mains tremblantes et l'estomac noué. Il espérait aussi que Max allait découvrir que l'autre dock était hors du coup, et qu'il n'était pas lui aussi impliqué dans des affaires de piraterie en haute mer. Mais il savait que c'était bien peu probable, aussi peu probable que de voir Hali Kasim prononcer le sermon pendant le prochain *hajj* à La Mecque.

CHAPITRE 18

JUAN CABRILLO CONNAISSAIT bien ce genre de type. L'homme installé derrière le comptoir en face de lui était habillé de vêtements de mauvaise qualité et ne se souciait guère de son apparence. La seule chose qui lui importait, c'était d'observer les préceptes de sa foi. Il portait un turban très serré, mais le tissu était usé et sale. Quant à la chemise bon marché en coton et aux auréoles sous ses aisselles, elles devaient être là depuis toujours. Des restes de nourriture agrémentaient sa barbe et sa moustache.

Le bureau était aménagé pour offrir un aspect particulier. La table était jonchée de papiers, les armoires, bourrées de dossiers. Le mobilier était sommaire et peu confortable, la plupart des affiches accrochées aux murs venaient de l'office du tourisme indonésien. L'ordinateur posé derrière la table n'aurait pas déparé dans un musée des technologies.

La femme qui avait conduit Juan jusqu'au bureau était peut-être le seul élément authentique de tout ce décor. C'était une vieille Indonésienne, maigre comme un coucou et fatiguée. Ses vêtements ne valaient pas mieux que ceux de son patron, mais Cabrillo se dit que c'était sans doute parce qu'il la payait une misère et non parce qu'elle s'occupait de l'accueil dans une boîte en capilotade.

Cabrillo avait lu attentivement le dossier que lui avait préparé Mark Murphy avant ce rendez-vous avec Shere Singh. Il y avait là-dedans tout ce qu'on pouvait souhaiter et davantage sur lui et sur sa famille. Il savait que sa fortune était estimée à un demi-milliard de dollars. La famille du patriarche demeurait dans un domaine de deux cents hectares. La maison était assez vaste pour accueillir sous un même toit ses onze enfants et leurs familles. Singh ne faisait confiance à ses gendres que jusqu'à un certain point. Apparemment, il les chargeait de la plupart de ses activités légales. Ses fils, eux, géraient le reste. Abhay Singh, le fils aîné, dirigeait les chantiers de démolition Karamita.

Ses bureaux étaient installés dans la banlieue de Djakarta, assez près des quais pour qu'on entende les sirènes des bateaux, mais assez loin pour qu'on soit obligé de chercher un peu avant de les trouver.

Obtenir ce rendez-vous avait été très simple. Cabrillo avait pris contact avec la société pendant son vol de Munich à Djakarta et s'était présenté comme le capitaine d'un navire qu'il souhaitait vendre à la casse. Il voulait savoir combien les chantiers Karamita lui en donneraient.

Juan n'était pas mieux vêtu que son hôte. Il ne s'était pas rasé depuis la veille de l'enlèvement d'Isphording et portait une perruque noire, assez sale, sous sa casquette de marin. Son pantalon de toile n'avait jamais connu fer à repasser ni pressing, il manquait plusieurs boutons aux manches du blazer qui contenait vaille que vaille son énorme brioche. Si les membres de la famille Singh, richissimes, affectaient de se faire passer pour de modestes travailleurs, Juan pouvait bien se présenter comme un capitaine à qui la chance n'avait pas souri.

Abhay Singh lut la fiche descriptive de l'*Oregon* que Juan lui avait donnée, après avoir cependant changé le nom que l'on était en train de peindre sur sa vieille coque rouillée. Le papier fournissait ses dimensions, son tonnage, une liste d'équipements et de destinations. Il y avait encore une dizaine de photos. Le Sikh lut le tout assez rapidement, mais sans rien manquer. Il avait de petits yeux porcins. On n'entendait aucun bruit dans le bureau, si ce n'est les grincements d'un ventilateur noir qui se balançait au plafond et, par la fenêtre ouverte, les bruits de la rue, un étage plus bas.

« Il y a une chose que je ne comprends pas bien, capitaine, euh... Smith, lui dit Singh en l'observant d'un œil pénétrant. Je ne vois pas les documents qui prouvent que vous êtes bien l'armateur. Peut-être n'est-ce pas votre propre navire que vous essayez de vendre à la casse? »

Cabrillo, toujours dans la peau de Jeb Smith, l'une des identités qu'il prenait quand il traitait avec une administration, soutint son regard sans ciller.

« Et il vous manque encore autre chose. »

Il lui tendit une autre liasse de papiers.

Smith y jeta un coup d'œil, l'air sceptique, lut la moitié de la première page et leva la tête, les yeux brillants de gourmandise.

« C'est vrai. »

Juan hocha la tête.

« Les cales contiennent huit mille tonnes d'aluminium en lingots, nous les avons chargées à Karachi. Vous me feriez quel prix si nous traitions directement, Mister Singh? Vous oubliez que le propriétaire est quelqu'un d'autre, j'oublie que lorsque vous avez pris possession du navire, il transportait pour dix millions de dollars d'un métal qui n'appartient ni à moi, ni à vous. »

Singh reposa la liasse sur son bureau et croisa les mains sur le paquet. Il regardait Juan tout en réfléchissant.

« Et comment se fait-il, capitaine, que vous soyez venu nous voir, nous, à Karamita? »

Cabrillo savait que sa vraie question était : comment le capitaine Jeb Smith savait-il que les propriétaires des chantiers Karamita étaient vénaux?

« De nombreux poètes ont écrit sur l'immensité des océans, et c'est exact, Mister Singh, mais vous savez sans doute que le monde est petit. On entend dire des choses.

— Et où entend-on ce genre de choses? »

Juan prit un regard fuyant.

« A différents endroits et de différentes sources. Je ne sais plus qui au juste m'a parlé de vos belles installations, mais ce genre de bruit se répand plus vite que la dysenterie et il est parfois encore plus difficile à combattre. »

Il gardait les yeux rivés sur ceux de Singh, mais son visage était devenu de marbre. Abhay Singh avait compris ce qu'il voulait dire à demi-mot. Pose-moi encore des questions de ce genre, mon gars, et les autorités vont venir voir de près ce qui se passe à Karamita.

Le Sikh lui décocha un sourire qui était tout sauf sincère.

« Cela me réchauffe le cœur, savoir que des gens parlent de nos affaires d'une façon aussi élogieuse. Je suis sûr que nous pouvons trouver un accord. Vous savez que le cours de l'acier de récupération est assez haut en ce moment, je peux vous proposer du cent dix dollars la tonne.

— J'aurais pensé à quelque chose de l'ordre de cinq cent cinquante », répliqua Juan.

Il aurait pu tout aussi bien annoncer quatre fois plus avec l'aluminium dont il lui faisait cadeau en prime, mais il voulait garder la négociation ouverte et ne pas paraître trop malhonnête.

« Non, répondit Abhay, c'est hors de question, comme si Juan venait d'insulter sa sœur. Je pourrais éventuellement aller jusqu'à deux cents.

— Vous pourriez bien monter à quatre cents, mais je me contenterai de trois cents.

— Oh, capitaine, se lamenta Singh sur un ton larmoyant, comme si, maintenant, c'était sa mère qu'on insultait. A ce prix-là, je ne rentre même pas dans mes frais.

— Je pense au contraire que vous les couvrez largement. Pourquoi ne pas convenir de deux cent cinquante dollars la tonne, et je vous livre le navire d'ici deux jours. »

Singh se tut pour réfléchir à cette proposition. Juan savait que le *Maus* allait arriver à peu près en même temps que l'*Oregon* et il se demandait ce qui allait l'emporter dans la tête du Sikh, de l'appât du gain ou de la prudence. Un homme prudent fermerait le chantier tant que le dock n'aurait pas fini de décharger sa cargaison et qu'il n'aurait pas effacé toute trace de cet acte de piraterie, mais Singh pouvait faire un gros bénéfice en acceptant le prix que lui offrait Juan. Le Sikh finit par se décider :

« Pour le moment, le chantier est plein. Arrivez dans une semaine, et vous aurez de la place. »

Juan se leva et lui tendit une main moite.

« Tope-là, mais juste au cas où les vrais propriétaires auraient des espions à Djakarta, je serai de toute façon ici dans deux jours. »

Il était sorti du bureau et était passé devant l'accueil avant que Abhay Singh n'ait eu le temps de comprendre.

Il retrouva George Adams à l'aéroport. Le pilote le ramena à bord de l'*Oregon* resté à l'écart des rails de navigation. Au cours de ces derniers jours, George avait bien effectué vingt heures de vol pour récupérer l'équipe qui avait travaillé en Suisse. Maintenant, tout le monde était rentré, à l'exception notable d'Eddie Seng.

De retour dans sa cabine, Cabrillo se débarrassa de son déguisement façon Jeb Smith et fourra le tout dans un grand sac qu'il jeta au fond d'un placard dans la coursive, où il resterait jusqu'à ce qu'il en ait de nouveau besoin. Il se barbouilla de savon et se rasa méticuleusement.

Le miroir accroché au-dessus du lavabo en cuivre lui renvoyait son regard, ce regard gourmand que déclenchait chez lui l'approche du but. Que Singh ait accepté d'acheter un navire sans se faire produire de titres de propriété constituait un motif suffisant pour le faire arrêter, mais, plus important encore, Juan avait maintenant de bonnes raisons de penser que Rudy Isphording lui avait dit la vérité. Abhay Singh et son père étaient mouillés jusqu'au cou, Juan n'avait plus qu'à remonter jusqu'à Anton Savitch avant de tous leur passer la corde au cou.

Il prit sa douche, se mit de l'après-rasage sur les joues avant d'enfiler un pantalon noir, une chemise de coton blanc toute propre et des mocassins foncés. Il appela les cuisines pour qu'on lui monte un repas en salle de réunion puis convoqua tout son état-major.

La salle de réunion était aménagée à tribord, derrière l'îlot, et pouvait accueillir une quarantaine de participants, même si la table était prévue pour douze. Lorsque l'ordre du jour n'était pas confidentiel, on pouvait ouvrir de grandes baies et bénéficier ainsi de la lumière. Juan arriva le premier et s'installa dans le fauteuil à haut dossier, au bout de la table en merisier. Maurice, leur maître d'hôtel, se présenta à son tour avec une assiette fumante de raviolis et une carafe de thé glacé aux fruits, sa spécialité. Il remplit un verre et tendit l'assiette à Juan.

« Bienvenue à bord, patron. »

Juan avait reçu par courrier électronique pendant son vol de retour le dossier relatif à la famille Singh, et George Adams était allé le chercher à Djakarta en lui apportant son déguisement de capitaine Smith. Il n'avait donc pas remis les pieds à bord depuis qu'il avait accompagné Tory Ballinger à Tokyo, quinze jours plus tôt.

« Ça fait du bien de rentrer. Quelles sont les nouvelles ? »

Maurice était un incurable bavard.

« Le bruit court qu'Eric Stone a une petite aventure avec une Espagnole qu'il a trouvée sur Internet. Et on prétend que leurs conversations sont plutôt torrides. »

Eric était un chef de quart hors pair, sa connaissance de tous les systèmes à bord rivalisait avec celles de Juan ou de Max Hanley, mais, lorsqu'il s'agissait du sexe opposé, ce garçon devenait franchement désespérant. A Londres, dans un bar, après l'affaire de la Pierre sacrée, Eric avait été tellement choqué par les avances éhontées que lui faisait une nana qu'il avait été obligé de sortir pour dégueuler.

« Dites-moi, Maurice, vous n'avez quand même pas utilisé mon compte pour aller fouiller dans l'ordinateur ? lui dit Juan sur un ton un peu grondeur.

— Je ne savais même pas qu'il existait un truc pareil, Mister Cabrillo. Je l'ai juste entendu en parler avec Mark Murphy. »

Ça collait assez bien. Murph, le complice d'Eric, avait encore moins de chance que Stone avec les femmes, si l'on oubliait la gothique qu'il s'était draguée. Mais une fille avec plus de piercings qu'une pelote d'épingles, qui se laissait impressionner par un mec sous prétexte qu'il savait décoller d'un toboggan sur une planche à roulettes, pour Cabrillo, ce n'était vraiment pas une affaire.

« Eh bien, Maurice, vous savez donc ce qu'ils se disent. L'amour sera toujours l'amour.

— Ne me le demandez pas, je ne dirai rien, Mister Cabrillo. »

Le maître d'hôtel s'inclina à l'arrivée de Max, de Linda Ross et de Julia Huxley. Ils se servirent eux-mêmes de thé et de raviolis. Hali Kasim entra quelques instants plus tard en compagnie de Franklin Lincoln. Normalement, Linc n'aurait pas dû participer à cette réunion, mais il remplaçait Eddie Seng. Eric et Murph arrivèrent les derniers et s'excusèrent vaguement avec une histoire vaseuse tirée d'un vieux Monty Python.

« Commençons par le début, déclara Juan lorsque tout le monde eut pris place. Des nouvelles d'Eddie ?

— Toujours rien », répondit Hali.

Juan leva un sourcil interrogateur et se tourna vers le Dr Huxley. Elle répondit immédiatement.

« Le répondeur sous-cutané que je lui ai implanté dans la cuisse marchait parfaitement lorsque je l'ai essayé, avant votre départ pour Tokyo. En fait, il n'est en place que depuis trois mois. »

Certains membres importants de la Corporation, y compris Juan, portaient des balises de ce type implantées sous la peau. Ce composant électronique, de la taille d'un timbre-poste, était alimenté par le système nerveux. Toutes les douze heures, il émettait un signal que recueillait un satellite commercial avant de le relayer à l'*Oregon*. C'était un discret moyen de suivi des hommes sur le terrain sans avoir à trimbaler un équipement que l'on aurait pu découvrir avant de le confisquer.

Cette technologie, très récente, était loin d'être parfaitement au point, si bien que Juan ne lui accordait pas une confiance aveugle. Cela dit, dans le cas d'Eddie, ils n'avaient pas d'autre solution.

« Le dernier signal reçu, ajouta Hali, indiquait qu'il se trouvait dans la banlieue de Shanghai, pas très loin du nouvel aéroport. »

Juan réfléchit.

« Une possibilité qu'ils l'aient fait sortir par avion ? »

Max Hanley tapotait le tuyau de sa pipe contre ses dents.

« Nous y avons pensé, mais ça ne colle pas avec ce que nous savons de ces trafiquants. Eddie suit la trace de ceux que nous avons retrouvés dans le conteneur, il devrait suivre en principe le même trajet.

— Mais si les pirates leur causent trop de pertes, ils ont peut-être changé de méthode ? demanda Eric Stone derrière son portable posé devant lui.

— Nous ne savons pas combien les pirates en ont capturé, lui répondit Hali. Ceux que nous avons trouvés à bord du *Kra* faisaient peut-être partie d'un premier lot.

— Ou du dernier, rétorqua Eric, avant que les Têtes de Serpent utilisent des moyens aériens.

— S'ils ont déjà des moyens maritimes, ça leur coûterait un prix fou. Et ils devraient mettre en œuvre d'autres infrastructures. »

Juan les laissait débattre, mais il savait que personne n'avait la réponse. Tant qu'ils ne recevaient aucun signal d'Eddie, ils pédalaient dans le vide.

« Bon, ça va, conclut-il pour couper court à cette discussion qui ne les menait à rien. Hali, tu vas écouter davantage de satellites, il y en a peut-être un qui aurait capté les signaux d'Eddie. Il va falloir faire preuve d'imagination. Cherche tout ce qui est susceptible de recevoir des émissions de ce genre. »

Hali se rebiffa.

« J'ai contrôlé les journaux de bord, mes gars ont regardé tous les satellites qui passent à moins de quinze cents kilomètres de Shanghai.

— Je ne mets pas en doute leurs compétences, Hali, répondit Juan en essayant de le calmer. Si Eddie était à l'intérieur de ce cercle, ils l'auraient trouvé. Mais je veux que tu multiplies par deux le rayon de la zone et que tu le cherches jusqu'à trois mille kilomètres de Shanghai. Si tu n'as toujours rien, étends encore la zone, jusqu'à ce que tu trouves quelque chose. »

Hali prenait des notes sur un bloc au logo de la Corporation.

« Ce sera fait, patron. »

Juan s'arrêta en attendant que tout le monde l'écoute.

« Mon rendez-vous d'hier maintenant. Nous allons ajouter à notre liste de suspects Shere Singh, son fils Abhay ainsi que tous ceux qui travaillent avec les chantiers Karamita. Ce sont eux qui possèdent le *Maus* et le second dock. » Il se tourna vers Murph : « A propos, rien sur l'autre, le *Souris* ? »

Murph attrapa le portable d'Eric et parcourut quelques fichiers.

« Voilà, je l'ai. Construction soviétique, racheté à la même époque que le *Maus* mais par un autre consortium de sociétés-écrans. Ils ont refait la même erreur, ils sont passés par Rudolph Isphording pour trouver des hommes de paille. Contrairement au *Maus*, le *Souris* n'a encore effectué aucune mission, personne ne l'a loué, personne ne l'a revu. Il était sur la liste des Lloyd's, mais la dernière fois qu'il a été pointé, il se trouvait à Vladivostok en attendant que ses nouveaux propriétaires en prennent possession. »

Juan ouvrait la bouche pour lui poser une question, mais Murph le devança.

« J'ai déjà vérifié. Il a été remorqué hors du port il y a dix-huit mois, et personne ne se souvient du nom des remorqueurs.

— Et merde. »

Linda Ross prit la parole, la bouche pleine.

« Par conséquent, au cours de ces dix-huit mois, Shere Singh et compagnie ont pu l'utiliser à autre chose. Même si ce n'est pas pour s'emparer de navires en haute mer, un truc de cette taille est parfait pour des tas d'opérations de contrebande. On peut y mettre quelques centaines de voitures volées. Ils pourraient même y caser deux gros avions de ligne sans avoir besoin de démonter les ailes, ou encore, entasser dans le radier deux mille émigrés clandestins. »

Elle n'essayait que de lancer quelques idées en l'air, mais l'atmosphère dans la salle de réunion changea soudain. Elle avait jeté un froid, les visages étaient sombres, comme si un nuage avait caché le soleil et plongé la pièce dans l'obscurité. Chacun imaginait l'énorme dock transformé en négrier, bourré de misérables promis à un sort peut-être pire que la mort.

« *Putain*, murmura quelqu'un.

— Mark, trouvez-le. » Cabrillo avait pris un ton coupant. « Vous faites comme vous voulez, mais vous me trouvez ce dock.

— Bien monsieur, lui répondit son jeune spécialiste.

— Bon, revenons à nos moutons, reprit Juan, soudain plus grave. Pour ceux d'entre vous qui ne seraient pas au courant, je suis allé à Djakarta négocier la vente à la ferraille de l'*Oregon.* »

En temps normal, la nouvelle aurait déclenché quelques sarcasmes, ou au moins des sourires entendus, mais les participants étaient trop préoccupés.

« Comme nous l'a appris Isphording, les gens qui possèdent les chantiers Karamita sont aussi corrompus que possible. Jusqu'à hier, nous n'avions que des hypothèses ou des informations de seconde main, ainsi que la parole d'un type poursuivi par la justice. J'ai maintenant la preuve que Singh est en cheville avec les pirates et peut-être même, avec les trafiquants.

« Il ne veut pas voir l'*Oregon* avant une semaine d'ici, ce qui lui laisserait le temps de faire disparaître le navire qui se trouve dans le radier du *Maus*, mais nous allons tout de même jeter l'ancre dans la baie d'ici deux jours. La nuit de l'arrivée du *Maus*, nous allons étaler au grand jour toute cette affaire.

— Quel est votre plan ? lui demanda Linc.

— Nous sommes ici pour en parler. Vous allez en discuter

avec vos collaborateurs et vous revenez me voir avec quelques scénarios. Mark, tu as des photos du chantier ?

— Des photos d'un satellite d'observation. Elles datent d'un an et on dirait que le chantier était en construction à l'époque.

— Tu vas dire à George de faire quelques passes en hélico pour essayer de prendre des vues un peu meilleures. Si le Robinson n'a pas l'autonomie suffisante, dis-lui de louer un appareil à Djakarta. Et dès qu'il rentre, tu fais des tirages pour tout le monde.

— Compris.

— Linc, je ne sais pas combien de gardes ils ont là-bas ni comment ils sont armés. Assurez-vous que vos clampins ont tout ce qu'il faut, y compris des missiles portatifs.

— Bien.

— Doc ?

— Je sais, je sais, répondit Julia avant qu'on lui ait demandé. Je vais revérifier les stocks de sang et jouer les vampires avec l'équipage s'il en manque. »

Tout le monde se leva, mais Juan n'avait pas terminé.

« Je veux être parfaitement clair. Cette mission a pris une ampleur qui dépasse de loin ce pour quoi on avait fait appel à nous. Jusqu'ici, nous avons pris des risques, mais nous nous en sommes sortis. » Il regarda Linda. « Tu t'es battue au corps à corps avec l'un des sbires de Singh et tu sais de quoi ils sont capables. L'argent que nous gagnons n'est rien à côté des dangers que nous allons rencontrer une fois que nous aurons pénétré dans le chantier. En fait, ça couvre à peine les coûts d'exploitation du bâtiment. »

Cette dernière remarque provoqua quelques sourires.

« Ceux qui sont sous vos ordres ont un salaire et des primes. Nous, on n'est payés que s'il y a des bénéfices. Si vous avez rejoint la Corporation, c'est pour mettre à profit vos talents exceptionnels et gagner de l'argent. J'ai peur que nous ne tirions pas grand-chose de ce coup-là. Si donc l'un d'entre vous n'a pas envie d'y aller, il a mon autorisation. Vous reprendrez votre place quand tout sera terminé, on ne vous posera pas de questions, on ne vous fera aucun reproche. »

Il attendit les éventuelles réactions, passant en revue les visages l'un après l'autre. Tout le monde se taisait et Max se gratta la gorge.

« C'est comme ça, patron. Nous en avons déjà discuté entre nous quand nous avons commencé à pister le *Maus*. La vérité, c'est qu'il y a des boulots qui méritent plus que l'argent qu'on y gagne. On est tous tombés d'accord, on serait prêts à payer pour clouer tous ces salopards sur une porte de grange. On est cent pour cent derrière toi. »

Il y eut quelques murmures d'approbation, tout le monde suivit Hanley.

Juan souriait, c'était son seul moyen de leur exprimer sa gratitude.

*
* *

Juan était accoudé au bastingage sur l'aileron de passerelle. Il avait remis son déguisement de Jeb Smith au cas où des gens les auraient observés. La lisse rouillée lui avait mis de l'orange sur les mains. Le soleil n'était plus qu'une boule incandescente qui disparaissait dans le lointain derrière le chantier naval de Shere Singh. L'air était lourd, rempli d'odeurs de métal chaud, de solvants industriels et de mazout. Pendant qu'ils longeaient la côte de Sumatra, cap au nord, il avait pu admirer des plages de sable immaculé et la jungle où poussait une végétation luxuriante. La plus grande partie de l'île était indemne et comme aux premiers jours du monde. Mais, autour du chantier, tout changeait, comme si la terre était dévorée par un cancer. La plage n'était plus qu'un magma de boue et la mer ressemblait à de l'eau de vaisselle. A l'exception d'un hangar tout neuf construit en surplomb au-dessus de la baie, les bâtiments étaient délabrés et recouverts d'une couche noirâtre. Il n'avait jamais vu d'endroit aussi désespérant, aussi déshumanisé.

Les proportions gigantesques des constructions, des grues, de tous ces équipements, réduisaient les ouvriers à des animalcules insignifiants. Les ponts roulants qui surplombaient le chantier transféraient des piles de tôles depuis les navires échoués sur la côte jusqu'à des zones de stockage clôturées où des travailleurs crasseux les attaquaient au chalumeau, au marteau, parfois à mains nues. De là où il était, à un quart de nautique de la côte, Juan croyait voir des fourmis en train de dévorer la carapace de quelque cafard géant.

L'*Oregon* était littéralement entouré d'une armada de navires maudits. La flotte de bâtiments à bout de bord promis à la démolition s'étendait presque jusqu'à l'horizon. Il y avait là un véritable archipel de coques rouillées qu'on aurait dit hantées, désespérées, comme les âmes des morts qui attendent avant de se retrouver en enfer. Tous ces porte-conteneurs, pétroliers, cargos, le faisaient penser à un troupeau de bêtes qui attendent devant l'abattoir. L'*Oregon* semblait lui aussi assez décrépit, mais ce n'était qu'un camouflage. Autour de lui, c'était du réel, le résultat de l'air salin, des fureurs de l'océan, et de la négligence.

« Tu as vu ça ? » lui dit Max Hanley qui sortait de la passerelle. Il portait une combinaison pleine de graisse, et les traces étaient toutes fraîches, il remontait tout juste de la machine. « Quand je vois ces bailles, je me dis que l'*Oregon* est ce qu'on fait de mieux. »

Un bruit effroyable sortit du grand hangar, se répercuta dans toute la baie et couvrit la réponse de Cabrillo.

« Qu'est-ce que c'est que ça? s'exclama Hanley quand le vacarme se fut calmé.

— Peut-être la nouvelle chaîne stéréo de Murph? fit Juan en rigolant. J'ai l'impression qu'il y a une espèce de scie dans ce hangar. J'ai lu un truc là-dessus – une énorme chaîne entraînée par un moteur et qui te découpe un navire comme un couteau taille une tranche de pain. »

Max alla chercher une paire de jumelles sous la table à cartes dans l'abri. Quelques minutes plus tard, les portes du hangar commencèrent à s'ouvrir. Des petites locomotives diesel en sortirent, remorquant une tranche de sept mètres de large. Le morceau avait une assez jolie forme, comme une sculpture, l'étrave du navire inconnu. Une grue mobile souleva le tout dès que les locomotives eurent atteint l'extrémité des voies. La tranche était ouverte dans son milieu. Ce navire avait des cales et non des ponts superposés, sans doute un vraquier ou un pétrolier.

« On dirait un cargo qui aurait la forme d'une pelle à tarte, remarqua Max.

— Pour une grosse tarte. »

Des ouvriers s'employaient à faire basculer la masse d'acier sur le flanc pour achever les opérations de découpe.

Juan avait l'air ailleurs, ce qui intrigua Max Hanley.

« Qu'est-ce qui peut bien t'intéresser dans cette fosse à merde ?

— Nous savons que Singh est impliqué, mais j'ai passé deux heures là-bas et tout paraît normal, sauf ce qui se fabrique peut-être dans ce hangar.

— Là où il y a cette scie ?

— Ouais. »

Juan lui emprunta ses jumelles pour examiner de plus près la construction.

« J'ai bien envie d'aller y jeter un coup d'œil cette nuit.

— Et le *Maus* ?

— Il va arriver sous peu. D'ici là, découvrir ce qu'ils sont en train de découper là-dedans pourrait nous apprendre des choses.

— C'est peut-être l'un de ces navires dont se seraient emparés les pirates avant qu'on nous mette sur le coup, convint Hanley. Ils l'ont peut-être transporté à bord de leur autre dock. »

Cabrillo se tourna vers son vieil ami.

« Je n'en saurai rien tant que je ne serai pas allé y regarder.

— Tu comptes y aller seul ? lui demanda Max en haussant le sourcil.

— Je ne veux pas faire courir de risques à quelqu'un d'autre. Je serai reparti avant qu'ils se rendent compte de quoi que ce soit.

— Linda Ross disait la même chose quand elle est allée sur le dock avec son équipe.

— Regarde donc ce qui se passe côté mer. »

Max prit les jumelles et les pointa sur cet objet sans forme.

« Et qu'y a-t-il à voir?

— Le hangar est construit sur pilotis. Je suppose que les parois métalliques ne vont pas jusqu'au fond de l'eau, et même si c'est le cas, les portes, elles, ne vont pas aussi bas. Il y aurait trop de résistance à l'ouverture et à la fermeture.

— Tu as l'intention de passer à la nage sous les portes.

— Une fois que je serai à l'intérieur, je pourrai identifier le navire. Je n'en ai pas pour plus d'une heure, essentiellement pour l'aller-retour. »

Max se concentra sur l'énorme construction, jaugeant le pour et le contre. Il parvint rapidement à sa conclusion.

« Tu devrais prendre un Draeger », conseilla-t-il à Juan.

Une sirène se mit en route, marquant la fin de la journée de travail.

« Comme ça, tu ne laisseras pas de bulles derrière toi pendant le transit. »

A une heure du matin, Juan Cabrillo descendit dans le garage sous-marin, vêtu d'une combinaison intégrale. L'eau était plus que tiède, mais il avait besoin de cette combinaison noire en néoprène pour ne pas être trop voyant lorsqu'il serait sur place. Il avait chaussé des bottes de plongeur à semelles épaisses, ses palmes étaient posées à côté de lui sur le banc. Il allait utiliser un Draeger. Contrairement aux bouteilles classiques, qui fournissent de l'air frais à chaque inspiration, ce système de fabrication allemande possédait des filtres à dioxyde de carbone. Le plongeur respirait en circuit fermé, ce qui augmentait l'autonomie et éliminait les traditionnelles émissions de bulles.

Le Draeger pouvait devenir dangereux si on l'utilisait à des profondeurs supérieures à dix mètres et Juan avait donc l'intention de ne pas trop s'éloigner de la surface. Il emportait dans une mince sacoche étanche fixée sous l'aisselle un calculateur, une lampe-torche et un 57 de la Fabrique nationale, un automatique à double action. Ce pistolet tirait de nouvelles munitions calibre 5,7 mm. L'intérêt de ces cartouches aussi fines que des aiguilles tenait principalement dans la poignée où l'on logeait vingt coups, plus la munition engagée dans la chambre. Elles étaient calculées pour percer la plupart des gilets pare-balles connus, sans pénétrer beaucoup plus loin dans la cible.

Il portait enfin un poignard fixé sur la face externe de sa cuisse droite et une montre de plongée.

Un marin de l'équipe de plongée qui passait s'approcha de lui.

« Juste pour rigoler, j'ai demandé au Dr Huxley d'analyser un échantillon de flotte, dit-il à Juan qui procédait aux dernières inspections. Elle dit que la mer est plus polluée que la Cuyahoga [1], quand il y a eu ces incendies, dans les années soixante.

— Vous trouvez ça drôle ? fit Juan sur un ton assez sarcastique.

— Mieux vaut se contenter d'analyser cette bouillie infâme que de plonger dedans, répondit l'autre avec un grand sourire.

— Fini de t'équiper ? » demanda Max qui arrivait.

Linda Ross était arrivée elle aussi, mince silhouette à côté de lui.

« C'est du gâteau. »

Juan se leva, fit signe au technicien qui éteignit l'éclairage rouge.

« Eric est de quart, lui dit Max, et Mark est au CO, pour le cas où les choses tourneraient à l'aigre. Linc et quelques-uns de ses SEAL sont en train de se préparer. Ils seront parés avec le Zodiac, le temps que tu aies fait la moitié du trajet aller.

— Bonne idée, mais j'espère bien que je n'en aurai pas besoin. »

Les portes du garage s'ouvrirent et, sans un mot de plus, Juan descendit la rampe, enfila ses palmes et se laissa rouler

1. Rivière du nord de l'Etat de l'Ohio. (NdT).

sans bruit dans l'eau. Dès qu'il fut immergé, il se sentit allégé de tout le poids de son barda. Il était dans son élément, il pouvait se concentrer sur ce qu'il avait à faire. Oubliés Eddie Seng, les pirates, les passeurs, les mille et un soucis de sa société. Comme si plus rien n'existait que la mer et lui.

Il se laissa descendre à trois mètres, ajusta la pesée et vérifia le compas. Puis les bras le long du corps, il commença à palmer calmement dans cette eau noire comme de l'encre. Le rythme de sa respiration était calme, régulier. Au bout d'une minute, il ne sentit plus la présence de l'*Oregon*, il avait dépassé l'étrave.

Le Draeger était muni d'un gros embout, mais il avait tout de même le goût infect de l'eau dans la bouche. Un goût métallique, comme s'il suçait une pièce de monnaie. Passant la main sur sa combinaison, il la retira graisseuse, couverte d'huile. Juan ne faisait pas partie de ces fanatiques prêts à tout pour défendre les arbres – il savait bien que la civilisation avait forcément un impact sur l'environnement. Mais, sans parler du reste, il voulait mettre un terme aux activités de Singh, ne serait-ce que pour les dégâts qu'il avait fait subir à la région.

Il n'osait pas allumer sa lampe-torche et devait donc se fier à ses autres sens. Cela faisait vingt minutes qu'il était dans l'eau. Il nageait contre le courant de marée, assez faible, lorsqu'il entendit un bruit sourd de ressac, la mer qui passait sous les portes du grand hangar. Il modifia légèrement son cap pour compenser la dérive et, une minute après, sa main buta contre du béton assez rugueux. C'était l'un des pilotis de soutènement. Il fit le tour pour se retrouver dans l'axe. La plage était illuminée par des guirlandes de lampes, mais le côté du hangar qui donnait sur la mer était plongé dans une obscurité totale. Il alluma sa lampe. Le filtre rouge ne laissait passer qu'une faible lueur, suffisante toutefois pour lui permettre de prendre ses repères.

Il éteignit la torche et se laissa remonter doucement. Il déchira la surface sans faire plus qu'une vaguelette. Les portes avaient la hauteur d'un immeuble de huit étages et faisaient presque soixante-dix mètres de large. N'importe quel navire pouvait passer avant d'aller se faire découper à l'intérieur, à l'exception peut-être des plus grands paquebots, porte-conteneurs ou pétroliers.

Il replongea à un mètre ou deux avant de sentir le bas de la porte. Il se laissa couler dessous et refit surface de l'autre côté. Il enleva son embout et ôta son masque. A sa première inspiration à l'air libre, il sentit de nouveau cette odeur de métal chaud.

Il crut d'abord que le hall était entièrement plongé dans le noir, plus noir encore qu'une nuit sans lune, mais comprit bientôt qu'il avait émergé sous une passerelle. Il s'en éloigna un peu et aperçut des ampoules nues qui pendaient du toit, éclairant la forme noire d'un navire. Il remonta alors le bassin à la nage sur toute sa longueur. Contrairement à tous ceux qu'il avait aperçus dans la baie, ce navire-là n'était pas bouffé par la rouille. La coque était propre et vierge de salissures, elle avait été fraîchement repeinte en noir ou en bleu marine.

Il ne s'agissait donc pas d'une épave en fin de vie, mais d'un navire récent, il n'avait pas plus de quelques années. Cabrillo sentit son cœur battre plus vite.

Il tomba sur un escalier métallique pliant qui plongeait dans l'eau et donnait sur la coursive desservant toute la longueur du hangar. Il se débarrassa de son équipement de plongée et l'amarra solidement sous l'eau, plaça son pistolet dans un étui et s'assura enfin que son calculateur n'avait pas subi de dommages. Pistolet en avant, il s'engagea lentement dans l'escalier, posant doucement un pied avant de faire porter son poids sur la jambe. Il ignorait si Singh avait posté des gardes, mais il savait que le bruit le plus ténu se répercuterait en écho contre les parois métalliques et il prenait donc grand soin d'observer le silence le plus total.

Un échafaudage métallique permettait de passer de la galerie au pont principal du navire. Il s'arrêta dans un coin sombre, à l'affût d'une discussion entre des gardes fatigués de veiller, d'une quinte de toux. Mais on n'entendait rien que le bruit de l'eau contre la coque ou le ressac qui se brisait régulièrement contre la porte.

Il traversa l'échafaudage, trouva un abri près des guindeaux et passa rapidement ses doigts sur le pont. Tout comme la coque, il était lisse et fraîchement repeint. A première vue, il s'agissait d'un petit pétrolier, ce que l'on appelle dans le métier un navire-citerne car il transporte en général des produits raffinés comme du kérosène ou du gasoil et non du pétrole brut. On avait déjà découpé à la scie les vingt ou trente premiers mètres avant de les évacuer de la nef. Pour un marin, voir un aussi beau navire traité de la sorte était révoltant.

Juan essaya d'oublier le frisson superstitieux que cette vue faisait naître chez lui et se dirigea vers les superstructures. L'îlot s'élevait sur quatre niveaux, les ouvriers avaient déjà enlevé la passerelle et découpé la cheminée pour permettre au navire d'entrer dans le hangar. Il trouva un panneau de descente et passa le surbau, puis, après s'être assuré qu'il n'y avait pas de hublot, alluma sa lampe. Le pont était recouvert de linoléum et les cloisons lambrissées. Il tâta les côtés : au lieu de la plaque qu'il s'attendait à trouver, avec le nom du navire, son port d'immatriculation et le reste, il n'y avait que quatre trous alésés. Quelqu'un s'était donné la peine d'effacer toutes les traces d'identification.

Apercevant une échelle, il gagna la passerelle. Il masqua sa lampe, toute l'électronique avait été démontée. Radio, instruments de navigation, station météo, tout avait disparu. A voir les armoires électroniques vides, ceux qui avaient fait le boulot avaient pris tout leur temps. Pas de fil arraché, aucun indice que les ouvriers aient été à la bourre.

Ici aussi, on avait fait disparaître tout ce qui aurait pu fournir une indication sur son nom. Juan fouilla le reste de l'îlot. La cuisine était entièrement recouverte d'inox. Les réfrigérateurs et les fours avaient été enlevés, de même que les marmites, poêles et autres ustensiles. Ils avaient fait disparaître toutes les plaques sur lesquelles figurent en général le nom de l'armateur et celui du navire. Les cabines étaient vidées de leur mobilier, mais on avait l'impression qu'elles avaient été occupées encore récemment. Il y avait une odeur de cigare dans l'une, les sanitaires sentaient encore l'après-rasage.

Il descendit ensuite à la machine.

Deux gros moteurs diesel, de la taille d'un bus, occupaient presque toute la place avec des kilomètres de câbles, de tuyaux, de flexibles. Il examina avec soin les deux moteurs et pesta en constatant que, là encore, on avait fait disparaître les plaques d'identification. Aux endroits où étaient estampés les numéros de série, quelqu'un avait tout effacé à la meule. Le métal était lisse et brillant.

Il remit son pistolet dans son étui et entreprit de mener des recherches plus approfondies. C'était une tâche laborieuse car la salle était énorme, et le faisceau de sa lampe, minuscule. Même quand il éclairait un endroit donné, il avait l'impression de rester plongé dans l'ombre. Néanmoins, il persévéra. Il descendit dans les fonds, sous un condenseur, mais quelqu'un était passé avant lui et avait meulé le métal. Il balaya avec sa lampe tous les coins et recoins, le moindre interstice, toujours rien.

Les gens de Singh connaissent leur métier, se dit-il enfin. Il repéra pourtant une zone où de l'huile s'était figée, sous le moteur tribord. L'endroit semblait inaccessible, et il songea d'abord à renoncer, mais s'il avait la flemme, ceux qui avaient effacé toutes les traces avaient peut-être raisonné comme lui.

Se tortillant comme un contorsionniste, il se glissa sous le moteur glacé. L'espace était compté, les supports lui laissaient à peine de quoi respirer et il s'écorcha une main contre un tuyau qu'il n'avait pas vu. Il suça le sang qui coulait aux jointures. Arrivé à l'endroit qu'il avait repéré, il commença à enlever la couche noirâtre, grattant avec ses ongles. Il sentit enfin une plaque, ils en avaient oublié une !

Il lui fallut encore plusieurs minutes pour enlever assez de graisse et pour lire l'étiquette. Ce moteur sortait de chez Mitsubishi Industries lourdes et son numéro de série comportait quinze chiffres. Juan fit appel à toute sa mémoire puis ressortit de là. Il récupéra son calculateur, l'alluma, et commença à rechercher dans les bases de données.

Leur client, son ami Hiroshi Katsui, lui avait fourni des tonnes de renseignements sur les navires qui avaient disparu en mer du Japon : rôles d'équipages, y compris les photos des marins, plus les numéros de série de dizaines d'équipements de bord. Si, par exemple, les pirates n'avaient pas démonté le four dans la cuisine, Juan aurait pu trouver directement à quel bâtiment il appartenait.

Avec son stylet, il entra les quinze chiffres, pressa sur l'icône MOTEURS et entra le tout dans sa machine.

Lorsque le nom du navire s'afficha, Juan en resta comme deux ronds de flan.

« On s'est fait avoir, murmura-t-il.

— Le mot est faible, capitaine, c'est le record de l'année », murmura à son oreille une voix familière.

Il sentit en même temps le canon d'un pistolet sur sa nuque.

Une seconde plus tard, il entendit des voix masculines, des lampes-torches balayaient l'air de leurs faisceaux, on s'approchait du sas.

CHAPITRE 19

L'ÉPOQUE À LAQUELLE Eddie Seng suivait les cours de première année à l'Université de New York était bien loin, et il ne savait plus combien de cercles Dante avait imaginé dans sa *Divine comédie*. Ce dont il était sûr, en revanche, c'est qu'il en avait découvert un autre, plus profond encore que tout ce que le poète italien du Moyen Age avait pu imaginer.

Dès que leur appareil se fut posé, après six heures de vol, on entassa Eddie et les autres clandestins dans un conteneur maritime. Se basant sur les mouvements qu'il percevait, Eddie devina que cette caisse sans ventilation était chargée sur un camion, emportée dans un port, et embarquée enfin à bord d'un bateau. La traversée dura dix heures. Seul indice pour estimer où ils étaient, il faisait plus froid. En prenant en compte le temps, six heures de vol à environ cinq cents nœuds, cela pouvait les mettre dans un cercle qui englobait le nord de la Mongolie, le sud de la Sibérie, et les côtes russes. Comme il n'y avait aucun lac dans cette région qui justifiât une traversée de dix heures, il finit par se dire qu'ils étaient quelque part dans la péninsule du Kamtchatka ou sur les rives de la mer d'Okhotsk.

On déchargea le conteneur avant de le déposer sur le quai

où il tomba lourdement, assez pour renverser ceux qui se trouvaient dedans. Quelques instants plus tard, les portes s'ouvrirent et Eddie put se faire une première idée de l'enfer.

De sombres montagnes s'élevaient dans le lointain, mais leurs sommets étaient encore obscurcis par une sorte de suie, si bien que les pics déchiquetés semblaient comme salis. Il dut cligner les yeux pour essayer d'y voir plus clair. La plage où il se trouvait était parsemée de cailloux lavés par la mer, de toutes les tailles, depuis des pépites jusqu'à des boules de bowling. Le ressac les faisait claquer à chacun de ses passages. Derrière lui, l'océan était plat, sombre, gris, et il en émanait une espèce de menace. Eddie songeait au calme avant la tempête.

Mais tous ces détails n'étaient pas ce qui le laissait ainsi hébété. C'était le spectacle de la pire misère humaine, telle qu'on la voyait au flanc de la colline qui dominait la mer. On aurait dit une scène de l'Holocauste. Des silhouettes décharnées, des hommes d'une saleté si épouvantable qu'on ne savait pas s'ils portaient des vêtements, ils étaient partout. La surface du sol semblait onduler, comme si des asticots dévoraient une carcasse démesurée. La condition misérable où on les avait mis les rendait asexués, inhumains.

L'un dans l'autre, il y avait là deux mille hommes qui travaillaient dans la pente.

Certains grimpaient avec des seaux vides, d'autres se courbaient sous le poids de leur fardeau. Sur une terrasse aménagée aux trois quarts de la montée, des travailleurs remplissaient à la pelle des seaux de boue. Ils se mouvaient comme des automates, comme si leurs corps n'étaient plus capables de rien, sauf de pelleter et de déverser le contenu. Plus haut, d'autres manœuvraient des canons à eau, alimentés par des tuyaux qui serpentaient jusque dans les montagnes où ils puisaient dans un étang artificiel en terre. La gravité poussait l'eau dans les buses des canons, elle jaillissait à la sortie, les travailleurs balayaient la taille et découpaient ainsi à chaque passage de larges tranches dans le sol.

Cette eau ruisselait ensuite à flanc de colline, emportant de la terre sur son passage et formant des mares boueuses aussi dangereuses que des sables mouvants. Eddie était occupé à découvrir ce spectacle, abasourdi par ce qu'il voyait, lorsqu'une vague de boue commença à dévaler la pente. Ceux qui n'avaient pas dégagé assez rapidement se firent prendre dans la coulée et furent emportés jusqu'en bas de la colline. Quelques-uns réussirent à se remettre sur leurs pieds, d'autres ne furent pas assez rapides. Et un dernier ne se releva pas du tout. Il se fit enterrer vivant.

Mais pas un seul des travailleurs ne s'arrêta.

Suspendus à des poteaux de bois, il y avait des centaines de mètres carrés de toiles de camouflage, une toile grise, noire et marron, les couleurs du paysage. Vu du ciel, le site était parfaitement invisible.

Près de la plage où l'on avait regroupé Eddie et ses compagnons, ébahis, des ouvriers, l'œil hagard, vidaient leurs seaux dans une enfilade de cuves de lavage mécanique, un système qui n'avait guère évolué depuis son invention, plus d'un siècle auparavant. Un lent mouvement de va-et-vient lessivait les boues, le fond des bassins était muni de déflecteurs qui retenaient les matériaux les plus lourds, tandis que les plus légers continuaient à s'écouler. Les résidus arrivaient à la mer où ils formaient une longue traînée brune. Le minerai concentré, lui, était récupéré puis raffiné dans d'autres installations.

Une chaîne humaine de travailleurs munis de seaux faisait transiter la boue traitée jusqu'à un bâtiment de trois étages construit non loin de la plage. On aurait dit un énorme ver, les seaux passaient de main en main avant d'entrer dans l'usine. Eddie finit par comprendre que ce qu'il supposait être l'atelier de traitement était fixé sur une grosse barge facile à remorquer hors du site. Des filets de fumée s'échappaient d'une courte cheminée qui se dressait près de la structure. Cette observation lui permit de deviner que, quel que soit le procédé de fabrication, il requérait de la chaleur.

Des hommes armés postés dans les hauteurs surveillaient le site. Ils portaient des vêtements chauds, gros pantalons et vestes épaisses. Ils étaient chaussés de bottes qui leur arrivaient aux genoux, des bottes en caoutchouc afin de résister à la boue omniprésente. La plupart d'entre eux avaient des gants, ils étaient tous équipés d'AK-47 et de matraques ou de fouets. Il y en avait quelques-uns au sommet de la colline, mais la plupart d'entre eux surveillaient les alentours de l'installation de raffinage, quatre hommes pour douze bacs. Apparemment, il y en avait un pour dix ouvriers dans la chaîne. Les fouets sifflaient sans cesse pour maintenir tout le monde en mouvement.

Une clôture barbelée interdisait aux Chinois – car, d'après ce qu'il voyait, les travailleurs étaient tous chinois – de s'approcher du mur le plus éloigné du bâtiment où un véhicule à chenilles, semblable à ceux que l'on utilise dans l'Arctique, assurait le convoyage final jusqu'à un navire échoué et partiellement enterré sur la côte.

D'autres navires étaient échoués dans la partie réservée aux ouvriers et du même côté des clôtures, de petits paquebots de croisière, si mal en point qu'on se demandait comment ils étaient arrivés jusque-là. Ils étaient eux aussi recouverts de gravats et des filets tendus au-dessus des ponts cassaient les formes trop géométriques de leurs silhouettes.

Eddie comprit vite qu'ils servaient de dortoirs aux ouvriers. Cette idée lui était à peine venue qu'il la corrigea immédiatement. Pas des ouvriers, des esclaves que l'on forçait à creuser la colline dans des conditions inimaginables.

Il n'y a pas beaucoup de choses en ce bas monde capables de susciter autant de rapacité. Il comprit aussitôt ce qu'ils cherchaient : de l'or.

Le dernier cours de géologie d'Eddie était encore bien plus ancien que la fac, mais il en savait assez pour comprendre que quelqu'un avait découvert un filon dans la colline. Les canons à eau permettaient de désagréger le sol, la boue partait dans les cuves de décantation. Le concentré passait dans des centrifugeuses pour éliminer totalement les matériaux légers. On déversait ensuite ce qui se trouvait au fond des centrifugeuses dans du mercure, seule substance capable de dissoudre le précieux métal. Une fois le mélange réalisé, on faisait bouillir le mercure, qui s'évaporait, et il ne restait plus qu'à récupérer l'or pur fondu.

Dans la plupart des fonderies modernes, la vapeur de mercure était récupérée, condensée puis réinjectée en boucle fermée dans le système. Cela évitait aux ouvriers de se trouver en contact avec ce métal mortel. A en juger par les conditions déplorables dans lesquelles œuvraient les travailleurs dans la colline, Eddie imaginait facilement ce que ce devait être pour les malheureux exposés à des teneurs invraisemblables de vapeur de mercure, l'un des pires toxiques qui soit.

Ces quelques secondes pendant lesquelles il avait pu prendre conscience de l'énormité du chantier furent les derniers moments où lui fut épargnée la perversion de leurs ravisseurs. On les fit mettre en rang avec tous ceux qui avaient suivi la Tête de Serpent depuis Shanghai. Un garde indonésien lui attacha une petite chaîne autour du cou avec une étiquette sur laquelle figurait son numéro. Un autre nota ledit numéro dans un registre, puis on les conduisit vers l'un des paquebots. On leur affecta des cabines qui n'étaient pas chauffées. Ce navire n'avait certes jamais été un paquebot de luxe, les cabines étaient remplies de châlits, si bien qu'ils étaient dix dans une cabine conçue pour deux personnes. A en juger par l'odeur, la plomberie était hors d'usage depuis belle lurette. Même ici, dans les entrailles du navire, ils faisaient de petits nuages de vapeur en respirant. Chaque grabat était muni d'une seule et unique couverture rendue raide comme du carton par la boue, les paillasses étaient sales et humides. On n'avait rien prévu pour que les travailleurs puissent se sécher un peu, si bien qu'à la fin de leur journée de travail, ils s'écroulaient sur leurs lits, trempés et souillés de ce dépôt gluant.

Un garde lui donna une bourrade. On leur montra ensuite l'endroit où ils mangeaient. Dans le temps, c'était la salle à manger, mais on avait démonté tous les meubles et la décoration des cloisons. Le sol était de métal nu. C'est là que les travailleurs prenaient leurs repas. On les fit mettre en rang et ils prirent un bol sale dans une pile. Un Chinois avec un bras en écharpe utilisait sa main valide pour mettre du riz dans les bols. A côté de lui, un autre invalide arrosait le tout avec une sorte de soupe rose qu'il puisait dans une grande marmite.

Cette préparation était à peine tiédasse et tout juste propre à l'alimentation humaine. Eddie devait apprendre plus tard que les exploitants de la mine possédaient deux chalutiers. Tout ce qu'ils ramassaient dans leurs filets était déversé dans un broyeur géant pour éliminer les plus gros morceaux, puis réduit à l'état liquide.

Il avait trouvé un endroit où s'asseoir par terre pour avaler son brouet depuis cinq minutes lorsque le garde donna un coup de crosse sur le pont et cria : « Debout ! »

Devinant qu'il aurait besoin de garder ses forces, Eddie mit dans sa bouche le riz qui restait encore dans son bol avant d'avaler tout rond cette bouillie infâme mélangée à sa propre bile. Il avait des écailles de poisson dans la gorge.

« On vous a donné à manger uniquement parce que vous venez d'arriver, continua le garde. Dorénavant, vous n'aurez qu'un seul repas, après votre journée de travail. »

On les fit ressortir. Eddie prit conscience pour la première fois du vent qui soufflait, un vent incessant qui venait du large, qui transperçait ses vêtements et le glaçait jusqu'aux os. Il transportait de fines particules de cendre, Eddie supposait qu'il s'agissait de cendres volcaniques, ce qui le confortait dans l'idée qu'ils étaient au Kamtchatka. On leur donna l'ordre de prendre des seaux et d'aller en haut de la colline. Eddie entama la première de la centaine de montées harassantes qu'il allait effectuer ce jour-là. De temps en temps, il effleurait sa cuisse, là où le Dr Huxley lui avait implanté une balise miniature.

Il était bien loin de l'*Oregon*, mais il savait qu'il n'était pas seul. D'ici vingt-quatre heures, deux jours au maximum, Juan allait arriver avec un commando et le cauchemar allait cesser avant même d'avoir vraiment commencé.

Cette nuit-là, il réussit à discuter avec ceux qui partageaient sa cabine. Ils n'avaient pas d'électricité et parlaient donc dans le noir, à voix basse. Ils racontaient tous la même histoire, ils étaient sortis de Chine illégalement dans des conteneurs maritimes. Ils avaient payé la Tête de Serpent pour les emmener au Japon, mais lorsqu'on avait ouvert, ils s'étaient retrouvés ici.

« Et ça fait combien de temps que vous êtes là ? » avait demandé Eddie.

Une voix désincarnée lui répondit du fond de sa couchette : « Depuis toujours.

— Non, sérieusement, combien de temps ?

— Quatre mois, fit la même voix, celle d'un homme qu'on entendait bouger pour essayer de trouver un coin moins humide sur sa paillasse. Mais la mine est exploitée depuis bien plus longtemps, peut-être des années.

— Y'en a qui ont essayé de s'évader ?

— Et pour aller où ? répondit un autre. On ne peut pas partir à la nage, l'eau est trop froide, les chalutiers sont étroitement surveillés quand ils rentrent et ils repartent dès qu'ils ont déchargé leurs prises sur le quai. Tu as vu les montagnes. Même si tu peux échapper aux gardes, ce que personne n'a jamais réussi à faire, tu ne survivrais pas un jour dans ce pays.

— On leur appartient, commenta un troisième. A partir du moment où on leur dit qu'on veut quitter la Chine, on leur appartient. Travailler ici jusqu'à ce qu'on crève, dans une usine textile chez nous ou dans un atelier à New York, qu'est-ce que ça change ? Les dieux en ont décidé ainsi, c'est le sort du paysan chinois. On travaille et après, on meurt. Ça fait dix mois que je suis ici. Tous ceux qui étaient dans cette cabine à mon arrivée sont morts. Oublie tes idées d'évasion, camarade, il n'y a qu'une évasion possible, et c'est la mort. »

Eddie ne savait pas trop s'il devait leur dire la vérité. A voir ces hommes entassés dans sa cabine, il était évident qu'ils étaient tous dans un état désastreux et il lui semblait peu probable que les responsables de la mine aient infiltré des indics parmi eux. Cela dit, il s'en était peut-être trouvé pour accepter de jouer ce rôle en échange d'une couverture sèche ou d'un rab de nourriture. Il avait envie de donner un peu d'espoir à ces malheureux, et restait en même temps méfiant, fruit de plusieurs années d'entraînement. Il finit, épuisé, par oublier sa paillasse humide, ses articulations douloureuses et par s'endormir. Deux de ses compagnons passèrent la nuit à tousser et à râler. La pneumonie ou pis encore. La sous-alimentation et des conditions de vie épouvantables constituaient un terrain idéal pour toutes sortes de maladie.

Au bout du troisième jour passé à geler, dans une humidité constante qui lui causait des crevasses, Eddie commença à se dire qu'il risquait d'attendre les secours un certain temps. Juan était sûrement arrivé en Russie par avion, il pouvait louer un hélicoptère et survoler la zone. Mais il n'avait pas vu un seul appareil. Il travaillait avec ses compagnons, descendait des seaux de boue depuis le sommet de la montagne, sans réfléchir. Ils étaient comme des fourmis qui ne savent rien et se contentent d'agir selon ce que leur dicte leur instinct.

Il avait déjà perdu ses chaussures et, chaque fois qu'il respirait un peu à fond, ses poumons émettaient un léger râle. A son arrivée, il était en meilleure forme que les autres, mais son organisme était habitué à une nourriture normale, à un sommeil digne de ce nom, ce qui n'était pas le cas de ces paysans qui mouraient de faim toute leur vie et qui n'avaient jamais rien connu d'autre qu'un dur labeur. Deux de ceux qui occupaient la même cabine que lui étaient déjà morts. L'un d'eux avait été pris dans une coulée, l'autre avait été battu à mort par un garde. Son sang avait giclé de ses yeux et de ses oreilles.

Le cinquième jour, le dos rompu d'un coup de fouet particulièrement fort qu'il n'avait rien fait pour s'attirer, Eddie Seng finit par comprendre deux choses. La première, que son émetteur avait dû tomber en panne. Et la seconde, qu'il allait mourir sur cette côte désolée.

Au matin du sixième jour, comme on rassemblait les équipes de travail aux premières lueurs d'une aube blafarde, un grand bâtiment fit son entrée dans la baie. Eddie s'arrêta sur la rampe qui descendait vers la plage. C'était un dock flottant. Il crut qu'il s'agissait du *Maus*, alors que ce n'était pas lui. Même à cette distance, l'odeur pestilentielle qui émanait de ce monstre noir était épouvantable. Des nuées de mouettes volaient près des hublots, à l'affût des déjections humaines qui dégueulaient à la mer.

Un garde lui servit un bon coup de bâton dans les reins, mais Eddie avait compris qu'il s'agissait de l'arrivée de nouveaux esclaves. Le dock était chargé de travailleurs destinés à remplacer ceux qui étaient morts, ou qui, devenus trop faibles, n'arrivaient plus à monter avec leurs seaux, même sous les coups. Combien de centaines ou de milliers d'hommes avaient ainsi péri, se demandait-il, pour qu'on soit obligé de les remplacer par ces cargaisons d'immigrants pleins d'espoir, persuadés qu'ils avaient saisi la chance de leur vie et qu'ils allaient enfin connaître la liberté ?

« C'est comme ça que je suis arrivé », lui dit Tang, l'un de ses camarades de chambrée, alors qu'ils escaladaient la colline.

Tang était de ceux qui travaillaient là depuis quelques mois. Il était maigre à faire peur, sa chemise déchirée laissait voir son sternum et ses côtes décharnées. Il avait vingt-sept ans, mais en paraissait soixante.

« On nous avait embarqués à bord d'un vieux bateau, puis ce navire a été mis à bord d'un autre encore plus gros, comme celui qui arrive. Je ne sais pas si tu peux imaginer, mais le voyage a été encore pire que les travaux forcés qu'on nous impose ici. »

Le temps de remplir leurs seaux avant de redescendre jusqu'aux bacs de triage, un cargo tout rouillé sortait lentement du ventre du dock et des ouvriers jetaient à la mer des monceaux d'objets qui couvraient le pont.

« Des corps, lui dit Tang. On m'a obligé à faire ça. On devait jeter par-dessus bord les cadavres de ceux qui n'avaient pas supporté la traversée.

— Il y en avait combien ?

— Une centaine, peut-être plus. J'ai dû m'occuper moi-même de deux de mes cousins et de mon meilleur ami. »

Tang n'avait pas ralenti la cadence, mais Eddie sentait bien qu'il accusait le coup en évoquant ces souvenirs.

« Ils vont donc échouer le cargo et s'en servir de dortoir ?

— Ils vont d'abord y entasser des rochers et le recouvrir de filets de camouflage, pour qu'on ne puisse pas le voir du ciel.

— Et depuis la mer ? Toutes les installations sont visibles de la mer ? »

Tang hocha la tête.

« A part les deux chalutiers, je n'ai jamais vu le moindre bateau depuis mon arrivée. Je crois qu'on est trop loin des routes maritimes, il n'y a pas de navires qui passent dans le coin. »

Ils venaient d'arriver près des cuves lorsque Eddie tomba brusquement sur le dos, comme si on avait tiré un tapis sous ses pieds. Tout surpris, il regarda autour de lui. Des centaines d'autres étaient tombés comme lui. C'est ensuite qu'il sentit la terre trembler.

Il comprit qu'il s'agissait d'un séisme. Les secousses continuèrent et il entendit un grondement sourd dans le lointain, comme l'écho d'un coup de tonnerre.

Il se releva et essaya d'enlever le plus gros de la boue collée sur ses vêtements en loques. Les hommes laissèrent tout pour regarder le pic central qui dominait la mine. De la vapeur et des cendres jaillissaient près du sommet, créant un nuage qui grossissait à vue d'œil et qui allait bientôt cacher le soleil. Des éclairs jaillissaient, comme des feux de Saint-Elme.

La porte de l'atelier de raffinage s'ouvrit brutalement et un homme sortit en courant, son masque à gaz à la main. C'était le premier représentant de la race blanche que voyait Eddie depuis son arrivée.

« C'est Jan Paulus, lui murmura Tang à l'oreille, en lui montrant l'homme qui se dirigeait vers eux. C'est lui le grand chef. »

Jan Paulus était un costaud, aux épaules larges, aux traits burinés, les mains comme des battoirs. Il s'arrêta à quelques pas d'eux pour observer le volcan qui venait de se réveiller, puis sortit un téléphone satellite d'un étui qu'il portait à la ceinture. Il tira sur l'antenne et attendit d'avoir un signal, avant de composer un numéro.

« Anton, c'est Paulus », dit-il en anglais, mais avec un accent hollandais ou afrikaans. Il écouta et reprit : « Je ne suis pas surpris que vous l'ayez senti à Petropavlovsk. On s'est fait salement secouer ici. Jamais vu ça, mais ce n'est pas pour ça que je vous appelle. Le volcan au-dessus du site s'est réveillé. » Un silence. « Parce que nous avons évoqué cette possibilité des dizaines de fois et que je vois un énorme nuage de vapeur et de cendres, voilà ce que je sais. Si ce truc pète pour de bon, on est cuits. »

Comme pour confirmer ses propos, la terre recommença à trembler sous l'effet d'une réplique.

« Vous avez senti celle-là, Anton ? » lui demanda le Sud-Africain d'un ton sarcastique. Il écouta ce que l'autre lui répondait, puis : « Vos assurances n'ont aucune valeur. Moi, j'ai mon cul sur place, pendant que le vôtre est dans le sauna d'un hôtel à trois mille kilomètres d'ici. »

Il observa de nouveau la montagne pour écouter. Eddie vida précipitamment son seau dans la cuve, en espérant que le directeur de la mine ne s'était pas aperçu qu'il avait saisi quelques bribes de sa conversation.

« Ouais, le *Souris* vient d'arriver. Ils sont en train de débarquer une autre fournée de Chinois, un des vieux cargos de Shere Singh. Dès que ce sera terminé, je vais faire charger une première livraison, vous savez, on en a parlé la semaine dernière. »

Paulus jeta un mauvais coup d'œil à Eddie. Lequel n'avait pas d'autre choix que de s'en aller, mais il en avait entendu assez.

« Nous venons de terminer une cuvée de mercure, il serait donc judicieux de remorquer l'usine en mer, le temps de voir ce que fait ce volcan. Vous avez les moyens d'empêcher vos copains scientifiques russes de venir voir ce qui se passe, mais vous ne pouvez pas empêcher une montagne d'exploser. Pourquoi ne venez-vous pas faire un tour en ventilo ? D'ici là, j'aurai eu le temps de prendre mes dispositions pour partir d'ici. »

Il haussa la voix, comme si la liaison devenait mauvaise.

« Quoi ? Mais qui s'en soucie ? Nous pouvons faire évacuer les gardes à bord du *Souris*. Singh peut nous envoyer d'autres bateaux et il y a un million de Chinois qui essayent de quitter leur pays tous les ans. On pourra les remplacer sans problème... Bon, si on perd un mois ou deux, on a déjà assez de minerai pour faire tourner le raffinage pendant ce temps-là... C'est ça, je vous attends d'ici deux heures. »

Tang était parti devant et grimpait du pas lent d'une bête de somme. Eddie n'essaya pas de le rattraper. Il regardait le nuage qui se gonflait toujours, de plus en plus haut, et réfléchissait à la conversation qu'il venait de surprendre. Le responsable voulait faire évacuer ses hommes et les gardes, mais il avait apparemment besoin de l'autorisation d'un dénommé Anton, un type assez puissant pour dissuader des vulcanologues russes de venir voir sur place. Le Sud-Africain avait bien insisté sur le fait que c'était le moment rêvé. Le dock était disponible, ses puissants remorqueurs parés à appareiller, ils avaient produit assez d'or pour en tirer des pièces. L'atelier de séparation, sans doute l'équipement le plus important et le plus coûteux, pouvait être évacué et mis en sûreté. Les navires-dortoirs échoués sur la plage ne valaient que leur poids de ferraille et ils savaient comment en trouver d'autres. Il n'allait donc rester ici que les travailleurs et, comme l'avait souligné Paulus, avec un million de Chinois prêts à tout pour s'enfuir de chez eux, les remplacer serait facile.

Eddie avait compris leur raisonnement tordu. Tout ce qu'ils risquaient de perdre dans l'affaire, c'était un peu de temps.

La terre se remit à trembler. Eddie savait que le risque de voir le volcan exploser était réel et il voyait déjà le cataclysme, comme lors de l'éruption du mont Sainte-Hélène qui avait tout dévasté sur cinq cents kilomètres carrés. Il n'avait aucune chance d'en réchapper, et les autres non plus. Depuis quelques jours, il s'était résigné à l'idée de passer là encore des semaines ou des mois avant que Juan vienne le récupérer, et il était sûr qu'on finirait par le sauver. La Corporation n'abandonnait jamais l'un des siens.

Mais la seule chose que Paulus et Savitch pouvaient se permettre de perdre, c'était celle-là même dont Eddie ne disposait pas : le temps.

CHAPITRE 20

L'IDÉE SURGIT spontanément à l'esprit de Cabrillo. *De toutes les salles des machines qui existent au monde, il faut que ce soit dans celle-là qu'elle mette les pieds.*

Le tireur invisible dégagea son arme au moment où Juan éteignait son ordinateur et sa lampe.

« Vous avez des lunettes de vision nocturne ? lui murmura-t-il à l'oreille.

— Oui, répondit l'autre aussi doucement.

— Alors, passez devant. »

Il prit la main de l'inconnu. Une petite main frêle et délicate gantée de cuir.

Les torches de ceux qui arrivaient répandaient assez de lumière pour lui éviter de se cogner un genou ou de se taper le crâne dans cette forêt de tuyauteries. Mais il n'y voyait pas assez pour déterminer s'ils partaient dans la bonne direction. Il était tout simplement obligé de faire confiance à quelqu'un qui, trois secondes avant, lui enfonçait le canon de son arme dans la nuque.

Cela faisait quarante minutes qu'il avait pris pied à bord et il pensait que personne n'avait détecté sa présence. C'était donc son compagnon qui avait attiré les gardes. La seule bonne idée, c'était de le semer, de regagner le pont et de retourner en nageant sur l'*Oregon*. Mais il restait beaucoup d'inconnues, et, pour l'instant, il n'avait pas d'autre choix que de rester avec lui.

Ils parvinrent à un panneau qui donnait sur le local barre. Après qu'ils eurent passé l'hiloire et pris une coursive à angle droit, ils n'entendirent plus leurs poursuivants.

« Alors, qui êtes-vous ? demanda-t-il pendant qu'ils s'avançaient en silence vers l'avant. Du MI-6 ? »

L'autre resta muet.

« Royal Navy, alors ?

— Non, répondit Victoria Ballinger. J'enquête pour la Lloyd's de Londres, j'appartiens à la division de lutte contre la fraude. »

Si la Lloyd's subissait des pertes du fait de la piraterie en mer du Japon, il était logique qu'ils envoient quelqu'un regarder sur place, ce qui expliquait sa présence à bord de l'*Avalon*. Plus vraisemblablement, ils avaient dû faire embarquer une équipe au grand complet pour repousser les pirates et découvrir qui était derrière tout ça. Malheureusement, ils avaient totalement sous-estimé la sophistication dont faisaient preuve ces brigands et, résultat, Tory était la seule survivante.

« Et vous ? lui demanda-t-elle. Vous prétendez toujours que vous êtes le capitaine d'un caboteur, un caboteur qui possède des équipements de pêche, des bouteilles de plongée et qui a le truc pour se trouver systématiquement au bon endroit et au bon moment ?

— On parlera de tout ça quand on sera sortis d'ici », répondit sèchement Cabrillo.

Sa présence ne lui plaisait pas du tout, non plus que tout ce qu'elle impliquait. Les récriminations viendraient plus tard. Pour le moment, il fallait qu'il réussisse à regagner l'*Oregon*.

Il décida de courir le risque d'allumer sa torche, mais en réglant l'intensité lumineuse au minimum. Tory retira ses lunettes de vision nocturne et dut remettre en place ses cheveux noirs sous sa casquette de marin. Juan essaya d'attirer son regard. Ses yeux bleus ne cillaient pas, elle paraissait calme et résolue, pas trace de la moindre peur. Il ignorait quel genre d'entraînement elle avait pu subir dans sa carrière, mais son comportement lors du naufrage de l'*Avalon* puis son attitude en ce moment démontraient qu'elle était prête à tout.

La coursive se terminait par une échelle surmontée d'un panneau.

« Je suppose, capitaine, que vous avez un plan ?

— Mon projet initial ne prévoyait pas que j'allais vous rencontrer, ainsi que les sbires qui visiblement vous suivaient. Je veux me débarrasser de ces mecs sans tirer un coup de feu. J'ai mis un Draeger à l'abri. Vous pratiquez la plongée ? »

Elle fit signe que oui.

« Dans ce cas, nous rentrerons à la nage.

— Je ne partirai pas d'ici tant que je n'aurai pas trouvé le nom de ce navire. »

Elle releva le menton, l'air provocant, et Cabrillo comprit qu'elle ne plaisantait pas.

« Nous sommes à bord d'un bâtiment qui n'a rien à faire ici et qui s'appelle le *Toya Maru*. Il a été enlevé pendant que les pirates attaquaient l'*Avalon*. Le gros bateau que vous dites avoir vu est un dock flottant, le *Maus*. Ils ont caché le *Toya Maru* dans son radier et l'ont remorqué jusqu'ici. Tout ceci sous la surveillance de mes hommes, pas besoin de vous le dire.

— Et pourquoi ne devrait-il pas se trouver ici ?

— Parce que le *Maus* n'arrivera que dans deux jours. »

Son joli minois était perplexe.

« Je n'y comprends rien. »

Juan commençait à en avoir marre. Il fallait qu'ils sortent d'ici, et Tory jouait au jeu des mille questions. Mais, en vérité, il était moins furieux contre elle que contre lui-même. Comme tous ceux qui s'intéressaient à cette affaire, il s'était laissé abuser par les pirates.

« Cela signifie qu'ils savaient que nous les espionnions. Ils ont attendu le moment propice pour remettre à flot le *Toya Maru*, ce qui s'est passé lorsque j'ai dérouté l'*Oregon* vers Taïwan, le temps d'une journée. Ils ont mis un équipage à son bord et le bâtiment a continué par ses propres moyens, pendant que nous continuions à suivre le dock. A voir ce qu'ils ont déjà découpé, je dirais qu'il est ici depuis plusieurs jours, au bas mot. »

Il lui mit la main sur le bras :

« Je vous dirai tout, mais plus tard. Il faut qu'on s'en aille. »

Sans attendre la réponse, il remit son pistolet dans son étui et commença à grimper l'échelle. Le volant du panneau grinça un peu, avant de tourner sans peine. Il le souleva, sortit son arme et passa la tête. Puis il sortit et attendit Tory. Lorsqu'elle fut là, il se risqua à allumer sa lampe.

Il reconnut rapidement l'usage de ce local, il abritait les commandes des ballasts. L'équipage pouvait, à l'aide de pompes, transférer la cargaison d'une citerne à l'autre pour rectifier l'assiette. Il songea une seconde à chercher une entrée d'eau, une brèche pratiquée dans la coque et qui permettait de ballaster, mais il se dit qu'il serait trop long de la trouver puis de repérer une tape de visite. En outre, il devait y avoir un grillage pour empêcher un gros poisson ou des algues de pénétrer dans le corps de pompe.

Satisfait d'avoir pris ses repères, il remit en route son ordinateur et afficha quelques plans du *Toya Maru*. Les schémas n'étaient pas faciles à lire sur l'écran minuscule et il lui fallut plusieurs minutes pour imaginer un itinéraire vers la sortie.

« J'ai trouvé, dit-il enfin. Bon, restez près de moi, derrière.

— Quelle galanterie, capitaine !

— Non, sens pratique. J'ai un gilet pare-balles et, sauf si vous avez perdu dix kilos en deux semaines, je vois bien que ce n'est pas votre cas. »

Elle esquissa un sourire :

« Touche et avantage. »

Cabrillo inspecta rapidement la coursive avant de sortir. Il n'y avait aucune source de lumière, les lunettes de Tory étaient donc inutiles. Il ne pouvait compter que sur sa lampe-torche et sur le fait qu'il repérerait les gardes avant eux.

Ils arrivèrent devant une autre descente. Juan avait monté

la moitié des marches lorsqu'il entendit des voix et vit de la lumière un peu plus haut. Sans se retourner, il redescendit lentement, Tory toujours derrière lui. Arrivé en bas, il aperçut deux hommes armés de fusils d'assaut. Ils attendirent trois bonnes minutes, puis les voix s'éloignèrent. Ils remontèrent.

Ils étaient arrivés au premier entrepont. Dès qu'ils seraient à l'extérieur, Juan avait l'intention de sauter par-dessus bord et d'aller récupérer ses bouteilles. Dans l'obscurité, les hommes de Shere Singh ne les retrouveraient jamais.

Puis, à l'autre bout de la coursive, ils entendirent le bruit inimitable d'une culasse que l'on fait jouer. Cabrillo obligea Tory à se jeter à plat ventre, des faisceaux de lampe balayaient toute la zone. Il pressa la détente sans se soucier de trouver une cible, histoire de semer la confusion. Au début d'un engagement, il n'y avait pas trop de risques de ricochets. Seul importait de sortir de là. Tory fit feu à son tour, elle avait un 9 mm, sans silencieux, son arme résonnait comme un canon dans cet espace confiné entre les cloisons de métal.

Il voulait redescendre cette échelle, mais, baissant les yeux, il sentit passer le souffle chaud d'une rafale. Les éclairs jaillis du canon l'avaient presque aveuglé.

Il tira au hasard sur l'homme qui se tenait en bas et commença à ramper dans le passage, à la recherche d'un endroit où se mettre à couvert, là où la coursive tournait à angle droit. Une fois à l'abri, il fit venir Tory. Il n'avait pas été touché, ce qui tenait du miracle.

Il poussa un peu son ordinateur devant lui, une arme automatique ouvrit immédiatement le feu. Bien, les gardes étaient diablement vifs. Il leva son pistolet, tira trois balles avant de se déplacer un peu, si bien qu'il était exposé quand il en lâcha une quatrième. Cette fois, il avait vu sa cible, un garde enturbanné allongé sur le pont, aplati derrière son AK-47. Cabrillo lui logea deux balles au sommet du crâne puis se remit à couvert au moment où un second vidait son chargeur.

Il prit Tory par la main et ils partirent en courant, plus la peine de se cacher désormais.

En arrivant à un coude, il vit quelque chose bouger et prit

un grand coup de crosse sur la tête. Tout étourdi, il pivota lentement, mais sans perdre conscience. Tory surgit et tira deux fois sur le garde tandis que Juan essayait de récupérer. Le garde fut projeté en arrière par l'énergie cinétique des balles et aspergea la cloison de son sang.

Juan avait l'impression que sa tête allait exploser, Tory l'aida à se remettre debout. Il voyait trouble, du sang coulait de sa blessure, la peau déchirée lui couvrait l'œil gauche. Il la rejeta vivement en arrière dans une giclée de sang. Tory était haletante.

« Je connais un bon chirurgien qui me remettra ça en place », lui dit-il seulement, et ils reprirent leur course.

C'est alors qu'il y eut un hurlement métallique comme Juan n'en avait jamais entendu de sa vie. Il comprit immédiatement que c'était la grande scie à débiter les coques. Une seconde après, la lame commença à mordre dans l'acier, juste sur l'avant de l'îlot, à moins de sept mètres d'eux. L'eau de refroidissement se transforma immédiatement en vapeur, saturant l'atmosphère d'humidité, des aiguilles de fer jaillirent comme une grêle de shrapnels. La scie changea d'orientation et commença à découper horizontalement, droit sur eux, entamant les cloisons comme si c'était du tissu. La chaîne fit irruption à un mètre cinquante au-dessus du pont, elle se déplaçait presque aussi vite qu'eux. L'odeur du métal brûlant était insupportable, une gerbe d'étincelles jaillit de la chaîne et atteignit Juan, laissant de petits trous dans sa combinaison de plongée.

Ils arrivèrent devant une autre échelle et continuèrent à foncer, ils devaient à tout prix s'éloigner de cette scie mortelle. Comme si la machine savait par où ils se dirigeaient, elle commença à pivoter pour les poursuivre, écrabouillant au passage la descente comme un prédateur préhistorique. Les rambardes s'arrachèrent de leurs chandeliers.

Juan ne voyait rien. Le sang qui coulait sur son visage et sa plaie le ralentissaient. Mais Tory s'accrochait et restait tout près de lui. Ils repartirent, fuyant l'arrivée de la scie vorace. Ils passèrent devant des cabines, atteignirent un nouveau coude et continuèrent, à la recherche d'une ouverture sur l'extérieur. C'était une course entre eux et la machine, car ils avançaient parallèlement à la ligne de découpe et ne pouvaient la voir.

A trois mètres de la porte béante, la cloison sur leur droite commença à vibrer et à rougir, la chaîne l'attaquait. Le maître-couple du pétrolier japonais n'était pas exactement rectangulaire et la scie découpait l'endroit par lequel ils venaient de passer, comme une fermeture Eclair.

Juan jeta un coup d'œil par-dessus son épaule. La chaîne avait déjà découpé les trois premiers mètres de la coursive et, le temps de regarder, elle en avait déjà déchiqueté quelques autres. Des tortillons de métal giclaient de partout comme des frelons en colère.

Ils avaient encore deux mètres à parcourir avant d'être à l'air libre. Cabrillo donna une grande bourrade à Tory entre les omoplates, le choc la fit dégringoler, et elle roula en avant. Juan se jeta derrière elle, la scie passa au-dessus de leurs têtes au moment où ils atteignaient le pont.

Pour tomber dans un nouveau traquenard.

Quatre hommes en turban les attendaient, les AK-47 pointés sur eux. Juan et Tory étaient sur le pont, on aurait pu les croire tendrement enlacés si leur situation n'avait pas été aussi tragique. Ils n'eurent pas le temps de sortir leurs armes, les Sikhs leur appuyaient les canons sur la tête. Le bruit de la scie se tut.

« J'espérais bien que la lame n'arriverait pas à vous rattraper, enfin, pas tout de suite », leur dit une voix avec un fort accent, qui venait de la galerie supérieure.

On leur arracha leurs armes et on les laissa se relever, mains derrière la nuque. Cabrillo leva les yeux vers l'homme qui venait de leur adresser la parole. A en juger par son âge, par sa ressemblance avec Abhay, c'était sans doute le chef de ce réseau de pirates.

« Shere Singh, grommela Juan.

— J'espère que vous avez trouvé ce que vous cherchiez, reprit le Sikh. Je serais très déçu de savoir que vous avez rejoint votre tombe sans avoir pu satisfaire votre curiosité. »

Il lança un ordre dans une langue que Juan ne connaissait pas. On les fit avancer vers l'étrave.

Au-dessus de leurs têtes, un technicien remettait en place la chaîne de la scie mécanique. Elle pouvait se déplacer dans toute la nef grâce à des rails fixés au toit. La lame était maintenant à cinq mètres de l'endroit où elle avait découpé l'avant et, en dépit de sa longueur, environ soixante-dix mètres, elle ne fléchissait pas. A la lueur des rampes de plafond, les dents en alliage spécial brillaient comme des centaines de poignards.

Un instant après, Shere Singh arriva sur le pont du *Toya Maru* et s'approcha d'eux, flanqué de deux gardes. Il tenait une espèce de tube en métal assez bizarre, muni de deux longues poignées. Deux hommes soulevèrent alors Juan et Tory par les aisselles de façon que leurs orteils touchent à peine le pont. Cabrillo essaya de basculer pour trouver un appui et se libérer, mais, à chaque tentative, ses gardiens le soulevaient un peu plus. Lorsque Singh fut suffisamment près, Juan sentait son haleine, il lui passa le tuyau sous les bras et dans le dos. Les gardes le lâchèrent et le tinrent ainsi grâce aux deux poignées.

Cabrillo comprenait maintenant l'usage de cet engin. C'était sans doute le moyen préféré du pirate lorsqu'il voulait se débarrasser de ses ennemis. Les poignées permettaient aux gardes de tenir leur victime et de la faire passer dans la scie sans risquer eux-mêmes de se faire happer.

Comprenant avec horreur ce qui allait lui arriver, Tory Ballinger poussa un rugissement de lionne enragée et se débattit pour essayer de se libérer. Ceux qui la tenaient éclatèrent de rire et la soulevèrent encore d'un cran. Tout son poids reposait désormais sur les tendons des épaules. La douleur épouvantable l'obligea à ne plus bouger, elle était apparemment vaincue.

« Vous ne vous en tirerez pas comme ça », dit Cabrillo au Sikh.

Mais sa menace lui semblait aussi creuse à lui qu'elle avait l'air de l'être pour le Pakistanais, qui éclata de rire.

« Bien sûr, que je vais m'en tirer, capitaine Smith. Mais je trouve que vous avez beaucoup maigri, quand je pense à ce que m'avait décrit mon fils Abhay.

— Grâce à un bon régime.

— Pardon ?

— Oubliez. Ecoutez-moi bien, Singh. Nous savons tout sur le *Maus* et le *Souris*. Dès que l'un des deux tentera d'entrer dans un port, on le saisira. Vous êtes cuit, pourquoi ne pas laisser tomber tout de suite et vous épargner un procès pour double meurtre ?

— Alors, vous ne m'accuseriez pas d'avoir tué l'équipage du *Toya Maru*, hein ? »

Juan n'espérait guère que les pirates aient épargné ces marins, il avait maintenant la confirmation qu'il n'en était rien.

« Dans dix minutes, un commando des Forces spéciales va envahir ce bâtiment et tuer tous ceux qui s'y trouvent. »

Singh se remit à rire. Tenir ainsi le sort de ses prisonniers entre ses mains le faisait jouir.

« Ils arriveront cinq minutes trop tard pour vous et votre jeune amie. Vous pouvez me dire ou faire ce que vous voulez, rien ne m'arrêtera. A l'heure où nous parlons, mes hommes s'approchent de votre navire. Au mieux, vous disposez d'une poignée de mercenaires. Ils en viendront à bout. »

Cabrillo savait que, même s'il ne s'en sortait pas vivant, son équipage balaierait Singh et ses sbires comme des fétus de paille. Mais il voulait à tout prix continuer à le faire parler, gagner du temps pour trouver une façon de se tirer de cette impasse.

« Si nous devons mourir, parlez-moi au moins des Chinois. Qu'est-ce qu'ils viennent faire dans cette histoire ? »

Singh s'approcha un peu plus. Il avait des yeux sombres, perçants, qui ne cillaient jamais, des yeux de chèvre. Il empestait la cigarette et, avec son mètre quatre-vingt-dix, dominait Cabrillo d'une bonne tête. A la seule force du bras, il balança son poing dans le plexus solaire de Juan, lui vidant d'un coup les poumons. S'il avait frappé à toute volée, il lui aurait cassé les côtes. Haletant, Juan réussit péniblement à reprendre sa respiration.

« Je savais déjà que vous suiviez le *Maus* en mer du Japon, sans que vous vous en soyez aperçu. Vous ne saviez pas que j'avais débarqué ce navire – il tapa du pied sur le pont – dès que j'en ai eu l'occasion. J'ai toujours eu un coup d'avance sur vous, et il faudrait que je sois assez stupide pour vous révéler quoi que ce soit à présent ? L'information, ça se mérite. C'est ce que j'ai enseigné à mes fils. Tout ce que l'on vous donne vaut exactement ce que vous avez fait pour le mériter. Ce que nous faisons des Chinois que nous capturons ne vous regarde pas. »

Ainsi, Cabrillo avait au moins appris que Singh avait des relations avec les Têtes de Serpent.

« Vous n'avez pas envie de savoir qui nous sommes et pourquoi nous nous intéressons à vous ? »

Un éclair de férocité traversa le regard de Singh.

« Mon ami, je vous accorde que vous avez marqué un point. Oui, j'aimerais bien savoir qui vous êtes et, si vous étiez venu une semaine plus tôt, j'aurais été ravi de vous arracher ce genre de renseignement. Mais, aujourd'hui, je m'en fiche. Je vais vous laisser aller dans votre tombe avec vos secrets, comme je ferai pour les miens. »

Il fit un geste de rotation avec son doigt et le puissant moteur de la scie démarra. La chaîne lancée devint floue. Le vacarme était assourdissant, mais rien à voir avec ce que c'était quand la scie attaquait de la tôle.

Juan chercha des yeux s'il trouvait quelque chose, n'importe quoi, pour échapper à l'inévitable. Il avait une esquisse d'idée, mais, au mieux, il pouvait espérer éliminer deux gardes, trois peut-être, avant d'être abattu à son tour. Son seul espoir, que Tory ait la présence d'esprit de se jeter par-dessus bord et de fuir le plus vite possible. Il lui jeta un coup d'œil, leurs regards se croisèrent avec une intensité telle, qu'on aurait cru que chacun lisait ce qui se passait dans la tête de l'autre. Elle savait qu'il allait tenter quelque chose d'insensé, son regard disait qu'elle ferait tout son possible de son côté.

Dans un autre contexte, il aurait bien aimé la connaître mieux.

Les gardes poussaient Juan vers la scie. Il essayait bien de résister, mais rien à faire, il s'approchait inexorablement de cette espèce de guillotine industrielle. Il en était encore à près de deux mètres, mais sentait déjà son souffle. On aurait dit qu'il y avait de l'électricité, comme pendant un orage, une force vivante qui fendait l'air.

Il essaya d'effacer ses épaules, mais obtint pour seul résultat que les gardes serrent davantage leur prise.

Shere Singh s'approcha de lui, mais en restant suffisamment loin pour qu'il ne puisse pas l'atteindre. Il avait un morceau de bois à la main. Il s'assura que Juan le regardait, avant de poser le bois contre la chaîne. Un petit bruit sec et plouf, une explosion de sciure. Il n'avait fallu qu'une fraction de seconde à la lame pour réduire en poudre ce solide morceau d'acajou. Tout sourire, Singh recula en criant par-dessus le vacarme de la machine : « Je pense que je vais laisser mes hommes s'amuser un peu avec la fille avant de la livrer à la scie. »

Juan ne laissait rien paraître qui aurait pu laisser penser qu'il allait agir, mais son cerveau avait déjà programmé chaque mouvement, comme dans une chorégraphie. Il se décida d'un coup. Restait tout de même une inconnue : il fallait qu'il survive à son premier geste.

Il lança simultanément les deux jambes en l'air, comptant sur les hommes de main pour le tenir solidement tandis que ses membres partaient vers la scie. Sa jambe droite entra en contact avec la chaîne dentée. Il entendit vaguement le cri d'horreur de Tory, la scie fit exploser sa jambe et ses gardes lâchèrent leur perche.

Le choc terrible arracha sa prothèse de son embase et les lanières qui la retenaient se tendirent, à la limite de rupture. Mais cela avait marché. Les sbires ne l'avaient pas poussé assez fort vers la scie, dans un dernier effort désespéré, et la lame n'avait pas pu mordre dans les pitons en titane de sa jambe artificielle. Le choc fit valdinguer Juan qui atterrit à cinq mètres en faisant un roulé-boulé impeccable. Il porta la main à ce qui restait de « sa jambe de combat » pour prendre le pistolet Kel-Tec caché dans la prothèse en matériau composite.

Le Kel-Tec est l'un des plus petits pistolets qui existent. Vide, il pèse à peine cent quarante grammes. Mais, contrairement à d'autres armes du même type dont le calibre est limité au .22 ou au .25, celle-là tire des munitions puissantes de type .380. Elles vous arrêtent facilement un homme et les armuriers de l'*Oregon* avaient préparé des étuis à la limite de la résistance théorique.

Cabrillo voulait d'abord loger une balle dans le crâne de Singh, mais le chargeur ne contenait que sept coups. Il visa les deux gardes qui le tenaient une seconde plus tôt, encore tétanisés, et fit feu. La première balle rata sa cible, il haletait, son moignon commençait à le faire souffrir. Les deux balles suivantes atteignirent leur but, l'un des sbires avait la gorge ouverte. Il tomba en avant sur la scie.

La chaîne le broya dans une grande éclaboussure de sang, sa tête et son thorax tombèrent sur le pont avec un bruit répugnant. Ses extrémités volèrent lorsqu'une dent de la lame happa sa colonne vertébrale. Les membres arrachés retombèrent sur le second, le heurtant en pleine poitrine et le mettant hors de combat pour la suite. Juan se tourna vers ceux qui tenaient Tory, mais ils la serraient de si près qu'il ne pouvait pas les tuer. Il fit donc feu dans le genou du premier. L'homme bascula, Tory réussit à échapper à l'autre que Juan acheva de deux coups au thorax.

Les deux enturbannés qui accompagnaient Singh à bord du *Toya Maru* essayèrent de se mettre à l'abri pour ouvrir le feu à l'AK-47. Juan tira calmement ses trois dernières cartouches pour les empêcher d'intervenir et appela Tory. Elle courut vers lui et ils se précipitèrent à la lisse. Juan avait du mal avec sa jambe en moins et Tory dut l'aider. A eux deux, ils avaient l'air d'un couple qui se livre à une course en sac.

Ils atteignirent la rambarde au moment où les gardes arrivaient à les viser. Les balles de 7,62 fusaient de partout en ricochant, ils vidaient leurs chargeurs. Sans s'arrêter et avec autant de grâce que deux cadavres que l'on jette d'un pont, Cabrillo et Tory se laissèrent basculer par-dessus bord dans leur élan et plongèrent tête la première. Ils ne pouvaient pas calculer leur trajectoire et s'écrasèrent dans l'eau sale en soulevant une grande gerbe. Ils s'enfoncèrent, Juan n'avait pas retrouvé son souffle après les coups de poing qu'il avait pris, mais s'assura tout de même que Tory restait bien sous lui. Ils s'éloignèrent en nageant.

Le bruit s'était arrêté, Juan en conclut que quelqu'un avait stoppé la scie, on n'entendait plus rien dans la nef. Il compta mentalement jusqu'à dix, promettant à son organisme qu'il irait chercher un peu d'air au bout de ce délai. Mais, lorsqu'il arriva au nombre magique, il se força à recommencer jusqu'à dix, puis encore une fois. Tory craqua la première et ils émergèrent ensemble aussi près que possible de la coque. Juan aspira une bonne goulée et replongea en entraînant Tory. Il ignorait s'ils avaient été repérés.

Lorsqu'ils firent surface pour la seconde fois, il mit un certain temps à retrouver ses repères. Ils étaient à moins de vingt mètres de l'endroit où il avait dissimulé son Draeger. Les balles recommencèrent à siffler tout autour d'eux, projetant de petits jets d'eau dans les airs. Les deux rescapés replongèrent avant d'avoir pu refaire le plein d'air, mais réussirent tout de même à s'éloigner.

Sa jambe et son crâne lui faisaient si mal que Juan en avait le cerveau brouillé, au point d'avoir du mal à défaire le nœud qui retenait son équipement. Il chercha son couteau dans ce qui restait de sa prothèse. La scie avait ébréché un des tranchants de la lame, mais l'autre était encore en état. Il la glissa sous le bout, puis passa l'embout à Tory, et ils s'enfoncèrent plus profond. Cet appareil ne laissait pas échapper de bulles et les gardes restés en haut ne pouvaient donc pas les voir car ils nageaient sous trois mètres d'eau. Les Sikhs continuaient à tirer en aveugle, comptant sur la chance, mais aussi parce que la mort de leurs deux camarades les rendait fous, sans compter qu'un troisième allait rester estropié pour le restant de ses jours. Ce qui laissait Juan de marbre.

Il reprit l'embout qu'avait gardé Tory, faisant bien attention à ne pas laisser d'eau pénétrer dans le système de filtration à cause de la réaction possible au contact des absorbeurs de CO_2. En dépit du goût saumâtre de l'eau, il sentit celui de l'haleine de Tory sur le morceau de caoutchouc. Il lui serra la main pour la rassurer et passa les bretelles du Draeger sur ses propres épaules. Les articulations de sa prothèse étaient en miettes, il enfila une palme sur son pied valide et donna l'autre à Tory.

Il vida son masque, et, lorsqu'ils furent convenablement équipés tous les deux, il eut l'oreille attirée par un nouveau bruit : des tirs. Mais ce n'étaient plus les tirs furieux des gardes qui pétaillaient dans tous les sens, non, le bruit bien rythmé qu'il connaissait bien. Il ne put s'empêcher de sourire. Les hommes de Singh essayaient de monter à l'abordage de l'*Oregon* et il imaginait Mark Murphy qui ripostait avec les 40 mm Bofors, bien calé dans son siège derrière ses écrans vidéo.

C'est sans doute à ce moment-là que les gardes l'aperçurent, car les balles recommencèrent à pleuvoir autour d'eux, perçant la surface de l'eau comme des flèches.

CHAPITRE 21

MAX HANLEY AVAIT ordonné à Franklin Lincoln et à son équipe d'assaut de mettre leur Zodiac à l'eau dès qu'il avait entendu la scie se mettre en route dans le hangar, de l'autre côté de la baie. Il quitta le garage et gagna en courant le CO enfoui sous les superstructures de l'*Oregon*. On était passé en éclairage rouge et avec la lueur bleuâtre des écrans, le résultat était une étrange ambiance pourpre. Max n'y avait encore jamais fait attention, et ce n'était qu'une réflexion parmi les centaines qui lui trottaient dans la tête.

La nuit était bien avancée, tout le chantier était calme et Max était certain que si Shere Singh avait mis la scie en marche, c'était qu'il s'était emparé du patron. Eric Stone était chef de quart, Murph, à la conduite des armes, Hali Kasim et Linda Ross armaient le panneau de synthèse des menaces. Max s'installa dans le fauteuil du capitaine et mit en place une paire d'écouteurs sur son crâne dégarni.

« Linc, tu es sur la liaison ?

— Oui, *Oregon*, nous nous rapprochons en mode silencieux. Arrivée sur zone prévue dans sept minutes. »

Max allait lui demander pourquoi ils ne passaient pas sur le gros hors-bord principal, puisque le bruit de la scie noierait complètement celui du moteur, mais il se souvint que, à la lumière de la lune, le sillage fluorescent serait très facilement visible sur la surface sombre de la mer.

Lincoln reprit :

« *Oregon*, je vous signale que je vois beaucoup de mouvements sur la plage. Je compte quatre, je répète, quatre embarcations qui quittent la côte. A l'infrarouge, je vois qu'elles sont pleines de monde, jusqu'au plat-bord.

— Je les vois », cria Mark Murphy depuis sa console. Son écran affichait l'image des caméras infrarouge et à amplification de lumière installées en haut du mât de l'*Oregon*. « J'estime l'effectif total à une cinquantaine d'hommes, équipés d'armes automatiques et de fusils lance-grenades. »

Il entra quelques ordres au clavier pour mettre en alerte tous les moyens du bord, qui étaient vastes. L'écran afficha dans quatre fenêtres séparées les images des quatre embarcations de quinze mètres de long qui se rapprochaient. Un réticule apparut alors en surimpression sur chaque bateau.

« Cibles désignées, Tango Unité à Tango Quatre. Cibles verrouillées.

— Où est le Zodiac ? »

Quand les batteries de l'*Oregon* ouvriraient le feu, la dernière chose dont il voulait avoir à se soucier, c'était un tir fratricide.

« Linc dégage de l'axe, mais il est trop lent. »

Max afficha l'image d'une caméra grand angle. Les hommes de Singh arrivaient droit sur eux, tandis que le Zodiac se décalait lentement sur tribord. L'ex-SEAL ne pouvait pas utiliser son moteur principal car les gardes lui tireraient dessus dès qu'ils verraient le sillage. Max était forcé de composer entre Linc, qui devait s'éloigner de la ligne de visée, et la vitesse des embarcations en rapprochement.

« Départ missiles, cria Linda, sur la plage ! »

Pendant les deux secondes qui lui avaient été nécessaires pour donner l'alerte, les grenades autopropulsées avaient parcouru la moitié de la distance qui séparait l'*Oregon* de la terre. Avant que quiconque ait pu réagir, elles avaient franchi le reste. Les grenades de deux kilos cinq frappèrent les écubiers et explosèrent. Ces engins, de fabrication russe, déchirèrent une large zone de métal avant de creuser un cratère dans le pont, mais sans causer de dommages aux chaînes des ancres ni aux apparaux.

« Nouveaux tirs ! Ils recommencent ! »

Aussi près de terre, leurs systèmes automatiques d'autodéfense étaient impuissants, la distance était trop faible. Max n'avait pas le choix. Il ordonna :

« Machine, arrière quatre ! »

Eric Stone avait anticipé et il avait déjà les mains sur les manettes de commande des moteurs. En bas, les quatre énormes moteurs magnétohydrodynamiques se réveillèrent. Comme si on avait basculé un interrupteur, en une seconde, utilisant les charges électriques contenues dans l'eau de mer et les amplifiant grâce à leurs aimants supraconducteurs, ils impulsèrent un violent courant dans les tuyères avec une puissance inimaginable.

L'accélération phénoménale fit valser les assiettes aux cuisines, une pile de dossiers posés sur le bureau de Cabrillo s'écroula en vrac sur le pont. Mais cela ne suffit pas à leur éviter la seconde gerbe de grenades.

Six de ces petits missiles, bien connus pour leur manque de précision, tombèrent à la mer sans faire de dégâts. Un autre frappa l'un des faux mâts de charge de l'*Oregon* et le fit tomber comme un arbre que l'on abat. La lourde structure d'acier s'écrasa sur le pont, assez fort pour faire trembler les onze mille tonnes du bâtiment. La huitième grenade autopropulsée s'écrasa dans les superstructures, sous la passerelle. La charge d'explosif était conçue pour traverser le blindage d'un char, si bien que, lorsqu'elle éclatait dans quinze millimètres d'acier, elle gardait encore presque toute son énergie. La force de l'explosion souffla deux des fausses cabines faites pour donner le change lors des visites portuaires, mais les dégâts étaient superficiels. Le calculateur de gestion de la sécurité déclencha les moyens de lutte, sans aucune intervention humaine, avant de guider les équipes.

« Je veux un compte rendu dans trente secondes », ordonna Max sur le réseau sécurité.

Il consulta l'indicateur GPS et le loch. Ils s'éloignaient du chantier de démolition en marche arrière à vingt nœuds et accéléraient toujours. Dans quelques secondes, ils seraient hors de portée des lance-grenades de Shere Singh. Mais s'il disposait d'armements plus sophistiqués, des missiles Stinger par exemple, il fallait qu'ils s'éloignent encore davantage pour se mettre à l'abri.

« Linc, rapport de situation.

— Ils sont à nos trousses », répondit le SEAL.

Max entendait en arrière-fond le ronronnement du moteur et le crépitement des rafales.

« Il y a une embarcation qui nous poursuit, les trois autres se rapprochent toujours de vous.

— Laissez-nous une minute, le temps de nous placer hors de portée de leurs missiles, puis nous vous couvrirons. Gomez Adams va mettre en l'air le second drone, on devrait avoir une bonne vue d'ensemble dans pas très longtemps.

— Bien reçu. »

Lancé comme une flèche à quarante nœuds, Linc ne pouvait pas espérer riposter de façon efficace en lâchant quelques rafales de temps en temps au M-41. Ces tirs brefs, trois coups, étaient juste destinés à empêcher leurs poursuivants de faire feu. Jusqu'ici, les rares tirs de leurs adversaires avaient manqué leur cible. Abrités derrière les plats-bords, ils se contentaient d'appuyer sur la détente sans regarder dehors.

Linc n'arrivait pas à croire que l'*Oregon* avait été touché, même s'ils s'y attendaient. Mais si le Sikh s'en prenait à la Corporation, cela lui importait peu. Ce qui comptait, c'était de retrouver le directeur et de se replier vite fait.

Le bruit insupportable de la scie s'était arrêté depuis un bout de temps et Linc ne savait pas si c'était bon ou mauvais signe. Mais tant que l'*Oregon* ne l'avait pas débarrassé de l'embarcation qui suivait dans son sillage, il ne pouvait pas risquer de se diriger vers le hangar. Pourtant, était-ce si sûr?

Mike Trono tenait la barre du Zodiac et Linc le guida par

gestes. Trono se contenta de hocher la tête sans mot dire et entama un virage à droite en glissade qui les amènerait à l'arrière du grand hangar.

Cette manœuvre permit à l'embarcation de leurs poursuivants de regagner sur eux et ses occupants s'enhardirent. Une dizaine de fusils ouvrirent le feu simultanément et si Trono n'avait pas donné un violent coup de barre, les boudins de caoutchouc et tous ses occupants se seraient fait découper en rondelles.

Linc et ses camarades ripostèrent aussitôt. Trono compris, qui tirait au pistolet d'une main en barrant de l'autre. L'un des gardes se prit la gorge à deux mains avant de passer par-dessus bord. La lame d'étrave l'aspira et, même si sa blessure n'était pas trop sérieuse, l'hélice allait le réduire en chair à pâté.

L'embarcation dégagea, ce qui permit à Trono de ralentir. Ils arrivèrent derrière le hangar juste au moment où la scie redémarrait – moins bruyamment cette fois car ce n'était plus du métal qu'elle découpait.

Serrant son fusil contre sa poitrine, Linc se laissa rouler par-dessus le boudin du Zodiac. Le laissant là, Mike repartit à toute allure parallèlement à la plage.

Linc plongea, passa sous les portes de métal et pénétra dans le hangar.

Il y avait assez de lumière pour voir qu'on avait effacé le nom du navire à l'arrière. Mais, avec la scie qui continuait de hurler, impossible de savoir si des gens parlaient et d'en déduire ce qui pouvait bien se passer.

« *Oregon*, ici Unité d'Assaut, annonça-t-il dans son micro. Je suis dans la nef et je me prépare à chercher le patron.

— Reçu, répondit immédiatement Max. Nous sommes presque prêts à riposter, vous aurez les coudées franches pour la sortie. Bonne chance. »

Linc répondit de deux clics et se remit à nager le long de la coque, à la recherche d'un endroit qui lui permettrait d'atteindre le pont. C'est alors qu'il entendit des coups de pistolet à l'avant, près de l'étrave qui avait été découpée.

Quelques secondes après, deux corps passèrent par-dessus la lisse, tous deux vêtus de noir, le premier en tenue de combat et l'autre en combinaison de plongée. Ce devait être Cabrillo. Linc ne connaissait pas l'identité du premier, mais, à voir ses formes, ce devait être une femme, et il n'en fut pas plus surpris que cela. C'était bien le patron, fixer un rendez-vous galant dans un endroit pareil.

Les plongeurs n'avaient pas disparu dans l'eau que deux gardes arrivèrent au bastingage, canons de fusils braqués à la recherche de ceux qui venaient de sauter. Ils étaient trop loin, Linc n'osa pas tirer. Il reprit sa nage silencieuse en suivant la galerie qui s'élevait contre le mur à quelques mètres des marques laissées par la marée.

Par deux fois, il revit Cabrillo et cette femme qui lui disait vaguement quelque chose, ils remontaient prendre de l'air avant de replonger aussitôt. Linc était certain qu'ils allaient se diriger vers une échelle en fer. *C'est là que Juan a dû laisser sa bouteille, j'en suis sûr.*

Les gardes tiraient dans l'eau, mais Linc voyait bien qu'ils n'avaient aucune idée de l'endroit où se trouvait Cabrillo. A l'estime, il s'était bien passé une minute depuis qu'il avait fait surface pour respirer. Il savait que le directeur était excellent en apnée, qu'il était capable de rester deux minutes et plus sous l'eau après s'être laissé tomber d'un bateau de dix mètres de haut. A cet instant, il avait dû retrouver son Draeger.

Comme il en arrivait à cette conclusion, il entendit la voix de Max dans son écouteur, qui annonçait l'ouverture du feu. Il entendit en même temps les 40 mm montés sur la plage avant de l'*Oregon*.

Sans se soucier de ce qui se passait dehors, les gardes concentraient leurs tirs sur une zone située à deux ou trois mètres de l'escalier. Quelque chose avait attiré leur attention. Se hissant avec une force étonnante, car il portait des bottes de combat et non des palmes, Linc se souleva hors de l'eau et épaula son M-41. Avant de retomber dans l'eau, il eut le temps de lâcher deux courtes rafales de trois coups. L'un des gardes laissa échapper son AK-47, les autres disparurent dans un nuage rouge vif.

Il plongea et attendit qu'un autre garde recommence à tirer. Mais, au lieu de cela, il sentit une main l'attraper par la cheville. Il renonça à donner un grand coup de pied, c'était le patron.

Linc sentit que Cabrillo lui mettait l'embout dans la bouche et avala goulûment quelques bolées d'air. Juan avait dû en faire autant avec la femme, car il sentait une poitrine contre son épaule. Puis tous trois se remirent à nager vaille que vaille, prenant l'embout chacun son tour. Il leur fallut plusieurs minutes pour remonter le pétrolier sur toute sa longueur.

Lorsqu'ils eurent atteint les portes de la nef, Cabrillo les fit revenir à la surface sous la galerie. Son front lui faisait mal, là où il s'était fait arracher un lambeau de cuir chevelu, sa jambe droite était douloureuse, depuis l'aine jusqu'aux orteils qu'il avait perdus bien des années plus tôt.

« Vous n'auriez pas pu arriver mieux à propos, dit-il à Linc. Je suppose que j'ai laissé sortir ma palme, c'est comme ça qu'ils nous ont vus.

— Vous croyez qu'il en reste encore d'autres, patron?

— Shere Singh s'est tiré dès que j'ai sorti mon flingue, et vous en avez dézingué deux sur le *Toyo Maru*.

— On ne va peut-être pas attendre qu'ils fassent venir des renforts? demanda Tory.

— Je suis de l'avis de la patronne. »

Linc appuya sur le bouton de sa radio.

« *Oregon*, ici Unité d'Assaut. J'ai récupéré le directeur en compagnie de la sirène qu'on a sortie de l'*Avalon*. Parés pour que le Zodiac vienne nous chercher.

— Va falloir attendre un peu, il y a encore une de leurs embarcations qui traîne dans le coin. On a mis le drone en l'air pour le suivre, mais il nous faut encore quelques minutes pour le couler. »

Cabrillo emprunta son casque à Linc.

« Négatif, *Oregon*. Shere Singh est en train de nous échapper au moment où je vous parle. Il nous le faut.

— Compris, Juan. J'envoie le Zodiac vers vous. »

Un moment plus tard, le Zodiac arriva en grondant à l'endroit où il avait mis Linc à l'eau et resta là au ralenti. Juan abandonna le Draeger avant de suivre Linc et Tory qui passaient sous les portes. Les SEAL halèrent Tory sans peine à bord avant d'aider Linc et Juan à grimper dans le pneumatique. Juan n'était pas encore dedans que Mike Trono remettait les gaz et lançait la légère embarcation sur les flots.

Les hommes massés sur la plage ouvrirent immédiatement le feu dans leur direction, on voyait les armes scintiller dans l'obscurité comme des lucioles. Trono vira pour s'éloigner du rivage et mit le cap sur l'entrée de la baie où l'*Oregon* essayait de retrouver la dernière embarcation de ses assaillants. Les trois autres n'étaient plus que des épaves en feu et allaient couler incessamment. Le quatrième devait se dissimuler entre les vieilles coques rouillées qui attendaient leur tour pour se faire dépecer dans le hangar ou sur la plage.

Juan se plaça à l'avant pour guider le barreur lorsqu'ils se retrouvèrent au beau milieu de toute cette flottille. Il avait pris des jumelles de vision nocturne. Le bruit du hors-bord se réverbérait en écho sur les coques en ruines, tandis qu'ils essayaient de se diriger vers l'*Oregon*. Au milieu de cet encombrement, naviguer revenait à circuler à fond la caisse dans un labyrinthe. Trono faisait virer le Zodiac en fonction des indications que lui fournissait Juan par gestes. Il frôla l'arrière d'un pétrolier géant de trois cents mètres de long avant de se faufiler entre deux ferries encore peints aux couleurs de la société anglaise qui les exploitait dans la Manche.

Ils virèrent devant le ferry. Ils infléchissaient encore leur route pour trouver un trou entre un remorqueur et un porte-conteneurs lorsque la dernière embarcation de Singh se démasqua derrière un autre navire. Les hommes de la Corporation réagirent les premiers et balayèrent le canot d'un feu bien ajusté.

Le canot entama un large cercle puis se lança à la poursuite du Zodiac. C'était la renverse et il y avait de plus en plus de clapot. Les deux embarcations tossaient sur les vagues, impossible de faire usage des armes. Par mer calme, le Zodiac aurait sans peine distancé ce canot lourdement chargé, mais les vagues mettaient tout le monde sur un pied d'égalité. Chaque fois que Trono essayait de traverser cette armada oubliée, le canot leur coupait la route.

Le hors-bord toussa, ralentit, avant de reprendre son régime. Mike Trono tâta le capot et jura en sentant le trou qu'y avait fait une balle. Il y avait du liquide, il renifla le bout de ses doigts.

« Juan, ils ont touché le réservoir, cria-t-il par-dessus le vrombissement du moteur. Je ne sais pas combien de temps nous allons encore pouvoir jouer au chat et à la souris. »

Le canot avait provisoirement rompu, mais le Zodiac avait été entraîné plus loin de l'*Oregon* et il restait coincé au milieu de tous ces navires, pas moyen de savoir par où les hommes de Singh allaient revenir à la charge.

« Ils regagnent la côte ? demanda Tory.

— J'en doute fort », lui répondit Juan au moment où le canot sortait de derrière un gros navire-usine.

Les tirs reprirent, Trono essayait de sortir un demi-nœud de mieux de son moteur, le capot dégageait une odeur d'huile brûlée. La balle ne s'était pas contentée de crever le réservoir. Ils continuaient pourtant à zigzaguer, lorsque quelque chose attira l'œil de Cabrillo.

« Mike, ramène-nous sur ce remorqueur à moitié enfoncé, j'ai une idée. »

Ils repartirent le plus vite possible dans la direction du remorqueur dont on distinguait la silhouette noire. Il reposait en position instable sur quelque obstruction du fond, si bien que l'étrave se dressait hors de l'eau tandis que l'arrière était submergé. On apercevait à peine, à la lumière de la lune, la forme désarticulée d'une grue.

Cabrillo se concentrait sur le cap à suivre sans se préoccuper du reste, y compris des tirs qui continuaient à pleuvoir sur le canot. Il n'avait droit qu'à un seul essai. Du geste, il indiquait au barreur, qui les exécutait immédiatement, les légers changements de route à effectuer.

« C'est bon, réduis, on va les attirer par là. »

Ils entendirent tous ce dernier ordre, mais évitèrent de se poser des questions. Le Zodiac obéit, ralentit, le canot n'était plus qu'à quelques mètres. Comme s'il voyait venir enfin la victoire, le barreur de l'embarcation coupa à son tour la puissance, certain qu'il allait enfin venir à bout de sa proie.

Juan ordonnait toujours quelques changements de cap à Trono, le guidant de façon à passer derrière l'épave. Il jeta un coup d'œil derrière son épaule, le canot fonçait sur eux comme un requin qui déclenche l'attaque finale. Ses jumelles de vision nocturne lui permettaient même de distinguer l'air réjoui du barreur qui se préparait pour la curée.

Plus que quelques secondes, se dit-il, en examinant une dernière fois sa cible. *Voilà, c'est bon !*

Il baissa vivement son bras gauche pour ordonner à Mike de virer de ce côté. Le Zodiac se précipitait maintenant droit sur l'étroit passage encore dégagé sous la grue. Le canot de leurs poursuivants, plus lourd, maintenait son cap et son barreur ignorait qu'il était en train de tomber dans un piège.

« Baissez-vous ! » hurla Juan comme le Zodiac passait à hauteur de la lisse puis sous la flèche brisée de la grue.

En tirant d'air, ils n'avaient pas un mètre cinquante et s'ils ne s'étaient pas accroupis le long des flotteurs, ils se seraient tous fait décapiter.

Arrivé sous la grue, Juan se retourna. Le canot suivait dans les eaux. Le barreur aperçut sans doute la flèche à la dernière seconde. Il mit la barre toute d'un bord, mais il était trop tard. L'embarcation s'écrasa sur la grue métallique qui s'enfonça sans peine dans la coque en fibre de verre, la découpant sur toute la longueur et arrachant au passage un fût de carburant.

Aucun de ses douze occupants n'eut le temps de se mettre à l'abri, la décélération brutale les précipita par-dessus l'étrave. La plupart touchèrent l'eau sans trop de dommages, à l'exception d'un seul qui, frappé à la tête par la flèche, se fit tuer sur le coup.

Le gazole qui s'échappait du fût coulait dans les fonds, mais avant qu'il ait eu le temps de se diluer dans l'eau de mer, une étincelle créée par un court-circuit fit exploser le mélange dans une grosse boule de feu orange et noire.

« On a détruit le canot, annonça Juan à la radio, on rentre. »

Ils étaient encore à une centaine de mètres de l'*Oregon* lorsque leur moteur rendit l'âme et ils durent terminer à la pagaie. Maintenant que le hors-bord s'était tu, ils entendaient les tirs sur la plage, les hommes de Singh continuaient à faire feu en aveugle.

Juan lança la bosse à un marin dès que le gonflable eut atteint la rampe. Lorsque le dernier SEAL eut débarqué, il alla rejoindre en sautillant Julia qui, prévenue par radio, l'attendait avec une prothèse de rechange. A l'aide de ciseaux de chirurgien, elle découpa sa combinaison pour examiner le moignon. En dehors d'une bosse rougeâtre, la jambe semblait indemne. Elle le laissa mettre en place le membre artificiel avant d'examiner les blessures qu'il avait à la tête.

« C'est quoi, ça ? lui demanda-t-elle en inspectant le cuir chevelu avec une lampe de poche.

— Un coup de crosse. »

Elle braqua une lampe-crayon dans ses yeux pour vérifier qu'il n'avait rien, puis poussa un petit grognement en constatant, comme prévu, que les pupilles réagissaient normalement.

« Tu as la tronche comme un chou-fleur. Tu sens quelque chose ? Des vertiges ? Des étourdissements ? Nausées ?

— Rien du tout. Ça me pique un peu, c'est l'eau salée.

— Je m'en doute. »

Julia savait bien que, comme la plupart des hommes, Juan essayait de faire croire qu'il n'avait pas mal. Elle nettoya la plaie qui faisait deux centimètres de côté, en insistant jusqu'à ce que l'antiseptique le fasse grimacer. Puis elle appliqua une gaze stérile et lui fit un pansement tout autour du crâne.

« Ça devrait te soulager. Désolée, mais je n'ai plus de sucettes.

— Alors, j'aurais dû crier plus fort. »

Et il avala tout rond les comprimés de calmant qu'elle lui tendait.

C'est alors que Julia remarqua Tory, qui se tenait à côté.

« Inutile de vous demander ce que vous faites là?

— Tory travaille pour la Lloyd's de Londres », lui répondit Juan qui se remettait debout et vérifiait qu'il tenait sur sa jambe artificielle. Son moignon était encore douloureux, mais il pouvait marcher.

« Elle travaille sur la même affaire que nous, mais elle a pris le problème par l'autre bout.

— Moi qui croyais qu'elle avait apprécié mes soins. »

Les deux femmes échangèrent une poignée de main. Julia demanda à Tory si elle avait besoin de ses compétences. Tory rejeta ses cheveux en arrière.

« Merci, docteur. Je vais bien. Peut-être un peu secouée, mais bon, indemne.

— Juan a une fameuse bouteille de cognac dans sa cabine. Je vous en prescris une bonne rasade.

— Hé patron, tu es là? »

C'était Max Hanley à l'interphone. Cabrillo pressa le bouton fixé sur une cloison.

« Oui. Quelle est la situation?

— Ils continuent à nous tirer dessus depuis la plage, uniquement des armes légères. Pas de lance-grenades. George Adams fait tourner son drone au-dessus du complexe. Quelques minutes après que la scie s'est arrêtée, il a repéré quelqu'un qui s'enfuyait du hangar. Les gaillards ont sauté dans une Jeep et sont partis à toute allure, ils se dirigeaient vers un groupe de maisons, à environ quinze cents mètres de la côte. Il y a un hélico en stationnement, mais, pour l'instant, aucune activité autour de lui.

— Et notre hélico?

— L'équipage est en alerte à dix minutes, lui répondit Max, ce qui voulait dire que le Robinson pouvait prendre l'air dans ce délai.

— Dis à George de laisser le drone à Eric Stone. Le gamin a passé suffisamment d'heures à faire joujou avec le simulateur de Microsoft pour avoir sa licence de pilote de ligne. Il faut décoller le plus vite possible. Je veux prendre Singh vivant et régler cette affaire une fois pour toutes.

— Tu es sûr que tu veux y aller? lui demanda Julia.

— Je suis plus furieux que souffrant, répondit-il. Singh savait que nous arrivions. »

Il reprit l'interphone.

« Max, c'est encore moi. Ecoute-moi bien, Singh avait une longueur d'avance sur nous. Il a débarqué le *Toya Maru* du *Maus* il y a un bon bout de temps. Sans doute quand vous avez fait un crochet à Taïwan. Le pétrolier de Hiro se trouve déjà dans le hangar et il va bientôt se faire transformer en lames de rasoir.

— Comment ça?

— Peu importe, mais je pense que le radar du *Maus* était plus performant que ce que nous avions imaginé. Il a dû se rendre compte que vous le suiviez. Dis à Hali de se préparer à faire un rapport aux autorités indonésiennes. Je suppose que Singh avait ses petits arrangements avec le gouvernement, il va falloir franchir quelques obstacles. Mais, de toute façon, il faut que la marine ou les garde-côtes interviennent dès que nous aurons dégagé. »

Hali Kasim les coupa.

« J'ai entendu, leur dit-il tout excité. Patron, tu ne vas pas me croire, mais je viens d'intercepter la balise d'Eddie.

— Quand ça?

— A l'instant, il y a deux secondes.

— Bon Dieu, mais où est-il?

— C'est absolument invraisemblable. »

On sentait au ton de sa voix que Hali n'arrivait pas à y croire.

« Hali, réponds-moi.

— En Russie, cher monsieur. Sur la côte est, dans la péninsule du Kamtchatka. Mais putain, qu'est-ce qu'il est allé foutre là-bas? Je croyais que les Têtes de Serpent faisaient leurs petits trafics avec les USA ou le Japon? »

Juan essaya de se calmer et de réfléchir. Il n'entendait plus Linc et les SEAL, occupés à ranger le Zodiac et tout leur équipement, il ne voyait plus ni Julia ni Tory Ballinger qui le regardaient, l'air inquiet. Ils avaient emmené Eddie Seng au

Kamtchatka. Pendant qu'il essayait de démêler le pourquoi du comment, son cerveau échafaudait déjà un plan, calculait les vitesses, les distances, essayait de trouver le bon compromis entre les diverses urgences. Il lui fallait tenir compte de la vitesse de l'*Oregon*, de la vitesse maximale du Robinson en fonction de la charge embarquée. Et il devait absolument interroger Shere Singh.

Il était certain qu'Eddie Seng n'était pas le premier émigré chinois que l'on emmenait ainsi dans cette contrée isolée en Russie. C'était une langue de terre parsemée de volcans, restée à l'écart du monde pendant la plus grande partie du siècle dernier. Comment tous ces gens-là avaient-ils pu échouer sur ces rivages désolés, c'était une chose qu'il ne pouvait savoir, mais son instinct lui disait qu'ils devaient être très nombreux.

Et tout cela avait-il un lien avec Singh? Oui, c'était évident, il fournissait les moyens de transport. Il pouvait faire passer navires et êtres humains d'un dock à l'autre, dans une impunité totale. Il s'emparait en haute mer des bateaux qui transportaient les émigrés, tout comme il avait capturé l'infortuné *Avalon*, et s'assurait qu'il n'y aurait pas de témoins pour raconter ce qui leur était arrivé. Tout ce que Singh avait besoin de savoir, c'était le nombre de Chinois embarqués, il pouvait ensuite les cibler comme il l'entendait. Aux yeux de Cabrillo, cela signifiait que quelqu'un, en Chine, le renseignait. Mais le trafic d'êtres humains était-il la seule raison, ou bien y avait-il encore autre chose?

« Ils cherchent à se procurer de la main-d'œuvre bon marché, dit-il enfin tout haut.

— Pardon ? » lui demanda Tory.

Elle avait enlevé sa veste trempée et ne portait plus qu'un tee-shirt noir, ainsi qu'une serviette-éponge autour des épaules pour cacher ses seins. Ses cheveux sombres en désordre étaient tout mouillés, mais, allez savoir pourquoi, elle était extrêmement séduisante ainsi. Si elle avait des questions à poser sur la Corporation, après tout ce qu'elle en avait déjà vu, elle avait assez de jugement pour les taire et les garder pour elle.

« Je parle de main-d'œuvre pas chère, d'esclaves, quoi. La nuit où nous vous avons récupérée, nous avons également pris un navire pirate qui transportait un conteneur. Le pirate a coulé, mais nous avons réussi à récupérer le conteneur. Pas assez vite pour sauver tous les gens que l'on avait enfermés dedans. Plus tard, nous avons découvert qu'il s'agissait d'émigrés chinois clandestins. J'ai envoyé l'un de mes hommes remonter la piste de ces malheureux dans l'espoir de repérer ceux qui étaient derrière tout ce trafic et d'essayer d'identifier leurs liens avec les pirates. On vient d'apprendre qu'il est dans le Kamtchatka.

— Et quant à nous, chez Lloyd's, nous soupçonnions simplement Singh de se livrer à la piraterie dans les parages et d'utiliser son chantier pour effacer les preuves de ses agissements.

— Mais il y a plus, reprit Juan. Il s'est également emparé de navires qui transportaient ces émigrés chinois et les a envoyés au Kamtchatka. S'il lui faut des moyens aussi gigantesques que le *Maus* et l'autre dock, je suis porté à croire qu'ils ont capturé des centaines de clandestins, peut-être même des milliers. Et ils les réduisent en esclavage.

— Mais, Dieu du Ciel, pour quoi faire ? demanda Tory.

— Ce que vous voudrez. »

Il appuya sur le bouton de l'interphone.

« Max, fais le nécessaire pour nous sortir d'ici. Je pars avec Linc et Mike Trono, on va chercher Shere Singh. Tu fais route vers la position d'Eddie et tu fais sortir à cette vieille chafuste tout ce qu'elle est capable de donner. Nous, nous attraperons un avion pour... – il cherchait le nom de la capitale du Kamtchatka – Petropavlovsk.

— Pas la peine, patron, répondit Max. Je suis allé voir sur Internet depuis que Hali nous a dit où se trouvait Eddie. Le gouvernement local annonce qu'il y a une grosse éruption volcanique par là-bas. J'ai vérifié sur le site du Service géologique américain. Les Russes annoncent qu'il tombe énormément de cendres, ils ont été contraints de fermer l'aéroport. Personne ne peut ni entrer ni sortir. »

Juan pesta en silence.

« Bon, d'accord, mais ça ne change rien. Tu remets l'*Oregon* en route le plus vite possible.

— Et Shere Singh ? demanda Max.

— La fenêtre de tir est encore plus étroite, voilà tout. Même si l'*Oregon* fait route à l'allure maximale, nous aurons encore une demi-heure devant nous avant d'être hors de portée avec le Robinson.

— Je peux dire quelque chose, capitaine ? » demanda Tory.

Juan acquiesça.

« J'ai pénétré dans les installations par voie de terre, et laissez-moi vous dire que c'est absolument énorme. J'ai pu observer les lieux pendant une semaine, et, même comme ça, je n'ai pas réussi à tout voir.

— Où voulez-vous en venir ?

— Je veux dire que si vous ne vous donnez qu'une demi-heure pour le retrouver, je peux sans doute vous indiquer où se trouve sa résidence habituelle. »

Juan hésita une fraction de seconde. Tory Ballinger était quasiment une étrangère, mais il avait tout de même l'impression de la connaître un peu parce qu'il se reconnaissait lui-même dans ce regard si calme. Elle venait de se conduire magnifiquement et il ne savait toujours pas comment elle avait réussi à garder son sang-froid lorsqu'elle s'était retrouvée prisonnière de l'*Avalon*. Il retrouvait chez elle cette vertu incroyable des Britanniques, cette vertu qui avait fait de leur île la nation la plus puissante de la terre et leur avait permis de résister au blitz pendant la Seconde Guerre mondiale. Mais, ce qui était chez Winston Churchill un mélange de confiance en soi et de pugnacité, s'était transformé chez Tory en puissance de séduction.

Et puis, pour couronner le tout, songeait Juan, ses propres investigations l'avaient conduite précisément là où lui-même en était arrivé. Apparemment, elle n'avait pas eu besoin de faire sauter un immeuble ni d'enlever un avocat.

« D'accord. »

Tory s'attendait à devoir discuter, cela se voyait à ses yeux clairs qui s'étaient embrumés. Que Juan accepte si facilement sa proposition la désarçonna sur le coup, et elle en resta bouche bée.

« Nous avons cinq minutes pour nous changer et nous équiper. Venez avec moi. Vous aussi, Linc. On n'a pas encore dit notre dernier mot. »

*

* *

Quelques instants plus tard, le Robinson R-44 décollait de sa plate-forme mobile. L'*Oregon* vira de bord assez serré en utilisant ses propulseurs latéraux, et Linda Ross ordonna à Eric Stone de monter à l'allure maximale. Max Hanley était descendu veiller sur ses moteurs bien-aimés. Dès que l'ordre arriva à la machine, les quatre engins magnétohydrodynamiques montèrent en vitesse comme des turbopropulseurs et, presque instantanément, l'eau commença à bouillonner sous la voûte grâce à l'action de ce système révolutionnaire. Linda ordonna également à Mark Murphy de balayer la côte au Gatling pour couvrir le départ du ventilo.

George Adams était en place gauche, Juan installé à sa droite. Linc et Tory occupaient les sièges arrière. Ils emportaient leur armement et leurs équipements individuels, ainsi qu'un fusil de précision Barrett calibre 12,7 que Linc gardait sur ses genoux. La cabine était pleine. Adams fit un large cercle au-dessus de la mer et franchit la ligne de côte à distance confortable du chantier.

« Il existe un lotissement sur la plage à environ un nautique, annonça Tory. C'est là qu'habitent les responsables. La semaine dernière, je les ai observés pendant deux jours. L'une des maisons est beaucoup plus grande que toutes les autres, et maintenant que j'ai vu Shere Singh de près, je me souviens l'y avoir vu.

— Des gardes ? lui demanda Juan.

— Quelques-uns, oui, mais après ce qui s'est passé cette nuit, j'espère qu'ils ont débarrassé le terrain. »

Le ton de sa réponse fit sourire Juan, mais il s'attendait tout de même au pire.

« Et les accès ?

— Une route orientée nord-sud passe derrière les maisons. Dans le nord, vous avez un barrage hydroélectrique et une aciérie.

— Beaucoup de circulation ?

— Principalement des camions qui emportent les tôles d'acier à l'aciérie. Et pratiquement plus rien après la tombée de la nuit.

— Bon, les amis, on va franchir la côte. »

Adams était équipé d'un casque avec viseur nocturne intégré, ce qui lui permettait de voir l'image de la caméra montée dans le nez du Robinson.

« J'aperçois le complexe dont vous nous avez parlé. Enormément de lumières, beaucoup de gens qui grenouillent autour. Et, cerise sur le gâteau, la plupart sont armés.

— Restez hors de portée de tir et regardons ce qui va se passer.

— J'aperçois un héliport un peu plus loin, poursuivit Adams. On dirait qu'ils ont un JetRanger, ses rotors se mettent en route.

— On serait capables de le suivre ? demanda Tory.

— Il vole à quarante ou cinquante nœuds plus vite que nous et son rayon d'action est supérieur d'une centaine de nautiques, lui dit Juan. » Et se tournant vers Franklin Lincoln : « Vous le sentez, là ?

— Je suis pointé dessus, patron.

— George, mettez-nous en stationnaire », lui demanda Linc en dégageant la bretelle de son arme. Il ouvrit la portière sans faire attention au vent des rotors qui soufflait en tempête dans la cabine.

Le Barrett était une arme assez laide, presque un mètre cinquante de long, et qui pesait son poids. Mais, entre les mains d'un expert, ses balles de 12,7 étaient précises jusqu'à quinze cents mètres.

Adams fit pivoter le Robinson de flanc pour dégager le

champ de vision de Linc. Quelques gardes qui se trouvaient à bonne distance, près du complexe, ouvrirent le feu sur l'hélicoptère immobile, mais la distance était trop grande. Lincoln cala le gros fusil dans le creux de son épaule et ajusta la visée dans la lunette à amplification de lumière. A travers cette optique, le monde était plongé dans une ambiance verdâtre qui avait quelque chose d'intime. Il voyait la tête que faisaient les gardes, qui, impuissants, tiraient tout de même. Il balaya lentement le paysage avant de s'arrêter sur le JetRanger. L'image était parfaitement nette, il voyait même l'air chaud vibrer derrière l'échappement des turbines.

Le départ du coup résonna comme un véritable coup de canon et Linc absorba le choc du recul sans quitter sa cible des yeux. La balle arriva bien avant que les gens au sol entendent la détonation, si bien que l'impact leur causa une surprise totale. Le coup brisa le mât du rotor, la zone la plus vulnérable d'un hélicoptère. L'arbre qui tournait déjà s'envola, suivi des deux pales transformées en faux mortelles. La première faucha un groupe occupé à mettre en batterie un missile portatif. Les membres s'éparpillèrent dans toutes les directions, spectacle difficile à soutenir, même pour un vétéran comme Franklin Lincoln.

La seconde pale alla frapper un gros réservoir de kérosène monté sur pilotis. Le carburant, très volatil, sauta dans une violente explosion qui satura les filtres de la lunette. Levant la tête au-dessus de son fusil, Linc vit des flammes qui se répandaient dans tous les sens. Tous ceux qui se trouvaient dans un rayon de cent mètres furent renversés par l'onde de choc, ceux qui étaient à moins de quinze furent tués sur le coup.

« Je détecte des mouvements, annonça Adams. La porte arrière du JetRanger s'ouvre. Un type en turban s'en va en courant.

— Ça doit être Shere Singh, déclara Tory. Par où s'en va-t-il ?

— Attendez. » L'ambiance était électrique. « Ça y est, il monte dans une bagnole. Ça ressemble à une grosse berline

Mercedes. Il s'installe à l'arrière. Il est tout seul avec le chauffeur.

— Juan, vous voulez que je l'aligne ? demanda Linc en épaulant.

— Non, pas ici. On le laisse rejoindre la route et on attend qu'il soit loin de ses gardes.

— Singh a dû lancer un appel radio, annonça George. Je vois une autre voiture qui démarre du complexe. Apparemment, il y a trois hommes en armes à l'intérieur.

— Nous savions que cela n'allait pas être facile. »

Cabrillo consulta sa montre. Ils avaient déjà consommé le tiers du temps dont ils disposaient s'ils voulaient pouvoir rallier l'*Oregon*.

Un peu plus tard, ils aperçurent les phares des deux voitures qui passaient l'entrée du complexe avant de se diriger vers le sud. La route était noyée dans la jungle, les faisceaux se réfléchissaient sur les arbres comme dans un tunnel. George remit les gaz et eut vite fait de rattraper les deux véhicules.

Les chauffeurs roulaient en maintenant entre eux une distance de cinq mètres. C'était un peu juste pour ce que Juan avait en tête, mais il n'avait pas le choix. Il prit une grenade accrochée à son brêlage et ouvrit l'étroite fenêtre ménagée dans la porte droite. Normalement, la temporisation était réglée à cinq secondes. Cela dit, avec les grenades incendiaires, d'un bouchon allumeur à l'autre, ce délai pouvait varier de plus ou moins une seconde. Ce n'était pas grave quand on les lançait dans le terrier d'un renard ou que l'on attaquait des fantassins, mais, contre des voitures qui roulaient à cent cinquante à l'heure, une seconde représentait plus de trente mètres.

Cabrillo arracha la goupille tout en maintenant fermement la cuiller et sortit la grenade par la fenêtre. La chose nécessitait de l'expérience et un certain instinct, plus que du calcul. Il lâcha la cuiller pour amorcer l'allumeur, attendit un peu, et balança son engin.

La grenade disparut immédiatement dans l'obscurité, mais, une seconde plus tard, le chauffeur de la Mercedes fit une embardée en entendant un objet rebondir sur le coffre. La grenade roula, tomba sur la chaussée et dévala l'asphalte. Le second véhicule continua sur sa lancée, comme s'il n'avait rien vu ou rien compris de ce qui se passait. Une autre seconde, la plus longue que Juan ait connue de toute son existence. Il était sûr que la voiture des gardes avait dépassé la grenade, et il allait en lancer une seconde lorsque son premier engin explosa pile sous le réservoir.

Deux explosions se succédèrent. La première, la détonation sourde de la grenade, puis celle, beaucoup plus spectaculaire, du réservoir. L'arrière de la voiture décolla, elle pivota autour de son capot et resta suspendue ainsi un bref instant avant de se retourner sur le toit. Elle exécuta sept tonneaux en répandant des morceaux de métal et des gerbes de carburant enflammés, avant de terminer sa course contre un poteau en teck, pliée en deux par la violence du choc final.

Le chauffeur de Shere Singh ralentit instinctivement en voyant dans son rétroviseur ce qui se passait. Franklin Lincoln saisit l'occasion au bond. George dépassa la Mercedes, à trois mètres au-dessus des arbres et cinq mètres à droite de la route. Linc cala le Barrett dans le creux de son épaule et fit feu. Une balle normale aurait juste crevé un pneu, ce projectile de 12,7 brisa la fusée de la roue avant. Tout vola en éclats, essieu, jante et pneu. La lourde Mercedes s'effondra sur son moyeu dans une gerbe d'étincelles, décélérant brutalement. Le chauffeur essaya en vain de rester sur la route.

Pour faire bonne mesure, Linc logea deux balles de mieux dans le capot. Satisfait, il vit un jet de vapeur jaillir du radiateur.

Adams revint sur l'axe de la chaussée, juste derrière la limousine qui s'arrêtait, puis posa ses patins sur la route. Cabrillo, Linc et Tory Ballinger sautèrent de l'appareil. Linc et Juan avaient des fusils d'assaut M-4A2, Tory avait emprunté un Beretta semi-automatique à l'armurerie.

Ils avaient franchi dix mètres sur les vingt qui les séparaient de la voiture lorsque le chauffeur ouvrit sa portière. Il réussit à sortir avant qu'ils aient pu tirer un seul coup de feu.

Protégé par la porte, il arrosa la route au pistolet-mitrailleur. Il paniquait, ses balles partaient n'importe où, mais ils durent tous les trois s'aplatir au sol. Linc riposta au M-4 et lâcha une courte rafale de 5,56 mm dans l'ouverture de la portière. Les projectiles ricochèrent sur la porte blindée et étoilèrent complètement la vitre.

Juan, qui s'attendait à ce que la Mercedes soit blindée, tira sous la portière. Sa première rafale manqua le chauffeur, la seconde lui brisa un tibia et la cheville. Il tomba, la porte se referma et il ramassa les deux balles de Beretta tirées par Tory. L'impact le projeta contre le garde-boue puis il glissa lentement par terre.

Juan essaya la portière arrière. Verrouillée. Il leva avec précaution son arme, chargeur plein, contre la vitre. Les dix premières balles ne purent venir à bout du verre feuilleté, mais en faisant tourner le canon, il réussit à ménager un trou dedans. Linc s'approcha tandis que Juan reculait pour recharger. Il recommença à tirer et fit gicler des morceaux de verre brillants comme des diamants.

Lorsque Juan eut rechargé, il tapa sur l'épaule de Linc pour lui dire de cesser le feu.

« Singh, je vous donne trois secondes pour mettre vos deux mains à l'extérieur. »

Pas un bruit.

« Un, deux, trois. »

Linc et Juan tirèrent ensemble. Les balles qui passaient à travers la vitre déchiquetée allèrent désintégrer l'autre fenêtre. Plusieurs se fichèrent dans la banquette, deux d'entre elles, après avoir rebondi sur le blindage, terminèrent leur trajectoire dans un matériau plus mou. Un cri de douleur retentit par-dessus le fracas des armes, les deux hommes cessèrent le feu.

« Singh !

— Je suis touché ! » Il parlait encore d'une voix forte. « Oh, qu'Allah prenne pitié de moi, je vais mourir !

— Mettez immédiatement vos foutues mains sur le rebord de la vitre, ou je balance une grenade !

Juan échangea un coup d'œil avec Linc. Ils étaient certains qu'ils ne pouvaient pas faire confiance au Sikh, mais ils n'avaient pas le choix. Juan passa la main à l'intérieur, couvert tant bien que mal par Linc. Lorsque la porte s'ouvrit, ils virent que les plafonniers étaient allumés. Singh était allongé sur le plancher et, dès qu'il réussit à essuyer la sueur qui lui coulait dans les yeux, il tira avec son pistolet-mitrailleur. Mais il tirait encore plus mal que son chauffeur. Les balles finirent dans la portière blindée, c'est ce qui sauva Linc. L'ancien SEAL fit ce que des dizaines de milliers d'heures d'entraînement lui avaient gravé dans le cerveau. Tout en dégageant, il logea deux balles dans la tête de Singh, l'une sous l'œil, la seconde en plein dans la gorge. Son turban se défit comme un serpent qui se déroule, sa nuque explosa dans un magma de sang et de cervelle.

Linc jura un bon coup, tout dépité, il s'en voulait terriblement.

« Et merde, Juan, je suis désolé. C'était juste...

— Instinctif, lui dit en terminant sa phrase Juan qui avait passé la tête pour se rendre compte du carnage. Vous n'aviez pas le choix, j'en aurais fait autant. »

Tory se faufila et entra dans la vaste Mercedes. Sans se soucier du sang, elle fouilla le corps de Singh, sortit son portefeuille, un gros porte-billets de cuir. Elle attrapa la mallette que Singh avait posée à côté de lui sur la banquette, vérifia une dernière fois qu'elle n'avait rien laissé d'intéressant, et ressortit.

« Bon, les gars, nous voilà dans une impasse, pas vrai ? »

Elle s'essuya les mains sur les fesses et leur montra la route, derrière le Robinson dont le rotor tournait.

« Les sbires de Singh ne vont pas tarder à rappliquer pour aider leur patron. La discrétion est la première qualité de, etc. Je crois qu'on devrait se tirer vite fait. »

Ils se dirigèrent vers l'hélico, George Adams remettait déjà la gomme. Les rotors faisaient voler des gravillons et ils durent se plier en deux. Juan donna une tape sur l'épaule de Tory et lui montra la Mercedes du pouce.

« A propos, vous êtes juste enquêteuse pour la Lloyd's? »

Tory savait très bien de quoi il voulait parler. Elle lui fit un petit sourire narquois.

« Et avant, j'étais au service du gouvernement de Sa Majesté.

— Et vous y faisiez quoi ? »

Elle posa la main sur l'étui de son Beretta.

« Médiateur. »

CHAPITRE 22

JUAN CABRILLO ÉTAIT installé à la fausse passerelle de l'*Oregon*, vautré dans le fauteuil du capitaine. Le gros siège de cuir était tout déchiré pour ne pas déparer avec le reste de ce vieux cargo décati, mais il s'était déformé à force de servir. C'était de loin le plus confortable de tout le bord. Les officiers de quart assuraient leurs fonctions en bas, au CO, et ce fauteuil était réservé à l'usage exclusif de Cabrillo.

Le soleil était en train de disparaître par bâbord, dans un feu d'artifice étonnant de couleurs et de lumières, rendu encore plus intense par le rideau de cendres volcaniques que répandaient les éruptions en cours dans le Kamtchatka. La chaleur du jour ne s'était pas dissipée, le métal de la passerelle était encore chaud et le short de Juan était imprégné de sueur. Il avait enlevé sa chemise et ne portait que des chaussures bateau. A l'allure que soutenait l'*Oregon*, ouvrir les portes sur les ailerons aurait fait souffler la tempête, l'air restait donc tiède et poisseux à la passerelle.

Plutôt que de prendre des risques en coupant par l'est de la mer de Chine puis par la mer du Japon, où le trafic maritime était aussi dense que la circulation automobile dans Los Angeles à l'heure de la sortie des bureaux, Juan avait décidé de partir d'abord vers l'est, de donner du tour aux îles les plus septentrionales des Philippines, puis de longer la côte Pacifique du Japon. Les rails de navigation étaient mieux réglementés dans cette zone, il n'aurait pas à se préoccuper de navires susceptibles de signaler un bâtiment qui se déplaçait à plus de cinquante nœuds. Dans quelques heures, ils allaient croiser les routes au large de Tokyo, puis le trafic baisserait brutalement, ce qui leur éviterait de devoir zigzaguer sans cesse entre les cargos remplis de voitures, les porte-conteneurs et autres qui sillonnaient le Pacifique.

Chaque fois qu'ils faisaient un crochet, c'étaient quelques minutes de perdues, et perdre du temps était bien la dernière chose que pouvait se permettre Juan. Eddie se trouvait à deux jours de mer, les nouvelles qu'ils avaient des vulcanologues russes coincés à Petropavlovsk étaient préoccupantes. La péninsule était en permanence secouée par les séismes, trois volcans s'étaient mis en activité et crachaient de la cendre mêlée de gaz toxiques. Pour l'instant, il n'y avait pas eu de morts, mais la plupart des gens qui vivaient là-bas étaient tellement isolés qu'il fallait des jours pour avoir de leurs nouvelles.

Seule bonne nouvelle, si l'on pouvait dire, la balise d'Eddie continuait à émettre et Hali recevait les signaux retransmis par satellite. Mais là encore, ils avaient un problème. D'après les données recueillies, Eddie se trouvait sur une plage, près de l'un des volcans en éruption. Juan aurait pu demander à Julia pendant combien de temps la balise continuerait à émettre après la mort de son porteur, mais il connaissait la réponse. Eddie serait-il mort depuis une semaine que l'*Oregon* l'ignorerait encore.

« Puis-je savoir à quoi vous songiez ? »

Juan se retourna, sans avoir reconnu la voix, assez mécontent d'être dérangé.

« Ah, désolée, lui dit Tory. Je ne voulais pas vous faire sursauter.

— Mais je vous en prie. »

Il se détourna pour contempler l'horizon.

« Je me suis dit que vous aimeriez bien ça », lui dit-elle en lui tendant une cannette de bière, une San Miguel.

Juan la considérait comme la seule bière philippine digne d'être exportée.

Tory portait une jupe en toile blanche, un polo turquoise, et des sandales. Elle avait rejeté en arrière ses cheveux foncés, ce qui mettait en valeur la courbe gracieuse de ses pommettes saillantes. Un savant maquillage soulignait la beauté de ses yeux bleus et l'arrondi des lèvres. Juan l'examinait sans vergogne, et pourtant, il voyait bien qu'elle aussi le regardait attentivement : ces épaules carrées, ce torse musclé, l'estomac bien plat alors qu'il était assis. Lorsque ses yeux découvrirent, un peu plus bas, la jambe artificielle, elle détourna son regard.

Juan prenait soin, en général, de cacher sa prothèse et c'est pourquoi il était rarement en short. Il ne s'attirait donc que rarement des regards gênés. La réaction de Tory lui rendit soudain la conscience de sa jambe, d'autant que celle qu'il portait n'imitait pas le vrai membre. Elle était faite de tubes d'acier et de fibre de carbone. Il se dit soudain qu'il aurait mieux fait de mettre un pantalon, ou, au moins, une prothèse un peu plus discrète.

Il enleva ses pieds de la main courante fixée sous les fenêtres et s'assit de façon à cacher un peu sa jambe artificielle. Il était à la fois ennuyé et intrigué par ce qu'il éprouvait, il n'aurait pas cru que l'opinion de Tory lui importe à ce point.

Il prit la cannette qu'elle lui avait apportée et la fit rouler doucement sur son front, avant d'avaler quelques bonnes gorgées. Julia avait refait son pansement, il avait l'air un peu plus présentable. Il se ferait faire une petite intervention chirurgicale lorsque la mission serait terminée.

« Merci. Désolé de vous avoir jeté ce regard furibard. J'étais perdu dans mes pensées.

— Vous songiez à votre homme qui se trouve là-bas, à Eddie ?

— Eddie Seng, oui. C'est l'un des meilleurs.

— Max m'a un peu parlé de lui. En fait, il m'a parlé de

vous tous. » Elle lui fit un sourire. « On peut dire que vous avez réuni une jolie brochette de pirates. »

Il se mit à rire.

« Oui, rien que des brigands et, de toute ma vie, je n'ai jamais eu un équipage de cette qualité. Je suis désolé, j'aurais dû vous faire faire le tour du bord et vous présenter tout le monde.

— Je sais que vous avez été très pris. Linda a eu la gentillesse de me servir de cornac. » Elle se passa les mains sur le corps. « Et de me permettre d'emprunter des vêtements au magasin de farces et attrapes.

— Et votre cabine ? Ça va ? »

Son visage s'éclaira.

« Ça va, dites-vous ? Mais elle est plus grande que mon appartement de Londres et si vous découvrez après mon départ que la baignoire en marbre a disparu, ne soyez pas surpris. Apparemment, vous aimez les belles choses. Les repas sont excellents et Maurice est un amour.

— Faire un métier de sauvage ne signifie pas qu'on doive se comporter comme des sauvages.

— Et comment êtes-vous devenu, comment dire, mercenaire ? »

Juan lui indiqua un siège à côté de lui. C'était celui de Max, il était beaucoup trop grand et elle disparut presque dedans.

« Lorsque la guerre froide a pris fin, j'ai compris que ce qui avait occupé le monde jusque-là était terminé. Il fallait s'attendre à voir des conflits régionaux éclater un peu partout, et le marché des services allait exploser dans le domaine de la sécurité. Voilà pourquoi j'ai créé la Corporation. Quant à l'*Oregon*, bon, plutôt que d'installer mes bases dans un pays quelconque où j'aurais dû me plier à ses lois, je me suis dit qu'un navire me laisserait la liberté dont nous avions besoin.

— Et vous faites ça pour l'argent ?

— Je suis aussi capitaliste que n'importe qui, mais je choisis mes clients.

— Je crois que vous êtes aussi sélectif que vous êtes capitaliste. »

Juan se remit à rire.

« Je vois que Maurice a bavardé.

— Il a pour vous une admiration sans bornes. » Elle sourit. « En fait, tout votre équipage est comme ça. J'ai cru comprendre que vous aviez décliné quelques affaires très lucratives au cours de ces dernières années.

— Et j'en ai accepté d'autres.

— Vous savez très bien ce que je veux dire, il n'y a pas que l'argent qui compte pour vous.

— Disons que se faire payer pour ce que l'on croit être bien est assez satisfaisant. Et vous, madame l'enquêteur? Avez-vous accepté de travailler pour la Lloyd's parce que leur annonce dans le *Financial Times* promettait des émoluments supérieurs à ce qu'on vous aurait offert dans une banque?

— Touché. »

Elle but une gorgée au goulot.

« Bon, alors, vous avez votre petite idée de ce qui se passe?

— Des idées, oui, j'en ai. Des réponses, non. Surtout depuis que nous avons laissé filer l'un des maillons.

— Vous savez, Franklin ne se pardonne toujours pas de l'avoir tué.

— Eddie et lui sont très bons amis. Il ne se pardonnera pas tant qu'on ne l'aura pas retrouvé. Ce qui me rappelle... »

Juan sauta de son siège pour prendre une serviette sur la table. Il la tendit à Tory.

« Voilà ce qu'a craché le calculateur il y a moins d'une heure. Je suis sûr que ça vous intéressera.

— Qu'est-ce que c'est? lui demanda Tory en ouvrant la serviette de cuir.

— La traduction de ce que vous avez récupéré dans la mallette de Singh. La liste intégrale des navires dont il s'est emparé ces dernières années dans tout le Pacifique. J'imagine qu'il y a là-dedans la solution de pas mal de vos énigmes. La plupart de ces bateaux ont été démantelés à Karamita, mais certains naviguent toujours sous de faux noms pour le compte de compagnies-écrans, dont Singh est le propriétaire.

— Etait, corrigea Tory sans lever les yeux de ses papiers.

— Malheureusement, poursuivit Juan, je n'ai rien trouvé sur ce que l'autre dock identique au *Maus*, le *Souris*, a bien pu faire depuis que Singh l'a acquis. Je soupçonne qu'il lui a servi à transporter d'autres navires, peut-être un grand nombre de navires. Singh en aurait gardé trace dans une autre serviette pour isoler ce genre d'affaires du reste de ses activités criminelles.

— Et pourquoi aurait-il agi ainsi ? lui demanda-t-elle en levant les yeux.

— Pas la moindre idée.

— Et si cette partie de son empire lui échappait ? »

Juan se pencha en avant, cela lui donnait une idée.

« Anton Savitch ?

— Max m'a dit que ce nom revenait sans arrêt dans vos recherches, mais je dois dire qu'il m'était parfaitement inconnu jusqu'ici.

— Tout ce que nous savons, c'est qu'il est fonctionnaire au Bureau soviétique des ressources naturelles. Après l'effondrement de l'URSS, il est passé dans l'équivalent russe de ce service. Nous n'avons pas la moindre idée des liens qu'il pourrait avoir avec un pirate dans le genre de Singh.

— Il y a des ressources naturelles au Kamtchatka ? Il aura peut-être découvert quelque chose lorsqu'il travaillait pour le Bureau ? Je ne sais pas, moi, des pierres précieuses, des métaux, autre chose ?

— Mark Murphy a consulté toutes les banques de données qui existent sur le sujet, il n'a rien trouvé, en tout cas, pas en quantités appréciables. »

Un éclair passa dans les yeux de Tory.

« Et s'il s'agissait de quelque chose qui n'a jamais été rendu public ? Si, à l'époque où il travaillait pour les Soviets, un rapport tombé sur son bureau avait fait état d'une découverte majeure quelconque, qu'il aurait soigneusement gardée pour lui ? »

Juan hocha la tête.

« C'est une possibilité. Nous sommes tous convaincus qu'ils ont fait venir plein de travailleurs chinois. C'est peut-être pour les employer à la mine. »

Pris d'une inspiration subite, il attrapa son téléphone protégé dans sa poche et composa un numéro. A la troisième sonnerie sur le réseau privé de *l'Oregon*, Mark Murphy décrocha.

« Mark, c'est Juan. Où êtes-vous ?

— Au magasin des farces et attrapes, je répare ma planche, lui répondit le responsable des armes.

— Dégotez-moi un ordinateur et dites-moi si on utilise du mercure dans des mines, quelles qu'elles soient. »

Habitué aux demandes sibyllines de son patron, Mark répondit qu'il faisait ça de suite et raccrocha.

« Pourquoi parlez-vous de mercure ? demanda Tory.

— Parce que Julia en a trouvé de fortes doses en autopsiant les pirates qui nous avaient attaqués. Ceux-là mêmes qui ont balancé à la mer le conteneur où se trouvaient ces émigrés chinois.

— Vous croyez qu'ils les emmenaient au Kamtchatka ? »

Cabrillo hocha affirmativement la tête.

« Les Chinois n'étaient pas contaminés, uniquement les marins. Comme s'ils y étaient allés souvent, on va dire, pour livrer d'autres travailleurs ou pour assurer la relève des gardes. Dans ce cas, c'est peut-être là-bas que se trouve la source de ce mercure. »

Il y eut un long silence, et, au bout de deux minutes, le téléphone de Juan sonna.

« Qu'avez-vous trouvé ?

— Le mercure est le seul élément chimique capable de dissoudre l'or, répondit Mark. On l'utilise pour séparer le métal du minerai brut. Cette pratique est interdite dans de nombreux pays pour des raisons d'environnement et de santé publique, mais les mineurs indigènes en font un large usage en Amérique du Sud. »

Avec ses lèvres, Juan articula silencieusement le mot *or* à destination de Tory.

« Merci, Murph. Vous pouvez retourner vous occuper de votre planche. »

Tory se laissa tomber dans son fauteuil.

« Ainsi donc, Anton Savitch utilise des esclaves chinois que lui procure Singh pour exploiter une mine d'or au Kamtchatka, et vraisemblablement, au nez et à la barbe des autorités russes.

— Je pense que c'est un bon résumé, répondit Juan en avalant une gorgée de bière.

— Ce serait la solution du mystère. Nous connaissons le qui, le pourquoi et le comment.

— Apparemment oui. »

Mais il y avait dans le ton de Juan quelque chose qui intrigua Tory.

« Oui, quoi ?

— Je réfléchissais, maintenant que Singh est hors jeu, vos investigations sont terminées. Je ne sais pas ce que nous allons découvrir là-bas, mais à en juger par ce que nous avons vu de Singh et de sa bande, ça va être saignant.

— Et alors ? lui demanda-t-elle, avec une petite idée de ce qu'il allait répondre.

— Et alors, vous n'avez pas besoin d'y aller avec nous. On perdra à peine une heure en vous débarquant par hélico lorsque nous serons au nord du Japon, avant d'entrer dans la mer d'Okhotsk. »

Il n'avait pas fini qu'elle était dans une rage folle. Elle bondit de son siège, les mains posées sur les bras du fauteuil et se pencha, le visage à deux doigts du sien.

« Depuis six mois, je me consacre entièrement à cette enquête. C'est toute ma vie, je ne pense qu'à ça. J'ai dû me battre avec la Société royale de géographie pour obtenir de me joindre à son expédition, mais je ne pouvais plus rien faire après l'attaque des pirates. Je m'étais fait des amis à bord de l'*Avalon*, ils se sont fait massacrer par ces monstres. Vous n'allez donc pas continuer à croire une seule seconde que je ne veux pas aller jusqu'au bout, Monsieur le Directeur de cette foutue Corporation. »

Ils se défièrent du regard pendant plusieurs secondes, ni l'un ni l'autre ne voulait céder. Juan savait déjà qu'elle avait du caractère, et qu'elle était fort intelligente. Il découvrait maintenant à quel point elle était passionnée. S'il avait réussi à oublier qu'il se sentait un petit faible pour elle, il lui aurait proposé sur-le-champ de rejoindre la Corporation.

« Bon, autant que vous le sachiez, lui dit-il doucement, je suis incapable de garantir votre sécurité. »

Tory sentit qu'il se laissait amadouer et sa colère se mua en un sentiment plus doux, plus conciliant. Leurs lèvres étaient à quelques centimètres, mais, pour tous deux, c'était une distance infranchissable.

« Ce n'est pas ce que je vous demande. Je veux simplement être là lorsque vous mettrez un terme définitif à cette affaire. »

Cabrillo se sentait la bouche sèche, il fut pris d'une envie irrépressible de finir sa bière.

« Affaire conclue. »

CHAPITRE 23

S'IL Y AVAIT UNE CHOSE chez ses ravisseurs pour laquelle Eddie Seng éprouvait un certain respect, c'était bien leur efficacité. Le volcan qui surmontait le site qu'ils surnommaient la Plage de la Mort grondait en crachant des cendres qui se déposaient sur les installations, poussées par une espèce de blizzard sombre. Des séismes se produisaient presque toutes les heures, la mer avait un aspect de tôle ondulée en plomb. Mais leurs gardiens ne leur laissaient aucun répit, alors qu'ils s'activaient eux-mêmes aux préparatifs d'évacuation. Les chaudières de l'atelier de raffinage étaient restées allumées, ils voulaient extraire le précieux métal jusqu'aux derniers grammes avant de s'en aller. Les gardes jouaient de la matraque ou du fouet pour maintenir les travailleurs à l'ouvrage, à monter et redescendre sans fin la colline, chargés de seaux de minerai. La nuit, on enfermait à clé à bord des paquebots échoués sur le rivage ces hommes déjà terrifiés à l'idée de l'appel du matin qui les remettrait au labeur.

Plus loin, dans la baie, l'équipage du remorqueur avait réussi à ballaster l'énorme dock, et le navire qui se trouvait dans son radier flottait. L'état de la mer avait considérablement retardé cette opération délicate, ce qui expliquait pourquoi l'évacuation ne se faisait pas aussi vite que ce qu'avait imaginé Eddie. Il avait assisté à une prise de bec entre un Sikh et Savitch. Il en avait déduit que le premier refusait de sacrifier son dock hors de prix lorsque le volcan exploserait pour de bon. S'ils arrivaient à décharger, il n'y aurait plus aucune preuve contre eux lorsqu'ils auraient repris la mer.

Comme tous les navires échoués sur la plage, le nouveau venu était un paquebot. Long d'environ cent trente mètres, il n'était pas très gros, mais ses lignes étaient plutôt pimpantes, avec un arrière assez classique en forme de coupe de champagne. Toutes les cabines ou presque possédaient un balcon. Dans sa jeunesse, il avait dû accueillir des passagers assez argentés, de ceux qui veulent voir les Galapagos ou explorer les confins de l'Antarctique.

A présent, c'était un rebut et sa coque, autrefois rutilante, était souillée par les excréments de tous les malheureux qui avaient enduré une dure traversée jusqu'en Russie. Des centaines de Chinois laissés à l'abandon au milieu de la baie se tenaient aux rambardes. On avait démonté les moteurs, le paquebot avait déballasté, il était donc très haut sur l'eau et l'on voyait une large bande de peinture anti-algues au-dessus de la ligne de flottaison. Les vagues, même modestes, le faisaient rouler dangereusement. Eddie entendait les passagers hurler lorsqu'une lame plus grosse que les autres les faisait tanguer.

Heureusement, la mer montait et les portait de plus en plus près de la plage. A en juger par le vent qui balayait la baie, Eddie savait que la tempête menaçait. Avec un peu de chance, le paquebot serait échoué avant son arrivée. Sans cela, il allait se faire emporter au large. Dans ce cas, il savait qu'il se mettrait en travers et qu'il chavirerait dès qu'il y aurait trois mètres de creux. Bien entendu, il n'y avait pas de canots de sauvetage.

Il se concentra sur le dock flottant qui se trouvait derrière le paquebot à la dérive. On avait refermé les énormes portes avant et les pompes recrachaient de l'eau en abord. Il faudrait plusieurs heures pour assécher complètement le radier et alléger suffisamment le dock pour que les remorqueurs puissent le prendre en charge. L'un des deux remorqueurs s'était placé à une centaine de mètres de l'usine de traitement.

Comme Eddie avait déjà eu l'occasion de le remarquer, l'usine était construite sur une barge que l'on avait ensuite remorquée jusqu'ici. Des moyens de levage puissants avaient ensuite déhalé le tout au-dessus de la laisse de haute mer. En ce moment, sous l'étroite surveillance de gardes en armes, des travailleurs dégageaient les débris et les rochers qui avaient été déposés sur la plage derrière la barge, pour que les remorqueurs puissent se mettre à l'œuvre. On avait acheminé des fûts d'huile pour lubrifier les rochers et faciliter la manœuvre. Paulus, le responsable sud-africain, avait donné l'ordre de déverser tout le mercure dans une zone qui se trouvait un peu plus loin. Des flaques de mercure brillant qui finiraient à la mer. Sous l'action des vagues, des centaines de litres de métal toxique s'étaient déjà dispersés dans l'eau.

Les travailleurs chinois chargés de ce travail dangereux avaient déjà été exposés à ces doses mortelles de vapeurs toxiques dans l'usine. La plupart d'entre eux se déplaçaient comme des zombies, le cerveau détruit par le poison, tandis que les autres étaient si gravement atteints qu'ils avaient du mal à bouger. Si, par miracle, ils survivaient quelques jours, ils ne s'en remettraient jamais. Et même dans ce cas, ils auraient absorbé des doses telles que leurs enfants souffriraient de malformations congénitales.

Eddie essaya de chasser de ses pensées l'image de ces ouvriers qui, le cerveau détruit, pataugeaient dans les flaques. Il était si tendu qu'il ne vit pas que celui qui travaillait près de lui avait fini de remplir son seau en plastique. Le jeune Chinois essaya d'attirer son attention, mais un garde avait remarqué la défaillance d'Eddie. Il lui donna un violent coup de tuyau derrière le genou. Sa jambe fléchit, mais il resta debout. Il ne fallait surtout pas lever son regard sur lui, l'Indonésien, devenu fou furieux, l'aurait mis dans un tel état qu'il n'y aurait sans doute pas survécu.

Il hissa le seau de vingt-cinq kilos sur son épaule, il frottait sur de vieilles plaies qui ne cicatrisaient pas, avec cette humidité. Son compagnon de chambrée, Tang, avait pris son temps pour qu'ils puissent redescendre ensemble. Des dix qu'ils étaient dans cette cabine à leur arrivée, ils étaient les deux derniers survivants.

« Je crois qu'ils partent aujourd'hui, lui dit Tang sans desserrer les lèvres, les yeux baissés pour ne pas glisser dans cette descente traîtresse.

— Tu as sûrement raison. Ils auront bientôt fini de vidanger le dock, et ils ne mettront pas longtemps à sortir l'usine de la plage. Et tu as remarqué, ça fait un bout qu'on n'a pas vu les chalutiers ?

— Pour sûr, que j'ai remarqué, répondit vivement Tang. La seule bouffe qui soit pire que leur purée de poisson, c'est de la purée de poisson vieille de trois jours. »

Ils contournèrent un endroit particulièrement glissant, et Tang continua.

« Et puis, il y a ce qui se passe autour du bateau qui sert de dortoir aux gardiens. »

Depuis quelques jours, un ravitailleur, une barge à vrai dire, faisait des aller-retours entre le bateau-dortoir et le remorqueur qui devait prendre en charge l'usine de traitement. Toute la zone autour du dortoir était interdite aux Chinois, mais, depuis que les opérations de déménagement avaient débuté, on y avait doublé le nombre de gardiens. La plupart d'entre eux étaient indonésiens, mais il y avait aussi quelques Européens, des hommes au regard dur qui ne rendaient compte qu'à Savitch et non au Sikh. A en juger par la discipline dont ils faisaient preuve, Eddie se disait que ce devaient être des anciens des Forces spéciales, des Russes de l'ex-Spetnaz. Apparemment, ils se méfiaient autant des Indonésiens que des ouvriers.

« Qu'est-ce qu'on va devenir ? lui demanda Tang.

— Je t'ai raconté ce que disait Paulus à Anton Savitch, ils vont nous abandonner sur place.

— De toute façon, qu'ils s'en aillent ou pas, nous allons mourir sur cette côte désolée. »

Au ton désespéré sur lequel il avait prononcé ces mots, Eddie devinait que le jeune homme avait atteint ses limites, émotionnelles et psychologiques. Comme dans toute situation de survie, garder une attitude positive est déjà la moitié de gagnée. La semaine passée, Eddie avait vu des travailleurs supporter des traitements abominables, parce qu'ils se forçaient à ne pas se laisser atteindre moralement. D'autres mouraient en quelques jours, on aurait dit qu'ils appelaient la mort de leurs vœux. Il savait bien que si Tang craquait maintenant, il ne passerait pas la journée.

« Non, écoute-moi, nous n'allons pas mourir ici. »

Tang lui fit un pâle sourire.

« Merci de ton réconfort, mais j'ai peur que ça ne serve à rien.

— Je ne suis pas chinois, continua Eddie, puis, se corrigeant : Enfin, je suis chinois, mais j'ai grandi à New York. Je suis américain, j'enquête sur les réseaux d'émigration clandestine. En ce moment, il y a des gens qui arrivent pour venir me chercher.

— C'est vrai ? »

Imitant du mieux qu'il pouvait De Niro, Eddie lui dit en anglais : « Tu me parles ? Tu me parles ? »

Tang s'arrêta net, incapable d'en croire ses oreilles.

« Mais j'ai vu ce film ! s'exclama-t-il.

— Tu as vu *Taxi Driver* ?

— Oui ! On nous l'a projeté à l'école parce que c'était un film décadent et qu'il avait poussé un Américain à essayer de tuer votre président. »

Eddie se mit à rire en imaginant un officiel du Parti en train de leur expliquer ce que la tentative d'assassinat de Reagan par Hinckley avait à voir avec les appétits carnassiers du capitalisme.

« C'est vrai, tu es américain ?

— Oui, et un bateau va bientôt arriver. »

Tang se retourna pour regarder le volcan qui les menaçait. Il se dressait à trois kilomètres de la plage, mais on avait l'impression qu'il barrait la moitié de l'horizon. Chose inquiétante, la caldeira n'émettait plus de cendres, mais le nuage de poussière flottait toujours au-dessus du site.

« Je sais, lui dit Eddie en répondant à sa question muette.

— Hé, regarde, fit Tang en lui montrant la mer. »

Les deux chalutiers arrivaient.

« On va avoir de la purée dégueu ce soir, non? »

Eddie les observa un bon moment. Les mouettes se pressaient autour des plages arrière. Leur retour paraissait totalement illogique. Savitch se préparait à abandonner les Chinois au pied d'un volcan en éruption, pourquoi se serait-il soucié en plus de les nourrir? Puis il remarqua que les deux bateaux avançaient plus vite que d'habitude, les étraves carrées soulevaient des gerbes d'écume et les mouettes devaient se donner du mal pour suivre. Il finit par comprendre qu'ils arrivaient les cales vides et qu'ils ne se dirigeaient pas vers le ponton, mais s'approchaient du navire paré à remorquer la barge et son usine.

Tous ses sens se mirent en alerte et il sentit dans ses veines une bouffée d'adrénaline qui lui fit oublier, au moins provisoirement, son état d'épuisement et la misère de sa situation. Les gardes avaient dû éprouver la même impression. Ils serraient un peu plus fort le fût de leurs armes et s'étaient mis instinctivement à l'abri.

« Suis-moi », ordonna Eddie à Tang.

Ils se trouvaient près des bacs de décantation, à vingt mètres de l'usine de séparation. Si leurs craintes étaient justifiées, ils étaient bien trop exposés à cet endroit. Eddie précéda Tang de l'autre côté des longues tables métalliques puis commença à grimper dans la colline pour mettre autant de distance que possible entre eux et les échanges de coups de feu qui n'allaient pas tarder à éclater.

« Mais que se passe-t-il? » demanda Tang, la voix haletante.

Avant qu'Eddie ait eu le temps de répondre, des rafales jaillirent du chalutier le plus proche. Une bonne dizaine de Spetnaz qui avaient réussi à s'abriter purent donc s'occuper des gardes indonésiens qui avaient tourné leurs armes contre eux sans se soucier du chalutier. En moins de cinq secondes, la bataille faisait rage. Des balles traçantes striaient le brouillard comme des faisceaux laser, des ouvriers, trop lents ou totalement perdus pour dégager, se faisaient faucher.

Il devait bien y avoir cinquante Indonésiens ou plus, et d'autres arrivaient en renfort pour essayer de submerger les Russes, mais leurs adversaires étaient bien mieux entraînés et bien mieux armés, ce qui rétablissait l'équilibre. Aucun n'avait encore été touché, et, après avoir repris le contrôle de la situation, ils abattaient leurs adversaires un par un en toute tranquillité.

Le déclenchement de cette révolte avait été parfaitement calculé. Savitch et Jan Paulus se trouvaient à bord du paquebot où ils avaient mis l'or à l'abri. Le Sikh, probablement celui qui avait monté cette attaque en cisaille, était déjà à bord du remorqueur avec quelques-uns de ses hommes qui surveillaient le transfert. Le gros remorqueur de haute mer était solidement amarré à la barge par de solides haussières et son capitaine était dans l'impossibilité de s'enfuir.

La fumée de l'autre remorqueur, celui qui devait prendre le dock, laissa échapper un gros nuage de fumée noire et les hélices commencèrent à faire bouillonner les eaux. Il tentait de s'échapper alors que le radier n'était pas encore totalement asséché.

Une nuée de gardes qui descendaient la colline au pas de course passèrent près d'Eddie et de Tang. Ils devaient surveiller les ouvriers chargés des canons à eau. Caché derrière un bloc de rocher, Eddie attendit qu'un garde s'approche assez près. Vif comme l'éclair, il le frappa du tranchant de la main. Grâce à la vitesse de l'homme plus qu'à la force du coup, le nez se brisa en miettes et des éclats osseux lui perforèrent le cerveau. Il mourut avant de s'écrouler dans la boue.

Eddie vérifia rapidement que personne ne l'avait vu faire et s'empara de l'AK-47.

Encore tout tremblant, il se tourna vers Tang :

« L'heure de la revanche a sonné. »

*
* *

L'*Oregon* encaissait la pire tempête qu'on ait connue dans la mer d'Okhotsk depuis un quart de siècle. Cette perturbation était née de la rencontre entre deux dépressions, ces trous voraces dans l'atmosphère qui aspirent d'énormes quantités d'air sur toute la rose des vents. Le vent hurlait et gémissait comme des esprits annonciateurs de mort, soufflant la crête des lames. Le ciel était devenu un rideau gris, oppressant, qui collait à la mer, déchiré de temps à autre par des éclairs bleuâtres. La température avait chuté, il faisait à peine plus de zéro, il tombait un mélange de pluie et de grêle qui fouettait le cargo à l'horizontale.

Le bâtiment escaladait les vagues les plus énormes, propulsé par ses puissants moteurs, l'étrave se dressait hors de l'eau, pointée vers les nuages qui se précipitaient en rangs serrés. Puis l'avant retombait dans une explosion d'écume qui montait jusqu'à la cheminée. Il restait ainsi en suspens, une éternité, exposé à toute la force du vent, puis l'arrière s'élevait à son tour, la coque retombait sur l'autre flanc de la vague. Les moteurs s'étouffaient car ils se retrouvaient sans eau à pomper. Lorsque le creux les mettait à l'abri, le vent se taisait et ils connaissaient un silence féerique. Puis les douze mille tonnes s'enfonçaient, on ne voyait plus de la passerelle que l'immensité sombre de la mer.

L'*Oregon* plongeait ainsi, bossoirs noyés jusqu'aux premiers panneaux. Les décélérations brutales vous cassaient les jambes, les cordons des postes radio se collaient au plafond. Les moteurs magnétohydrodynamiques rugissaient en poussant le bâtiment dans l'eau, les lames dévalaient le pont en arrosant les grues avant de s'écraser contre les superstructures avec une force telle que tout le navire en tremblait. La mer passait par-dessus les lisses puis s'évacuait par les dalots avec la puissance de lances d'incendie.

Lorsque l'eau avait enfin terminé de s'évacuer, l'étrave se redressait laborieusement, et le cycle recommençait.

Si l'*Oregon* parvenait à marcher à pareille allure dans une tempête aussi terrible, c'était non seulement grâce à la puissance de sa propulsion, mais surtout à cause de la volonté inflexible de son capitaine.

Cabrillo était attaché dans son fauteuil du CO. Il portait un jean, un chandail noir, et une casquette de quart. Il ne s'était pas rasé depuis que l'*Oregon* avait pénétré dans la tempête, ses joues et son menton étaient assombris par une barbe naissante. La fatigue et la tension permanente rougissaient ses yeux bleus, qui n'avaient pourtant rien perdu de leur air rapace.

Tous les officiers supérieurs étaient là, Eric Stone occupait les fonctions de chef de quart. Les écrans de sa console lui offraient une vue d'ensemble sur tout ce qui se passait autour du navire et il pouvait ainsi anticiper les lames les plus énormes, avant de les prendre en souplesse. Il maniait toutes ses commandes avec un tel doigté, barre et moteurs, qu'il arrivait à faire un bon nœud de mieux que le pilote automatique.

Juan le regardait faire tout en gardant un œil sur le loch affiché sur le grand écran central. Les indications donnaient la vitesse fond et la dérive, obtenues via le GPS. Le gros cargo ne ralentissait un peu que lorsqu'il tombait dans un creux.

Cabrillo avait littéralement décidé de ne plus s'occuper du vent et continuait sa course folle dans la mer d'Okhotsk. En réalité, il essayait de prendre la tempête de vitesse. Celui-là l'emporterait qui atteindrait le premier les côtes où, à en croire sa balise, se trouvait retenu Eddie. La tempête progressait vers le nord à huit nœuds, l'*Oregon* et son équipage venaient de subir deux journées épouvantables. Juan ne tenait pas compte des efforts qu'il demandait à la machine et avait poliment dit à Max Hanley qu'il pouvait mettre son mouchoir sur ses états d'âme.

Il n'avait pas le choix, tous les travaux de maintenance avaient été suspendus, les mouvements de plate-forme étaient trop violents pour faire la cuisine et l'équipage devait se contenter de café et de rations de survie de l'armée, surnommées RPE, *rations prêtes à l'emploi* et dont on disait en riant qu'elles étaient fabriquées avec des tripes.

Mais son pari payait. D'après les dernières météos, ils arrivaient à la limite de la tempête et le baromètre commençait à remonter. Son œil expérimenté lui disait que la pluie glaciale perdait de son intensité et les vagues, toujours aussi hautes, étaient plus espacées.

Juan releva la position GPS pour procéder à quelques calculs. Eddie était à soixante nautiques devant et, une fois qu'ils se seraient sortis du gros temps, il pourrait sans doute monter à quarante nœuds. Ce qui donnait un atterrissage dans une heure et demie, et la tempête leur arriverait dessus moins de six heures plus tard. S'il ne se trompait pas, s'il y avait bien des milliers de travailleurs chinois dans cette mine d'or, la fenêtre d'évacuation était trop étroite. Ils pouvaient en embarquer, allez, une centaine, à bord de l'*Oregon*, mille s'ils passaient par-dessus bord les sous-marins et le Robinson. Mais, compte tenu de la violence de la tempête, de l'éruption volcanique éminente, de l'état de faiblesse de tous ces gens à sauver, la mort allait faire sa moisson.

Il avait dans le temps travaillé avec des gars de la CIA, la plupart du temps, de hauts responsables, qui auraient considéré ce niveau de pertes humaines avec la froide indifférence d'un actuaire parcourant des colonnes de chiffres. Quant à lui, il n'avait jamais eu le cuir assez épais pour accepter de raisonner ainsi. En vérité, il n'était pas prêt à abandonner sa part d'humanité, même s'il devait le payer en cauchemars et en remords.

« Patron, j'ai un contact, annonça Linda sans lever les yeux de son écran radar.

— Quel contact ? »

Elle se tourna vers lui, et son visage fin paraissait encore plus jeune ainsi, à la faible lumière des lampes de combat.

« Avec la tempête, le retour de mer est énorme, mais j'ai l'impression qu'il s'agit d'un dock identique au *Maus*, le *Souris*. J'ai deux échos l'un à côté de l'autre, à quarante nautiques. L'un est nettement plus fort que l'autre, je pense qu'il s'agit du *Souris* et d'un remorqueur.

— Route et vitesse ?

— Cap plein sud de l'endroit où se trouvait la balise d'Eddie, il ne fait pas mieux que six nœuds. Si nous ne changeons pas de route, il passera à dix nautiques par tribord. »

Juan appela Hali :

« Du nouveau, la balise d'Eddie ?

— Le dernier passage satellite remonte à huit heures. Il n'avait pas bougé. »

Juan se replongea dans ses calculs. Compte tenu de la vitesse du *Souris* et de la distance qu'il avait franchie, Eddie était peut-être à bord, mais son intuition lui disait que son ami était toujours sur cette plage.

« On ne s'occupe pas du *Souris*.

— Patron ?

— Vous m'avez bien entendu. On oublie. »

Juan savait qu'il aurait pu en rester là, que ses ordres seraient exécutés, mais il devait leur en dire plus. Depuis sa conversation avec Tory, avant de se retrouver dans la tempête, il n'avait pas prononcé plus de cinq mots d'affilée. Son inquiétude, sa peur même, de ce qu'ils allaient trouver en arrivant au Kamtchatka, l'avaient renfermé sur lui-même. Maintenant qu'ils approchaient de l'objectif, il fallait que l'équipage comprenne son raisonnement.

« Une fois qu'il sera dans la tempête, reprit-il, le remorqueur va devoir touer ce porc avec trente nœuds de vent dans le nez, la coque du dock va se comporter comme une énorme voile. Même s'ils ballastent pour réduire la surface apparente, ils n'avanceront guère dans cette saleté. Il y a même une forte chance qu'ils se fassent dépaler dans le nord. Tout ça nous donne le temps de retrouver Eddie, de faire là-bas ce que nous pourrons, avant de repartir au sud et de nous emparer du *Souris* en haute mer. »

Juan savait que tous partageaient son analyse, mais qu'ils auraient eu bien envie de s'occuper d'abord de ce qu'ils avaient sous la main. Il n'en attendait pas moins d'eux.

« Maintenant, poursuivit-il, on s'est fait avoir la dernière fois que nous avons essayé de pister l'un des docks de Shere

Singh. Ils ont probablement des moyens radar qui valent les nôtres. Mettez en route tous nos moyens de brouillage, et silence radar total. »

Linda Ross leva la main.

« S'ils possèdent des équipements sophistiqués, ils vont savoir que nous les brouillons.

— Pas si nous les arrosons immédiatement, répondit Juan.

— Il a raison, fit Hali. Leur radar est gêné par la tempête, ils ne doivent ramasser que du retour de mer et les émissions électromagnétiques des éclairs. Ils ne nous détectent sans doute pas et, si nous mettons tout de suite les brouilleurs en route, ils ne nous verront jamais.

— Bon, tous les brouilleurs en fonction, ordonna Cabrillo. Et j'en veux sur tout le spectre, radar, radio, fréquences satellite montantes, la totale. Stone, vous allez prendre du tour. Modifiez la route pour que nous passions à plus de vingt nautiques.

— Bien » répondit le chef de quart en pianotant sur son clavier les corrections nécessaires.

Trente minutes plus tard, le radar détecta les premiers échos du ressac sur la plage. Puis ils accrochèrent six échos distincts sur des masses métalliques. Cinq étaient échouées sur la côte, le sixième, sans doute un remorqueur, se trouvait en eaux profondes à une centaine de mètres du bord.

Juan avait envie de mettre leur dernier drone en l'air pour photographier la zone, mais George Adams le convainquit qu'avec ce vent, il ne tiendrait pas dix secondes. Juan envisagea alors de faire décoller le Robinson. Recueillir quelques renseignements tactiques leur aurait été très précieux. Cela dit, l'effet de surprise était crucial. En outre, l'atmosphère était chargée de cendres qui colmateraient probablement le système de filtration d'air et entraînerait sa chute.

« Merci bien, mais je préfère le garder en réserve », répondit Cabrillo dans son micro-cravate. Adams se trouvait dans le hangar. « Restez en alerte à dix minutes, mais préparez-vous à passer à cinq lorsque nous aurons attaqué. »

Cinq signifiait que les panneaux du hangar étaient ouverts

et que l'on pouvait monter le Robinson sur le pont, moteurs en route et chauds.

« Bien compris, patron.

— CO, je veux un état de la situation. »

L'un après l'autre, les hommes et femmes de quart rendirent compte. Murph, à la direction de tir, avait ouvert les trappes qui dissimulaient le Gatling et les 40 mm. Les affûts de 12,7 étaient chargés et verrouillés, deux torpilles aux tubes, portes avant fermées. Murph indiqua également que toutes les caméras étaient en fonction. Hali allait s'occuper simultanément des transmissions et du radar pour que Linda puisse accompagner le détachement d'assaut. Max Hanley remontait de la machine, il allait prendre la direction du PC sécurité et des équipes d'intervention. Linc et ses commandos étaient en bas, dans le garage du Zodiac, il leur annonça que Linda venait d'arriver. Le Dr Huxley était à l'infirmerie et avait réquisitionné les cuisines pour les transformer en salle de premiers soins.

Juan passa sur le réseau de diffusion générale.

« A tout l'équipage, ici le capitaine. Nous touchons au but. L'un des nôtres est sur la plage, devant nous. Tous, d'une manière ou d'une autre, nous devons à Eddie d'être encore vivants, depuis qu'il nous a rejoints, et notre seule priorité consiste à le tirer de là. Deuxième priorité, nous allons essayer de sauver autant de travailleurs chinois que possible. Nous ne savons ni combien ils sont ni dans quel état ils se trouvent, il va donc falloir s'adapter. Troisièmement, le volcan qui surplombe le site est aussi tranquille que le service des fadas à l'hôpital de Bellevue. Et avec la tempête qui nous tape dessus comme un marteau de forge, la vitesse est essentielle. Nous allons essayer de faire le plus rapidement possible pour sortir d'ici, mais je ne risquerai ni le navire ni l'équipage si j'ai l'impression que le temps nous presse. Je ne vais pas vous demander de faire comme Henry V à Azincourt ni comme Nelson dans le détroit de Sicile. Chacun d'entre vous connaît son devoir et sait que tous les autres comptent sur lui. Nous sommes confrontés à une situation inhabituelle pour nous. Ce contrat nous a entraînés beaucoup plus loin que ce qui était prévu. Il ne s'agit plus de pirates qui écument la mer du Japon, il s'agit de trafiquants qui exploitent ce qu'il y a de plus précieux sur terre, la vie humaine. Si nous sommes ici, ce n'est pas pour nous remplir les poches, c'est parce qu'il est de notre devoir, en tant que membres d'une société civilisée, de nous dresser contre ces pratiques et de compter au nombre de ceux qui croient en ce qui est juste. Vous avez encore le temps de réfléchir, maintenant que vous savez ce qui nous attend. C'est le moment, mesdames et messieurs. Dans moins d'une heure, nous allons affronter des forces inconnues et le sort de gens que nous ne connaissons pas est entre nos mains. Je sais que vous ne les laisserez pas tomber. »

Il coupa la diffusion, avant de se raviser. Le ton était plus humoristique lorsqu'il conclut :

« Ah oui, j'allais oublier, tout comme Nelson. On va débarquer et leur botter le cul. »

CHAPITRE 24

CABRILLO, qui s'apprêtait à aller rejoindre l'équipe d'assaut, s'arrêta au passage dans sa cabine. Il se changea pour enfiler une tenue de combat noire, un gilet pare-balles en Kevlar et un brêlage. La quasi-totalité des armes de la Corporation étaient enfermées à clé dans un râtelier, mais Juan avait gardé avec lui dans le coffre antique de son bureau une paire de pistolets FN-57 dans leurs étuis. Il préférait ces armes un peu lourdes, certes, mais qui lui permettaient de gagner de précieuses secondes avant de devoir recharger. Il devait prendre la tête d'une équipe de sept commandos et ils avaient décidé de se munir des mêmes fusils d'assaut. Il attrapa un M-41 et glissa six chargeurs dans les étuis ad hoc. Il ne s'embarrassa pas d'un second poignard et se contenta du Gerber de dix centimètres accroché pointe en haut à sa bretelle.

Il prit ensuite une paire de genouillères, les courba plusieurs fois pour les assouplir et enfila des mitaines renforcées à la paume par du cuir. Puis il se regarda une dernière fois dans le miroir de la salle de bains. On lisait dans ses yeux la détermination, l'énergie qui l'avaient soutenu lorsqu'il appartenait à la CIA, puis lorsqu'il avait créé la Corporation. Des yeux durs, aigus. Une tête de joueur, comme ils disaient entre eux, ce condensé d'entraînement, d'expérience et de volonté.

Une fois de plus, Juan allait être contraint de se dépasser, de se sacrifier pour les autres, peut-être en y laissant lui-même la vie. Il se regarda droit dans les yeux, aperçut cet éclair inoubliable que les autres lisaient dans son regard, et éclata soudain d'un grand rire.

Tête de joueur ou pas, Juan savait également qu'il n'était jamais meilleur que dans le danger. Et comment faire autrement dans ce métier ? L'adrénaline et autres endorphines commençaient à jouer leur petite musique, lui serraient la base du crâne, lui donnant cet air d'assurance que seuls ceux qui sont passés par là peuvent comprendre. Se trouver face à l'ennemi veut dire se retrouver face à soi-même. Vaincre l'adversaire vous conforte dans l'opinion que vous avez de vous-même.

Le garage à bateaux, froid et humide, était rempli d'hommes et de femmes qui s'affairaient aux derniers préparatifs. Plutôt que le Zodiac, ils avaient décidé d'utiliser une embarcation d'assaut type SEAL qui remplissait le local. C'était un bateau en polycarbonate recouvert de caoutchouc, avec un abri de barre rudimentaire et deux moteurs hors-bord. Il était capable d'affronter n'importe quelle mer et filait près de cinquante nœuds.

On avait atténué l'éclairage jusqu'au niveau de la lumière extérieure ambiante, si bien que tous les visages paraissaient pâles et fatigués. Les yeux, toutefois, restaient vifs et les commandos se déplaçaient d'une démarche assurée en finissant de vérifier leur équipement. On entendait les claquements secs des chargeurs que l'on mettait à poste, les allers-retours de culasses, tous bruits qui faisaient une petite musique rassurante aux oreilles de Cabrillo.

Il croisa le regard de Tory Ballinger qui se trouvait de l'autre côté du garage. Elle avait fini par accepter de rester dans l'embarcation lorsqu'ils arriveraient sur la plage. Les mercenaires de la Corporation s'étaient entraînés un nombre incalculable de fois à travailler ensemble, ils avaient été si souvent en opérations réelles qu'ils renonçaient à s'en souvenir. Au combat, ils se déplaçaient, ils raisonnaient comme un seul homme, comme s'ils lisaient mutuellement dans leurs pensées. Cabrillo craignait que sa présence parmi eux mette un peu à mal cette cohésion chèrement acquise.

Il n'avait pas réussi à la dissuader de venir, et, à vrai dire, ne s'était pas beaucoup accroché. Il savait bien que, si elle en avait tant envie, c'est parce qu'elle se sentait vaguement coupable d'avoir survécu au naufrage de l'*Avalon*. Si elle ne réussissait pas à prendre sa revanche, d'une manière ou d'une autre, ce souvenir continuerait de la hanter pour le restant de ses jours. Il avait donc envie de l'aider, de faire en sorte qu'elle assiste, même de loin, aux combats avant que tout soit réglé.

Tory leva les pouces et lui fit signe du menton. Il répondit d'une grimace et elle lui sourit.

Ses écouteurs grésillèrent.

« Juan, c'est Max.

— J'écoute.

— Murph me dit qu'il met la vidéo sur le réseau, je te l'envoie en bas.

— Reçu. »

Il enjamba le plat-bord de l'embarcation et alluma les écrans dans l'abri de barre. Les caméras étaient équipées de stabilisateurs automatiques qui annulaient les effets du roulis et du tangage. Murph se débrouillait bien et pointait ses objectifs sur ce qu'allait découvrir l'*Oregon* en se rapprochant.

Les images se succédaient. Juan aperçut d'abord des échanges de tirs nourris près d'un grand bâtiment métallique érigé sur une barge, puis des hommes qui ressemblaient comme deux gouttes d'eau aux pirates qu'ils avaient capturés quelques semaines plus tôt. Ils attaquaient le remorqueur qui essayait de déhaler la barge. Il vit ensuite des centaines de travailleurs chinois qui couraient dans la colline boueuse pour essayer d'échapper à la bataille. Il reconnut les deux bâtiments qu'ils avaient détectés au radar, de vieux paquebots. A l'exception d'un seul, tous les navires semblaient échoués, enfoncés presque jusqu'à la flottaison par les vagues et les marées. Celui qui n'était pas au sec avait dû arriver là depuis peu. Les vagues qui montaient à l'assaut de la coque n'avaient pas encore réussi à l'enfoncer dans le sol et il n'était pas totalement immobilisé. Murphy afficha enfin une image du volcan, visible dans le lointain. Le sommet était noyé dans la vapeur et la fumée.

Cabrillo, après s'être fait rapidement une bonne idée de la situation tactique, donna ses ordres et les hommes se mirent en branle. Les cris, les appels se répercutaient sur tout le passavant tandis qu'ils achevaient leurs préparatifs. Le patron leur avait indiqué qu'il s'agissait d'une opération coup de poing, et, pour ce boulot, il fallait que tout le monde donne le maximum.

Quelques minutes plus tard, le bâtiment s'était suffisamment rapproché du lieu des combats pour attirer l'attention. Mais certains des combattants, tous en uniformes noirs, sans doute des Caucasiens, ne s'en souciaient guère, contrairement à des Indonésiens en haillons qui commencèrent à tirer sur l'*Oregon*.

Deux matelots embarquèrent des poutrelles munies de chaînes à l'avant et à l'arrière du canot, Juan ordonna à Eric Stone de faire demi-tour et de s'éloigner du rivage. Cela avait l'inconvénient d'offrir une meilleure cible, mais l'avantage de leur permettre d'ouvrir la soute sans se faire voir.

La porte se leva lentement, le commando sauta à bord et l'on saisit les armes dans des boucles spécialement conçues à cet effet. Une fois à sa place, chacun rendit compte. Mike Trono, leur barreur, mit les moteurs en route, Juan fit signe au bosco qu'il pouvait y aller. Comme un gigantesque lance-pierres, un système de palans hydrauliques propulsa l'embarcation sur la rampe puis dans l'eau. L'accélération était brutale, elle augmenta encore lorsque Trono fit basculer les moteurs dans l'eau. Les gros hors-bords arrachaient et envoyèrent un jet bouillonnant contre la coque de l'*Oregon*, le canot démarra en planant.

L'air glacial râpait la figure comme du papier de verre et

les gouttes d'eau étaient si froides qu'elles brûlaient la peau. L'embarcation d'assaut longea la coque, prit de la vitesse, ne laissant derrière elle qu'un mince sillage sur les eaux noires. Le temps que ceux de la plage les découvrent, ils étaient déjà à cinquante nœuds, trop rapides pour qu'on puisse espérer les toucher.

Trono négociait en permanence entre les vagues pour viser le point où Juan souhaitait débarquer. L'endroit choisi se trouvait derrière l'un des paquebots échoués, si profondément encastré dans la plage que les travailleurs avaient construit une levée de terre qui permettait d'accéder au pont principal. Tout autour, il y avait tellement de débris accumulés que la mer était impuissante à les évacuer.

Le canot termina en profitant d'une lame, son tirant d'eau était si faible que ses occupants n'eurent que deux mètres à franchir pour se mettre à couvert en profitant des rochers qui parsemaient la plage. Juan et Linc choisirent un gros bloc de lave, reste sans doute d'une éruption aux temps préhistoriques. Le canot avait déjà dégagé, Juan jeta un regard derrière lui pour vérifier : Tory avait respecté ses ordres. L'estime qu'il lui portait déjà grandit lorsqu'il la vit, installée dans l'abri entre Mike Trono et un ancien commando marine, Pulaski.

« Alors patron, lui demanda Linc, votre impression ?

— On dirait qu'on est tombés au beau milieu d'une jolie petite guéguerre. Je suppose que les Indonésiens sont à la solde de Singh, et que les mecs en noir sont ceux de Savitch.

— Mais les ennemis de mes ennemis ne sont pas forcément mes amis, c'est ça ?

— C'est ce que je me dis. »

Le commando entama la progression vers la colline, laissant soigneusement le paquebot entre eux et la zone des combats. Des dizaines d'ouvriers chinois étaient étendus par terre, recroquevillés. Ils ne savaient pas que penser de ces hommes en armes qui venaient d'arriver. Juan tenta de les persuader de se mettre à l'abri, mais ils restaient paralysés de terreur, et il finit par abandonner.

S'il voulait garder un espoir d'en sauver quelques-uns, il savait qu'il devait à tout prix faire cesser les tirs.

« Patron, on est parés », lui dit Max à la radio.

L'*Oregon* s'était déplacé. Les portes qui dissimulaient le Gatling étaient toujours fermées, mais le bâtiment avait manœuvré, de sorte qu'il pouvait arroser les deux chalutiers amarrés au remorqueur.

« Nous aussi, on est pratiquement en position. Des nouvelles d'Eddie ?

— Négatif. Hali prend les caméras pour que Murph puisse s'occuper des canons. Les images sont bonnes, mais il y a tellement de monde sur la plage qu'il faut plusieurs secondes au système d'identification de visages pour faire le tri.

— Concentre-toi sur la zone des combats. Si Eddie est encore valide, c'est par là qu'il devrait se trouver.

— Bonne idée. Hali ?

— J'ai entendu. Je braque les caméras dessus. »

Cabrillo et son équipe avaient atteint une zone à peu près plate, à plusieurs centaines de mètres au-dessus de la plage. Un peu plus loin, au centre des installations, on apercevait une bande de terre profondément labourée. Des canons à eau étaient posés là, abandonnés, les lances pointées vers le ciel. Le sol était jonché de pelles et de seaux. Tous les travailleurs s'étaient enfuis, leurs gardiens étaient partis se joindre aux combats.

Ils s'approchèrent prudemment de l'endroit, l'arme à hauteur de la ceinture, le regard aux aguets.

Une explosion retentit en écho un peu plus bas, une grenade qui venait de sauter derrière la barge attira une seconde leur attention. Le corps vêtu de noir d'un homme de Savitch décrivit une courbe gracieuse et fit plusieurs tours sur lui-même avant d'aller s'écraser en vrac sur la plage. Au même instant, une AK-47 commença à lâcher des rafales tout près d'eux.

Cabrillo se laissa tomber à plat ventre, des mottes de boue giclaient de partout. Il arrosa au tir instinctif les alentours des canons à eau et vida la moitié de son chargeur. La méthode n'était pas terrible, mais elle forçait leur adversaire à se mettre à l'abri et son arme se tut.

Linc était mieux placé. Il lâcha une courte rafale de trois balles qui projeta l'Indonésien en arrière dans un bassin de rétention couleur café. Son corps disparut dans l'eau, laissant à la surface un nuage de sang. Les hommes réussirent à s'abriter derrière une levée de terre, des Indonésiens arrivaient de partout. Secoué par les explosions, l'air tremblait.

« On n'a pas le temps de s'en occuper », cria Linda Ross au-dessus du vacarme en changeant de chargeur.

Juan regarda ce qui se passait en bas de la colline. L'embarcation d'assaut se mettait en position et ils allaient avoir besoin de l'appui-feu du Gatling, mais ils ne pouvaient rester coincés ici. Le vieil adage guerrier, « aucun plan ne résiste au premier contact avec l'ennemi », n'avait jamais été aussi vrai.

Cabrillo appela le canot.

« Mike, vous m'entendez ? »

N'obtenant pas de réponse, il refit une tentative. Le canot fonçait toujours à cinquante nœuds, mais le bruit des moteurs rendait toute communication impossible.

Jurant, il appela Mark Murphy.

« Murph, on a besoin de vous. On a une cinquantaine de ces salopards au-dessus de nous, on est coincés.

— Mike va bientôt attaquer le remorqueur, lui fit remarquer Murphy. Et plus vous me posez de questions, plus il se rapproche.

— Reçu. » Et pour lui-même : « Désolé, Mike. »

*

* *

Dès que le dernier commando eut franchi le plat-bord, Mike Trono battit en arrière pour se sortir de la plage, jusqu'à avoir assez d'eau pour faire demi-tour.

Il commença à prendre de la vitesse, puis retira son casque pour dire à Tory :

« Je peux vous demander quelque chose, madame ?

— Seulement si vous me promettez de ne plus jamais m'appeler comme ça.

— Désolé, répondit Trono en riant. L'habitude...

— Quelle est la question ?

— Vous savez barrer un bateau ?

— Je travaille pour la Lloyd's. Je ne m'occupe que de ça. J'ai mon permis pour tout navire jusqu'à vingt mille tonnes, ce qui incluait donc l'*Oregon*, par exemple, avant que vous en fassiez un truc genre *Guerre des étoiles*.

— Alors, une embarcation d'assaut comme celle-ci ? fit-il en tapant du plat de la main sur la console.

— Ça me paraît jouable, elle ressemble au Riva que j'ai loué pendant mes dernières vacances en Espagne. Pourquoi cette question ?

— Parce que j'ai un autre petit truc à faire, et que j'aimerais vous confier la barre pendant qu'on s'en occupe avec Pulaski.

— J'imagine que ça a quelque chose à voir avec cette poutrelle d'acier que nous avons prise à bord avant de pousser ?

— Ordres du capitaine. Il pense qu'on pourrait essayer de tirer un peu plus de gens de ce cauchemar. »

Un léger sourire passa dans les yeux de Tory. Elle rougit un peu, et ce n'était pas seulement à cause du vent.

« Et allez me dire pourquoi cela ne me surprend pas ? »

Ils avaient déjà retraversé toute la baie pour aller se mettre à l'abri derrière l'*Oregon*. A présent, ils mettaient le cap sur le remorqueur. L'un des chalutiers s'en éloignait lentement, au gré de la dérive, mais l'autre était toujours amarré à couple. On voyait des hommes courir un peu partout sur le pont. La plupart d'entre eux étaient des pirates, mais il y avait aussi des hommes d'équipage qui tentaient désespérément de défendre leur bâtiment. Quelques pirates étaient passés au cran supérieur en matière de sauvagerie et taillaient à la machette pour massacrer les derniers défenseurs.

Le temps pressait, Murph était prêt à le couvrir avec le Gatling, et le canot fonça dans le tas. Ils n'étaient plus qu'à vingt mètres lorsque Mike se souvint qu'il avait ôté son casque. Il l'enfila, et entendit aussitôt les hurlements assourdissants du gros canon à six tubes. Il donna une pichenette sur la manette des gaz.

On pouvait s'attendre à ce que les obus de 20 mm désintègrent immédiatement le bateau des pirates et nettoient le pont du remorqueur. Mais rien de tout cela. Les pirates, postés au-dessus du bastingage, ouvrirent le feu sur l'embarcation d'assaut faiblement protégée, qui se retrouva au milieu d'une pluie de balles. Les AK-47 criblaient les boudins gonflables de protection disposés tout autour de la coque, ratissaient le pont, ou ricochaient sur le plat-bord. Par miracle, personne ne fut touché. Trono essaya de donner de la barre pour s'éloigner le plus vite possible du remorqueur et en criant demanda à Mark Murphy ce qui avait merdé.

La bande de terre qui séparait Cabrillo des Indonésiens explosa, labourée par les obus à uranium appauvri. Le sol se souleva sur un mètre cinquante d'épaisseur, exposant à nu les Indonésiens cachés derrière la levée du bassin de rétention. Ceux qui ne furent pas atteints par des coups directs furent hachés par les cailloux qui volaient. Le groupe fut totalement anéanti, ses hommes transformés en bouillie de sang et de débris.

Linc se leva, l'arme pointée, à la recherche d'éventuels survivants. Après avoir regardé partout, il comprit que c'était inutile. Personne n'aurait pu survivre à ce déluge de feu.

« C'est bon, on peut y aller. »

Juan rassembla ses hommes.

« Dommage, nous n'avons plus le bénéfice de la surprise, mais on en reste au plan initial. On va contourner le champ de bataille en bas et essayer de trouver Eddie. J'espère seulement qu'il a pu se faire des copains chez les Chinois, parce que, si on veut en sauver quelques-uns, on aura besoin de lui. »

Et ils s'engagèrent dans la descente.

*

* *

Eddie Seng était resté planqué, essayant de voir comment les gardiens réagiraient à l'arrivée de l'*Oregon*. Comme il l'avait prévu, les Russes n'en avaient tenu aucun compte et continuaient de se battre avec discipline et efficacité. Ils avaient sérieusement taillé dans les rangs des Indonésiens, mais risquaient fort de se faire déborder par le nombre. Des douze qu'ils étaient quand ils étaient tombés dans ce traquenard, quatre étaient morts, trois, blessés, même s'ils étaient encore en état de se battre. Des vagues d'Indonésiens continuaient de se jeter sur la butte où les Russes s'étaient réfugiés. L'issue était inévitable, et les Russes le savaient. Mais ils ne se battaient plus pour sauver leur peau, ils avaient simplement décidé de mourir pour la beauté du geste.

Quelque chose attira l'œil d'Eddie sur le côté de l'usine de traitement. Il en était très éloigné, mais il crut voir Jan Paulus sortir du navire-dortoir. Oui, c'était bien lui, il essayait de gagner l'héliport où l'attendait l'appareil d'Anton Savitch, rotors tournant. Il était accompagné d'un autre homme et, à leur façon de marcher, on devinait que Paulus lui tenait son pistolet sur la tempe. Apparemment, il avait pris le pilote en otage, pour le contraindre à le sortir de là. Aucune trace d'Anton Savitch et Eddie se demanda si le Sud-Africain ne l'avait pas déjà tué.

Essayer de se lancer à la poursuite du directeur de la mine aurait constitué une erreur tactique, mais Eddie se sentait envahi par la rage, il était devenu inaccessible à tout raisonnement. Les semaines de souffrances, de faim, de privations en tout genre l'avaient marqué au point qu'il mettrait fort longtemps à s'en remettre. Se faire ce Sud-Africain sadique lui procurerait au moins un début de satisfaction. Il avait déjà demandé à Tang de rassembler autant de travailleurs que possible et de les emmener près du paquebot que l'on venait d'échouer sur la plage. De tous les bateaux qui se trouvaient là, sur cette côte désolée, c'était celui qui avait le plus de chance de survivre en cas d'éruption si Juan ne trouvait pas le moyen de se retirer.

Son organisme n'était plus en état de poursuivre Paulus, et

pourtant, il commença à courir derrière lui. Il avait l'impression que ses jambes bondissaient comme sur des ressorts, il respirait comme un soufflet de forge. Pour la première fois depuis qu'il était tombé entre les mains des Têtes de Serpent, à Lantan, il avait le sentiment de revivre. Si des combattants le virent s'élancer au milieu des conteneurs rouillés et autres équipements abandonnés sur place, ils ne s'occupèrent pas longtemps de lui, un travailleur parmi tant d'autres qui essayait de sauver sa peau. Il avait caché l'AK-47 sous l'ample chemise qu'il avait récupérée sur le cadavre d'un gardien.

Ayant réussi à s'éloigner du plus fort des combats, il buta contre la vedette qui avait servi à transborder l'or sur le remorqueur. Il y avait là une petite anse bien abritée, séparée du reste de la plage par des gros rochers. Il se lança dans l'ouverture, pour tomber sur huit pirates qui s'apprêtaient à mettre la vedette à l'eau. Ils auraient pu ne faire aucune attention à lui, pas plus qu'aux autres, mais l'un d'eux s'empara de son fusil. Eddie essaya de s'esquiver sur sa gauche, une volée de balles frappa le rocher tout près de son épaule. Il libéra son AK, attendit la fin des tirs, et recula derrière le roc.

Celui qui lui avait tiré dessus était en train de rigoler avec ses copains, ravi de s'être fait un tableau. Une brève rafale, trois coups, propulsa son cadavre dans les bras de l'un de ses camarades, qui n'y comprenait rien. Seconde rafale, ledit camarade s'écroula sur le sol. Eddie eut encore le temps d'en tuer un avant que les survivants commencent à s'organiser et à riposter. Il se plia en deux, remit son arme à la bretelle, et entreprit d'escalader le rocher glissant.

Le caillou ne faisait pas plus de deux mètres cinquante de haut, et pourtant, Eddie n'avait pas la force de se hisser dessus. Ses bras tremblaient sous l'effort, son AK-47 pesait une tonne. Il entendit le moteur de la vedette qui se mettait en route au moment où il arrivait enfin au sommet. Il s'allongea, essaya de viser. Le bruit du moteur devint plus grave, l'hélice entrait dans l'eau.

L'un des pirates avait dû deviner ses intentions, car des

éclats de pierre volèrent soudain, arrachés du rocher. Ils s'étaient mis au moins à quatre pour lui tirer dessus. Eddie essaya de se protéger la tête avec les mains, les éclats de pierre le piquaient, il avait l'impression d'être tombé dans un nid de guêpes. Ils continuèrent à tirer ainsi, jusqu'au moment où, la distance étant devenue trop grande, il devenait difficile de viser avec précision.

Eddie se risqua à lever la tête. Les pirates se dirigeaient vers le remorqueur dont se rapprochait le canot des SEAL, soumis aux tirs violents venus d'un bateau plus gros. Il ignorait le plan que Juan avait en tête, mais les choses viraient à l'aigre. Il n'y avait que deux passagers à bord du canot, il leur fallait impérativement le soutien de l'*Oregon* s'ils voulaient se lancer à l'attaque du remorqueur, et pourtant, le Gatling restait obstinément muet.

C'est alors que le canon multitubes ouvrit le feu. Une langue de feu de trois mètres de long jaillit de la trappe, un bassin de rétention creusé au flanc de la colline disparut dans une gerbe de mottes de terre, des débris s'envolaient à plus de dix mètres de haut.

Eddie était impuissant, il ne pouvait pas alerter le canot de l'arrivée de la vedette. Il descendit de son rocher et se lança à la poursuite de Jan Paulus.

*

* *

Tirant d'une main et tenant la barre de l'autre, Mike Trono vint renforcer le feu qui jaillissait déjà du canot pour contre-attaquer aux tirs des pirates. Tory, allongée sur le plancher, tirait des coups soigneusement ajustés sur ceux qui étaient postés à la rambarde. Elle alliait la précision d'un athlète des Jeux olympiques au calme d'un tireur d'élite.

Elle avait son arme parfaitement bien en main lorsqu'elle pressa une cinquième fois sur la détente. Sa cible avait eu le temps de s'accroupir derrière le pavois de métal, mais, au moins, cela allait le calmer pendant quelques secondes critiques. Un autre, couvert de sang, se dressa brusquement, commença à asperger la surface de l'eau avec son AK-47, avant de rectifier le tir et de viser le canot. Tory visa soigneusement, attendit la vague propice, et appuya sur la détente. La balle de faible calibre percuta le pavois devant l'Indonésien, ricocha. Elle le frappa en plein sternum et l'impact le souleva du pont.

« Arrêtez ! lui cria Trono. On fait demi-tour, cessez le feu ! »

Il mit la barre toute d'un bord pour venir en route de collision avec le remorqueur. Comme ils ne tiraient plus, la plupart des pirates se relevèrent, prêts à aligner le canot.

« Le spectacle va commencer », annonça Murph à la radio.

Le canonnier de l'*Oregon* réorienta le Gatling qui venait d'arroser la colline et tira une rafale de quelques secondes sur le chalutier à la dérive. Le bateau de pêche vola instantanément en morceaux dans une pluie d'éclisses de bois et de filets en lambeaux. L'abri de navigation s'était littéralement désintégré. Les mouettes qui festoyaient sur le pont s'envolèrent, surprises de voir leur petit monde disparaître ainsi. Une nouvelle gerbe d'obus frappa la salle des machines, arracha le gros diesel de son berceau avant de crever les caisses de gazole. L'explosion fit monter dans le ciel une boule de feu et d'huile enflammée.

Le peu qui subsistait de l'épave coula immédiatement, et les flammes s'éteignirent dans un nuage de vapeur.

La fin du remorqueur fut un peu moins dramatique. Murph fit pivoter le Gatling et appuya sur le bouton. Pris sous une grêle de mitraille, les pirates se couchèrent comme sous l'action d'une grande faux. Les conteneurs saisis sur la plage arrière étaient troués de partout, les vitres de la passerelle secondaire, utilisée pour surveiller la remorque, avaient volé en éclats, mutilant un peu plus les cadavres qui gisaient dessous. Murph finit d'arroser le pont, jusqu'à être certain qu'il n'y avait plus personne de vivant.

« Voilà qui devrait les calmer », commenta-t-il, triomphant.

Mike Trono avança jusqu'à un endroit où la lisse était assez basse avant de passer la barre à Tory.

« Tenez, prenez. On en a pour une minute.

— Mais pourquoi faites-vous ça ? » lui demanda-t-elle en se glissant entre Pulaski et Trono qui amenait le gros canot près de la plage arrière du remorqueur.

Il lui passa le combiné radio en lui faisant un sourire carnassier.

« Le patron est persuadé qu'il y a un petit trésor à bord, et pas les pacotilles qu'on peut avoir en cadeau à Hollywood. »

Les deux hommes montèrent sur le pont. Ils vérifièrent d'abord, réflexe inspiré par des années d'expérience, qu'il n'y avait aucun survivant. Le boulot qui les attendait n'était pas très ragoûtant, on se serait cru dans un film d'horreur. Le Gatling avait réduit les corps en une espèce de bouillie, Trono aurait dit de la chair à pâté. Ils débarquèrent du canot qui bouchonnait contre la coque du remorqueur après avoir pris la poutrelle sur leurs épaules. Traversant comme ils pouvaient le théâtre du carnage, ils s'approchèrent des conteneurs.

Trono sortit son Glock et tira une balle dans la serrure du premier, tandis que Pulaski posait la poutrelle sur le toit. Trono ouvrit les portes, les serrures grinçaient, avant de les refermer vite fait. Pulaski le regardait, se demandant ce qui se passait.

« Et une fois de plus, c'est le directeur qui a raison.

— De l'or ?

— De l'or. »

Il monta sur le toit du conteneur, aidé par son camarade. Ils y hissèrent les deux poutrelles, cent kilos chacune, et fixèrent les chaînes aux anneaux de manutention. Une petite vedette quittait la rive, mais Murphy ne l'avait pas vue venir car elle était cachée par la coque du remorqueur. Il compta une douzaine d'hommes, la vedette franchit les vagues du ressac avant d'arriver dans une zone plus calme.

« On a un souci. »

Pulaski jeta un coup d'œil par-dessus son épaule.

« Et merde ! »

Le bateau allait être là dans quelques secondes, alors qu'ils avaient besoin de plusieurs minutes pour saisir la poutrelle sur le conteneur. Cela dit, ils n'étaient pas du tout disposés à abandonner leur prise. Mike cria à Tory :

« On a de la compagnie. Une bande de voyous dans un bateau non ponté. Tirez-vous, et vite fait.

— Je ne vais pas vous abandonner comme ça.

— On ne joue pas les héros. On a besoin que vous les attiriez ailleurs pour que Murph puisse les assaisonner au Gatling. »

Tory avait tout saisi. Elle poussa les manettes à fond. Le canot démarra à toute allure, elle fit un virage serré pour passer derrière le remorqueur, mais elle avait oublié les deux gros câbles qui amarraient la barge au rivage. Elle n'avait plus le temps de les éviter, elle passa sous le premier en se baissant, le gros câble d'acier arracha l'abri de ses supports. Si elle n'avait pas réagi aussi vite, elle se serait fait décapiter.

Le canot passa à toute vitesse sous le second câble et Tory changea de cap pour couper la route de la vedette. Elle allait si vite que ses occupants ne pouvaient rien faire, ils devaient se contenter de la voir se précipiter sur eux. L'un des hommes se pencha par-dessus bord, mais le temps qu'ils se saisissent de leurs armes, Tory était à vingt mètres et accélérait comme un lévrier.

Ils lui tiraient dessus, elle commença à slalomer, l'adrénaline l'excitait comme une folle. « Oui, je sais, je sais, ces foutues bonnes femmes au volant. Je vous rentre dedans puis j'essaye de me tirer. Allez, venez, essayez de m'attraper, on sortira les permis et les attestations d'assurance. »

Elle se retourna pour voir s'ils avaient mordu à l'hameçon, mais vit avec horreur qu'ils se dirigeaient toujours droit sur le remorqueur. Elle passa vite fait son casque et appela à la radio.

« Ici Tory. Je suis avec Trono et Pulaski à bord du canot.

— Tory, ici Max Hanley. Quel est le problème?

— On a six terroristes à bord d'une petite vedette, ils arrivent sur le remorqueur. Vos gars sont coincés là-bas, ils n'ont que des pistolets. Ils n'ont aucune chance.

— Où êtes-vous ? lui demanda Max d'un ton calme, pour essayer de la rassurer.

— A bord du canot des SEAL. Mike m'a demandé de dégager, mais il n'y avait encore personne à ce moment-là.

— C'est bon, attendez une seconde. Pulaski ? Trono ? Vous êtes là ? »

La réponse était faible.

« Max, c'est Ski. On est sur le toit d'un conteneur. Les pirates viennent de monter à bord.

— Ils savent que vous êtes là ?

— Négatif. Mike a récupéré un morceau de toile juste avant qu'ils arrivent. Sauf s'ils vérifient le haut des conteneurs, on est planqués. Et apparemment, ils ne fouillent pas le bord.

— Mais qu'est-ce qu'ils font exactement ?

— On dirait qu'ils essayent de larguer les remorques et de se tirer de ce merdier. Qu'est-ce qu'on fait ?

— Aidez-les, dit Juan sur la même fréquence.

— Quoi ? répondirent ensemble Max et Ski.

— J'ai dit : aidez-les. Ski, vous ne bougez pas et Mike non plus. Max, tu me coupes les remorques. »

On entendait dans le micro de Juan les tirs qui faisaient rage sur la plage – claquements secs des fusils, rafales en staccato des AK-47, les hurlements déchirants des blessés.

« Je peux faire ça au Gatling, dit Mark Murphy. Un coup de plein fouet sur le guindeau arrière, ça devrait marcher.

— Mais pour quoi faire ? demanda Max.

— Parce que j'ai ici mille travailleurs chinois ou davantage qui sont pris sous des tirs croisés, et que, plus ça dure, plus le nombre de tués sera élevé. J'ai l'impression que les Russes peuvent encore tenir des heures. Pour le moment, le remorqueur est le seul moyen pour les pirates de se tirer, et s'ils voient qu'il est sur le point d'appareiller, je te parie qu'ils vont oublier de se battre et rappliquer dans le coin.

— Ce qui les éloignera des civils...

— Et ce qui donnera à Murphy la possibilité de nous débarrasser d'eux.

— Et les Russes ?

— On va leur laisser une chance de se rendre et de s'en sortir vivants. S'ils refusent, tu t'en charges. »

Comme pour souligner encore l'urgence de la situation, un craquement terrifiant retentit. Le cratère laissait échapper une bouffée de cendres qui s'éleva dans le ciel, bien plus haut que le champignon d'une explosion nucléaire. Juan ignorait de combien de temps ils disposaient encore. Quelques heures, quelques minutes ? Il n'avait toujours pas retrouvé Eddie et si le plan qu'il avait imaginé pour mettre un terme aux combats ne marchait pas, il allait devoir envisager sérieusement d'évacuer ses hommes et de se retirer.

Mais la voix tout excitée de Hali Kasim vint interrompre le cours de ses sombres pensées.

« Patron, j'ai trouvé Eddie ! Il est de l'autre côté de la barge. On dirait qu'il poursuit deux hommes et je crois que l'un des deux a été pris en otage.

— Par où se dirigent-ils ?

— Ils s'éloignent de la plage. La distance est vraiment limite, mais j'ai l'impression qu'il y a un hélicoptère là-haut.

— Détruis-le », ordonna-t-il.

Il échangea un simple regard avec Linc, ils n'avaient pas besoin de parler pour se comprendre. Lui laissant la direction de l'équipe, Juan s'élança au pas de course. Il n'avait pas fait quarante pas lorsque sa cheville heurta un caillou. Si ç'avait été sa jambe valide, il se la serait fracturée, ou se serait payé au minimum une bonne entorse. Mais il se contenta de tomber lourdement et c'est ce qui lui sauva la vie. Des rafales d'armes automatiques passèrent au-dessus de sa tête. Il exécuta une dizaine de roulés-boulés avant de trouver un abri derrière un tas de pierres. Celui qui lui tirait dessus était en contrebas, dissimulé derrière une pyramide de fûts de pétrole.

Juan vérifia rapidement le lance-grenades fixé sous le canon de son M-4, cala solidement son arme dans le creux de l'épaule, et fit feu. Une seconde plus tard, la grenade tomba derrière les fûts. La première explosion fit sauter le pétrole, deux mille litres de fûts partirent dans les airs comme des fusées. Quelques-uns explosèrent en vol, les autres retombèrent en répandant une nappe de feu jusqu'à la plage.

Juan se releva vite fait. Un fût qui s'était élevé très haut retombait lentement, droit sur lui, comme une météorite. Il atterrit à cinq mètres, un peu au-dessus dans la pente. Lorsqu'il éclata, un torrent de gazole en feu commença à couler dans sa direction. Résistant à son premier instinct qui l'aurait poussé à descendre, il commença à courir en diagonale. Les flammes lui léchaient les genoux, la chaleur lui brûlait les poumons, mais il réussit à se dégager sans autre mal que des cheveux roussis.

« Ouf, je me suis sorti de la friteuse... » marmonna-t-il.

Et il se lança à la poursuite d'Eddie Seng.

*

* *

Une simple rafale d'une seconde suffit au Gatling pour sectionner les câbles d'acier. Le moment n'aurait pas pu être mieux choisi, car les pirates venaient tout juste de faire monter les moteurs en régime, la cheminée du remorqueur lâchait un gros panache de fumée noire. Sur la plage, les hommes réagirent exactement comme Juan l'avait prévu.

Les pirates décrochèrent immédiatement, abandonnèrent le petit fortin aux Russes, et se mirent à courir vers la mer. Quelques-uns avaient conservé leurs armes, mais la plupart les jetèrent sur place pour se lancer à la nage. En les voyant faire, Linc songeait aux rats qui quittent un navire en train de sombrer. Il redescendit avec ses hommes. Quelques-uns des combattants s'entre-tuaient encore, ils n'avaient apparemment pas compris que c'était le bout de l'aventure.

Linc en descendit deux à la grenade et visait un troisième lorsque ce qu'il avait pris pour un cadavre se leva soudain. Le pirate, lâchant son M-4, sortit un couteau recourbé, assez méchant, et essaya de le lui planter dans la poitrine. Linc réussit à arrêter le coup, mais la lame lui fit une grande estafilade au bras. Il donna à son adversaire un coup de poing sous l'aisselle, le paralysant momentanément, le temps de sortir son pistolet et de lui loger une balle entre les deux yeux. Sans faire attention à sa plaie qui saignait abondamment, il alla rejoindre ses hommes.

Eddie venait de comprendre qu'il ne pourrait jamais rattraper Jan Paulus. Il avait bénéficié au début d'un sursaut d'énergie, mais il était maintenant épuisé. La faim lui donnait des nausées, il n'arrivait plus à inspirer suffisamment d'oxygène, mais il courait toujours, poussé par la rage. Paulus et son otage étaient à une minute de l'hélicoptère MI-8. Eddie avait beau intimer à ses jambes l'ordre d'avancer, il allait de plus en plus lentement. C'est alors qu'il entendit le tir caractéristique des 40 mm de l'*Oregon*. Cinq obus traversèrent la plage, passèrent au-dessus de sa tête et allèrent arroser l'héliport. Lorsque la poussière se fut dissipée, Eddie vit que le cockpit avait été frappé de plein fouet. Des flammes sortaient de la coque en plexiglas, brisée en morceaux, le sol était parsemé de débris d'électronique.

Il se retourna, rempli de gratitude, pour saluer son bâtiment, et aperçut une silhouette qui courait vers lui. Il n'y avait pas à s'y tromper, cette allure caractéristique, c'était Cabrillo.

Paulus abattit son otage en voyant que l'hélicoptère était détruit, avant de redescendre la colline en courant. Il espérait peut-être pouvoir embarquer à bord du remorqueur et conclure un compromis. Ou alors, il n'était plus guidé que par une panique aveugle.

Sachant qu'il était désormais appuyé par Juan, Eddie commença à courir derrière le Sud-Africain, laissant à la gravité la charge de faire ce dont ses jambes étaient désormais incapables. Ils étaient à trente mètres de la plage lorsque Eddie s'arrêta pile pour épauler. Il tremblait tellement qu'il avait un mal fou à ajuster la ligne de mire de son AK-47. Il pressa la détente, la crosse recula, mais c'était sa dernière balle. Paulus se retourna en entendant la détonation, avant de repartir pendant qu'Eddie vérifiait son arme. Son chargeur banane s'était désenclenché. Il le remit en place et vida le reste de ses munitions dans le dos du mineur.

Un jet de sang jaillit du mollet de Paulus qui tituba, avant de tomber. Il avait du mal à se remettre debout, ce qui donna à Eddie le temps de le rattraper. Il percuta violemment le Sud-Africain et tous deux s'écroulèrent dans les rochers. Même blessé, Paulus était encore vigoureux, habitué aux durs travaux de la mine.

« Tu vas me le payer cher, mon gars, lâcha-t-il entre ses dents, pour provoquer Eddie et le pousser à cogner.

— Te fais pas d'illusions. »

Paulus eut une seconde d'hésitation en entendant cet accent américain, Eddie en profita pour lui balancer un coup de crosse sur le crâne. L'homme réussit à esquiver en se baissant et répliqua d'un violent coup au genou.

Paulus enserra Eddie à la poitrine et entreprit de l'étouffer avec une force surprenante. Eddie lui donna un coup de boule dans le nez et sentit l'os craquer, mais le mineur redoublait d'efforts. Eddie frappa encore. Cette fois, son adversaire poussa un grognement de douleur et desserra sa prise, ce qui permit à Eddie de dégager une main. Il lui empoigna une oreille et tira de toutes ses forces. Paulus lâcha pour de bon. Eddie lui fit une prise de jambes et poussa. En tombant, l'homme réussit à s'accrocher à un pan de sa chemise.

Normalement, la chute, avec le poids d'Eddie sur le dos, aurait dû lui vider les poumons. Mais non. L'impact avait été amorti, Eddie eut l'impression de tomber dans un matelas à eau. Et il vit avec horreur qu'ils s'étaient écroulés dans une mare de mercure.

Avant que Paulus ait eu le temps de récupérer, Eddie lui enfonça un genou dans l'aine et du même mouvement, le força à mettre la tête dans le métal liquide. Sous l'effet de la souffrance, Paulus avala involontairement une bonne goulée du produit toxique. Il commençait à se convulsionner, mais Eddie restait à califourchon, comme un cow-boy sur un taureau. Paulus réussit à sortir la tête, cracha quelques billes argentées, mais Eddie le fit replonger. Il se débattit encore pendant une minute. Lorsque Eddie lâcha le corps, il remonta tout seul. La bouche et les narines brillaient de petites gouttes de mercure, on aurait dit qu'il avait deux pièces de monnaie à la place des yeux.

Juan qui arrivait lui tapa sur l'épaule.

« Je te jure, j'ajoute ce truc aux dix pires façons de mourir qui existent, lui dit-il.

— Pendant un moment, j'ai bien cru que je serais tout seul pour m'occuper de nos garde-chiourmes », lui répondit Eddie d'une voix haletante.

Juan l'aida à se remettre debout.

« Et puis quoi encore, tu aurais voulu nous priver de la gloire ? » Il lui désigna le cadavre du menton. « Anton Savitch ?

— Non, un Sud-Africain qu'il employait pour diriger ce truc de cauchemar. Un dénommé Paulus, Jan Paulus.

— Tu as une idée de l'endroit où se trouve Savitch ? »

Eddie hocha négativement la tête.

« La dernière fois que j'en ai entendu parler, il se trouvait à bord du gros paquebot échoué sur la plage. Paulus a pris son pilote en otage, je pense qu'il est déjà mort.

— Et merde.

— Pourquoi ? C'est toujours ça en moins. »

Cabrillo garda le silence un moment, puis :

« Il s'agit de recel.

— Quoi, du recel ?

— C'est comme le mec qui achète des objets volés à un voleur, lui expliqua Juan. Tant que l'or n'a pas été essayé et estampé par un service officiel de la monnaie, il ne vaut pas un clou. Personne de sérieux ne voudrait y toucher. Savitch devait le savoir avant de monter son coup, il avait déjà un acheteur. Quelqu'un capable de faire authentifier le trésor et de le faire entrer dans le système. Quelqu'un d'assez important, un grand banquier avec de solides relations.

— Désolé, patron, je ne vois pas qui ça peut être.

— Ne t'inquiète pas, lui dit Juan en souriant, on finira bien par retrouver ce salopard. »

Linc l'appelait à la radio.

« La plage est nettoyée, capitaine. Les Russes ont compris, ils acceptent de se rendre en échange d'un sauf-conduit.

— Il est grand temps de se tirer. »

Cabrillo examina les alentours. Des centaines de Chinois le regardaient, comme sortis de terre. Ils avaient trouvé un abri derrière les rochers, et maintenant que les combats s'étaient tus, que le remorqueur s'éloignait dans le lointain, ils se rassemblaient tous là, en état de choc.

*

* *

Dès que Juan eut donné ses ordres, il suffit de quelques minutes pour que la rumeur se répande. Les travailleurs devaient embarquer à bord du dernier paquebot arrivé, mais il allait leur falloir une heure et plus pour monter à bord en utilisant la seule coupée assez longue pour accéder au pont.

Juan attendait sur le ponton utilisé par les chalutiers lorsque Tory arriva à bord de son embarcation.

« On va dans la même direction, matelot ? »

Il sauta à bord et l'embrassa impulsivement sur la bouche, mais leur baiser fut interrompu par une nouvelle détonation assourdissante. Le volcan venait d'exploser, soulevant des vagues de trente centimètres dans la baie.

« Ouahh, vous faites trembler la terre », lui dit Tory en riant d'un rire rauque.

Mais Juan n'était plus d'humeur. Ils se battaient contre la montre, chaque seconde comptait. Tory comprit rapidement ce qui se passait et enfonça la manette des gaz.

Exécutant les ordres de Cabrillo, Max avait fait virer l'*Oregon* dont l'étrave pointait désormais sur le paquebot échoué. Des matelots avaient déroulé les haussières à partir des écoutilles qui se trouvaient sur la plage arrière. A l'aide de deux jet-skis, on porta alors à terre ces deux amarres. Une centaine de Chinois encore valides donnèrent la main pour les transférer sur le paquebot.

« Max, tu m'entends ? lui demanda Juan.

— Je suis là.

— Quelle est la situation ?

— Nous sommes presque parés à passer une remorque sur le paquebot. A propos, il s'appelle le *Selandria.* Linda et Linc sont partis diriger les opérations. Linda me dit que les bollards sont complètement bouffés par la rouille, on va être obligés d'utiliser les cabestans. Ils devraient tenir.

— Bon, je reviens dans pas longtemps. Dès que la remorque est passée, tu récupères tout le monde à bord.

— Je suis obligé de retenir Huxley à deux mains, elle veut absolument descendre à terre pour s'occuper des blessés les plus graves.

— Eh bien, tu t'assieds dessus, s'exclama Juan. Si on rate, la vérité vraie, c'est qu'on va être obligé de laisser tout le monde ici en priant le ciel que quelqu'un vienne à leur secours avant que le volcan explose.

— Puisqu'on parle de ça, dès l'arrêt des combats, j'ai essayé de joindre les garde-côtes russes, mais avec les éruptions, il y a énormément de brouillage. Toutes les communications sont coupées, sauf les liaisons tactiques à courte portée.

— Nous voilà livrés à nous-mêmes.

— J'en ai bien peur.

— Je veux que tu restes au CO, j'irai à la passerelle. Envoie-moi quelqu'un là-haut avec des vêtements propres. » Il jeta un coup d'œil à Tory, qui lui fit signe qu'elle voulait bien. « Et pour Tory aussi, pendant que tu y es. »

Juan traversa son navire en se débarrassant de sa tenue. Il arriva à la passerelle au moment où Maurice sortait de l'ascenseur qui menait au CO. Il poussait devant lui une table roulante en argent. Il tendit à Juan un paquet de vêtements, puis un second à Tory. Laquelle alla se changer au local radio tandis que Juan en faisait autant sur place.

« On se sent mieux », fit-il quand il eut terminé.

Maurice ôta le couvercle de la table roulante et l'arôme des plats chauds fit saliver Juan.

« Crêpes fourrées à l'émincé de bœuf et café. »

La bouche pleine de cette spécialité mexicaine fortement épicée, les crêpes faisaient trente centimètres de long, Juan lui dit :

« Maurice, je vous double votre salaire. »

Le vieux maître d'hôtel sortit une flasque et en versa une larme dans la tasse.

« Un cognac de ma réserve. Juste assez pour sentir le goût.

— Alors, je triple la mise. »

La tempête qu'ils avaient réussi à prendre de vitesse dans la mer d'Okhotsk les avait rattrapés. La pluie tambourinait sur les vitres, les éclairs brillaient dans tout le ciel. Maurice sortit de dessous sa table roulante deux tenues de ciré, des casquettes de base-ball, et les bottes de mer de Juan.

« Capitaine, celle-là, je la sentais venir. »

Juan enfilait sa combinaison lorsque Tory émergea du local radio. Elle engloutit la moitié d'une crêpe en deux bouchées.

« Seigneur, je ne savais pas à quel point j'étais affamée.

— Patron ? appela Max de son talkie-walkie.

— J'écoute.

— On a passé les câbles. Linda me dit qu'elle a encore besoin de dix minutes.

— Dis-lui que je lui en accorde cinq. La tempête arrive, et ce qui était déjà compliqué va devenir impossible. »

Il sortit sur l'aileron, le vent fouettait. Il soufflait maintenant force 5 et les cendres qui se mêlaient à la pluie formaient une espèce de boue qui tombait du ciel. Il se tourna vers l'arrière. On avait passé les grosses haussières dans les chaumards du *Selandria*, tout paraissait en ordre – sauf que l'*Oregon* avait dérivé sous le vent et n'était plus exactement dans l'axe. Juan ordonna à Eric Stone de corriger avant de se pencher pour voir le jet du propulseur latéral à l'avant.

« C'est bon, Stone, vous restez comme ça en positionnement dynamique. »

L'embarcation d'assaut repartit dans les vagues pour aller récupérer les membres du commando restés à terre. Les boudins se tordaient en passant sur les lames.

« Vous croyez qu'on va y arriver ? lui demanda Tory qui était venue le rejoindre à l'extérieur.

— Avec les moteurs qu'on a, on peut tirer autant de puissance que sur un porte-avions, mais si cette épave reste collée où elle est, on va se retrouver devant le dilemme classique, la force brute contre un truc qui ne veut pas se bouger.

— Vous seriez vraiment prêt à les abandonner ? »

Juan ne répondit rien, ce qui était en soi une réponse. En dépit de tout ce qu'il lui avait raconté, elle lisait dans ses yeux une détermination sans faille, elle savait qu'il était prêt à tirer le maximum de son bateau bien-aimé, de risquer la vie de ses hommes, ne serait-ce que pour sauver un seul de ces Chinois.

Le canot des SEAL quitta la plage deux minutes plus tard avec à son bord les derniers membres de la Corporation encore à terre. Juan attendit qu'il soit passé sous les haussières pour prendre son talkie-walkie.

« C'est bon, Eric, à virer. »

L'*Oregon* s'ébranla en marche avant et les câbles sortirent lentement de la mer, crachant de l'eau au fur et à mesure que les torons se resserraient.

« Voilà, c'est fait, annonça le chef de quart, vitesse sur le fond nulle, on est à la tension maxi.

— Montez progressivement à trente pour cent de puissance et restez comme ça. »

On entendait le bruit caractéristique des moteurs magnétohydrodynamiques qui montaient en régime. L'angle de remorquage ajouté à la poussée des moteurs enfonçait l'*Oregon* dans l'eau et les vagues commençaient à briser sur la plage avant.

« On ne bouge toujours pas, cria Eric, à peine deux mètres par minute.

— Négatif, on va raidir la remorque un peu plus. »

Pendant ses études au lycée, Juan avait passé un été sur un remorqueur, il savait à quel point une remorque peut paraître lâche alors qu'on est déjà en route.

« D'ici une minute, vous allez voir qu'on culera. A ce moment-là, montez à cinquante pour cent. »

Juan voyait les vagues se briser sur le *Selandria*. Il essayait de savoir si elles le soulevaient ou se contentaient de l'arrêter. On décelait bien quelques mouvements lorsque des murs d'eau passaient sous l'étrave, mais, chaque fois que l'avant se soulevait, l'arrière s'enfonçait plus profondément dans le sable.

« Cinquante pour cent, annonça Eric peu après.

— Montez à quatre-vingts.

— Je proteste, répondit Max Hanley. Vous êtes en train de faire subir un sale traitement à mes bébés. »

En théorie, il n'y avait pas de limite à la puissance que l'on pouvait tirer de ce type de moteurs, mais le système présentait néanmoins une faiblesse : les pompes à grande vitesse chargées de refroidir les aimants supraconducteurs en y faisant circuler de l'hélium liquide. A ces températures extrêmement basses, les hélices des compresseurs souffraient énormément et, après ce qu'on leur avait imposé pendant la traversée jusqu'au Kamtchatka, Max craignait sérieusement qu'elles refusent tout service.

« Ces moteurs sont suivis par le meilleur mécanicien en exercice. Quatre-vingts pour cent. »

L'*Oregon* s'enfonça encore un peu, les lames passaient maintenant par-dessus le pavois. A l'arrière, c'était un véritable bouillonnement, les pompes envoyaient des centaines de tonnes d'eau par seconde dans les tuyères.

« Rien, finit par dire Eric. Il reste collé sur place. On n'arrivera jamais à déhaler ce veau de la plage. »

Mais Juan avait décidé de ne pas partager son pessimisme.

« Toute la puissance à tribord. »

Eric s'exécuta, appuya sur les manettes. L'*Oregon* était accroché à un câble maintenant bien tendu, comme un chien qui tire sur sa laisse. La force de traction augmenta de deux tonnes.

« Bâbord, avant toute ! »

Le bâtiment partit d'un bord, raidissant les câbles qui vibraient sous la tension qu'on leur appliquait. Le *Selandria* lâcha un gémissement déchirant lorsque la coque commença à pivoter sur les rochers, puis un raclement de métal plus aigu lorsqu'elle glissa un peu plus.

« Allez, bébé, allez », répétait Juan.

Tory avait mis les mains sur sa bouche pour calmer son inquiétude, les poings serrés à s'en faire blanchir les jointures.

« Ça ne vient toujours pas ? »

Eric refit pivoter l'*Oregon* sur la droite avant de répondre :

« Non, vitesse fond toujours nulle. »

Max le coupa.

« Juan, la température augmente de façon alarmante sur les moteurs trois et quatre. Les pompes de réfrigération commencent à lâcher. Il faut tout arrêter et essayer d'embarquer le maximum de ces pauvres diables. »

Juan se retourna. On avait bien recommandé aux Chinois de ne pas rester sur le pont – un câble qui lâchait sous tension fouettait à vous couper un homme en deux – et pourtant, la plage avant du *Selandria* était pleine de monde. On ne voyait que visages terrifiés, des gens qui se pressaient, transis de froid, sous la pluie glacée. A vue de nez, ils étaient plus de trois mille à bord du paquebot. L'*Oregon* pouvait en embarquer peut-être un tiers.

« Bon, comme tu veux. »

Max devait déjà avoir les mains sur les commandes car le régime des moteurs tomba instantanément. Libéré, l'*Oregon* s'ébroua, aspergeant la mer comme un épagneul.

Tory jeta à Juan un regard dur, désapprobateur. Un reproche muet d'avoir cédé si facilement, mais elle ne lui avait pas laissé le temps de répondre.

« Donnez du mou dans les remorques et laissez filer une centaine de mètres de mieux. Mettez en avant et préparez-vous à mouiller des deux bords.

— Juan, tu ne crois quand même pas...

— Max, les deux guindeaux font quatre cents chevaux chacun, précisa Cabrillo. Je veux tout mettre sur le pont. »

Plus bas, au CO, Max pianota sur son clavier pour desserrer les freins des deux guindeaux sur lesquels étaient tournés les câbles, tandis qu'Eric Stone remettait les moteurs en route pour avancer un peu dans la baie. Lorsqu'ils eurent filé une centaine de mètres, Max mouilla les deux ancres qui touchèrent rapidement le fond. Il n'y avait que vingt-cinq mètres d'eau à cet endroit.

« Bon, ordonna Juan, maintenant, tu bats lentement en arrière et tu serres les freins. »

Les deux grosses ancres à pattes Delta commencèrent à traîner sur le fond rocheux, traçant de larges sillons dans le sable, jusqu'au moment où les pattes crochèrent pour de bon. Un calculateur ajustait automatiquement la tension des chaînes pour empêcher les ancres de déraper.

« On est parés, annonça Max, mais le ton était rien moins qu'enthousiaste.

— A raidir les deux remorques, puis affichez trente pour cent. »

Juan attrapa une paire de jumelles, en évitant soigneusement de regarder les hommes agglutinés à la lisse du *Selandria*. Les lames continuaient à se briser sur son avant, créant un mouvement de balancier, l'arrière s'enfonçait davantage.

« Trente pour cent, annonça Eric. Pas de vitesse sur le fond, les câbles raidissent toujours.

— Montez à cinquante, ordonna Juan sans quitter le paquebot des yeux. Les ancres?

— Les chaînes ne bronchent pas, répondit Max. La température grimpe sur les moteurs trois et quatre.

— On n'est plus qu'à dix degrés de la zone rouge avant arrêt automatique. »

Les forces qui agissaient sur les haussières étaient titanesques, la puissance brute des machines contre l'inertie de tonnes d'acier enfoncées dans le sol. Halée par les remorques, l'étrave du *Selandria* ne se soulevait plus à l'arrivée des vagues, l'eau s'infiltrait sous la carène, poussant et retirant des cailloux de la taille d'un ballon de volley-ball.

« Toujours rien? demanda Juan.

— Pas de reprise sur les cabestans, répondit Max d'une voix lasse, pas d'erre sur le fond.

— Quatre-vingts pour cent!

— *Juan?*

— Fais ce que je te dis, et efface les sécurités des moteurs, répondit Juan qui avait du mal à contenir sa rage. Tu passes en zone rouge si nécessaire. On ne va pas abandonner tous ces gens. »

Max obéit et appuya sur quelques touches pour ordonner au calculateur de ne plus tenir compte de la température des grosses pompes cryogéniques. Il ne quittait pas son écran des yeux, les histogrammes de température viraient au rouge, ils allaient atteindre le seuil de mise en sécurité. Il s'éloigna délibérément du clavier et coupa l'image. « Désolé, mes chéris. »

Juan ressentait à travers ses semelles les tourments auxquels il soumettait son bâtiment qui luttait pour déhaler sa remorque. Les vibrations s'amplifiaient, allaient le réduire en pièces, chaque tremblement lui jetait un coup de poignard dans la poitrine.

« Allez, bouge-toi le cul ! » hurla-t-il.

Un grondement commença à rouler en écho à travers la baie, mais c'était une sensation sur la peau, plus qu'un son que l'on entendait avec ses oreilles. Le sommet de la montagne était caché par un épais nuage de cendres, la terre se mit à trembler violemment, on avait l'impression que la plage se liquéfiait. Voilà, elle arrivait, la véritable éruption. Le volcan allait sauter comme le mont Sainte-Hélène, un mur de cendres brûlantes et de gaz allait dévaler du sommet en une avalanche mortelle, ce que les savants appellent une coulée pyroclastique, l'une des pires forces de destruction qui existent dans la nature. Juan avait parié, il avait tout perdu. Il était trop tard pour aller là-bas rechercher les Chinois. Il avait les larmes aux yeux, mais le menton restait ferme.

« Il va falloir couper les remorques », lui dit Max.

Juan ne répondit pas.

« Juan, il faut qu'on se tire. Si on a envie de rester vivants, il faut mettre deux nautiques entre le volcan et nous. »

Juan savait bien qu'il avait raison. La coulée pyroclastique allait s'étaler loin en mer et répandre un nuage toxique qui tuerait tout ce qui se trouvait sur son passage. Pourtant, il restait toujours silencieux.

« Ça commence à bouger ! cria Eric. Le cabestan bâbord commence à virer, cinq mètres à la minute.

— C'est sans doute qu'on dérape, répliqua Max. Les ancres commencent à chasser. »

On aurait cru une éclipse de soleil. L'ombre s'étendait si rapidement que Juan en avait les larmes aux yeux, il ne distinguait plus qu'à peine le *Selandria* au milieu de tourbillons de cendres. Impossible de dire si le paquebot avait un peu ripé, ou si Max avait raison et que c'étaient leurs ancres qui chassaient.

Personne ne prononça un mot pendant ce qui leur parut durer une éternité. Stone gardait les yeux rivés sur le loch, qui restait obstinément à zéro.

Puis, se dégageant du vacarme de l'éruption, le bruit du *Selandria* qui commençait à gémir, un bruit d'agonie, presque humain, comme s'il ne supportait plus la pression des remorques et de la tempête.

« Ça vient doucement », cria Eric en voyant les aiguilles décoller imperceptiblement.

Max ralluma son écran.

« Les deux cabestans commencent à virer.

— Vitesse fond, dix mètres par minute. Quinze, vingt. »

Au fur et à mesure que le paquebot retrouvait la flottabilité de son élément naturel, la vitesse augmentait. Tory prit la main de Juan, ils regardaient tous deux le *Selandria* qui retournait à la mer. Les tôles de la carène protestaient en se faisant traîner sur les rochers. Une lame plus grosse que les autres se fracassa sur la plage, le bâtiment se souleva, l'arrière monta, le début de la liberté retrouvée.

« Ça y est, il flotte ! » cria Juan dans l'interphone du CO, salué par les hurlements d'enthousiasme de l'équipage.

Quelqu'un, sans doute Max, qui cachait un cœur d'artichaut sous des dehors un peu rudes, mit la corne de brume en route – un air de victoire qui résonnait en écho encore et encore.

« On n'est pas encore sortis de l'auberge », dit Juan à Tory, et il l'entraîna à l'abri sur la passerelle.

Puis ils descendirent au CO, où ils furent accueillis par un concert d'acclamations. On lui donnait de grandes tapes dans le dos, il allait avoir des bleus.

Maintenant que le *Selandria* flottait, Juan ordonna de réduire la puissance à cinquante pour cent. Il fit afficher sur l'écran principal les images des caméras arrière. L'eau commençait à friser sur la ligne de flottaison du paquebot et l'*Oregon* accélérait toujours.

« Merci mon Dieu », lâcha Tory dans un hoquet.

La cime de la montagne s'était vaporisée. Un nuage noir et dense de cendres dévalait le flanc de la montagne, masse terrifiante qui tourbillonnait en volutes et qui semblait presque vivante. Tout ce qui se trouvait devant lui disparaissait, balayé par sa furie. Des arbres vieux de plusieurs centaines d'années, arrachés au sol, dansaient comme des allumettes. Une seconde plus tard, le bruit de l'explosion leur arracha les tympans.

Les travailleurs embarqués sur le *Selandria* se pressaient pour essayer de trouver refuge à l'intérieur. La coulée de lave atteignit enfin la mer dans une explosion de vapeur, les cendres progressaient toujours, enveloppant les bateaux abandonnés sur la plage. L'un d'eux, de petit tonnage, bascula sur le flanc, la barge qui portait l'usine de traitement chavira complètement.

« Accrochez-vous », cria une voix.

L'alerte était bien inutile. Les cendres enveloppaient le *Selandria* et les caméras étaient aveugles.

Le nuage frappa l'*Oregon* comme un marteau de forge, un ouragan de cendres et de pierres ponces qui, après avoir réduit les vitres en miettes, coucha le navire sur le flanc, pavois dans l'eau. Mais l'*Oregon* résistait, il laissa passer la fureur des forces naturelles avant de sortir du nuage et de revoir la lumière du jour.

Personne ne bougeait, tous suspendaient leur souffle, les yeux fixés sur l'écran. Les secondes s'égrenaient comme tombent des gouttes de plomb en fusion. Puis, brusquement, l'étrave du *Selandria* émergea du rideau de cendres comme un fantôme qui se matérialise. La coque était couverte de poussière, mais il n'avait jamais été aussi beau. Pourtant, l'équipage de l'*Oregon* attendait encore de voir ce qui allait se passer. Puis un léger mouvement suscita l'attention générale. Mark Murphy pointa une caméra à cet endroit et augmenta le grossissement. Une porte s'ouvrit lentement au niveau du pont supérieur, une maigre silhouette s'avança, regarda autour d'elle, avant de faire signe à quelqu'un qui était toujours à l'intérieur. En quelques secondes, des dizaines de personnes étaient sur le pont à donner de grands coups de pied dans la couche de cendre pour fêter leur résurrection.

Maurice arriva au CO comme un magicien. Trois bouteilles de Dom Pérignon trônaient sur son plateau avec assez de flûtes en cristal pour tout le monde.

Tandis qu'ils fêtaient dignement l'événement, Tory susurra à l'oreille de Juan.

« Alors, c'était pour qui, "bouge-toi le cul" ?

— Quoi ?

— Quand nous étions sur l'aileron, vous avez crié à un moment : "*Allez, bouge-toi le cul !*" C'était pour qui, l'*Oregon*, ou le *Selandria* ?

— Ni l'un ni l'autre. »

Elle fit la moue en réfléchissant à ce qu'il avait voulu dire. Puis elle lui fit un grand sourire.

« Max a raison, vous êtes un sacré enfoiré. Vous deviez parler à la Mère Nature. »

Il ne put réprimer un sourire à son tour.

« Je savais qu'il y aurait un gros tremblement de terre juste avant l'éruption. Les sols saturés d'eau se liquéfient. Schématiquement, le séisme transforme le sol en sables mouvants. Ce qui a fait diminuer la succion qui s'exerçait sous la carène du *Selandria* et qui nous a permis de le sortir de là.

— Mais vous saviez que c'était très juste ?

— Qui ne risque rien n'a rien.

— Patron. »

Mark Murphy armait toujours la direction de tir.

« J'ai un contact radar droit devant, distance six nautiques, sept nœuds.

— Le remorqueur, compléta Max.

— A propos de *qui ne risque rien n'a rien.* »

Même avec le *Selandria* à la remorque, l'*Oregon* ne mit qu'un quart d'heure à venir au contact visuel du remorqueur en fuite. Juan rappela tout son monde aux postes de combat et ordonna à Eric de venir à tribord du navire. Il n'y avait qu'une poignée de pirates à bord, et ils ne se rendirent compte de rien jusqu'au moment où l'*Oregon* leur arriva dessus. Deux des leurs se précipitèrent à la passerelle arrière avec des AK-47, mais durent se mettre à l'abri lorsque Murph ouvrit le feu à la 12,7, l'une des mitrailleuses sur affût cachée sous le pont. Juan prit la radio.

« Mike, Ski, vous m'entendez ?

— Tiens, répondit Pulaski, on croyait que vous nous aviez oubliés. Mike et moi, on a fini par se dire qu'on était partis faire une petite croisière.

— Désolé, les gars. Vous n'êtes pas encore en vacances, et c'est pas demain la veille. J'aperçois deux conteneurs sur le pont du remorqueur. Vous êtes sur lequel ?

— Celui qui est sur l'arrière.

— Et la poutre de manutention ?

— Elle est à poste.

— On sera bord à bord d'ici une minute. »

Juan se tourna vers Murphy.

« Vous me flinguez son appareil à gouverner, je vous prie.

— Avec plaisir. »

Max mit le 40 mm Bofors sous tension, attendit que le canon sorte de sa niche, avant de balancer une douzaine d'obus sous la plage arrière. La vitesse du remorqueur tomba immédiatement et une nappe d'huile commença à s'échapper à l'endroit où la coque avait été percée.

Eric Stone, qui tenait la barre, s'approcha par le travers en réduisant pour rester à hauteur. L'écart entre les deux navires se réduisait, jusqu'à moins de deux mètres. Jouant de la barre et des propulseurs latéraux, il se plaqua pratiquement contre le remorqueur. Murph surveillait les caméras, paré à tirer si les pirates se montraient.

Sur le pont, deux marins de l'*Oregon* firent pivoter le bras de la grue pour amener le croc à quelques centimètres du conteneur. Trono et Ski sortirent de dessous leur bâche et passèrent le croc dans l'anneau de la poutrelle. Mike décrivit un cercle de la main et la caisse décolla du pont.

Mohammad Singh, le second fils de Shere Singh et par conséquent, celui qui venait en second dans la liste de ceux auxquels son père faisait confiance, avait survécu au début de l'attaque. Il s'était caché dans une cabine tandis que les hommes de son père massacraient l'équipage, avant de se faire hacher par le Gatling. Se battre, voilà une tâche que son père déléguait à des gens qu'il payait pour ça. Pourtant, lorsqu'il aperçut la grue au-dessus du conteneur, il comprit immédiatement qu'on essayait de lui dérober son bien. Il descendit quatre à quatre de la passerelle, brandissant son pistolet, et commença à tirer sur la plage arrière en poussant des rugissements de bête féroce.

Mark Murphy le vit arriver sur le pont, mais il mit une fraction de seconde de trop pour pointer la 12,7.

Singh sauta sur le toit du conteneur juste au moment où il commençait à se balancer sous l'action d'une vague. Il essaya de trouver une prise et dut pour ce faire lâcher son pistolet.

Le grutier avait commencé à reprendre du câble pour parer la lisse, et s'apprêtait à faire pivoter le bras pour aposter le conteneur au-dessus de l'*Oregon*, lorsqu'une grosse lame se souleva entre les deux coques. Stone réussit à éviter la collision, mais le grutier ne pouvait rien faire, le conteneur alla s'écraser sur la passerelle du remorqueur où il cogna en faisant une espèce de bruit mou. Lorsqu'il repartit dans l'autre sens, il ne restait plus de Mohammad Singh qu'une bouillie sanguinolente.

Tous ceux qui n'étaient pas de quart se rassemblèrent dans la cale où l'on avait descendu le conteneur après que l'*Oregon* se fut éloigné à distance de sécurité.

Ski et Trono arrosèrent tout le monde avec des bouteilles de champagne bien pétillant. Maurice en avait apporté une pour chacun.

« Ce n'est pas très justifié, cria Juan par-dessus le brouhaha. Je tiens à dire que tout ce qu'on avait demandé à ces deux rigolos, c'était d'aller discrètement jeter un œil sur le remorqueur, et pourtant... »

Il laissa sa phrase en suspens et ouvrit en grand les deux grosses portes.

L'éclairage de la cale n'était pas particulièrement adapté à l'examen d'un trésor, mais l'éclat doré que lançait le contenu était sans aucun doute la plus belle couleur qu'ils aient jamais admirée.

Juan se saisit d'un lingot et le leva au-dessus de sa tête en guise de trophée. Autour de lui, tous les hommes et femmes de la Corporation étaient rendus à l'état sauvage.

CHAPITRE 25

JUAN CABRILLO SE LAISSA ALLER dans son sofa et lâcha un soupir épuisé. Il avala une gorgée du cognac qu'il avait acheté dans une boutique duty free à l'aéroport de Zurich. En deux semaines, c'était la première fois qu'il s'accordait un moment de détente.

Il resta là à contempler le feu qui brûlait dans l'âtre, le regard comme hypnotisé par les flammes qui dansaient.

Lorsqu'ils l'avaient sortie de la plage, la coque du *Selandria* avait été salement trouée par les rochers. Ils avaient tout de même réussi à remorquer le paquebot sur vingt milles, cap à l'ouest, avant de le mettre à l'abri dans une anse peu profonde où ils l'avaient laissé s'enfoncer. Ils avaient ensuite transféré à son bord autant de nourriture que possible et avaient vidé leurs réserves de médicaments. Juan avait laissé vingt-quatre heures, mais pas plus, au Dr Huxley et à son équipe pour examiner et soigner autant de monde que possible, avant de remettre cap au sud.

Ils étaient tombés sur le second remorqueur et sur le *Souris* à cent cinquante nautiques de ce que les travailleurs, à en croire Eddie, avaient baptisé la Plage de la Mort. Comme l'avait prévu Juan, il avait peiné dans la tempête, vent debout. Ils lancèrent une torpille sur le *Souris*, sans sommations et désemparèrent le remorqueur en tirant au 40 mm dans l'appareil à gouverner.

C'est seulement alors que Cabrillo prit contact avec les garde-côtes russes. Afin de masquer sa position, il fit relayer son message par une demi-douzaine de satellites. Ce message indiquait qu'il y avait plusieurs navires en détresse dans la mer d'Okhotsk et donnait leurs positions GPS. Il y expliquait toute l'histoire des travailleurs chinois, mais, visiblement, l'opérateur qu'il eut au bout de la ligne n'avait pas l'air de s'en préoccuper plus que cela. En revanche, quand il expliqua qu'il y avait à bord d'un remorqueur un trésor en lingots d'or, lingots de provenance illégale, là, il eut droit à une réaction.

L'*Oregon* faisait relâche à Vladivostok lorsque la nouvelle éclata, ce sauvetage dramatique, après l'une des pires éruptions volcaniques qu'eut connue le continent asiatique depuis dix ans. Ils remirent les mercenaires russes aux autorités et s'occupèrent d'effectuer quelques réparations, dont le bâtiment avait un besoin urgent.

Pendant leur escale, Juan avait appelé Langson Overholt, leur principal contact à la CIA, et lui avait tout raconté. Il avait également téléphoné à Hiroshi Katsui. La menace des pirates qui écumaient la mer du Japon était de l'histoire ancienne, et il lui donna ses instructions pour le solde du règlement.

Quant à l'or qu'il avait récupéré, il avait décidé que c'était en prime et que le client n'avait pas besoin de le savoir.

Deux semaines après l'éruption, Lang envoya un courriel à Juan. Les sauveteurs arrivés dans la baie avaient retrouvé un survivant à bord de l'un des paquebots. Il s'était barricadé dans une cambuse, la coulée pyroclastique avait enterré le navire sous un mètre cinquante de cendres. Lang pensait que cela intéresserait Juan, le rescapé avait donné son nom, Anton Savitch, vulcanologue bien connu dans la région. Pour l'heure, Savitch était descendu dans un hôtel de Petropavlovsk.

Juan aurait bien aimé y aller lui-même, mais il avait senti qu'Eddie en mourait d'envie. Franklin Lincoln l'accompagna et ils revinrent deux jours plus tard, avec un nouveau nom en prime, celui de Bernhard Volkmann. C'était un banquier, le receleur avec lequel Savitch avait traité pour négocier son or.

« Alors, comment ça s'est passé ? leur demanda Juan.

— Très simple, avait répondu Eddie. On est entrés dans sa chambre, on l'a embarqué, transféré à l'aéroport en lui promettant de ne pas le tuer s'il nous avouait tout ce que nous voulions savoir.

— Et ensuite ?

— Il n'avait rien à perdre et tout à gagner. Il nous a tout raconté.

— *Et ensuite ?* répéta Juan, qui avait l'impression de leur tirer les vers du nez.

— Eh bien, quand les Russes ont récupéré les Chinois du *Selandria*, il n'y avait pas assez de place pour les loger dans la région de Petropavlovsk. Ils en ont hébergé un millier dans un hangar de l'aéroport en attendant de savoir ce qu'ils allaient en faire. Donc, quand Savitch m'a dit son nom, je l'ai emmené dans le hangar, j'ai expliqué à quelques-uns de ceux qui étaient là que Savitch était responsable de ce qui leur était arrivé. Ensuite, eh bien, les lois de la nature ont suivi leur cours. »

Juan jeta un coup d'œil à Linc.

« Comme Eddie vient de le dire, on lui avait promis de ne pas le tuer. Mais on n'avait pas parlé de ses victimes. Le mec s'est arrêté de crier, on n'avait pas fait cent mètres. »

C'est ainsi que Juan s'était retrouvé en Suisse pour rencontrer Bernhard Volkmann. Et comme il s'en souvenait en sirotant son cognac, l'entretien s'était passé on ne peut mieux.

Volkmann avait accepté d'acheter les soixante tonnes d'or qui suivaient Juan à bord de deux conteneurs chargés dans un avion-cargo. Il avait ensuite accepté de créer un fonds avec la moitié du magot au profit des ouvriers chinois qui l'avaient extrait, et de se retirer dans les bidonvilles de Calcutta où il devait consacrer le reste de ses jours à des œuvres humanitaires.

Pour sa part, Juan avait accepté de ne pas loger une balle dans le crâne de ce salopard.

Il fut sorti de sa rêverie par quelqu'un qui frappait doucement à sa porte. La presse s'était depuis longtemps désintéressée de l'explosion puis de l'enlèvement de Rudolph Isphording, il avait abandonné son déguisement et n'avait plus rien à voir avec l'Espagnol moustachu aux cheveux noirs et aux yeux sombres qu'il avait feint d'être lorsqu'il avait loué l'appartement. Il se leva, se dirigea lentement vers l'entrée, et ouvrit la porte.

« Salut matelot, on se souvient de moi ? »

C'était Tory. Elle avait attaché ses cheveux, ce qui mettait en valeur son cou gracile, ses yeux bleus brillaient à la lueur des flammes. Elle portait un tailleur gris ample sur une chemise blanche en oxford, assez déboutonnée pour attirer le regard. Elle avait mis un rouge à lèvres brillant, ses lèvres esquissaient un sourire timide.

« Je ne pensais pas vous revoir un jour », lui dit Juan en bégayant.

Elle avait disparu de la circulation peu de temps après leur arrivée à Vladivostok sans dire rien de plus qu'au revoir.

Son sourire s'effaça légèrement.

« Je peux entrer ?

— Mais oui, bien sûr. »

Il lui servit un verre, avant d'aller s'asseoir prudemment en face d'elle plutôt que sur le sofa qui regardait la cheminée.

« Je n'aurais jamais cru que nous nous reverrions un jour, commença-t-elle, mais Max m'a appelée à Londres et cela m'a fait revenir sur ma première impression. Je vous voyais comme un forban à la tête d'une bande de fiers-à-bras, je me disais que vous aviez une fille dans chaque port. J'avais décidé que je ne serais pas un énième trophée à accrocher à votre tableau de chasse. Aussi, plutôt que de souffrir en tirant le mauvais numéro – une fois de plus – j'avais décidé de rentrer chez moi et de m'épargner une peine de cœur.

« C'est alors que Max m'a appelée. Il m'a expliqué que, non, vous n'aviez pas de femme dans chaque port et même que, depuis le temps qu'il vous connaissait, il ne vous avait jamais connu d'aventure galante. Il m'a raconté que vous étiez veuf, que votre femme avait été tuée par un ivrogne au volant. Il a ajouté que vous n'aviez même pas une photo d'elle, que vous lui en aviez parlé une seule fois, un soir, voilà plusieurs années, mais que, depuis qu'elle était morte, vous aviez coupé les ponts avec tous les gens que vous connaissiez. »

Juan ouvrit la bouche, mais Tory le fit taire en posant un doigt menu sur ses lèvres. Elle s'approcha de son fauteuil.

« Max m'a dit aussi que, depuis mon départ, vous étiez absolument insupportable, et c'est pour cela qu'il m'appelait. Il a l'air de penser que je pourrais vous plaire et il était sûr que, moi, je vous aimais bien. Et voilà, je suis arrivée sur un tapis volant. Alors ? Souvenez-vous de ce que vous m'avez dit, *qui ne risque rien n'a rien.*

— Max est le seul à savoir que j'ai été marié, et je ne lui ai même pas dit toute la vérité, commença lentement Juan. Elle a été tuée par un ivrogne, mais ce que je ne lui ai pas dit, c'est que c'était elle qui était saoule. C'était il y a dix ans, non, onze. Elle avait déjà subi deux cures de désintoxication, mais ça n'avait jamais vraiment marché. Et j'ignorais qu'elle avait rechuté. Ce soir-là, lorsque j'ai vu le flic devant ma porte, j'ai compris immédiatement ce qui s'était passé.

— Je suis désolé. » Elle posa la main sur sa poitrine. « Et vous n'en êtes toujours pas remis. »

Il la regarda droit dans les yeux.

« Je suis toujours aussi furieux. »

Ils gardèrent le silence pendant de longues secondes.

« Ce n'est pas envers elle que vous êtes furieux. » Ce n'était pas une question. « C'est à vous-même que vous en voulez.

— Comment faire autrement ?

— C'était sa faute à elle, pour commencer. » Tory se débarrassa de la veste de son tailleur. « Ecoutez, Juan. Max me dit que vous avez un nouveau contrat en vue, et moi, la Lloyd's m'a accordé une semaine de vacances, pas plus. Je ne vous demande pas de tout laisser tomber pour m'épouser. Je ne vous demande même pas si vous m'aimez. Je voudrais simplement que, pour une fois, vous cessiez de vous croire responsable de toute la misère du monde et que vous profitiez un peu de ce qu'il a de bon. La dernière fois que vous avez eu une amourette, c'était il y a combien de temps ? »

La question était directe, et il sentit une décharge lui vriller le bas du corps. Le barrage qu'il avait passé la moitié de sa vie à construire pour se blinder, ce barrage venait de lâcher sous le coup d'une violente émotion. Pris d'une impulsion subite, incontrôlable, il mit les deux mains derrière sa tête et passa lentement les doigts dans ses cheveux.

« Ce n'était jamais le moment, lui murmura-t-il au creux de l'oreille.

— Tu ne crois pas que c'est le moment ? » lui demanda-t-elle en l'embrassant.

Juan la souleva sans effort et l'emporta dans la chambre. Son cœur battait à tout rompre. Il murmura :

« Non, ce n'était jamais le bon moment. J'attendais de trouver celle qui conviendrait. » Il souriait, les lèvres posées sur sa peau. « Et je dois te prévenir aussi que je suis un peu rouillé.

— Ne t'en fais pas, on va défaire tous ces petits nœuds-là. » Et, avec un petit rire de gorge : « On va même peut-être en refaire quelques-uns. »

Dans la collection Grand Format

Cussler (Clive)	*Atlantide ■ Odyssée ■ L'Or des Incas ■ Raz de marée ■ Vent mortel ■ Walhalla*
Cussler (Clive), **Dirgo** (Craig)	*Bouddha ■ Pierre sacrée*
Cussler (Clive), **Kemprecos** (Paul)	*A la recherche de la cité perdue ■ Glace de feu ■ Mort blanche ■ L'Or bleu ■ Serpent*
Cuthbert (Margaret)	*Extrêmes urgences*
Davies (Linda)	*Dans la fournaise ■ En ultime recours ■ Sauvage*
Evanovich (Janet)	*Deux fois n'est pas coutume*
Farrow (John)	*Le Lac de glace ■ La Ville de glace*
Genna (Giuseppe)	*La Peau du dragon*
Hartzmark (Gini)	*A l'article de la mort ■ Mauvaise passe*
Kemprecos (Paul)	*Blues à Cape Cod ■ Le Meurtre du Mayflower*
Larkin (Patrick), **Ludlum** (Robert)	*Le Vecteur Moscou ■ La Vendetta Lazare*
Ludlum (Robert)	*L'Alerte Ambler ■ Le Code Altman ■ La Directive Janson ■ Le Pacte Cassandre ■ Le Protocole Sigma ■ La Trahison Prométhée ■ La Trahison Tristan*
Ludlum (Robert), **Lynds** (Gayle)	*Objectif Paris ■ Opération Hadès*
Lustbader (Eric Van)	*Le Gardien du Testament ■ La Peur dans la peau*
Lynds (Gayle)	*Le Dernier maître-espion ■ Mascarade ■ La Spirale*
Martini (Steve)	*L' Accusation ■ L'Avocat ■ Irréfutable ■ Le Jury ■ La Liste ■ Pas de pitié pour le juge ■ Réaction en chaîne ■ Trouble influence*
McCarry (Charles)	*Old Boys*
Moore Smith (Peter)	*Les Écorchés ■ Los Angeles*
Morrell (David)	*Accès interdit ■ Le Contrat Sienna ■ Disparition fatale ■ Double image ■ Le Protecteur ■ Le Sépulcre des Désirs terrestres*
O'Shaughnessy (Perri)	*Intentions de nuire ■ Intimes convictions ■ Le Prix de la rupture*
Palmer (Michael)	*Fatal ■ Le Patient ■ Situation critique ■ Le Système ■ Traitement spécial ■ Un remède miracle*
Ramsay Miller (John)	*La Dernière famille*
Scottoline (Lisa)	*La Bluffeuse ■ Dans l'ombre de Mary ■ Dernier recours ■ Erreur sur la personne ■ Justice expéditive*
Sheldon (Sidney)	*Avez-vous peur du noir? ■ Crimes en direct ■ Racontez-moi vos rêves*
Sinnett (Mark)	*La Frontière*
Slaughter (Karin)	*A froid ■ Au fil du rasoir ■ Indélébile ■ Mort aveugle ■ Sans foi ni loi ■ Triptyque*

Cet ouvrage a été imprimé par

CPI
Firmin Didot

Mesnil-sur-l'Estrée

pour le compte des Éditions Grasset
en octobre 2008

Imprimé en France
Dépôt légal : octobre 2008
N° d'édition : 15507 – N° d'impression : 92243